江苏省社会科学基金重大委托项目
“江苏文化精髓与精神标识研究”（24ZDW002）成果

江苏省社会科学基金重大委托项目
“江苏文脉工程精华编研究”（16WTD001）成果

江苏省“十四五”时期重点出版物出版专项规划项目

本卷编写人员

主　编： 孙书磊

江蘇歷代文選

戏曲卷

主编　徐兴无　曾学文

分卷主编　孙书磊

广陵书社

图书在版编目（CIP）数据

江苏历代文选. 戏曲卷 / 徐兴无, 曾学文主编 ; 孙书磊分卷主编. -- 扬州 : 广陵书社, 2025. 6. -- ISBN 978-7-5554-2253-2

Ⅰ. I218.53

中国国家版本馆CIP数据核字第2025MD3641号

书　　名　江苏历代文选：戏曲卷
主　　编　徐兴无　曾学文
分卷主编　孙书磊
责任编辑　徐大军　张　珂
出 版 人　刘　栋

出版发行　广陵书社
扬州市四望亭路 2-4 号　　邮编　225001
（0514）85228081（总编办）　　85228088（发行部）
http://www.yzglpub.com　　E-mail:yzglss@163.com
印　　刷　江苏凤凰扬州鑫华印刷有限公司

开　　本　720毫米 × 1020毫米 1/16
印　　张　19.5
字　　数　348千字
版　　次　2025 年 6 月第 1 版
印　　次　2025 年 6 月第 1 次印刷
标准书号　ISBN 978-7-5554-2253-2
定　　价　80.00 元

总 序

江苏有着悠久的历史和卓越的文化。江河湖海，皆是鱼米之乡；锦绣江南，誉为人间天堂。中国大运河发祥于此，沟通南北，连接中外，遂成华夏首出之地，递为东南都会中心。于是山川焕绮，性灵所钟。骚人咏歌，蔚为诗国。文章经世，俨然大邦。

江苏文脉开启于春秋时期。吴公子季札聘鲁观乐，叹为观止；言偃在孔子之侧，闻知大道。而江苏文学之兴则肇始于战国。《汉书·地理志》称吴、楚之地“文辞并发，故世传楚辞”。西汉吴、楚、淮南诸国，招纳词客；武、宣二帝，喜好文学，枚乘、枚皋、严忌、朱买臣、刘安、刘向等吴、楚之士皆长于辞赋，雅善议论。三国魏晋，吴有陆机、陆云兄弟，少有异才，文章冠世。东晋南朝，山水、玄言、声律之诗相继兴起；《文选》《诗品》《文心雕龙》等总集、论著并世而出；《抱朴子》《世说新语》《后汉书》等诸子、史传别开生面；文学与儒学、史学、玄学并列于国学，形成了江苏历史上第一个文学高峰时代。隋唐统一，扬州和江南成为诗家留连之地。孟浩然、李白、高适、杜甫、白居易、刘禹锡、杜牧、李商隐等大诗人于此或游或宦，留下千古佳句；而扬州诗人张若虚的《春江花月夜》，孤篇横绝，竟为大家。南唐君臣沉浸小令，吟风咏月，却感慨深沉。宋代文坛领袖欧阳修、王安石、苏轼、辛弃疾、陆游等在江苏皆有佳作，平山堂、半山园、放鹤亭、北固楼、瓜洲渡，风流宛在，脍炙人口。宋词境界开阔，范仲淹、秦观、叶梦得、范成大等江苏名家代不乏人，各领风骚。宋诗始开宗派，彭城陈师道被尊为江西诗派“三宗”之一；无锡尤袤、吴中范成大名列“中兴诗人”。明清两代，江苏经济发达，文教昌盛，城市文化与家族文化得到进一步发展,文学进入了第二个高峰时代。明代文坛如“前后七子”“唐宋派”,有徐祯卿、王世贞、唐顺之、归有光等江苏士人;明清易代,有顾炎武、归庄、吴嘉纪、吴伟业等抒发遗民情思;钱谦益、沈德潜、黄景仁、赵翼等诗作和诗论,均在清代诗坛独树一帜。阳羡词派、常州词派为清词大宗,或雄浑悲慨,或兴寄深闳。清代江苏骈文成就斐然,袁枚、汪中、洪亮吉等皆是大家;阳湖文派骈散结合,与安徽桐城古文分庭抗礼。江苏也是明清通俗小说、戏曲、说唱文学的沃土,冯梦龙《三言》、施耐庵《水浒传》、吴承恩《西游记》、梁辰鱼《浣纱记》、李玉《清忠谱》等,经典名著,层出不穷。江苏的女性作家众多,中国古代有著作可考的女作家中,江苏超过三分之一,尤以明清时期为盛,她们的创作为江苏古代文学增添了靓丽的风景。江苏的园林楼台,甲冠天下,吸引了历代名家争相书联题额,撰记作文,为江山增色,形成了情景交融的文学景观。

编纂地方文学文献,是江苏古代优秀学术传统。西汉目录学家、汉室宗亲、沛人刘向编纂的《楚辞》,上承《诗经》风雅篇什之意,下启中国地域文学编纂之绪。唐代丹阳人殷璠编选其当代诗集《荆扬挺秀集》和《丹阳集》,虽仅存书目或残篇,却是唐人编选唐代地方诗歌的开端。其中《丹阳集》选录开元天宝时代润州籍十八位诗人的作品,推崇建安风骨,展示了“时迁推变,俗异风革,信乎人文化成天下”的盛唐气象。宋代以后继有编纂,有北宋曾旼《润州类集》、马希孟《扬州集》,南宋郑虎臣《吴都文粹》等编。秦观曾经为《扬州集》作序,“推表废兴迁徙之迹”。明清两代是中国地方文学文献编纂的鼎盛时期,据《历代地方诗文总集汇编·前言》(国家图书馆出版社2016年版)统计,存世超过千种。在数量众多的江苏文学文献中,丹徒文士王豫编纂的《江苏诗征》一百八十三卷,收录清初至嘉庆间五千多位诗人的诗作,堪称中国古代部帙最大的以行政省命名的地方断代诗歌总集,表现出“江苏文教甲天下”的文化自信。这部巨帙的赞助者和审定者,清代大学者、仪征阮元又编有江苏扬州与南通州诗集《淮海英灵集》，又命阮亨与王豫编纂《续集》，皆是江苏地方文学文献的经典。

公元六世纪初，刘勰在南齐的都城建康完成了中国历史上第一部文学批评巨著《文心雕龙》。他在其中指出，文学的情思往往来自于自然和文化空间的启发，所谓“能洞监风骚之情者，抑亦江山之助乎”；而文学的变革兴衰往往受制于世道和时代的演进，所谓“文变染乎世情，兴废系乎时序”。唯有在更为广阔悠久的文化空间和历史长河之中，文学作品才能超越个人的情感与生命，突破具体的语境，并在后世不断的阐释之中，获得愈加丰赡的意义。古代学人对地方文学文献的编纂，正是这种文化意识的体现。他们通过收集整理乡邦文献，传承文化记忆，梳理文化脉络，考察历史变迁，为我们留下了宝贵的文化遗产。

正是本着对江苏古代文学成就及其学术传统的敬意，进而对江苏古代文学和文化做出我们的当代诠释，我们编纂了这套《江苏历代文选》。从经、史、子、集、方志以及名人信札、家族文献、文物碑刻等文献资料中遴选历代反映江苏历史、书写江苏社会、描绘江苏风光、刻画江苏人物、体现江苏智慧的韵文和散文，其中既有江苏人的作品，又有关涉江苏的篇章，按照文体或内容编为十五卷，每卷一册，包括诗歌、词曲、辞赋骈文、戏曲、楹联、论说文、书信、史传、碑志、序跋、杂记小品、楼台园记、家训嘉言、笔记小说、女性诗文等。当然，本书并不是江苏历代文学的文献总集，而是一部面向大众的普及读物，对所选作品略作解题，简明注释，点评作品的内容与价值，以期通过江苏历代文学的选本，为读者提供一条浏览江苏文脉、了解中华文化的方便途径。

2016 年，江苏省启动了“江苏文脉整理研究与传播工程”，编纂包括书目、文献、精华、方志、史料、研究六编的《江苏文库》，系统梳理江苏文脉，彰显江苏对中国文化的历史贡献，总结江苏文化的发展规律，为江苏的文化创新提供学术资源，是江苏历史上规模最大的典籍整理与文化研究工程。南京大学文学院的古代文学和古典文献专业承担着《江苏文库》"文献编"与"精华编"的整理与研究工作，也是与广陵书社合作编纂这套书的主要团队。编纂工作得到江苏省社会科学基金重大委托项目"江苏文脉工程精华编研究"和"江苏文化精髓与精神标识研究"的支持。这套书的编纂，尝试以"文选"响应"文库"，为传播江苏文化，讲好江苏故事，增强文化自信做一点文化普及工作。

由于江苏文学源远流长，名家辈出，佳作如林，典籍浩繁，且文体众多，地域不均，各卷的选编标准和文字表达难以整齐划一，尽管我们努力精选，但一定会有遗珠之憾，学术错误亦在所难免，希望读者们批评指正，帮助我们修订完善。

徐兴无　曾学文

2025年3月

前 言

在中国古典戏曲发展史上,江苏是举足轻重的戏曲大省。与其他各省相比,江苏籍戏曲作家创作和外省籍戏曲作家写江苏社会生活的戏曲创作,不仅历史悠久、成就辉煌,而且特点明显、贡献突出。

中国古典戏曲按照南曲与北曲两条线索发展。南曲以宋代永嘉杂剧为起点,从浙江温州向周边地区传播,江苏的苏南与江西的赣东是最先接受南戏传播的两个地区;昆山腔也是宋元南戏四大声腔中的两个非浙江声腔(江西弋阳腔和江苏昆山腔)之一。北曲虽然在金元时期的河北(包括元大都)、山西等地区发展起来,但在元中后期,随着南宋王朝的彻底结束,北曲杂剧开始迅速南播,而北方杂剧作家也开始向杭州南移。其中江苏的扬州、南京(金陵)则成为元杂剧作家重要的途经地与集散地,从而带动了江苏北曲创作的发展。进入明代之后,长江下游经济蓬勃兴起,苏南地区的苏州府、常州府(辖无锡)逐渐成为全国经济、文化发展新重镇。魏良辅在江苏太仓、昆山一带潜心改造昆山腔,昆曲由此而诞生。作为新的戏曲剧种的"水磨调"昆曲迅速风靡全国,极大地刺激了江苏戏曲创作的繁荣,为清代江苏戏曲创作继往开来、保持全国戏曲大省的地位奠定了良好的基础。清前中期,昆曲依然一枝独秀,占据着剧坛的霸主地位。乾嘉时期,花部戏曲即地方戏的崛起才逐渐撼动昆曲独占剧坛长达三百年的统治地位。但"花雅之争"的发生也是从江苏扬州发端的,且昆曲并未因此而消亡,清代的江苏戏曲发展仍然居于全国前列。

元明清时期,江苏戏曲可谓创作繁荣,名家辈出,名作林立。就现存作品而言，统计庄一拂《古典戏曲存目汇考》、李修生《古本戏曲剧目提要》和郭英德《明清传奇综录》，可知江苏籍戏曲作家所作及书写江苏内容的外省籍戏曲作家所作的戏曲作品共计近300种。若加上已佚作品，江苏籍戏曲作家所写和外省籍戏曲作家所写江苏内容的戏曲作品则可达千种。就具体作家而言，像关汉卿、朱权、梁辰鱼、沈璟、汤显祖、冯梦龙、阮大铖、吴伟业、李玉、李渔、邱园、朱素臣、孔尚任、万树、方成培、吴梅等都成为江苏古代戏曲的标志性人物。而《荆钗记》《白兔记》《窦娥冤》《扬州梦》《南西厢记》《浣纱记》《绿牡丹》《玉簪记》《牡丹亭》《通天台》《清忠谱》《十五贯》《桃花扇》《雷峰塔》等名剧，也都是古代江苏戏曲发展的代表性成果。如此辉煌的成绩，是其他省份难以比拟的。

古代江苏戏曲创作形成了突出的地域特点：

一是，中国古代戏曲很少出现以地区为标志的创作流派，但江苏却有。明万历时期以沈璟为代表的著名的“吴江派”，以及清初以李玉为代表的“苏州派”，就是很好的例子。这也引起了学界的高度重视，如徐朔方《晚明曲家年谱》共三卷，即苏州卷、浙江卷、皖赣卷。其中，苏州卷以市级单位与浙江、安徽、江西并列；而研究对象的人数，分别为苏州卷15人、浙江卷19人、皖赣卷6人，也显示出了苏州的突出地位。再如，20世纪中后期，周妙中两次南下专程调研江南戏曲，完成极有影响的《江南访曲录要》（一、二），其中对江苏尤其苏南各地公共图书馆古籍部所藏戏曲文献的考察是其重点。而进入新世纪以来，对苏州地区的戏曲活动研究已经成为学术研究的热点，自晚明至晚清的苏州各个历史时期的戏曲活动都被不同的青年学者选作学位论文的选题。

二是，外省籍戏曲作家书写江苏社会生活内容的剧作所涉及的地区，主要集中在扬州、南京（金陵）、苏州三地。而且元杂剧以写扬州、南京（金陵）为多，明清传奇以写苏州、扬州为多。这既与宋元明时期扬州、南京（金陵）成为当时的社会文化中心有关，也与明清时期苏州成为新兴手工业城市相关。外省籍戏曲作家写江苏社会生活，在总体上反映了宋元明清时期江苏城市文化的重要地位及其对其他省份的文化辐射。

三是，声腔上，从元明时期的昆山腔，到明清时期的昆曲，江苏籍戏曲作家始终是推动戏曲声腔发展的重要力量。而昆曲是迄今唯一还在舞台演出并能够基本保持其早期风格的声腔剧种。2001 年，联合国教科文组织将昆曲定为“人类口头和非物质遗产代表作”，就是对江苏戏曲的悠久历史和重要贡献的肯定，而这一具有文化史意义的特殊荣誉也真正进一步推动了现代戏曲的传承与发展。可以说，江苏始终在国内保持着戏曲的领先地位，这与江苏戏曲的悠久历史和灿烂成就有着密切的关联。

从艺术史的角度看，江苏戏曲对全国戏曲发展的贡献主要表现为：每每在中国戏曲发展的十字路口，决定戏曲发展方向的往往是江苏的剧坛、曲坛。如宋元四大声腔发展的最后一种声腔是昆山腔；解决南曲不悦于北耳，将南曲演唱从“随心令”发展为“依字声行腔”以完美实现中国传统文乐关系的是魏良辅对昆山腔的改革；在明代传奇创作中引导并产生重大影响的理论大讨论是由以沈璟为中心的江苏“吴江派”引发的“汤沈之争”；中国古代戏曲发展历史上两个重要的创作流派“吴江派”“苏州派”都在江苏的苏州；而对戏曲转型有重大影响的清代“花雅之争”和“徽班进京”现象的策源地则在江苏的扬州。试想，如果没有上述的这些江苏戏曲现象，中国古代戏曲史将会被改写，而基于古典戏曲发展而来的中国现当代戏曲的剧种分布格局和主要戏曲艺术精神也将是另外的局面。

为了全面、准确、有重点地反映江苏戏曲发展的历史阶段和主要成就，《江苏历代文选 · 戏曲卷》以时间、曲体为经，以作家籍贯为纬，构建全书的结构，即依次分为宋元南戏、元杂剧、明传奇、明杂剧、清传奇、清杂剧等六个部分，每个部分又分江苏籍作家和外省籍作家两个单元。对作家、作品的选择，综合考量其成就高低、代表性大小及其后世影响程度三个方面，对特别突出的“吴江派”“苏州派”予以重点展现。

本书力求体现学术的严谨性和应有的学术深度。首先，底本的选用经过反复考辨确定，较为接近原创面貌、成书年代较早、内容完整性较好、历史上较为通行的版本成为首选。其次，尽量使用参校本，并尽可能增加参校本的数量，在文后的注释中增加校记内容，做到对底本的任何改动都出校记以说明改动的依据，杜绝臆改、妄改现象。

考虑到本书的预设读者文化水平的多层次性，文后的评析部分除了介绍基本的版本信息、全剧剧情梗概、所选出折在全剧中的叙事地位外，还特别从戏曲文体演变史、戏曲舞台演出史、戏曲剧种发展史以及中国古代固有的戏曲话语体系的角度加以赏析。为节省篇幅和突出重点，评析不求面面俱到，以强化重点、突出问题意识为要务。

孙书磊

2025 年 3 月

目 录

宋元南戏

元杂剧

明传奇

明杂剧

清传奇

清杂剧

宋元南戏

柯丹邱

柯丹邱，宋元时期苏州敬先书会的书会才人。生平、著述不详。据清张大复《寒山堂新定九宫十三调南曲谱》，南戏《荆钗记》为“吴门学究敬先书会柯丹邱著”。

荆钗记·时祀[1]

【一枝花】（贴）细雨霏霏时候，柳眉烟锁常愁。（生）昨夜东风蓦吹透，报道桃花逐水流。（合）新愁惹旧愁。

（贴）极目家乡远，白云天际头。（生）五年离故里，洒泪湿征裘。告母亲知道，孩儿夜来梦见浑家扯住儿衣袂[2]，说：“十朋，只与你同忧，不与你同乐。”觉来却是一梦。（贴）敢是与你讨祭？（末）祭礼俱已完备，请夫人主祭。（贴）非是儿夫负你情，只因奸相妒良姻。生前淑性甘贞洁，死后英魂脱世尘。餐玉馔[3]，饮瑶樽，水晶宫里伴仙人。你儿夫任满朝金阙[4]，与汝伸冤奏紫宸[5]。

【新水令】（生）一从科第凤鸾飞，被奸谋有书空寄。幸萱堂无祸危[6]，痛兰房受岑寂[7]。挨不过凌逼，身沉在浪涛里。

【步步娇】（贴）将往事今朝重提起，越恼得肝肠碎。清明祭扫时，省却愁烦，且自酬礼。须记得圣贤书，看酒，（生）儿女何劳母亲递酒。（贴）道“不与祭如不祭”[8]。

（生）看香来。

【折桂令】（生）爇沉檀香喷金猊[9]，昭告灵魂，听剖因依[10]。自从俺宴罢瑶池，宫袍宠赐[11]，相府勒赘[12]。俺只为撇不下糟糠旧妻，苦推辞桃杏新室[13]，致受磨折，改调俺在潮阳。妻，因此上耽误了恁的归期。

【江儿水】（贴）听说罢衷肠事只为伊[14]，却元来不从招赘生奸计。懊恨娘行忒薄倖，凌逼你好没存济[15]。母子虔诚遥祭，望鉴微忱[16]，早赐灵魂来至。

【雁儿落】（生）徒捧着泪盈盈一酒卮[17]，空列着香馥馥八珍味。慕音容，不见你；诉衷曲，无回对。俺这里再拜自追思，重相会是何时？揾不住双垂泪，舒不开两道眉。先室，俺只为套书信的贼施计。贤妻，俺若是昧诚心，自有天鉴知。

【侥侥令】（贴）[18]这话分明诉与伊，须记得看书时。懊恨娘行忒薄劣，抛闪得两分离在中路里，两分离在中路里。

【收江南】（生）呀！早知道这般样拆散呵，谁待要赴春闱[19]？便做到腰金衣紫待何如[20]？说来又恐外人知，端的是不如布衣[21]！端的是不如布衣！俺只索要低声啼哭自伤悲[22]。

【园林好】（贴）免愁烦回辞奠仪，拜冯夷多加护持[23]。早早向波心中脱离，惟愿取免沉溺，惟愿取免沉溺。

（丑）维大宋熙宁七年吉月辛卯朔日己酉[24]，赐进士及第任潮阳浙江温州府永嘉县孝夫王十朋[25]，谨以清酌素馔之奠，致祭于亡过妻玉莲钱氏夫人前而言曰：惟灵之生，抱义而归；惟灵之死，抱节而归，义也。呜呼噫嘻！昔受荆钗为聘，同甘苦于茅庐。春闱一赴，鸾凤分飞。诈书一到，骨肉分离。姑娘为夺婚之媒，继母为逼嫁之威。捱不过连朝折挫，抵不过昼夜禁持[26]。拜辞睡昏昏之老姑，哭出冷清清之绣帏[27]。江津渡口，月淡星稀，脱鞋遗迹于岸边，抱石投江于海底。江流哽咽，风木惨凄。波滚滚而洪涛逐魄，浪层层而水泛香肌。哭一声妻，哀鸿过处猿鹤啼[28]；叫一声妻，云愁雨怨天地悲。妻魂不寐，默而鉴之。於戏哀哉[29]！尚享！（末白）待男女也拜一拜。（拜起烧纸介）

【沽美酒】（生）纸钱飘，蝴蝶飞。[30]血泪染，杜鹃啼。[31]睹物伤情越惨凄,灵魂恁自知。俺不是负心的,负心的随着灯灭。花谢有芳菲时节,月缺有团圆之夜。我呵！徒然间早起晚寐,想伊念伊。妻,要相逢除非是梦儿里再成姻契。

【尾声】昏昏默默归何处？哽哽咽咽思念你。直上嫦娥宫殿里。

（生）年年此日须当祭,岁岁今朝不可违。

天长地久有时尽〔32〕,此恨绵绵无绝期〔33〕。

【注释】

〔1〕此出以明继志斋本《新镌绣像荆钗记》为底本,以明刻本《新刻原本王状元荆钗记》为校本。

〔2〕浑家扯住儿衣袂(mèi):浑家,旧用于丈夫称呼妻子,这里指钱玉莲。袂,袖子。

〔3〕玉馔(zhuàn):犹言玉食,珍美的饮食。

〔4〕朝金阙:回朝复命。金阙,宫阙。

〔5〕紫宸:原是唐代宫殿名,这里泛指宫阙。

〔6〕萱堂:对母亲的尊称。

〔7〕兰房:闺房。这里指钱玉莲。

〔8〕不与祭如不祭:《论语·八佾》云"吾不与祭如不祭",意即我如果不自己参加祭祀,就等于没有祭。与,参加。在此处引经据典,显得迂腐。

〔9〕爇(ruò)沉檀香喷金猊(ní):爇,焚烧。沉檀,檀香。金猊,铸成狻猊形状的香炉。这句意思是说:点起檀香,看炉里喷出烟气。

〔10〕因依:指原因,经过。"依"底本作"伊",据明刻本《新刻原本王状元荆钗记》改。

〔11〕宫袍:官袍。

〔12〕勒赘:逼迫入赘。

〔13〕新室:新的家室,指新妻子。

〔14〕伊:你,指钱玉莲。

〔15〕没存济:无处安身。

〔16〕望鉴微忱:希望明白(我们母子)些微的心情。

〔17〕卮（zhī）：古代盛酒的器皿。

〔18〕贴：底本在“天鉴知”后，据此剧底本体例改。

〔19〕春闱：科举考试中的会试，因在春天举行而被称为春闱。

〔20〕腰金衣紫：腰围金带，身穿紫袍，是贵官的服色。

〔21〕端的：真的，的确。

〔22〕只索：只得。

〔23〕冯夷：水神名。

〔24〕熙宁：北宋神宗的年号，王十朋是南宋人，这里明显错了。

〔25〕潮阳：底本作“饶州”，据明末汲古阁刻本改。

〔26〕禁持：摆布，折磨。

〔27〕绣帏：绣花的帷帐，指闺房。

〔28〕哀鸿过处猿鹤啼：原作“寒蛩应猿啼”，与下文不对仗，据明刻本《新刻原本王状元荆钗记》改。

〔29〕於戏（wū hū）：即呜呼。

〔30〕纸钱飘，蝴蝶飞：底本这两句后有叠句“蝴蝶飞”，据明刻本《新刻原本王状元荆钗记》删。

〔31〕血泪染，杜鹃啼：传说古代蜀国国王杜宇死后，其魂化为杜鹃，终日哀啼，至口中流血。典出《华阳国志·蜀志》。

〔32〕底本此句前有“生”，据体例删。

〔33〕此恨绵绵无绝期：语见唐白居易《长恨歌》。

【评析】

《荆钗记》今存明继志斋本、明刻本《新刻原本王状元荆钗记》和明末毛晋汲古阁刻《六十种曲》本。

该剧全剧48出。剧叙宋朝书生王十朋，以荆钗为聘，与钱玉莲结为夫妻。后王十朋赴京应考，得中状元，万俟（mò qí）丞相想招赘他。他以家有糟糠之妻婉言谢绝，被改调潮阳，并拘留听候，不得回乡视亲。王十朋及第时，写家书报喜，被与王十朋同赴京城应试的豪绅孙汝权截获。孙欲娶玉莲，将家书改为休书。玉莲不信，但玉莲继母贪财爱富，见信后逼玉莲改嫁孙汝权。玉莲坚守贞操不嫁，后投江尽节，幸遇新任福建巡抚钱载和搭救，收为义女。王十朋得妻子死讯,悲恸欲绝,遂奉母上任。后万俟丞相退政,王十朋升为吉安太守,钱载和欲将义女嫁给他。而玉莲误听王十朋染病身亡的谣传,矢志不嫁。经过周折,王十朋、钱玉莲终得团聚。过去的负心戏很多,但像该剧塑造王十朋高中后敢于拒绝权相逼赘的形象却属罕见。它从正面披露了封建士子登科后停妻娶妻的社会现实。

《时祀》一出,即后世舞台经常上演的《王状元祭江》。第三十出为王母《祭江》。为了区别,近代昆曲折子戏将第三十出《祭江》称作《女祭》,第三十五出《时祀》称作《男祭》。《时祀》是一出抒情戏,抒发了王十朋母子对钱玉莲被迫投江的悲愤与怀念,声情苍凉激越,曲辞婉转典雅,呈现出浓重的悲壮美,为悲情戏的上乘之品。

永嘉书会才人

永嘉书会才人，姓名、生平不详。明成化本南戏《白兔记》第一出副末开场有云："这本传奇亏了谁？亏了永嘉书会才人，在此灯窗之下，磨得墨浓，蘸得笔饱，编成此一本上等孝义故事。"据此可知，南戏《白兔记》为永嘉书会才人所作。永嘉是浙江温州的别称。书会，是宋元时期编写戏曲、话本的行会组织。书会才人大多是下层知识分子。

白兔记第三十八折[1]

【挂真儿】（旦上）离恨穷愁何日了，空目断水远山遥。雪霁云归，天清月照，无奈风寒静悄。

（旦云）薄夜不来良夜静[2]，冻雪能消残漏永。清虚照地雪光行，洁白涵空色更冷[3]。两轮磨石近寒人，百结鹑衣夜作衾[4]。瑶阶倒漾银蟾影，入我空房照素心[5]。前日井边见那小将军，年貌与吾儿相似，又是邠州来的，父亲亦名刘智远。世间有此异事，怀疑在心。今夜磨房孤冷，令人愈生感叹。正是：云卷雪初霁，月寒人更孤。磨房多寂寞，懊恨我儿夫。

【四朝元】（旦唱）云收雾卷，雪晴月正员[6]。见一天霁色，四壁光寒，坐来人自惨。更磨房冷淡，磨房冷淡，雪映穷檐，冰涵碧汉，对月无言。因风有感，蓦自生愁叹，嗏，万里共长天。刘郎，你在地北天南，两情难遣。移步问婵娟，征人何日还？愁眉泪眼，月呵，夫夫妇妇，有无相见？

【前腔】（生）天高月淡，相涵霁雪寒，正更阑籁静[7]，万顷茫然。乘舟人兴返。来到这里，便是磨房，不免入去。（作打门介）见磨房空掩，磨房空掩。不免叫一声。（叫介）（旦云）是谁？（生云）是我。（旦云）汉子，你错认了我，听我说与你。(诗)十六年来别藁砧,阋墙无地可容身[8]。甘心忍死形如朽,不比星前月下人。你快出去,快出去,不要在此迟延。(生)三娘,我乃是前度刘郎,归来路远。(旦)既是刘郎,为何声息不同[9]? (生唱)间别多年,声音难辨。(旦作疑介)既是我的刘郎,当初在那里分别,有甚么事迹?(生唱)当日遭家难,嗏,你哥嫂把我灌醉[10],赚到瓜园中去[11],幸免丧黄泉,天赐留题,神书宝剑[12]。夫妇在瓜园,别离容易间。我去一十六载,知你在家受苦。风风雨雨,特来相见。

(旦)原来真是刘郎。(哭恨介)

【前腔】(旦)名亏行短,中心岂不惭? 自瓜园别去,何处留连? 不思归故苑。望衡阳雁断[13],衡阳雁断,骨肉相戕,云发被剪,历尽艰难,敢生嗟怨,此恨何时遣? 嗏。挨过苦多年,熬定形骸,甘为下贱。夫婿枉徒然,苦甘空自怜,何劳远念。生生死死,岂须相见!

【前腔】(生)关河路远,羁身未得还。(旦)书也寄不得一封回来? (生唱)更四方兵革,万里尘烟,音书难寄转。从邠州统兵讨贼,淹留军中一十五年[14],近时才得回到邠州。见上林有雁[15],上林有雁,知在家中,苦遭磨贬。日夜兼程,不辞涉险,今与儿同返。嗏。(旦)你今做甚么官?(生)拜将掌兵权,威镇藩城,职居方面[16],富贵异当年。荣华归故园,一家欢忭[17]。悲悲喜喜,启门相见。(旦)如此,也不枉了我受苦,恁般开了门罢。(见介)

【天下乐】(旦)别泪流干苦自伤,相逢如梦却羞郎。(生)楚天吴月遥相共,关塞千重路渺茫。

(旦)间别多年,且喜荣耀。(生)有累受苦,负罪多矣。(旦)窦员夫妻送儿与你,见在何处[18]? (生)窦员夫妻送儿子到邠州,不幸不服水土,夫妇病亡。儿子今已长成,昨日雪中与你相见。(旦)那小将军是我儿子? 可喜可喜。当时见他颜貌,说你姓名,我心中十分疑惑,如何我说咬脐名字,他还不晓得? (生)当时儿子到邠州,我因提兵远出,是岳氏改名刘承祐,故此不知咬脐名字。(旦)岳氏是甚么人? 他怎么改我儿子名字? (生)我到邠州,投岳节使

麾下,因为破贼有功,蒙将亲女招吾为婿,故有岳氏。(旦云)原来你在邠州有如此之快乐,如何肯回来顾我!(哭介)

【刮鼓令】(旦唱)闻言不敢嗔,痛伤情泪满襟。岂知今日无恩信,辜负当年结契姻。那日两难分,杳然不见通音问。疑作天涯寥落人,谁知别后变初心。

(生)初心原不如此,事势到头,无如奈何。

【前腔】(旦)辜恩不可闻,为何人受苦辛。你看我肩痕尚在愁难尽,磨石无情苦到今,蓬首断香云[19]。明知兄嫂狼心辈,不念夫妻结发情。忍将旧爱待新人。

(生)三娘,只说你受苦,但不知你丈夫在边塞苦不可言。

【前腔】(生唱)从军事远征,历风霜苦怎禁。争奈刘智远命运不济,岳节使招军已完,只投得一名马投头,日间打草,夜间巡更。那日间打草多劳倦,奈夜间提铃喝号梦难成。若说起,岳氏有恩于尔我。若不是岳帅亲生女,怎得皇家宠爱深?终不然去到邠州就做官不成?只亏十月怀耽苦[20],三娘,你送得儿子到邠州,深亏岳氏抚养才得成人,终不然你儿子自己会大?多亏岳氏三年乳哺恩。三娘,你莫将贤妇当仇人。

【前腔】(生)新人出宦门,(旦)美娇娥掌上珍。他娇姿貌美,日近日亲;妾色淡容衰,日远日疏。三千色淡容颜好,十六年来宠爱深。(生)三娘,当初把你招赘之时,容貌本等标致[21]。今被哥嫂磨灭,容颜不比往前。(旦)不似磨房人,料君之心,正念羞花之貌,那顾我憔悴之容?不如杀身以从君可也。(唱)难将衰貌移君宠,甘向黄泉作怨魂。(生)夫婿远回,当共欢娱,你如此嗟怨,亦不可取。(旦)妾若在,爱必分;妾若死,甘休罢。爱将新爱旧人分。

【前腔】(旦唱)新婚与旧婚,辨人情识假真。须知贵贱无双美,只恐妍媸有上心[22]。(生)我非负义之人,何以妍媸之诮[23]?(旦云)闲话休题,闺阃之事休定尊卑[24]。(生云)妇人家好不大量。尊卑自有先后,岂可变易纲常?为丈夫的,身居两难之地:将他为大你为小,你又先归刘氏之门[25];将你为大他为小,他又是千金之躯,以此两情难向。三娘,你是贤会的人[26],凭你说将那个为大?(旦)依我说,是我为小、他为大便了。(生)人心则同。我一路寻思,也是如此。(旦怒介)(生)真是小人。我当初曾说破,家有前妻,不可重婚再娶。他说我女颇贤,愿居其次。(旦)你也曾讲过了,夫,我让他为大,打甚么紧,只是礼上去不得。尔当自详[27],免致后悔。小大礼为尊,恩情莫论新和旧,名分休因疏间亲。既然名正而言顺,自然和气以安宁。一家怡乐值千金。

诗曰:间别年来久,谁知再得逢。

明朝冤恨雪,此夜磨房空。

【注释】

〔1〕此出以明万历间金陵唐氏富春堂本为底本。

〔2〕薄夜:犹短夜。指破晓之前一段很短的时间。良夜:深夜;长夜。

〔3〕清虚:月光。涵空:水映天空。

〔4〕百结鹑衣:形容衣服破烂不堪。鹑尾秃,故称。语本《荀子·大略》:"子夏贫,衣若悬鹑。"

〔5〕银蟾:借指月亮。素心:纯洁的心灵。

〔6〕员:通"圆"。

〔7〕阑:晚,迟。籁:从孔穴里发出的声音,泛指一般的声响。

〔8〕蒿:蒿草。砧:捣衣石。阋墙:语本《诗·小雅·常棣》:"兄弟阋于墙,外御其务。"谓兄弟相争于内。后用以指内部相争。此二句指李三娘与丈夫刘智远于贫困中相别,十六年来受尽哥嫂磨折。

〔9〕声息:声音。

〔10〕哥:底本作"歌",据文意改。

〔11〕赚:哄骗,诳骗。

〔12〕神书宝剑:李洪一夫妻设计,让刘智远去看瓜园,欲其死于瓜园中瓜精之手。刘智远战胜了瓜精,并得到了兵书和宝剑。

〔13〕衡阳雁断:衡山南峰有回雁峰,相传雁至此峰不过。比喻音信不通。唐王勃《滕王阁序》有"雁阵惊寒,声断衡阳之浦"句。

〔14〕淹留:羁留,逗留。

〔15〕上林有雁：用苏武典故，传说雁足系书，借指得通书信。《汉书·苏武传》："汉求(苏)武等，匈奴诡言武死。后汉使复至匈奴，常惠请其守者与俱，……言天子射上林中，得雁，足有系帛书，言武等在某泽中。"

〔16〕方面：指一个地方的军政要职或军政事务。

〔17〕欢忭(biàn)：喜悦。

〔18〕见：通"现"。

〔19〕香云：比喻青年女子的头发。

〔20〕怀耽：怀孕。

〔21〕本等：本来，原来。

〔22〕妍媸：美丽和丑陋。

〔23〕诮(qiào)：责备；讽刺。

〔24〕闺阃(kǔn)：闺房，内室，指妇女居住的地方。借指妇女。

〔25〕归：古代谓女子出嫁。

〔26〕贤会：贤惠。会，通"惠"。

〔27〕详：审慎考虑。

【评析】

《白兔记》全本存世的版本主要有明成化间刻本、万历间富春堂刻本和明末毛晋汲古阁刻本等。

该剧富春堂本共39折。叙五代后汉君主刘智远与李三娘的故事。宋代有话本《五代史平话》，金代有《刘知远诸宫调》，元代有刘唐卿《李三娘麻地捧印》杂剧(已佚)。《白兔记》根据广泛流传的民间传说编撰而成。剧写五代时徐州沛县沙陀村刘智远，年少困顿却有异象，被同村李文奎看中，以小女李三娘嫁之。后李文奎夫妇病亡，刘智远受三娘兄嫂李洪一夫妇逼害，离家赴太原投军，入并州节度使岳勋麾下。岳勋以女绣英嫁之，且荐其为官。李三娘因拒不改嫁，被兄嫂罚挑水推磨，在磨房中独自产子，用口咬断脐带，故取名"咬脐郎"。婴儿被李洪一妻丢入池中，为三公所救并送至刘智远处。咬脐郎十六岁时出外打猎，追白兔至一井边，得遇李三娘。刘智远告知咬脐郎，三娘是其生母，并以旧时装扮与三娘相会。最终接回三娘，一家团聚，其嫂则被处死。

此折写分别十六年后刘智远与李三娘于磨坊相会。李三娘上场两支曲及一段白,撮述前事,抒发对丈夫、孩儿的悲切思念,奠定本折的情节指向与情感主旨。刘智远叫门,李三娘初以为是错认;刘智远自报家门,李三娘以往事确认,方信是丈夫归来。她百感交集,先是“哭恨”十六年音信全无,任她独自煎熬;刘智远说明其是统兵讨贼,今日拜将荣归,她转悲为喜,认为不枉受苦。问及孩儿之事,得知昨日雪中相见的小将军即是孩儿,非常欣喜;又闻丈夫另娶岳氏,悲愤痛哭。刘智远陈述原委,特别是岳氏之恩,她理解但自惭形秽;论及尊卑大小的处理时,一面自甘做小,但闻听丈夫也是此意时,又一时愤怒。最终几方以礼为重,达成共识,一家怡乐。短短一折,随着刘智远将信息逐步释放,二人尤其是李三娘之情感多次转折,饱满跌宕,十分引人入胜。刘智远用以说服李三娘的情理,是人性之善良恩义、伦理之是非当然,充满朴素的民间情味。曲词朴实,平白如话,偶有典丽之语,不失自然。吕天成《曲品》谓:“《白兔》词极古质,味亦恬然,古色可挹。”

元 杂 剧

李唐宾

李唐宾，号玉壶道人，广陵（今江苏扬州）人。生卒年不详，约生于元顺帝至正初年。元末曾官淮南省宣使。《录鬼簿续编》称其“衣冠济楚，人物风流，文章乐府俊丽”。《太和正音谱》称其词如“孤鹤鸣皋”。撰有杂剧2种，即《梧桐叶》（存）、《梨花梦》（佚）。另存有散套1套、小令1支。

梧桐叶第二折[1]

（外扮花仲清上）小生乃节度使光远手下偏将花卿之子花仲清是也。从小随父亲习学兵法，自诛逆贼段子章，累建大功，朝廷不蒙重用，以此闲居。小生有友人任继图，此人乃饱学才子，因哥舒翰请他参赞之职，因有禄山作乱，回至家中，妻子被掳，家计一空。此人发志，与小生至此，同应科举，以求追取。适间至邮亭同骑马[2]，小生马迟，以此先后行了，索纵马赶他去咱。（下）（末上）小生任继图，自去西蕃，不想安禄山作乱，两下隔绝，音耗不通[3]。前春到此大慈寺中歇马，壁间写下一词释闷。回至家中，妻女已被掳去，不知存亡。小生想来，夫妻会合聚散，虽非容易，已有定数，岂无眷恋之心，然此愁之何益？目今朝廷开文武科场，凭着我胸中万卷文章，且步科场中鏖战一番[4]，若得一官半职，以显父母，岂不美哉？同友人花仲清约至此寺中，借一禅房安下候选。待之久矣，不见他来，且往禅房下安歇去咱。（下）（正旦[5]、小旦引梅香上）秋风飒飒，落叶飘飘。秋间天道，刮起这般大风，越感动我思乡烦恼。妹子，你看，是好大风也呵！

【正宫·端正好】荐新凉[6]，消残暑，落行云顷刻须臾。番江搅海惊涛怒，摇脱秋林木。

【滚绣球】荡岸芦，撼庭竹，送长江片帆归去，动群山万籁喧呼。他番手云，覆手雨，没定止性儿难据[7]，乱纷纷败叶凋梧。则为你分开丹凤侣，吹断征鸿不寄书，使离人感叹嗟吁。

妹子，这风有贵贱大小。（小旦）姐姐，这风怎么有贵贱大小？（旦）

【倘秀才】有一等入椒桂穿洞房的似大王般敬伏，有一等扬腐儒起陋巷的呵以庶民比喻。他也曾感动思乡汉高祖[8]，催张翰忆莼鲈[9]，休官出帝都。

（小旦）姐姐，这风真个大。（旦）

【滚绣球】卷三层壁上茅，荡三军塞边土。冷飕飕烟笼雾，送箫声响彻云衢[10]。破黄金菊蕊开，坠胭脂枫叶舞，向深山落花满路。去时节长则是向东南巽位藏伏[11]。入罗帏冷清清勾引动怀怨闺中女。渡关河寒凛凛，傒落杀思归塞上夫。惊起老树啼乌。

（做风吹梧叶科，旦拾叶科）妹子，你看怎生风吹一片叶子来？我与你将描笔儿写一首诗在上，天若可怜人，倩这大风吹这叶儿上诗到家[12]，教俺丈夫知我音耗咱。（小旦）姐姐，这千山万水，怎能勾到那里也！（旦）妹子，你看咱。（题诗叶上云）拭翠敛双眉，为郁心中事。搦管下庭除[13]，书成相思字。书于秋叶上，愿逐秋风起。天下有情人，不知落何处。（旦做手拈叶子，对天祝告科）风呵，可怜见妾身流落他乡，愿借一阵知人心解人意慈悲好风，吹这叶子到俺儿夫行去。

【倘秀才】风呵！你略停止呼号怒容咱告覆，暂定息那颠狂性听咱嘱付，休信他刚道雌雄楚宋玉[14]。敢劳你吹嘘力，相寻他飘荡的那儿夫，是必与离人做主。

风呵，你是必听我分付来。

【呆骨朵】你与我起青蘋一阵阵吹将去[15]，到天涯只在须臾。休恋他醉琼姬歌扇桃花[16]，休摇动搅离人空庭翠竹。休入桃源洞[17]，休过章台路[18]。递一叶起商飙梧叶儿[19]，恰便似寄青鸾肠断书。

风呵，兀的不傒倖杀人也[20]。方才撼山拔树，飞沙走石般起，投至央及你，可道定息了。我想来，天意多管是嘱付不到，你不肯吹这叶子去，只索再嘱付你咱。

【叨叨令】你管他送胡笳声断城头暮[21]，休道他搅旌旗影动边城戍。休恋他度歌声罗绮筵前住，休从他传花信桃李园中入。你是吹来也么哥，是吹来也么哥，直吹到受凄凉鳏寡儿夫行住。

一阵大风起也。

【伴读书】顺手儿吹将去，一叶儿随风度，刮马儿也似回头不知处[22]。谢天宫肯念俺离人苦，飘然有似神灵助，旋起阶除。

【笑和尚】忽、忽、忽，似神仙鸣佩琚；飕、飕、飕，似列子登云路[23]；疏、疏、疏，玮叮珰檐马儿声不住[24]。嗤、嗤、嗤，鸣纸窗；吸、吸、吸，度天衢；刷、刷、刷，坠落斜阳暮。

四季之中，风虽一般，中间有各别处。你听我诉这四季风与你听咱。

【三煞】到春来向楼台度歌声韵悠扬，轻敲檀板黄金缕[25]。入庭院扇和气春风，淡荡香引琼浆白玉。向园花鸣条，溪河解冻，柳叶青摇，桃萼红舒。花飞锦机，草偃青苔，梅落琼酥。帘垂槛曲，寒料峭透罗厨。

（小旦）姐姐，这夏天风也可是如何？

【二煞】到夏来竹床枕簟凉生处，茶罢轩窗梦觉余。波皱鱼鳞，扇摇蝉翼，香袅龙涎，帘漾虾须。水面相牵荷蒂，池头远递莲香，波心摇落荷珠。凉生院宇，送微雨出天衢。

（小旦）这秋冬可是怎生也？

【煞尾】到秋来潇、潇、潇声和蛩吟絮，飕、飕、飕吹斜雁影孤。绿纱窗动砧杵，起秋声八月初。采扇题诗班婕妤[26]，对景悲秋楚宋玉[27]。江上纷纷吹败芦，田内潇潇偃禾黍[28]。则送流萤入座隅，积渐凋零岸柳疏。翠竹荷盘老柄枯，飘尽丹枫落井梧。女怨凄凉滴泪珠，悲向晚窗忆旷夫。到冬来羊角呼号最狠毒[29],走石飞沙满路途。透入毡帘酒力无,寒助冰霜透体肤。袅尽清香冷篆炉[30],凛冽严凝挂冰箸[31]。刮面穿衣怎遮护,春夏秋冬何日无。惟有秋深最凄楚,怎当他,协和芭蕉夜窗雨。(同下)

【注释】

〔1〕此折以明万历间《古名家杂剧》本为底本,以万历间《元曲选》本为校本。

〔2〕邮亭:古代递送文书之人沿途休息的处所。

〔3〕音耗:音信,消息。

〔4〕鏖(áo)战:激烈战斗。

〔5〕正旦:戏曲脚色名。元杂剧分旦本、末本,旦本由“正旦”扮演女性人物并负责演唱,末本则由“正末”扮演男性人物并负责演唱。

〔6〕荐:到来。

〔7〕据:猜测,想度。

〔8〕思乡汉高祖:汉高祖刘邦称帝后返回故乡沛县,与故人亲友畅饮,席间作《大风歌》曰:“大风起兮云飞扬,威加海内兮归故乡,安得猛士兮守四方!”

〔9〕张翰忆莼鲈:典出《晋书·文苑·张翰传》。张翰,字季鹰,吴郡吴人。有清才,而纵任不拘。曾因见秋风起,思吴中菰菜、莼羹、鲈鱼脍,而弃官回乡。

〔10〕云衢(qú):云中的道路,犹言天街。

〔11〕巽(xùn):卦名。指东南方。

〔12〕倩(qiàn):请。

〔13〕搦(nuò)管下庭除:搦管,握笔,执笔为文。庭除,庭阶。

〔14〕刚道雌雄楚宋玉:刚道,硬是说。雌雄楚宋玉,战国辞赋家宋玉曾作《风赋》,把风分为“大王之雄风”与“庶人之雌风”。

〔15〕青蘋:水生植物。宋玉《风赋》有言:“夫风生于地,起于青蘋之末。”

〔16〕歌扇桃花:化用宋晏几道《鹧鸪天》词“歌尽桃花扇底风”句意。

〔17〕桃源洞:相传东汉时,刘晨、阮肇到天台山采药迷路,误入桃源洞,遇见两个仙女,被邀至其家中。半年后回家,子孙已过七代。事见南朝宋刘义庆《幽冥录》。后常代指男女幽会的仙境。

〔18〕章台路:汉长安章台下街名,多妓馆,代指冶游场所。

〔19〕商飙(biāo):秋风。古人把五音与四季相配,商音悲凉哀怨,因以配秋,

故以商指秋季。

〔20〕傒倖：烦恼；折磨，戏弄。

〔21〕他：底本作“也”，据《元曲选》本改。

〔22〕刮马儿：跑马，以喻飞速地。

〔23〕列子登云路：典出《庄子·逍遥游》。列御寇学得仙术，能够乘风而行。这里形容风速之快。

〔24〕檐马儿：挂在屋檐下的风铃，风吹时撞击发声，又叫铁马。

〔25〕轻敲檀板黄金缕：檀板，乐器名，檀木制的拍板。黄金缕，词牌名，即蝶恋花，因冯延巳《蝶恋花》词中“杨柳风轻，展尽黄金缕”句而得名。

〔26〕采扇题诗班婕妤：班婕妤作《怨歌行》：“新裂齐纨素，皎洁如霜雪。裁为合欢扇，团团似明月。出入君怀袖，动摇微风发。常恐秋节至，凉飙夺炎热。弃捐箧笥中，恩情中道绝。”借扇子抒发自己被冷落深宫的寂寞幽怨。

〔27〕对景悲秋楚宋玉：宋玉曾作《九辩》，首句为“悲哉，秋之为气也”，故后人常以宋玉为悲秋悯志的代表人物。

〔28〕偃：倒下。此处作使动用法，意为“使(禾黍)倒下”。

〔29〕羊角：因羊角弯曲向上，此指旋风。

〔30〕篆炉：香炉。

〔31〕冰箸：冰柱。

【评析】

《梧桐叶》全名《李云英风送梧桐叶》，今存明万历间《古名家杂剧》本、顾曲斋《古杂剧》本、《元曲选》本和《脉望馆钞校本古今杂剧》本。

杂剧《梧桐叶》，旦本戏。正旦扮唐故丞相李林甫孙女李云英。全剧4折1楔子。剧写李云英丈夫任继图去西番求取功名，夫妻分别。安史之乱，长安陷落，天子幸蜀，云英被乱军所俘，后为牛僧孺所救并收为义女，与牛女金哥结为姐妹。安史之乱平定之后，云英至京师，去大慈寺烧香，见壁上题词像丈夫笔迹，便和于其后。又在一片梧桐叶上题诗，梧桐叶随风飘上天空。任继图见到诗词，愈加思念云英。后任继图与友人花仲清中文武状元，继图与云英团聚，仲清与金哥结为连理。本事出自《侯继图》，见《玉溪编事》，又见《太平广记》。

此折为此剧点题之笔。秋风飒飒，落叶飘飘，引动李云英思乡念夫之情。一套12支曲皆是赋风怀人，先咏风有贵贱大小，继而梧叶题诗对风祝告，最后咏四季之风各有别处，巧妙铺排，婉转有致。将宋玉《风赋》、高祖思乡、张翰弃官、刘阮遇仙、列子御风等诸多与风相关的典故，以思妇之视角情怀加以融裁，契合人物的身份教养与故事情境，文辞雅驯、才情丰沛而无堆砌晦涩之嫌。古人深赞此折文情，《太和正音谱》称“李唐宾之词如孤鹤鸣皋”。

关汉卿

关汉卿，约生于金末，卒于元成宗大德年间(1297—1307)。曹楝亭本《录鬼簿》称关汉卿为“大都人，太医院尹，号已斋叟”。天一阁本、孟称舜本《录鬼簿》则载为“大都人，太医院户，号已斋叟”，略异。大都，即今北京市。与散曲作家王和卿，杂剧作家梁进之、费君祥、杨显之等交游。宋亡后不久，到过扬州、杭州等地。天一阁本《录鬼簿》针对关汉卿写的【凌波仙】悼词云：“珠玑语唾自然流，金玉词源即便有，玲珑肺腑天生就。风月情，忒惯熟。姓名香，四大神洲。驱梨园领袖，总编修师首，捻杂剧班头。”撰杂剧62种，现存18种，即《窦娥冤》《救风尘》《蝴蝶梦》《鲁斋郎》《拜月亭》《诈妮子》《望江亭》《金线池》《谢天香》《玉镜台》《绯衣梦》《单刀会》《西蜀梦》《哭存孝》《陈母教子》《裴度还带》《五侯宴》《单鞭夺槊》。散曲作品，现存小令57首、套数14套。

窦娥冤第三折[1]

(外扮监斩官上[2]，云)下官监斩官是也。今日处决犯人，着做公的把住巷口[3]，休放往来人闲走。(净扮公人，鼓三通、锣三下科)(刽子磨旗[4]、提刀，押正旦带枷上)(刽子云)行动些[5]，行动些，监斩官去法场上多时了。(正旦唱)

【正宫·端正好】没来由犯王法，不堤防遭刑宪，叫声屈动地惊天！顷刻间游魂先赴森罗殿，怎不将天地也生埋怨？

【滚绣球】有日月朝暮悬，有鬼神掌着生死权。天地也，只合把清浊分辨，可怎生错看了盗跖颜渊[6]？为善的受贫穷更命短，造恶的享富贵又寿延。天地也，做得个怕硬欺软，却元来也这般顺水推船[7]。地也，你不分好歹何为地？天也，你错勘贤愚枉做天！哎，只落得两泪涟涟。

（刽子云）快行动些，误了时辰也。（正旦唱）

【倘秀才】则被这枷纽的我左侧右偏，人拥的我前合后偃[8]，我窦娥向哥哥行有句言[9]。（刽子云）你有甚么话说？（正旦唱）前街里去心怀恨，后街里去死无冤，休推辞路远。

（刽子云）你如今到法场上面，有甚么亲眷要见的，可教他过来，见你一面也好。（正旦唱）

【叨叨令】可怜我孤身只影无亲眷，则落的吞声忍气空嗟怨。（刽子云）难道你爷娘家也没的？（正旦云）止有个爹爹，十三年前上朝取应去了，至今杳无音信。（唱）蚤已是十年多不睹爹爹面。（刽子云）你适才要我往后街里去，是什么主意？（正旦唱）怕则怕前街里被我婆婆见。（刽子云）你的性命也顾不得，怕他见怎的？（正旦云）俺婆婆若见我披枷带锁赴法场餐刀去呵，（唱）枉将他气杀也么哥，枉将他气杀也么哥。[10]告哥哥，临危好与人行方便。

（卜儿哭上科[11]，云）天那，兀的不是我媳妇儿[12]！（刽子云）婆子靠后。（正旦云）既是俺婆婆来了，叫他来，待我嘱付他几句话咱。（刽子云）那婆子，近前来，你媳妇要嘱付你话哩。（卜儿云）孩儿，痛杀我也！（正旦云）婆婆，那张驴儿把毒药放在羊肚儿汤里，实指望药死了你，要霸占我为妻。不想婆婆让与他老子吃，倒把他老子药死了。我怕连累婆婆，屈招了药死公公，今日赴法场典刑[13]。婆婆，此后遇着冬时年节，月一十五，有瀽不了的浆水饭[14]，瀽半碗儿与我吃；烧不了的纸钱，与窦娥烧一陌儿[15]。则是看你死的孩儿面上！（唱）

【快活三】念窦娥葫芦提当罪愆[16]，念窦娥身首不完全，念窦娥从前已往干家缘；婆婆也，你只看窦娥少爷无娘面。

【鲍老儿】念窦娥伏侍婆婆这几年，遇时节将碗凉浆奠；你去那受刑法尸骸上烈些纸钱[17],只当把你亡化的孩儿荐。(卜儿哭科,云)孩儿放心,这个老身都记得。天那,兀的不痛杀我也!(正旦唱)婆婆也,再也不要啼啼哭哭,烦烦恼恼,怨气冲天。这都是我做窦娥的没时没运,不明不暗,负屈衔冤。

(刽子做喝科,云)兀那婆子靠后[18],时辰到了也。(正旦跪科)(刽子开枷科)(正旦云)窦娥告监斩大人,有一事肯依窦娥,便死而无怨。(监斩官云)你有什么事?你说。(正旦云)要一领净席,等我窦娥站立;又要丈二白练[19],挂在旗枪上[20]:若是我窦娥委实冤枉,刀过处头落,一腔热血休半点儿沾在地下,都飞在白练上者。(监斩官云)这个就依你,打甚么不紧[21]。(刽子做取席站科,又取白练挂旗上科)(正旦唱)

【耍孩儿】不是我窦娥罚下这等无头愿[22],委实的冤情不浅;若没些儿灵圣与世人传,也不见得湛湛青天。我不要半星热血红尘洒,都只在八尺旗枪素练悬。等他四下里皆瞧见,这就是咱苌弘化碧[23],望帝啼鹃[24]。

(刽子云)你还有甚的说话?此时不对监斩大人说,几时说那?(正旦再跪科,云)大人,如今是三伏天道,若窦娥委实冤枉,身死之后,天降三尺瑞雪,遮掩了窦娥尸首。(监斩官云)这等三伏天道[25],你便有冲天的怨气,也召不得一片雪来,可不胡说!(正旦唱)

【二煞】你道是暑气暄,不是那下雪天,岂不闻飞霜六月因邹衍[26]?若果有一腔怨气喷如火,定要感的六出冰花滚似绵[27],免着我尸骸现;要什么素车白马[28],断送出古陌荒阡[29]!

(正里再跪科,云)大人,我窦娥死的委实冤枉,从今以后,着这楚州亢旱三年[30]!(监斩官云)打嘴!那有这等说话!(正旦唱)

【一煞】你道是天公不可期,人心不可怜,不知皇天也肯从人愿。做甚么三年不见甘霖降?也只为东海曾经孝妇冤[31]。如今轮到你山阳县。这都是官吏每无心正法[32],使百姓有口难言。

(刽子做磨旗科,云)怎么这一会儿天色阴了也?(内做风科,刽子云)好冷风

也！（正旦唱）

【煞尾】浮云为我阴，悲风为我旋，三桩儿誓愿明题遍。（做哭科，云）婆婆也，直等待雪飞六月，亢旱三年呵，（唱）那其间才把你个屈死的冤魂这窦娥显！

（刽子做开刀，正旦倒科）（监斩官惊云）呀，真个下雪了，有这等异事！（刽子云）我也道平日杀人，满地都是鲜血，这个窦娥的血都飞在那丈二白练上，并无半点落地，委实奇怪。（监斩官云）这死罪必有冤枉。早两桩儿应验了，不知亢旱三年的说话，准也不准？且看后来如何。左右，也不必等待雪晴，便与我抬他尸首，还了那蔡婆婆去罢。（众应科，抬尸下）

【注释】

〔1〕此折以明万历间臧懋循辑刻《元曲选》所收本为底本。

〔2〕外："外末"的省称，指正末以外的次要角色。在明清戏曲中逐渐演变为专演老年男子的脚色名称。

〔3〕做公的：衙门里的皂隶。

〔4〕磨旗：挥动旗子开路。《东京梦华录》卷七《驾登宝津楼》："次一人磨旗出马，谓之开道旗。"

〔5〕行动些：即走呵。

〔6〕错看了盗跖颜渊：颜渊是孔子的著名贤弟子。盗跖传说是春秋时的奴隶起义军首领，封建地主阶级习惯上把他看成"盗贼"。"错看"，臧本作"糊突"，今从《古名家杂剧》本改。

〔7〕元来：即原来。

〔8〕偃（yǎn）：仰面倒下。

〔9〕哥哥行（háng）：哥哥那里。行，指示处所的语助词，一般用在人称名词后面。

〔10〕"枉将他气杀也么哥"二句：这二句照例要重叠，并在后面加"也么哥"三字，这是【叨叨令】的定格。"也么哥"，表示感叹的语气词。这支曲子和后面的【快活三】【鲍老儿】二曲以及中间一段夹白，充分表现了窦娥的善良性格。

〔11〕卜儿：脚色名，常扮老年女子。这里扮蔡婆。

〔12〕兀（wù）的：指示词"这"，表惊讶语气。

〔13〕典刑：受死刑。

〔14〕瀽（jiǎn）：泼，倾倒之意。这里是指浇奠酒浆。

〔15〕一陌儿：一百个纸钱，亦泛指一串纸钱。陌，通“佰”，货币单位，一百钱为佰。

〔16〕葫芦提当罪愆（qiān）：葫芦提，糊里糊涂、不明不白。罪愆，罪过。

〔17〕烈：烧。

〔18〕兀那：指示代词，犹言“那”。兀，发语词，有强调之意。

〔19〕白练：白绢。

〔20〕旗枪：带旗帜的长枪。

〔21〕打甚么不紧：没有什么要紧。

〔22〕罚下这等无头愿：罚下，发下。无头愿，以头颅相拼的誓愿。

〔23〕苌（cháng）弘化碧：苌弘，传说中周朝时的忠臣。碧，青绿色的美石。苌弘一生忠于朝廷，后蒙冤为人所杀，传说其血化为碧玉。《庄子·外物》：“苌弘死于蜀，藏其血，三年而化为碧。”

〔24〕望帝啼鹃：见《荆钗记·时祀》注释“血泪染，杜鹃啼”条。

〔25〕三伏天道：三伏，即初伏、中伏、末伏，是一年中最炎热的时候。天道，天气。

〔26〕飞霜六月因邹衍：传说燕惠王时邹衍蒙冤，盛夏时天下霜雪。事见《文选》李善注引《淮南子》：“邹衍尽忠于燕惠王，惠王信谗而系之。邹子仰天而哭，盛夏而天为之降霜。”今本《淮南子》已佚其文。又可见于《太平御览》。

〔27〕六出冰花：指雪花，因雪花是六瓣的。

〔28〕素车白马：本为古人送葬时所乘坐，这里指送葬。

〔29〕断送：指送葬。

〔30〕亢旱：大旱，久旱。

〔31〕东海曾经孝妇冤：汉代东海郡孝妇被诬逼死婆婆遭斩，郡中枯旱三年。事见《汉书·于定国传》。

〔32〕每：们，宋元时口语。

【评析】

《窦娥冤》全名《感天动地窦娥冤》，今存明万历间《元曲选》所收本、崇祯间《古今名剧合选·酹江集》所收本等。

《窦娥冤》杂剧，旦本戏。旦扮窦娥。该剧本事来源于“东海孝妇”故事。《汉书·于定国传》载：“东海有孝妇，少寡，亡子，养姑甚谨，姑欲嫁之，终不肯。姑谓邻人曰：‘孝妇事我勤苦，哀其亡子守寡。我老，久累丁壮，奈何？’其后姑自经死，姑女告吏：‘妇杀我母。’吏捕孝妇，孝妇辞不杀姑。吏验治，孝妇自诬服。具狱上府，于公以为此妇养姑十余年，以孝闻，必不杀也。太守不听，于公争之，弗能得，乃抱其具狱，哭于府上，因辞疾去。太守竟论杀孝妇。郡中枯旱三年。后太守至，卜筮其故，于公曰：‘孝妇不当死，前太守强断之，咎党在是乎？’于是太守杀牛自祭妇冢，因表基墓，天立大雨，岁孰。郡中以此大敬重于公。”“东海孝妇”故事，自汉代以来在民间广为流传。关汉卿《窦娥冤》杂剧即由此演化而来。

全剧共4折1楔子。写山阳县（今淮安）书生窦天章因无力偿还蔡婆高利贷，把七岁的女儿窦娥送给蔡婆作童养媳以抵债。窦娥长大后与蔡婆儿子成婚，婚后两年丈夫病逝。蔡婆向赛卢医索债，被赛卢医骗至郊外谋害。恰被流氓张驴儿父子撞见，赛卢医惊慌逃走。张驴儿父子得知蔡婆家中只有媳妇一人时，便强迫蔡婆招其父子入赘。回到家中，遭到窦娥的坚决反抗。蔡婆有病，张驴儿将毒药放到羊肚儿汤里，试图毒死蔡婆，霸占窦娥。不料，蔡婆把羊肚儿汤让给张驴儿父亲吃了，张驴儿父亲被毒死。张驴儿继续胁迫窦娥，窦娥不屈，张驴儿便以“药死公公”罪名告到官府。贪官桃杌横加迫害，窦娥为不连累婆婆，屈打成招，被处斩。后窦天章考取进士，官至肃政廉访使，考察山阳吏治，窦娥冤魂向父亲倾诉。窦天章查明事实，惩治恶人，窦娥之冤得以昭雪。作者通过窦娥悲剧，深刻揭露了元王朝的黑暗和人民所蒙受的灾难，体现了作者对苦难中人民的深切同情。

这里所选的第三折，写窦娥法场被斩，重点写窦娥临刑前与婆婆的泣别，及对官吏贪赃枉法的控诉，表现了窦娥对亲人无微不至的关怀和对恶势力坚强不屈的反抗。通过不同情感的对比，丰富了窦娥的性格和形象，也使美者更美，丑者更丑。窦娥就刑前的“三桩儿誓愿”：血染白练、雪飞六月、亢旱三年，是对恶势力的极大控诉，体现了作品浪漫主义与现实主义完美结合的艺术风格，给读者留下了深刻印象。本折窦娥唱曲凄怆悲壮，催人泪下，尤其是开头的【正宫·端正好】【滚绣球】两支曲子，窦娥撕心裂肺的呼天抢地，不知感动多少正直观众、读者为之一掬热泪：“没来由犯王法，不提防遭刑宪，叫声屈动地惊天！”“有日月朝暮悬，有鬼神掌着生死权。天地也，只合把清浊分辨，可怎生错看了盗跖颜渊？”“地也，你不分好歹何为地？天也，你错勘贤愚枉做天！哎，只落得两泪涟涟。”句句真情不妄，字字本色当行。

乔 吉

乔吉（约1280—1345），一名吉甫，字梦符，亦作孟符，号笙鹤翁，又号惺惺道人，太原（今属山西）人。曹楝亭本《录鬼簿》谓其“美容仪，能辞章。以威严自饬，人敬畏之。居杭州太乙宫前。有题西湖《梧叶儿》百篇，名公为之序。江湖间四十年，欲刊所作，竟无成事者。至正五年二月，病卒于家”。一生流寓多地，纵情诗酒，自称“不应举江湖状元”。其杂剧作品据《录鬼簿》载共有11种，今存《扬州梦》《两世姻缘》《金钱记》3种。亦擅长作散曲，与张可久齐名。

扬州梦第一折[1]

（外扮牛僧孺引左右亲随上，诗云）闲中清雅理丝桐[2]，乐在琴书可用功。无事休衙消永昼[3]，居然坐啸古人风。老夫姓牛，名僧孺，字思黯，官拜扬州太守。昔与张尚之、杜牧之为忘年友。牧之官拜翰林侍读，因公差至此，老夫特设一席，令人请去了。左右，若杜牧之来时，报我知道。（正末引家童上，云）小官杜牧之是也。前年公差至豫章，今又公差至扬州。有太守牛僧孺，原是父辈，今日设席相请，须索走一遭去。（家童云）相公，这扬州是好景致也。（正末云）家童，你那里知道。想当初隋炀帝幸广陵看琼花，一时繁华，天下无比。你听我说。（唱）

【仙吕·点绛唇】锦缆龙舟，可怜空有，隋堤柳[4]。千古闲愁，我则怕春光老，琼花瘦。

（家童云）相公，行了这一路州县，觉都不如这里人烟热闹哩。（正末唱）

【混江龙】江山如旧，竹西歌吹古扬州[5]。三分明月，十里红楼。绿水芳塘浮玉榜[6]，珠帘绣幕上金钩。（家童云）相公，看了此处景致，端的是繁华胜地也。（正末唱）列一百二十行经商财货，润八万四千户人物风流。平山堂，观音阁，闲花野草；九曲池，小金山，浴鹭眠鸥；马市街，米市街，如龙马聚；天宁寺，咸宁寺，似蚁人稠。茶房内，泛松风，香酥凤髓；酒楼上，歌桂月，檀板莺喉；接前厅，通后阁，马蹄阶砌；近雕阑，穿玉户，龟背球楼[7]。金盘露，琼花露，酿成佳酝；大官羊，柳蒸羊，馔列珍馐。看官场，惯弹袖，垂肩蹴鞠；[8]喜教坊，善清歌，妙舞俳优[9]。大都来一个个着轻纱，笼异锦，齐臻臻的按春秋；理繁弦，吹急管，闹炒炒的无昏昼。弃万两赤资资黄金买笑，拼百段大设设红锦缠头[10]。

（云）左右，报复去，道杜牧之来了也。（左右做报、见科）（牛僧孺云）老夫无甚管待[11]，左右，将酒来，学士满饮一杯。（正末唱）

【油葫芦】月底笼灯花下游，闲将佳兴酬，绮罗丛封我做醉乡侯。酌几杯锦橙浆洗净谈天口，折一枝碧桃春占定拿云手。（牛僧孺云）却不道文苑中古憋[12]秀才家，多好此狂饮也。（正末唱）打迭起翰林中猛性子挺[13]，搜扎起太学内体样儿㑳[14]。趁着这锦封未剖香先透，渴时节吸尽洞庭秋。

（牛僧孺云）可不道既有知契友，又有可意人，是好宴乐也。（正末唱）

【天下乐】端的是一醉能消万古愁[15]，醒来时三杯扶起头，我向那红裙队里夺了一筹[16]。看花呵，致成症候；饮酒呵，灌的醉休，我则待胜簪花常带酒。

（牛僧孺云）牧之在京师，日日有花酒之乐。老夫有一家乐女子，颇善歌舞，唤它出来伏事学士咱。好好那里？（旦上，云）妾身张好好是也，原是张尚之家女童。牛太守大人与张尚之为旧友，遂将妾身过房与牛太守为义女，经今三年矣。今日前厅上宴客，太守大人呼唤，须索见去[17]。（见科）（正末云）此女是谁？（牛僧孺云）是老夫义女，小字好好，唤来歌舞一回，与学士奉一杯酒。（家童云）相公，好个标致的小姐！我那里曾见来。（正末唱）

【那吒令】倒金瓶凤头[18]，捧琼浆玉瓯[19]。蹴金莲凤头[20]，并凌波玉钩。

整金钗凤头[21],露春纤玉手。天有情,天亦老;春有意,春须瘦;云无心,云也生愁。

(牛僧孺云)小家之女,有甚十分颜色!(正末唱)

【鹊踏枝】花比他不风流,玉比他不温柔,端的是莺也消魂,燕也含羞。蜂与蝶花间四友,呆打颏都歇在豆蔻梢头[22]。

(牛僧孺云)牧之,饮个双杯。(正末云)我与大姐穿换一杯。大姐,换了这一杯酒饮过者。(唱)

【寄生草】我央了十个千岁,他刚咽了三个半口,险涴了内家妆束红鸳袖[23],越显的宫腰袅娜纤杨柳。添上些芙蓉颜色娇皮肉,白处似梨花擎露粉酥凝,红处似海棠过雨胭脂透。

(牛僧孺云)牧之,请饮酒。(正末云)且住,将文房四宝来,作诗一首相赠。(家童云)笔砚在此。(正末唱)

【幺篇】磨铁角乌犀冷[24],点霜毫玉兔秋[25]。对明窗沧海龙蛇走,蘸金星端砚云烟透。拂银笺湘水玻璃皱。(牛僧孺云)何劳学士这等费心。(正末唱)比及赏吴宫花草二十年,先索费翰林风月三千首。

(云)你看这女子。(诗云)端的是仙人飞下紫云车,月阙才离蟾影孤。却向尊前擎玉盏,风流美貌世间无。(唱)

【后庭花】他那里应答的语话投,我这里笑谈的局面熟。准备着夜月携红袖,不觉的春风倒玉瓯。(旦云)我再斟的满者,与相公饮咱。(正末唱)怎生下我咽喉,劳你个田文生受[26]?志昂昂包古今赡宇宙,气腾腾吐虹霓贯斗牛[27]。袖飘飘拂红云登凤楼,兴悠悠驾苍龙遍九州。娇滴滴赏琼花双玉头,风飕飕游广寒八月秋。乐陶陶倩春风散客愁,湿浸浸锦橙浆润紫裘。急煎煎想韦娘不自由[28],虚飘飘恨彩云容易收,香馥馥斟一杯花露酒。

(旦云)此一杯酒擎着不饮,是无妾之情也。(正末唱)

【青歌儿】休央及偷香、偷香韩寿[29],怕惊回两行、两行红袖。感谢多情贤太守,我是个放浪江海儒流,傲慢宰相王侯。既然宾主相酬,闲叙笔砚交游。对酒绸缪,交错觥筹,银甲轻挡[30],金缕低讴[31]。则为它倚着云兜[32],我控着骅骝[33]。又不是司马江州[34],商妇兰舟[35],烟水悠悠,枫叶飕飕。不争我听拨琵琶楚江头[36],愁泪湿青衫袖。

(牛僧孺云)学士,再饮一杯咱。(正末云)酒勾了也。(背云)这女子恰似在何处曾会见他来?(牛僧孺云)既然学士饮不的酒,那女子回去罢。(旦下)(正末唱)

【赚煞尾】比及客散锦堂中[37],准备人约黄昏后[38]。他不比寻常间墙花路柳。这公事怎肯甘心便索休[39],强风情酒病花愁。(牛僧孺云)无甚管待,承学士屈高就下也。(正末唱)这的是钓诗钩[40]。我醉则醉常在心头,扫愁帚争如奉箕帚。[41](牛僧孺云)牧之,一番相见一番老也。(正末唱)遮莫你鬓角边霜华渐稠[42],衫袖上酒痕依旧,我正是风流到老也风流。(下)

(牛僧孺云)老夫念故人情分,安排酒肴,请杜牧之,不想他酒病诗魔,依然如旧。我着家乐奉酒,他说那里曾见这女子来,是输不的他那一双眼[43]。这风子在豫章时,张尚之家曾见来,又早三年光景,长的比那时不同了。可知他看在眼里,则是到不的他手。张千,等他再来时,你说太守不在家,则着他去兀那翠云楼上闲坐一会,坐的没意思,他则索回去也[44]。(下)

【注释】

〔1〕此折以明万历间刻《元曲选》本为底本。

〔2〕丝桐:古代以桐木制琴身,以蚕丝作琴弦,故以丝桐代指琴。

〔3〕休衙:停止办公,休息。

〔4〕隋堤柳:隋炀帝开通济渠,筑堤种柳树,故有隋堤柳之说。

〔5〕竹西歌吹:竹西,古亭名,旧位于扬州官河岸,禅智寺前。歌吹,歌唱吹奏。杜牧《题扬州禅智寺》诗有“谁知竹西路,歌吹是扬州”句。

〔6〕玉榜:对船的美称。榜,船桨。

〔7〕龟背球楼:古代门窗上常用的两种雕刻纹样。龟背,乌龟背壳状花纹。球楼,

球状圆形花纹。

〔8〕看官场，惯弹(duǒ)袖，垂肩蹴(cù)鞠(jū)：官场，古代踢球游戏的一种方式，二人对踢称“白打”，三人角踢称“官场”。弹，垂下。蹴鞠，古代的一种足球运动。

〔9〕俳优：古代演滑稽戏杂耍的艺人。

〔10〕缠头：古代歌伎将锦帛缠在头上以为饰物，谓之“缠头”。歌舞完毕，宾客常赠锦缎以为赏赐，亦谓之“缠头”。

〔11〕管待：款待。

〔12〕古憋：性情顽固执拗。

〔13〕打迭起翰林中猛性子挺：打迭起，收拾起。挺，率直不屈。

〔14〕拽扎起太学内体样儿㑇(zhòu)：拽扎起，与“打迭起”互文，也指收拾起、端起。㑇，俊俏，乖巧(多见于早期白话)。

〔15〕端的：确实。

〔16〕夺了一筹：取得胜利。

〔17〕须索：必须。

〔18〕金瓶凤头：有凤头装饰的精美酒瓶。

〔19〕瓯(ōu)：酒杯。

〔20〕金莲凤头：穿凤头鞋的小脚。

〔21〕金钗凤头：凤头形的金钗。

〔22〕呆打颏：呆呆地。打颏，亦作打孩、答孩，皆语助词。

〔23〕涴(wò)：污染，弄脏。

〔24〕铁角乌犀：黑犀牛角所制砚台，泛指名砚。

〔25〕霜毫玉兔：毛笔。

〔26〕田文生受：田文受累。田文，即孟尝君，这里指牛僧孺。

〔27〕斗牛：星宿名，指“斗宿”“牛宿”二星。

〔28〕韦娘：杜韦娘，唐时名妓。后用作一般歌妓的美称。

〔29〕偷香韩寿：韩寿，晋人，姿容俊美，后借称美男子，多指出入歌楼舞榭的风流子弟。《世说新语·惑溺》中载，权臣贾充之女看上韩寿，邀他幽会，并将从其父那里偷来的西域奇香赠送给他。又见《晋书·贾谧传》。

〔30〕银甲轻搊(chōu)：银甲，银制的假指甲，用来弹拨筝、琶等弦乐器。搊，

弹拨。

〔31〕金缕低讴(ōu):低声吟唱《金缕曲》。

〔32〕云兜:一种轿子。

〔33〕骅(huá)骝(liú):周穆王八骏之一,代指好马。

〔34〕司马江州:指白居易。白居易《琵琶行》诗末句为“座中泣下谁最多,江州司马青衫湿”,故有此称。

〔35〕商妇兰舟:指白居易《琵琶行》中“商人妇”及其舟船。

〔36〕不争:只因为。

〔37〕比及:等到。

〔38〕人约黄昏后:语出宋代朱淑真(一说欧阳修)《生查子》词“月上柳梢头,人约黄昏后”句,指情人约会。

〔39〕这公事:指杜牧和张好好的情事。

〔40〕的是:的确是。

〔41〕钓诗钩、扫愁帚:均指酒。语出宋代苏轼《洞庭春色》诗“要当立名字,未用问升斗。应呼钓诗钩,亦号扫愁帚”句。

〔42〕遮莫:尽管,任凭。

〔43〕输不的:逃不过。

〔44〕则索:只得,只好。

【评析】

《扬州梦》全名《杜牧之诗酒扬州梦》,今存明李开先《改定元贤传奇》所收本、明万历间继志斋刻本、《元明杂剧》所收本、《元曲选》所收本和明崇祯间《古今名剧合选·柳枝集》所收本等。

《扬州梦》杂剧,末本戏。正末扮杜牧。全剧4折1楔子。演杜牧与张好好的才子佳人故事。情节简单,构思却奇巧,一楔子加四折都以宴会为主要场景:杜牧在豫章太守张纺为他办的饯行宴上初遇十三岁的张好好(楔子);三年后在扬州太守牛僧孺的宴会上重遇好好(第一折);重访牛府不遇而在翠云楼一梦与好好欢宴(第二折);杜牧在扬州富豪白谦为他办的饯行宴上托其做媒(第三折);白谦回京宴请牛僧孺、杜牧、好好,撮成姻事(第四折)。李开先《词谑》评其“四折皆妙”。

此为第一折，杜牧上场两曲铺陈扬州盛景，宴席初两曲抒发诗酒豪兴。见好好后七曲则为主体：细笔描摹他眼里好好的姿容，浓墨渲染他内心的疯魔情态。此折胜在言情，如清梁廷楠《曲话》所评，【那吒令】中“天有情，天亦老；春有意，春须瘦；云无心，云也生愁”是“一剧中之警句”。杜牧见好好甚觉眼熟，但忆不起三年前的往事，牛僧孺与好好明知事件原委却不说破，牛僧孺明知杜牧心意却有意不随顺，使得此折以抒情见长的戏同时具有细腻的戏剧性。曲词风格以典雅秾丽为主，兼有豪爽之气。孟称舜《柳枝集》眉批云：“此剧似太浓丽矣，然其词如太真妃出浴华清，虽华艳动人，而秀质濯濯，幽致亦自不灭。”日本汉学家青木正儿评说：“曲辞典丽，并且生气泼剌。”

张国宾

张国宾，一作张国宝，大都（今北京）人。生卒年不详，主要活动于元世祖至元年间，《录鬼簿》记载其曾为教坊勾管。所作杂剧4种，即《七里滩》《薛仁贵》《汗衫记》《高祖还乡》，前3种存。

汗衫记第三折[1]

（邦老上[2]，云）定下拖刀计，必趁我心苗。自从将他这两口儿拐将出来，见在船仓里。这里好下手，我如今叫他出来。哥也，出你那船来。（张孝友同旦儿上）（张孝友云）他比在家里越狠了也。（旦儿云）员外你休出去。（张孝友云）你放心咱，我眼里偏识这等好人。大嫂，不妨事。兄弟叫我做甚么？（邦老做杀末科，云）我要杀你也。（旦儿夺刀科，云）小叔叔你好下的也。（张孝友云）兄弟，但是金珠财宝你都将的去，你则留我的性命，我也不曾歹看成你也[3]。（邦老云）你做甚么这般叫呼杀唤的，你起来，我那里肯杀你？我故意的这等教那别的船上见呵，兀那个船上有这等的好汉，我则与你壮胆哩。我是压服别人，你休怕。（张孝友云）你不是杀我，原来教那别的船上看，我眼里偏识这等好人。（邦老云）哎哟，好东西儿也！一对金色鲤鱼在水中斗。哥你看咱！（张孝友云）在那里？（旦儿云）你休看。（张孝友云）我看一看去。（邦老推孝友科，云）你下水去。（张孝友云）哎哟，我眼里偏识这等好人。（下）（旦儿悲科，云）哎哟，男儿也！痛杀我也！（邦老云）你休啼哭，我则为你来。送了你那丈夫的性命，你随顺了我罢。（旦儿云）小叔叔，你怎生说这等话？（邦老云）你不肯，连你也攛在河里[4]。（旦儿云）住住住！我且寻思咱。（邦老云）

你寻思者波。(旦儿云)你依的我么?(邦老云)你说依你些甚么?(旦儿云)等我三年服孝满者。(邦老云)三年也依不的。(旦儿云)一百日花孝。(邦老云)也依不的。(旦儿云)等我分娩了,我随顺你。(邦老云)这等也罢。跟的我家中去来。(同下)(邦老上云)过日月好疾也。自从将张孝友推在河里,今经可早十八年光景。那个妇人蓦入我家门就添了个满抱儿孩儿,如今一十八岁,十八般武艺皆会。我常时家一顿打便是一个小死,我恨不的待打死这个小厮。可是为何?我则待剪草除根,萌芽不发。左右来打不死。婆婆,将些钱钞来与我,我与弟兄每吃酒去来。休教那小厮生事,我吃酒去也。(下)(旦儿上,云)自家李玉娥的便是。自从这贼汉将俺员外推在河里,今经十八年光景也。我根前添了一个孩儿,长年一十八岁,唤做陈豹,每日山中打大虫[5]。今日无甚事,掩上这门,看看甚么人来。(小末同打虫的倈儿上[6])(小末云)每日山中习武艺,窝弓药箭不离身。岩前虎瘦雄心在,男子身贫志不贫。自家陈豹,长年一十八岁,血气方刚,十八般武艺,无有不拈,无有不会。每日在于山中,下窝弓药箭。今日正在山中演习武艺,见山坡前走将一个牛来大小大虫。我拈弓在手,搭箭当弦,哧的一声箭去,正中大虫。我欲待要拿那大虫去[7],不知那里走将几个小厮来,他说:是我每打死的大虫。我问你,你怎生打杀来?(倈儿云)我一只手揝住头[8],一只手揝住尾,当腰里则一口咬杀了。我打杀的大虫,你道你打杀的,我告你家说去。陈妈妈!(旦儿云)是谁门首叫我?开开这门。你做甚么?(倈儿云)妈妈,我打杀的大虫,你儿子说他打杀的大虫,他赖我的。(旦儿云)哥哥,你将的去罢。(倈儿云)我儿也,不看你娘面上,我不道的饶了你哩。(下)(旦儿云)陈豹,你家来,你跪着。教你休惹事,你又惹事。倘着必当痛决。(小末云)母亲打则打,休闪了手。(旦儿云)且住者,倘或间打的孩儿头疼额热,谁与他父亲报仇?陈豹,我不打你,且饶你这一遭。(小末云)母亲打了呵好。母亲若不打呵,说与父亲,这一顿打也打杀您孩儿。(旦儿云)我也不打你,也不对你父亲说。(小末云)不与父亲说,谢了母亲也。(旦儿云)孩儿,你学成十八般武艺,为何不进取功名?

（小末云）您孩儿欲待上朝求官应举去，争奈无盘缠。（旦儿云）既然你要上朝求官去，来来来！我与你些碎银两、一对金凤钗与你做盘缠。（小末云）今日是个吉日良辰，辞别了母亲，便索长行也。（做拜科）（旦儿云）陈豹，你记者，若到京师，寻问马行街竹竿巷，金狮子张员外老两口儿。寻见呵，你带将来。（小末云）母亲，和咱是甚么亲眷？（旦儿云）孩儿你休问，他和咱是老亲。（小末云）您孩儿经板儿记在心头[9]。出的这门。（旦儿云）陈豹，你回来。（小末云）母亲有甚么话说？（旦儿云）你若见那老两口儿，你便带将来。（小末云）您孩儿理会的，我出的这门来。（旦儿云）陈豹，你回来。（小末云）母亲，有的话一发说了罢。（旦儿云）我与你这块绢帛儿，你见了那老两口儿，与了他这绢帛儿，他便知咱是甚么亲眷。（小末云）理会的。收拾行程，应举走一遭去。辞母便登程，说的话叮咛。认了亲和眷，早早就回程。（下）（旦儿云）孩儿去了也。眼观旌节旗，耳听好消息。[10]（下）（长老上，云）涧水煎茶烧竹枝，袈裟零落任风吹。看经只在明窗下，花落花开总不知。贫僧相国寺住持长老。今有个陈相公做这无遮大会[11]，一应人等都要舍贫散斋，都准备了。这早晚相公敢待来也。（小末上，云）泰山顶上刀磨缺，北海波中马饮枯。男子三十不立身，枉做堂堂大丈夫。小官陈豹，到于帝都阙下演武场中，三箭成功，加小官本处提察使。自从母亲分付我寻那两口儿老的，那里寻去？今日在丁相国寺中散斋济贫。数日前我与了长老钱钞，与小官安排下斋供，今日拈香走一遭去。可早来到也。（见长老科，云）长老，多生受你也[12]。（长老云）相公来了也。（小末云）小官来了也。有劳长老用心生受。（长老云）相公食用些斋食。（小末云）小官不必吃斋，看有甚么人来。（正末同卜儿薄蓝上[13]）（正末云）叫化咱！叫化咱！叫化咱！哟哟哟！可怜见俺无挨无靠，无主无倚，火烧了家缘家计，无计奈何。长街市上，有那等舍贫的咱波，叫化些儿波，爷娘佛啰！

【中吕·粉蝶儿】我绕着他这后巷可兀的前街，叫化些剩汤和这残菜，我更了些个霜欺雪压波风筛。则我这五脏神无一顿饱呵哟哎，则我这魂灵儿在九霄云外也，是咱运拙时衰。叫一声爷娘佛啰，有谁把俺来怜爱。

（卜儿云）老的也，可怎生无一个舍贫的？

【醉春风】舍贫咱波众街坊，救苦难的观自在。谁肯与我半抄儿粗米一根儿柴，哎，街坊每恁常好是歹，可怎生无个将俺来睬[14]？（卜儿云）老的也，兀那水床上热热的蒸饼儿[15]，我吃一个儿。（正末云）婆婆，你道甚么哩？（卜儿云）我才说那水床上热热的蒸饼儿，我要吃一个儿。（正末云）婆婆，你道那水床上热热的蒸饼儿，你要吃一个儿？则不你待要吃，我也待要吃一个儿，赤紧的咱手里无钱呵。（唱）哎！婆婆俫，你说波，可着甚么去买。俺但得那半片儿羊皮，一头儿藁荐[16]，哎！婆婆俫，我便是得生他天界。

（正末云）婆婆。（卜儿云）老的，你叫我怎么的？（正末云）我叫了这一日街，我可也乏了也，你替我叫些儿街。（卜儿云）你着谁叫街？（正末云）我着你叫街。（卜儿云）你着我叫街，你倒不识羞。我好歹也是财主人家的女儿，着我如今叫化。我也曾吃好的，穿好的。我也曾车儿上来，轿儿上去。谁不知我是金狮子张员外的浑家。如今可教我叫街，我不叫。（正末云）你道甚么哩？（卜儿云）我不叫。（正末云）你道你是好人家儿，好人家女，你从那车儿上来，轿儿上去，你那里会叫那街？偏我不是金狮子张员外，我是胎胞儿里叫化来？赤紧的咱手里无钱也。我要你叫。（卜儿云）我不叫！我不叫！（正末云）我要你叫！要你叫！（卜儿云）我不叫！我不叫！（三科了）（正末云）你也不叫，我也不叫，饿他娘那老弟子。（悲科）（正末云）婆婆，你也说的是，你是那好人家儿，好人家女，你那里会叫那街。罢！罢！罢！我与你叫。我与你叫。（卜儿云）你是叫咱。（正末云）哎哟哟！可怜见无挨无靠，无主无倚，火烧了家缘家计。长街市上，有那等舍贫的咱波，叫化些儿波，爷娘佛啰！

【快活三】哎哟！则这风吹的我这项怎抬？雪打的我这眼难开。则被这一场家风火散了家财，俺少年儿是今何在？

（卜儿云）哎哟！争奈俺年纪老了也[17]。

【朝天子】哎哟！可则俺两口儿便老迈，肯分的便正该[18]，哎！天那！天那！正遇着这命运拙，合受饥寒债。我如今无铺无盖，教我冷难挨。肯分的便雪又紧风又大，到晚来可便不敢番身，我便拳成一块。天也！天也！可则俺两口儿便受冰雪堂地狱灾，我这里跪在跪在他这大街，望着那救苦难爷娘每拜。

（卜儿云）老的，这般风又大，雪又紧。俺如今身上无衣，肚里无食，眼见的不是冻死，便是饿死也。

【四边静】哎哟！正值着这冬寒天色，破瓦窑中又无米柴。眼见的冻死尸骸，无人瞅睬[19]。谁肯着这半掀儿家土埋，老业人眼见的便撇在他这荒郊外[20]。

（杂当上，云）兀的那老两口儿，比及你在这里叫化，相国寺里散斋哩。你那里求一斋有何不可？（正末云）多谢哥哥。相国寺里散斋哩。婆婆，去来，去来。（卜儿云）老的也，俺往那里叫化去。

【普天乐】听道罢便喜盈腮，我这里便刚行刚蓦[21]，把我这身躯强整，将我这脚步儿哎忙抬。（正末云）官人，叫化些儿波。（杂当云）无斋了也。（唱）哦！饿纹在俺口角头，食神在这天涯外。不似俺这两口儿公婆每，俺便穷的来煞，可则俺端的便正值着月值和这年灾[22]。（正末云）官人也。（唱）但的他那残汤半碗充实我这五脏，不济事！哎！婆婆也，咱去来也波，可则我又索与他日转千街。

（杂当云）无了斋也。（正末云）官人，可怜见，叫化些儿。（杂当云）无了斋也。（小末云）为甚么大呼小叫的？（杂当云）门首有两个老的，讨斋来的迟了，无了斋也。（小末云）长老，有小官的那一分斋，与了那两口儿老的吃了罢。（长老云）下次人便将相公的那一分斋送与那两口儿老的去。（杂当云）理会的。兀那老的，你来的迟了，无有斋了。这个是相公的一分斋，与你这老两口儿，你吃了，你过去谢一谢那相公去。（正末云）多谢了，官人。婆婆，你吃些儿，我也吃了些儿，留着这两个馒头，咱到破瓦窑中吃。婆婆，你送这碗儿去。（卜儿云）我送这碗儿去。（正末云）就谢一谢那官人。（卜儿云）我知道。（见小末做拜科，云）官人，官人，积福的官人，今世里为官受禄，到那生那世,又做官人。(做认小末科)(小末云)这老的怎生看我? (卜儿云)官人官上加官,禄上进禄,辈辈都做官人。(出门科)这官人好和那张孝友孩儿厮似也。仔细看正是我那孩儿。我对我那老的说去,着他打这弟子孩儿。(见正末云)老的也,喜欢咱。(正末云)则么那,婆婆? (卜儿云)你笑一个。(正末云)我笑甚么? (卜儿云)你笑。(正末云)我笑。(做笑科)(卜儿云)你大笑。(正末做笑科了)(卜儿云)你也是个傻老弟子孩儿,如今咱那张孝友孩儿有了也。(正末云)在那里? (卜儿云)原来散斋的那官人,正是张孝友。(正末云)婆婆,真个是? (卜儿云)我的孩儿,如何不认的? 我这眼不唤做眼,唤做琉璃葫芦儿,则是明朗朗的。(正末云)是真个? 我过去打这弟子孩儿。婆婆,可是也不是? (卜儿云)我这眼则是琉璃葫芦儿。(正末云)我则记着你那琉璃葫芦儿。(卜儿云)则是个明。(正末见小末,云)生忿忤逆的贼也[23]。(小末云)长老,唤你哩。(长老云)相公,唤你哩。

【上小楼】甚风儿便吹你到来? 你今日便还俺这乡界。每日家俺烦恼恼哭哭啼啼,想杀我儿也俺端的可便怨怨哀哀。你如今便欢欢喜喜停停当当的,便无妨无碍。(正末云)生忿忤逆的贼也。(唱)你合问这双老爹娘可是在也那是不在!

(卜儿云)正是我的儿。(小末云)这老的好要便宜。休道我是你的儿,可姓甚么那? (正末云)你姓张,是张孝友。(小末云)兀的可不明白,你的孩儿姓张,是张孝友。我姓陈,是陈豹。我怎生是你的儿? (卜儿云)他改了姓也。(小末云)你的孩儿去时多大年纪? (正末云)你去时三十岁也,去了十八年,你如今四十八岁也。(小末云)你的孩儿去时三十岁也,去了十八年,如今四十八岁也,俱着这等说将起来,你那孩儿去时节,那其间敢不曾生我哩。(正末云)婆婆,不是了也。(卜儿云)我道不是了么。(正末云)可不道你眼似琉璃葫芦儿? (卜儿云[24])则才门前挤破了也。(小末云)兀那老的,你那孩儿怎生与小官貌类相似? 你慢慢的说一遍咱。(正末云)相公听我说一遍咱。

【幺篇】你两个恰便似一个印盒、印盒儿里脱将下来。恁两个便一般容颜[25],一般模样,一般个身材。我这里便觑绝时观觑了[26],我这心中宁耐。老汉可便眼昏花,错认了你个相公,你便休怪。

(正末云)相公,老汉年纪高大,错认了,相公休怪。(正末做跪三科了)(小末云)这老的拜将下去,我背后恰便似有人推起我来一般。莫不这老的他福分倒大似我?不怪你,你回去。(正末云)多谢了相公。(小末云)且回来。(正末云)相公莫非翻悔么?(小末云)大丈夫岂有翻悔之心。我见你那衣服破碎,与你这块绢帛儿补了你那衣服。你出去。(正末云)多谢了官人。这个官人又不打我,又不骂我,又与我这块绢帛儿,着我补衣服。我甚看咱。(哭科,云)我道是甚么来,原来是我那孩儿临去时留下的那半壁衫儿。有甚么那难见处,眼见的是那婆子恰才过来谢那官人,笃速笃速掉了[27]。我如今问他,若是有呵便罢。若是没呵,我可不到的饶了他哩。婆婆,俺那孩儿的呢?(卜儿云)孩儿的甚么?(正末云)孩儿临去时留下的那半壁衫儿在那里?(卜儿云)我恰才忘了,你又题将起来。我为那衫儿呵,则怕掉了,我牢牢的揣在我这怀里。(做取科,云)老的,兀的不是我儿的?(正末云)我这里也有半壁儿。(卜儿云)你那里的来?(正末云)咱是比咱,可不正是我那儿的衫儿!(做悲科,云)哎哟,眼见的无了我那儿也。哎哟儿也!苦痛杀我也。

【脱布衫】我这里便觑绝时雨泪盈腮,不由我便感叹伤怀。则被你抛闪杀俿这爹爹和您奶奶。婆婆也,去来波,问俺那少年儿是在也不在。

(见小末云)相公,这半壁衫儿不打紧,上面干连着两个人的性命哩。(小末云)你看这老的波,怎生干连着两个人性命?你试说一遍,我试听咱。

【小梁州】想当初他一领家这衫儿是我拆开,不俫问相公这一半儿那里每可便将来[28]?(小末云)你为甚么这等穷暴了来?(唱)想着俺那二十年前有家财,(小末云)你姓甚名谁?(唱)则我是张员外。(小末云)在那里居住来?(唱)我家住在马行街。(小末云)为甚么穷了来?(唱)想着我那当年认了个不良才,(小末云)曾与你家作福来?(唱)送的俺一家横祸非灾。(小末云)你那孩儿那里去了?(唱)俺孩儿做买卖离了乡外。(小末云)

他曾有书信来么？（唱）趁黄河一黛，他一去了不曾回来。

（小末云）兀那老两口儿，莫不是金狮子张员外么？（正末云）则我便是张员外，婆婆赵氏。相公，您父亲莫不是陈虎么？（小末云）谁将俺父亲名姓叫？（正末云）您母亲莫不是李玉娥么？（小末云）这老的，我母亲的胎讳怎生叫？（正末云）咱都是老亲哩。（卜儿云）老的。我想起来了也。这厮正是媳妇儿行十八个月不分娩，惹是头的弟子孩儿[29]。（小末云）您老两口儿跟我去来。（正末云）婆婆。他要带将俺去哩。咱去不去？（卜儿云）休去！（正末云）为甚么？（卜儿云）说道路上有剥脱人的[30]。（正末云）有甚么。那相公，俺在那里相等？（小末云）我与你些碎银，两金沙院相等，小心在意者。

【要孩儿】将衫儿半壁亲稍带，你说道是马行街公婆每都老迈。相公，这言语休着您爷知。（小末云）怎生休着他知道？（唱）则去那亲娘上分付的明白。则要你一言说透千年事，便俺十谒朱门九不开。那贼汉也合当败也，是他福消灾至，婆婆，咱正是苦尽甘来。

（正末云）去来，去来。

【尾声】我再不去佛啰、佛啰将我这头去磕，天那、天那将我这手去掴。我但能勾媳妇儿觑着咱这没主意的公婆拜，我今日个认了这个孙儿大古来哚[31]。（同卜儿下）

（小末云）长老勿罪。小官则今日收拾了行程，家中去来。

认了亲和眷，心内喜偏长。

登程上骏马，衣锦早还乡。（下）

（长老云）相公去了也。贫僧无甚事，回方丈中去来。（下）

【注释】

〔1〕本折以明末赵琦美《脉望馆钞校古今杂剧》本为底本，以明万历间《元曲选》本为校本。《脉望馆钞校古今杂剧》本题作《相国寺公孙汗衫记》，《元曲选》本题

作《相国寺公孙合汗衫》。

〔2〕邦老：元杂剧中扮演盗匪、凶徒等角色的俗称，一般由净脚扮演。

〔3〕看成：护持，照顾。歹看成，即苛待。

〔4〕撺（cuān）：抛掷。

〔5〕大虫：老虎。

〔6〕倈儿：元杂剧中指扮演儿童的角色。

〔7〕待：底本作“带”，据《元曲选》本改。

〔8〕揝（zuàn）：抓住，握住。

〔9〕经板儿记在心头：像木板上刻经那样记在心里，比喻铭记不忘。

〔10〕眼观旌节旗，耳听好消息：元杂剧下场套语，意谓等待得胜归来的消息。

〔11〕无遮大会：佛教法会名称，其梵文本意为“五岁筵”，即五年举行一次的集会。后因帝王或诸侯每五年举行一次大会布施，道俗贤愚无所差别，平等对待，广结善缘，故称为“无遮”。无遮大会即是以布施为主要内容的法会。

〔12〕生受：受苦，辛苦。

〔13〕薄蓝：褴褛，穷困潦倒状。一说乞丐所持之蒲篮、篾篮。

〔14〕睬：底本作“采”，据《元曲选》本改。下同，不另出校记。

〔15〕水床：蒸架，笼屉。

〔16〕藁荐：草席。

〔17〕争奈：怎奈，无奈。

〔18〕肯分：恰巧。

〔19〕瞅睬：底本作“揪採”，据《元曲选》本改。

〔20〕业人：造孽的人；可怜的人。

〔21〕刚行刚蓦：勉强走动。

〔22〕值着月值和这年灾：月值年灾，指一个月内碰到一年的灾祸，形容灾难极多。

〔23〕生忿：即忤逆。

〔24〕卜儿：底本作“正末”，据《元曲选》本改。

〔25〕恁（nín）：即您。

〔26〕觑绝：看了，看罢。

〔27〕笃速：打战慌乱状。掉：底本作“吊”，据《元曲选》本改。下同。

〔28〕倈：语气助词。

〔29〕子：底本作“了”，据《元曲选》本改。

〔30〕剥脱：刮削。

〔31〕大古来唻（cǎi）：大古来，表示揣测语气的副词。唻，句末语气词。

【评析】

《汗衫记》全名《相国寺公孙汗衫记》（脉望馆本）或《相国寺公孙合汗衫》（《元曲选》本），今存《元刊杂剧三十种》所收本、明万历间《元曲选》所收本和赵琦美《脉望馆钞校古今杂剧》所收本等。

《汗衫记》杂剧，末本戏。正末扮张文秀。全剧4折。写南京金狮子解典铺主人张文秀，好心救助雪地乞讨的徐州安山县人陈虎，收为义子。不想陈虎恩将仇报，设计将义兄张孝友推入河中，霸占已快分娩的义嫂李玉娥。李玉娥在其子陈豹年满十八岁时敦促其离家应举，并嘱咐其寻访“老亲”金狮子张员外夫妇。陈豹中武状元，授官本处提辖使，于大相国寺散斋，巧遇赶来赶斋的张文秀夫妇。凭借张家父子当年分别时各留一半作为信物的汗衫，玉娥母子与张员外夫妇相认。至金沙院，发现住持竟是当年落水被渔船所救的张孝友，一家团圆，陈虎也得到了惩罚。

此折时间跨度长，情节容量大：从陈虎谋害张孝友、逼娶李玉娥讲起，到十八年后陈豹打虎、别母取应，再到张员外夫妇雪天叫化、得遇陈豹诉说往事，跌宕曲折，引人入胜。剧情悲苦，却充满谐趣：陈豹与小厮打虎争虎，李玉娥嘱咐陈豹寻亲反复三遍，张员外夫妇互推叫化、认陈豹为张孝友时的插科打诨，多为艺人场上当行表演段子，民间趣味浓厚。曲词朴实无华，符合人物身份与故事情境。青木正儿有评语：“作为一名熟悉勾栏生活的剧作家，他只是技艺的专门家，对于结构很用意，而其曲词则平实无味。”（《元杂剧概说》）基本恰当。

秦简夫

秦简夫，大都（今北京）人。元后期杂剧家，在京都有才名，后流寓杭州。天一阁本《录鬼簿》【凌波仙】词称其"文章官样有绳规，乐府中和成墨迹"。所作杂剧5种，即《东堂老》《赵礼让肥》《剪发待宾》《邢台记》《玉溪馆》，前3种今存。

东堂老第三折[1]

（扬州奴同旦儿携薄篮上）（扬州奴云）不成器的看样也！自家扬州奴的便是。不信好人言，果有恓惶事。我信着柳隆卿、胡子传，把那房廊屋舍、家缘过活，都弄得无了，如今可在城南破瓦窑中居住。吃了早起的，无晚夕的。每日家烧地眠，炙地卧，[2]怎么过那日月？我苦呵，理当；我这浑家他不曾受用一日。罢罢罢，大嫂，我也活不成了，我解下这绳子来，搭在这树枝上，你在那边，我在这边，俺两个都吊杀了罢。（旦儿云）扬州奴，当日有钱时，都是你受用，我不曾受用了一些；你吊杀便理当，我着甚么来由？（扬州奴云）大嫂，你也说的是，我受用，你不曾受用。你在窑中等着，我如今寻那两个狗材去。你便扫下些干驴粪，烧的罐儿滚滚的，等我寻些米来，和你熬粥汤吃。天也！兀的不穷杀我也！（扬州奴、旦儿下）（卖茶上，云）小可是个卖茶的。今日早晨起来，我光梳了头，净洗了脸，开了这茶房，看有甚么人来。（柳隆卿、胡子传上，云）柴又不贵，米又不贵，两个傻厮，正是一对。自家柳隆卿，兄弟胡子传，俺两个是至交至厚、寸步儿不厮离的兄弟。自从丢了这赵小哥，再没兴头。今日且到茶房里去闲坐一坐，有造化再寻的一个主儿也好。卖茶的，有茶拿来，俺两个吃。（卖茶云）有茶，请里面坐。（扬州奴上，云）自家扬州奴。我往常但出门，磕头撞脑的，都是我那朋友兄弟。今日见我穷了，见了我的，都躲去了。我如今茶房里问一声咱。（做见卖茶科，云）卖茶的，支揖哩[3]。（卖茶云）那里来这叫化的？哇[4]！叫化的也来唱喏！（扬州奴云）好了好了，我正寻那两个兄弟，恰好的在这里。这一头赍发[5]，可不喜也！（做见二净唱喏科[6]，云）哥，唱喏来。（柳隆卿云）赶出这叫化子去！（扬州奴云）我不是叫化的，我是赵小哥。（胡子传云）谁是赵小哥？（扬州奴云）则我便是。（胡子传云）你是赵小哥？我问你咱，你怎么这般穷了？（扬州奴云）都是你这两个歹弟子孩儿弄穷了我哩！（柳隆卿云）小哥，你肚里饥么？（扬州奴云）可知我肚里饥，有甚么东西，与我吃些儿。（柳隆卿云）小哥，你少待片时，我买些来与你吃。好烧鹅、好膀蹄，我便去买将来。（柳隆卿下）（扬州奴云）哥，他那里买东西去了，这早晚还不见来？（胡子传云）小哥，还得我去。（扬州奴云）哥，你不去也罢。（胡子传云）小哥，你等不得他，我先买些肉鲊酒来与你吃[7]。哥少坐，我便来。（胡子传出门科）（卖茶云）你少我许多钱钞，往那里去？（胡子传云）你不要大呼小叫的，你出来，我和你说。（卖茶云）你有甚么说？（胡子传云）你认得他么？则他是扬州奴。（卖茶云）他就是扬州奴？怎么做出这等的模样？（胡子传云）他是有钱的财主，他怕当差，假妆穷哩。我两个少你的钱钞，都对付在他身上，你则问他要，不干我两个事，我家去也。（扬州奴做捉虱子科）（卖茶云）我算一算帐，少下我茶钱五钱，酒钱三两，饭钱一两二钱，打发唱的耿妙莲五两[8]，打双陆输的银八钱[9]，共该十两五钱。（扬州奴云）哥，你算甚么帐？（卖茶云）你推不知道，恰才柳隆卿、胡子传把那远年近日欠下我的银子，都对付在你身上。你还我银子来，帐在这里。（扬州奴云）哥阿！我扬州奴有钱呵，肯妆做叫化的？（卖茶云）你说你穷，他说你怕当差，假妆着哩。（扬州奴云）原来他两个把远年近日少欠人家钱钞的帐，都对付在我身上，着我赔还。哥阿，且休看我吃的，你则看我穿的，我那得一个钱来？我宁可与你家担水运浆，扫田刮地，做个佣工，准还你罢。（卖茶云）苦恼！苦恼！你当初也是做人的来[10]，你也曾照顾我来，我便下的要你做佣工还旧帐！我如今把那项银子都不问你要，饶了你,可何如?（扬州奴云）哥阿,你若饶了我呵,我可做驴做马报答你。（卖茶云）罢罢罢,我饶了你,你去罢。（扬州奴云）谢了哥哥！我出的这门来。他两个把我稳在这里,推买东西去了;他两个少下的钱钞,都对在我身上。早则这哥哥饶了我,不然,我怎了也！柳隆卿、胡子传,我一世里不曾见你两个歹弟子孩儿！（同下）（旦儿上[11],云）自家翠哥。扬州奴到街市上投托相识去了,这早晚不见来,我在此且烧汤罐儿等着。（扬州奴上,云）这两个好无礼也！把我稳在茶房里,他两个都走了,干饿了我一日。我且回那破窑中去。（做见科）（旦儿云）扬州奴,你来了也。（扬州奴云）大嫂,你烧得锅儿里水滚了么?（旦儿云）我烧得热热的了,将米来我煮。（扬州奴云）你煮我两只腿。我出门去,不曾撞一个好朋友。罢罢罢,我只是死了罢。（旦儿云）你动不动则要寻死,想你伴着那柳隆卿、胡子传,百般的受用快活,我可着甚么来由。你如今走投没路,我和你去李家叔叔,讨口饭儿吃咱。（扬州奴云）大嫂,你说那里话,正是上门儿讨打吃。叔叔见了我,轻呵便是骂,重呵便是打。你要去,你自家去,我是不敢去。（旦儿云）扬州奴,不妨事。俺两个到叔叔门首,先打听着:若叔叔在家呵,我便自家过去;若叔叔不在呵,我和你同进去,见了婶子,必然与俺些盘缠也。（扬州奴云）大嫂,你也说得是。到那里,叔叔若在家时,你便自家过去见叔叔,讨碗饭吃。你吃饱了,就把剩下的包些儿出来我吃。若无叔叔在家,我便同你进去,见了婶子,休说那盘缠,便是饱饭也吃他一顿。天也！兀的不穷杀我也！（同旦儿下）（卜儿上,云）老身李氏。今日老的大清早出去,看看日中了,怎么还不回来?下次孩儿每,安排下茶饭,这早晚敢待来也。（扬州奴同旦儿上）（扬州奴云）大嫂,到门首了,你先过去。若有叔叔在家,休说我在这里;若无呵,你出来叫我一声。（旦儿云）我知道了,我先过去。（做见卜儿科）（卜儿云）下次小的每,可怎么放进这个叫化子来?（旦儿云）婶子,我不是叫化的,我是翠哥。（卜儿云）呀,你是翠哥儿也,你怎么这等模样?（旦儿云）婶子,我如今和扬州奴在城南破瓦窑中居住。婶子,痛杀我也！（卜儿云）扬州奴在那里?（旦儿云[12]）扬州奴在门首哩。（卜儿云）着他过来。（旦儿云）我唤他去。（扬州奴做睡科）（旦儿叫科，云）他睡着了，我唤他咱。扬州奴！扬州奴！（扬州奴做醒科，云）我打你这丑弟子！天那，搅了我一个好梦，正好意思了呢！（旦儿云）你梦见甚么来？（扬州奴云）我梦见月明楼上，和那撇之秀两个唱那阿孤令[13]，从头儿唱起。（旦儿云）你还记着这样儿哩，你过去见婶子去。（扬州奴见卜儿哭科[14]，云）婶子，穷杀我也！叔叔在家么？他来时，要打我，婶子劝一劝儿。（卜儿云）孩儿，你敢不曾吃饭哩？（扬州奴云）我那得那饭来吃？（卜儿云）下次小的每，先收拾面来与孩儿吃。孩儿，我着你饱吃一顿，你叔叔不在家，你吃，你吃。（扬州奴吃面科）（正末上，云）谁家子弟，骏马雕鞍，马上人半醉，坐下马如飞，拂两袖春风，荡满街尘土。你看啰，呸！兀的不眯了老夫的眼也。（唱）

【中吕·粉蝶儿】谁家个年小无徒，他生在无忧愁太平时务[15]。空生得貌堂堂，一表非俗。出来的拨琵琶，打双陆，把家缘不顾。那里肯寻个大老名儒，去学习些儿圣贤章句。

【醉春风】全不想日月两跳丸，则这乾坤一夜雨。[16]我如今年老也逼桑榆[17]，端的是朽木材，何足数数。则理会的诗书是觉世之师，忠孝是立身之本，这钱财是倘来之物[18]。

（云）早来到家也。（唱）

【叫声】恰才个手扶拄杖走街衢，一步一步，蓦入门程去[19]。（做见扬州奴怒科，云）谁吃面哩？（扬州奴惊科，云）我死也！（正末唱）我这里猛抬头，刚窥觑，他可也为甚么立钦钦[20]，恁的胆儿虚。

（旦儿云）叔叔，媳妇儿拜哩！（正末云）靠后。（唱）

【剔银灯】我其实可便消不得你这娇儿和幼女，我其实可便顾不得你这穷亲泼故。这厮有那一千桩儿情难容处，这厮若论着五刑发落[21]，可便罪不容诛。（带云）扬州奴，你不说来？（唱）我教你成个人物，做个财主，你却怎生背地里闲言落可便长语[22]？

（云）你不道来，我姓李，你姓赵，俺两家是甚么亲那？（唱）

【蔓青菜】你今日有甚脸，落可便踏着我的门户，怎不守着那两个泼无徒？（扬州奴怕走科）（正末云）那里走！（唱）唬得他手儿脚儿战笃速，特古里我根前你有甚么怕怖[23]？则俺这小乞儿家羹汤少些姜醋。

（云）还不放下！则吃你那大食里烧羊去。（扬州奴做怕科，将箸敲碗科）（正末打科）（卜儿云）老的也，休打他。（扬州奴做出门科，云）婶子，打杀我也！如今我要做买卖，无本钱，我各扎邦便觅合子钱[24]。（卜儿云）孩儿也，我与你这一贯钱做本钱。（扬州奴云）婶子，你放心，我便做买卖去也。（虚下，再上，云）婶子，我拿这一贯钱去买了包儿炭来。（卜儿云）孩儿，你做甚么买卖哩？（扬州奴云）我卖炭哩。（卜儿云）你卖炭，可是何如？（扬州奴云）我一贯本钱，卖了一贯，又赚了一贯，还剩下两包儿炭，送与婶子烘脚，做上利哩。（卜儿云）我家有，你自拿回去受用罢。（扬州奴云）婶子，我再别做买卖去也。（虚下，再上，叫云）卖菜也！青菜、白菜、赤根菜、芫荽、葫萝卜、葱儿呵！（卜儿云）孩儿也，你又做甚么买卖哩？（扬州奴云）婶子，你和叔叔说一声，道我卖菜哩。（卜儿云）孩儿也，你则在这里，我和叔叔说去。（卜儿做见正末科，云）老的，你欢喜咱，扬州奴做买卖，也赚得钱哩。（正末云）我不信扬州奴做甚么买卖来。（扬州奴云）您孩儿头里卖炭，如今卖菜。（正末云）你卖炭呵，人说你甚么来？（扬州奴云）有人说来：扬州奴卖炭，苦恼也。他有钱时，火焰也似起；如今无钱，弄塌了也。（正末云）甚么塌了？（扬州奴云）炭塌了。（正末云）你看这厮。（扬州奴云）扬州奴卖菜，也有人说来：有钱时，伴着柳隆卿；今日无钱，担着那胡子传[25]。（正末云）你这菜担儿，是人担，自担？（扬州奴云）叔叔，你怎么说这等话？有偌大本钱，敢托别人担？倘或他担别处去了，我那里寻他去？（正末云）你往前街去，也往那后巷去？（扬州奴云）我前街后巷都走。（正末云）你担着担，口里可叫么？（扬州奴云）若不叫呵，人家怎么知道有卖菜的？（正末云）可是你叫，是那个叫？（扬州奴云）我自叫。（正末云）下次小的们，都来听扬州奴哥哥怎么叫哩。（扬州奴云）叔权，你要听呵，我前面走，叔叔后面听，我便叫。叔叔，你把下次小的每赶了去，这小厮每,都是我手里卖了的。(正末云)你若不叫,我就打死了你个无徒!(扬州奴云)他那里是着我叫,明白是羞我。我不叫,他又打我。不免将就的叫一声:青菜、白菜、赤根菜、葫萝卜、芫荽、葱儿阿!(做打悲科,云)天那!羞杀我也!(正末云)好可怜人也呵!(唱)

【红绣鞋】你往常时,在那鸳鸯帐底,那般儿携云握雨。哎!儿也,你往常时,在那玳瑁筵前,可便噀玉喷珠[26],你直吃得满身花影倩人扶。今日呵,便担着孛篮,拽着衣服。不害羞,当街里叫将过去。

(扬州奴云)叔叔,您孩儿往常不听叔叔的教训,今日受穷,才知道这钱中使,我省的了也。(正末云)这话是谁说来?(扬州奴云)您孩儿说来。(正末云)哎哟!儿也,兀的不痛杀我也!(唱)

【满庭芳】你醒也波高阳哎酒徒[27],担着这两篮儿白菜,你可觅了他这几贯的青蚨[28]?(带云)扬州奴,你今日觅了多少钱?(扬州奴云)是一贯本钱,卖了一贯,又觅了一贯。(正末唱)你就着这五百钱,买些杂面,你便还窑去。那油盐酱旋买也可是零沽[29]?(扬州奴云)甚么肚肠,又敢吃油盐酱哩?(正末唱)哎!儿也,就着这卖不了残剩的菜蔬,(扬州奴云)吃了就伤本钱,着些凉水儿洒洒,还要卖哩。(正末唱)则你那五脏神也不到今日开屠。(云)扬州奴,你只买些烧羊吃波?(扬州奴云)我不敢吃。(正末云)你买些鱼吃?(扬州奴云)叔叔,有多少本钱,又敢买鱼吃?(正末云)你买些肉吃?(扬州奴云)也都不敢买吃。(正末云)你都不敢买吃,你可吃些甚么?(扬州奴云)叔权,我买将那仓小米儿来,又不敢舂,恐怕折耗了。只拣那卖不去的菜叶儿,将来煨熟了,又不要蘸盐搠酱,只吃一碗淡粥。(正末云)婆婆,我问,扬州奴买些鱼吃?他道,我不敢吃。我道,你买些肉吃。他道,我不敢吃。我道,你都不敢吃,你吃些甚么?他道,我吃淡粥。我道,你吃得淡粥么?他道,我吃得。(唱)婆婆呵,这厮便早识的些前路,想着他那破瓦窑中受苦。(带云)正是:不受苦中苦,难为人上人。(唱)哎!儿也,这的是你须下死工夫[30]。

(扬州奴云)叔叔,恁孩儿正是执迷人难劝,今日临危可自省也。(正末云)这

断一世儿则说了这一句话。孩儿,你且回去。你若依着我呵,不到三五日,我着你做一个大大的财主。(唱)

【尾煞】这业海是无边无岸的愁,那穷坑是不存不济的苦。这业海打一千个家阿扑逃不去,那穷坑你便旋十万个翻身,急切里也跳不出。(同卜儿下)

(扬州奴云)大嫂,俺回去来。天那!兀的不穷杀我也!(同旦儿下)(小末上,云)自家李小哥。父亲着我去请赵小哥坐席,可早来到城南破窑,不免叫他一声:赵小哥!(扬州奴同旦儿上,见科,云)小大哥,你来怎么?(小末云)小哥,父亲的言语,着我来明日请坐席哩。(扬州奴云)既然叔叔请吃酒,俺两口儿便来也。(小末云)小哥,是必早些儿来波。(下)(扬州奴云)大嫂,他那里请俺吃酒,明白羞我哩。却是叔叔请,不好不去。到得那里,不要闲了,你便与他扫田刮地,我便担水运浆。天那!兀的不穷杀我也!(同下)

【注释】

〔1〕此折以明万历间《元曲选》本为底本,以明崇祯间《古今名剧合选·酹江集》本为校本。

〔2〕烧地眠,炙地卧:住在破窑里。烧地、炙地均指窑。

〔3〕支揖:作揖。

〔4〕哣(dōu):叹词,表呵斥。

〔5〕赍(jī)发:资助,打发。

〔6〕唱喏:古代男子所行之礼,叉手行礼,同时出声致敬。

〔7〕鲊(zhǎ):腌鱼。

〔8〕耿妙莲:唱曲的艺人名。

〔9〕双陆:古代的一种棋类游戏。

〔10〕做人的:有体面、有身份的。

〔11〕上:底本脱,据体例补。

〔12〕儿:底本脱,据《古今名剧合选·酹江集》补。下同,不另出校记。

〔13〕阿孤令:即阿忽令,曲牌名,属双调。

〔14〕科:底本脱,据体例补。

〔15〕时务：时代。

〔16〕日月两跳丸、乾坤一夜雨：比喻时光飞逝，人生短促。

〔17〕桑榆：日落时，光照桑、榆树端，因以指日暮，也比喻晚年。

〔18〕傥来之物：意外得来或非本分应得的东西。

〔19〕门程(tīng)：门槛。

〔20〕立钦钦：战战兢兢，站立不稳状。

〔21〕五刑：中国古代五种刑罚之统称。秦以前为墨、劓、剕(刖)、宫、大辟(杀)。秦汉时为黥、劓、斩左右趾、枭首、菹其骨肉。隋唐以后为死、流、徒、杖、笞。

〔22〕落可便：语气助词，无实际意义。

〔23〕特古里：特别。也作特故里。

〔24〕各扎邦便觅合子钱：各扎邦，一下子，很快。合子钱，以本求利所得的钱。

〔25〕担着那胡子传："胡子传"谐音"胡子转"。胡子，即胡瓜。

〔26〕噀(xùn)玉喷珠：形容口齿伶俐，说话悦耳动听。噀，含在口中而喷出。

〔27〕高阳酒徒：高阳，地名。秦末，郦食其为高阳人，追随刘邦时自称"高阳酒徒"。后泛指好饮酒而豪放不羁的人。典出《史记·郦生陆贾列传》："吾高阳酒徒也，非儒人也。"

〔28〕青蚨(fú)：虫名，传说青蚨母子分开后仍会聚回一处，用青蚨母子血各涂在钱上，留下一方，另一方钱用出后必会飞回，故有"青蚨还钱"之说。因以"青蚨"称钱。

〔29〕旋买：整买。

〔30〕须下死工夫：俗谚有"欲求生富贵，须下死工夫"。

【评析】

《东堂老》全名《东堂老劝破家子弟》，今存明万历间《元人杂剧选》所收本、《元曲选》所收本和明崇祯间《古今名剧合选·酹江集》所收本。

《东堂老》杂剧，末本戏。正末扮东堂老。全剧4折1楔子。写东堂老劝诫扬州奴浪子回头的故事。此为第三折，为全剧重要转折所在。在此之前，剧作渲染扬州奴的堕落过程，结交无赖、纵情玩乐，东堂老几度劝斥无果；至此折，扬州奴家产挥霍无余，已沦为乞丐，与妻子住破窑，衣食无着，昔日狐朋狗友不但不接济，还将欠账赖到他身上；这番雪上加霜使他彻底醒悟,他拿着东堂老之妻给的微资,做起卖炭、卖菜的生计,含羞忍辱,极度勤俭,渐有起色。

浪子回头的故事在元杂剧中并不少见,此剧优长在于情节单纯,排场工致,四折都紧张有味。明代孟称舜《古今名剧合选·酹江集》于第三折一开始即眉批云:"摹写败子回头、老人点化处俱有生气。"此折曲辞本色,宾白爽利,将人物言语行动描摹得细腻且富有个性。东堂老表面严厉,内里竭诚帮衬;东堂老之妻不违逆丈夫,同时尽量关怀周济;扬州奴未悟时骄奢淫逸,醒悟后则能忍人之不能忍;扬州奴之妻善柔委顺中亦有所坚持;柳隆卿、胡子传之无赖狡诈;店家之淳朴厚道,都跃然纸上。《古今名剧合选·酹江集》评其"老实痛快,而风致不乏","是一篇好文字"。

明传奇

李日华

李日华，江苏吴县人，明嘉靖年间人。工散曲，兼作戏曲。据明高儒《百川书志》、梁辰鱼《南西厢记序》、祁彪佳《远山堂曲品》等文献所述，《南西厢记》原为李日华友人、浙江海盐人崔时佩所著，由李日华增订。崔作今不存。李日华《南西厢记》原 38 出，今存 36 出。

南西厢记·佛殿奇逢[1]

【光光乍】（净上）假持斋做长老，经卷那曾晓。每日吃荤腥常醉倒，真个快活无烦恼。

小僧法聪是也。师父赴斋不在，倘有游客往来，只得在此等候。（生上）

【菊花新】未临科甲暂稽程[2]，旅况凄凉动客情。萧寺独游行，历遍名山胜境。

（相见介）（净）先生何来？（生）小生西洛至此。久闻上刹清雅，一来瞻仰佛像，二来拜谒长老。（净）我师父不在。方才办了八个盒子，望丈母去了。（生）出家人那得有丈母！（净）徒弟家里去了。（生）这个才说得是。（净）请方丈内献茶[3]。（生）既是尊师不在，不必赐茶。敢烦首座引领[4]，佛殿上瞻仰一回。（净）请坐。奉一杯清茶，待小僧叫道人取钥匙来开门[5]。（坐介）（生）久闻尊师善于诗赋，特来请教，岂知不遇。倘有诗稿，请借一观。（净）我师父锁了书箱去了。小僧记得，前者与师长联得一首诗，念与先生听。烦乞笔削一笔削[6]。（生）愿闻。（净）我师父说道："独坐禅房静，忽然觉动情。"我说："师父，休得出此语，窗外有人听。"我师父说："出家皆如此，休要假惺惺。开了聪明孔，好念《法华经》。”（生笑，行看介）（净）先生，这是大雄宝殿。

【忒忒令】（生）随喜到僧房古殿[7]。（净）上宝塔看一看去。（生）不必上去了。只在下面看一看罢。瞻宝塔将回廊绕遍。（净）这是罗汉堂。（生）参了罗汉，拜了圣贤。（旦、贴上）（贴）小姐，我与你佛殿上去耍一回。（行介）（贴）这是三世佛[8]。（净）先生，这是法堂[9]。（生）行过法堂前。（见旦介）（生）正撞着五百年风流孽冤[10]。

（净）张先生，放尊重些！

【园林好】（旦、贴）偶喜得片时稍闲，且与你寻芳自遣。那鹦鹉在笼中巧啭。蓦听得有人言，只索要自回还。

【前腔】（生）首座，我颠不辣见了万千[11]，似这般庞儿罕见。只着人眼花撩乱口难言，他掩映并香肩。（贴）姐姐，你看好一朵花儿。（旦）真个好朵花儿。（贴）这是铁梗海棠。（生）他止将花枝笑捻。

【皂罗袍】（贴）笑折花枝自捻。惹狂蜂浪蝶，舞翅翩跹。几番要扑展齐纨，飞向锦香丛里教我寻不见。被燕衔春去，芳心自敛。怕人随花老，无人见怜。临风不觉增长叹。

（净）先生，这里是梵王宫[12]，不是相思堂。

【江儿水】（生）这里是兜率院[13]，休猜做离恨天[14]。你看他宜嗔宜喜春风面，弓样眉儿新月偃[15]。未语人前先腼腆，却便似呖呖莺声花外啭。解舞腰肢，似垂柳风前娇软。

【皂罗袍】（旦、贴）行过碧梧庭院，步苍苔已久，湿透金莲[16]。纷纷红紫斗争妍，双双瓦雀行书案[17]。燕衔春去[18]，芳心自敛。人随花老，无人见怜，把轻罗小扇遮羞脸。

（贴）小姐，佛殿上有人。和你回去罢。（旦）寂寂僧房人不到，满阶苔衬落花红。（旦、贴下）（生）首座，曾见观音出现么？（净）小僧在此出家多年，不曾见观音出现。（生）适才面前走的是观音，后面跟的不是善才[19]？（净）先生，你错认了。那前面走的是崔相国府中莺莺小姐，后面跟随的是侍妾红娘。（生）

世上怎么有如此之女，岂非天姿国色乎！休说他那模样，只那一双小脚儿，值一百两黄金。（净）先生，他那双小脚值一百两黄金，我这一双大的值一千两。（生）你好不知趣。（净）先生，那小姐穿着绕地长裙，怎见得他脚儿小？（生）你出家人，那晓其中趣来。（引净看介）（生）你看这苍苔上的不是？（净）还是读书人聪明。果然一双脚迹大些，一双儿小些，只有三寸三分。

【川拨棹】（生）若不是衬残红芳径软，怎显得步香尘底样浅？休题他眼角儿留情，只这脚踪儿将心事传。风魔了张解元[20]，似神仙归洞天。

（内云）红娘，把西厢门关上了。

【前腔】（生）门掩梨花深小院，粉墙儿高似青天，粉墙儿高似青天。（净）他去远了。（生）玉佩声渐渐远，空教人饿眼望将穿，空教人饿眼望将穿。怎当他临去秋波那一转。首座，休说小生，便是铁石人情意牵。

【尾声】东风摇曳垂杨线，游丝牵惹桃花片。争奈玉人不见[21]，将一座梵王宫疑是武陵桃源。

十年不识君王面，始信婵娟解误人。小生便不去应举也罢。（转身介）敢问首座，有空闲房屋，乞借半间，早晚温习经史，房金依例奉上[22]。（净）先生，空房虽有，贫僧焉敢自专？待老师父回来，对他说方可。（生）既如此，小生明日又来。烦首座在尊师处竭力赞助为幸。（净）当矣当矣。

花前邂逅见芳卿，频送秋波似有情。
便欲禅房寻讲习，无心献策上神京[23]。

【注释】

〔1〕此出以明末毛晋汲古阁刻《六十种曲》所收本为底本，以明富春堂本为校本。

〔2〕未临科甲暂稽程：意谓暂时不去参加科举应试。稽程，延误行程。

〔3〕方丈：指寺院长老的居室。

〔4〕首座：位居上座的僧人，这里是对法聪的尊称。

〔5〕道人：这里不指道教弟子，而是指佛教徒，即僧人。宋叶梦得《避暑录话·言

语》:“晋宋间佛学初行,其徒犹未有僧称,通曰‘道人’。”这里即沿袭此说。

〔6〕笔削:批改。

〔7〕随喜:旧称游览寺院。

〔8〕三世佛:佛教谓过去、现在、未来三世各有众佛出世,过去佛为迦叶诸佛,现在佛为释迦牟尼佛,未来佛为弥勒诸佛。

〔9〕法堂:寺院中演说佛法的讲堂。

〔10〕孽冤:犹言冤家,爱极之反语。

〔11〕颠不辣:又作“颠不剌”,元明时代表示极言感叹的蒙古语。

〔12〕梵王宫:本指大梵天王的宫殿,泛指佛寺。

〔13〕兜率院:佛教谓天分多层,第四层名兜率天,其内院为弥勒菩萨的净土,外院为天上众生所居之处。

〔14〕离恨天:佛教称须弥山正中有一天,四方各有八天,共三十三天,三十三天中最高为离恨天。后比喻男女生离死别、抱恨终身的境地。

〔15〕偃(yǎn):卧倒。

〔16〕金莲:指女子穿的鞋。

〔17〕瓦雀:麻雀的别名。

〔18〕春:底本缺,据明富春堂本补。

〔19〕善才:擅长弹琵琶的人,这里指观音身边的伴僮。

〔20〕解元:科举乡试第一名称解元,多用于对读书人的尊称。

〔21〕争奈:怎奈。

〔22〕房金:房屋租金。

〔23〕神京:指京城。

【评析】

李日华《南西厢记》现存万历间金陵富春堂刻本、万历间周居易校刻本、明末闵遇五校刻《六幻西厢记》所收本、明末汲古阁原刻初印本、汲古阁刻《六十种曲》所收本等。

崔时佩、李日华因王实甫北杂剧《西厢记》为北曲,不利于南曲笙笛演奏而改作南曲,故被称为《南西厢记》。南《西厢》与北《西厢》同写张生、崔莺莺情事,但前者增加了更多的趣味性。

李日华《南西厢记》存36出，这里选第五出《佛殿奇逢》。该出戏相当于北《西厢》第一本第一折的内容，金圣叹批本《西厢记》称之为《惊艳》，写张生在游玩普救寺时邂逅崔莺莺，被莺莺的美丽所吸引，由此决定不再进京赶考。莺莺的国色天香让张生瞬间迷惘，他的第一感觉是“正撞着五百年风流孽冤”，继而又恍惚地感觉“面前走的是观音”。总之，在张生看来，莺莺之美绝非人间所有，其痴情性格顿然展现出来，十分可爱。剧作虽然未着意刻画莺莺的表现，但莺莺矜持中的“临去秋波那一转”，表明她已属意于张生。至少，张生是如此认为的，张生的傻角形象也由此跃然纸上。

李日华的《南西厢记》虽多翻用北《西厢》的情节和用语，但并未完全受制于北《西厢》，而是大胆地增加了新的内容，就《佛殿奇逢》一出而言，增加了法聪介绍普救寺住持作诗和张生揣测莺莺三寸金莲这两段科诨，使得南《西厢》具有更好的舞台演出效果。昆曲舞台所演的折子戏《西厢记·游殿》就是在汲古阁本南《西厢》之《佛殿奇逢》一出的基础上加以进一步改编，再增加法聪向张生介绍其他游客留下的若干三句半打油诗和张生与法聪争辩莺莺的“临去秋波那一转”到底是属意张生这个“小生”还是法聪这个“小僧”。可见李日华《南西厢记》风格影响之深远。明张琦《衡曲麈谭》云：“今丽曲之最胜者，以王实甫《西厢》压卷，日华翻之为南，时论颇弗取。不知其翻变之巧，顿能洗尽北习，调协自然，笔墨中之炉冶，非人官所易及也。”所言极是。

陆　采

陆采（1497—1537），初名灼，字子玄，号天池，一作天池山人，别署清痴叟，长洲（今江苏苏州）人。与其兄焕、粲自相师友，时称“三凤”。诸生，屡试不第。性情豪放，喜游历，好访故实，编著有《国朝史余》。读书不屑章句，从妇翁都穆学古文词，于文喜六代，诗守盛唐，晚好谢灵运诗，时为近体乐府。通音律，尤善梨园乐府。著有传奇《明珠记》《怀香记》《椒觞记》《分鞋记》《存孤记》5种，前二种存；还改编有《南西厢记》，亦存。

明珠记·煎茶[1]

（末上）蓝桥今夜好风光，天上群仙降下方。只恐云英难见面，裴航空自捣玄霜。[2]小人塞鸿，跟随官人在驿中。今夜内臣在此，不免伺候则个。（生上[3]）为托青童传信息[4]，深探月窟见姮娥[5]。塞鸿，有一件事，和你商量。（末跪）官人有甚么事？（生）今夜宫女在此，我只怕无双小姐也在其内。你与我探个消息。（末）官人又来了，掖庭内有三十六宫[6]、七十二院，三千粉黛、八百娇娥，更没得差，直差小姐到来？你休痴心。（生）你省得甚么？凡事不可意料，大海浮萍，也有相逢之日。倘或小生与小姐姻缘未断，正差了来，也未可知。你与我妆做煎茶童子，在后堂深处等候，暗地瞧小姐在内，我要见他一面。这颗明珠是小姐与俺的，你把与他为信，只等回报。（末）恁的，官人请出去，小人自有分晓。（生）眼望旌旗捷[7]，耳听好消息。（下）（末）我官人是个心风的，天下那有这等事？也罢，我除下帽子，梳个髻子，撞入中堂去咱。（净、丑）儿家门户重重闭，春色缘何得入来。你是何人，撞入中堂，有何缘故？（末）小人是茶童。

（净）呸，怕没有妇人，要你男子汉入去。（末）你不知，驿中常年是俺煮茶，并没有妇人。（丑）你驿丞的老婆在那里？（末）没有老婆。（净、丑笑）你便是他的老婆了。放你入去，不要则声。老公公法度严紧，在他门下过，怎敢不低头？（下）（末）好了，吃我漏了进来，只在此间煎茶等候。（煎茶科）（旦）

【长相思】念奴娇，归国遥，为忆王孙心转焦，楚江秋色饶。月儿高，烛影遥，为忆秦娥梦转迢，汉宫春信消。[8]

街鼓冬冬动戍楼，倚床无寐数更筹。可怜今夜中庭月，一样清光两地愁。奴家在这驿中，看看天气晚来。呀，樵楼上已是二更了[9]。独眠孤馆，展转凄惶，怎生睡得去？欲待与姊姊们闲话，一个个都自去睡了。不免剔起残灯，到中堂去闲步一番，以消长夜。你看，

【二郎神】良宵杳，为愁多，睡来还觉。手揽寒衾风料峭，徘徊灯侧，下阶闲步无聊。只见惨淡中庭新月小，画屏间余香犹袅。漏声高，正三更，驿庭人静寥寥。

这是中堂，外面是前堂了，待我揭起帘儿看。

【前腔】偷瞧，朱帘轻揭，金铃声小。那一炉宿火、两个铜瓶，敢是煎茶之所。一缕茶烟香缭绕。（末）帘儿下有个内家来也[10]。（旦惊退科）呀，元来有人在外边。（进看科）是个煎茶童子。那人我面善呵。青衣执爨[11]，分明旧识丰标[12]，悄语低声问分晓。塞鸿，塞鸿。（末）呀，帘内莫非无双小姐么？（旦）你不是塞鸿么？（末）小人正是。（旦）天那，果然是萍水相遭。（末拜）小姐果然在此。（旦）塞鸿，你怎的也在这里？（末）复小姐，俺官人见做驿官[13]，着小人假做茶童打探，不想果得相遇。（旦）郎年少，自分离，孤身何处飘飖。

（末）告小姐，一言难尽，官人自分散后，[14]贼平到京，逢着小人，正要同来拜见，不想遭这场横祸。如今官人得金吾将军抬举，与他奏讨得官，见做富平县尹，权知此驿。（旦）

【啭林莺[15]】宦中薄禄权倚靠，知他未遂云霄。采苹如今在那里？（末）采苹在王将军家做义女，官人具礼去赎他为妾，见今和官人一处。（旦）他到强似

我[16]。鹪鹩已占枝头早[17]，孤鸾拘锁，何日得归巢。檀郎安否[18]？怕相思瘦损潘安貌。（末）官人虽是折磨，却也志气不衰，容颜如旧。（旦）志气好，千般折挫，风月未全消。

（末）官人有明珠一颗，着我送还，说是小姐与他为表记的。（旦）明珠何在？（末）在此。（与珠科）（旦）

【前腔】双珠依旧成对好，我两人还是蓬漂。塞鸿，我今夜要见官人，你唤得来么？（末）这个使不得。敕使老公公在外[19]，军士们铁桶也似把守，官人怎的来得？（旦）眼前欲见何由到，驿亭咫尺，翻做楚天遥。楚天犹小，着不得一腔烦恼。（末）小姐有甚说话，说与我传与官人。（旦叹科）枉心焦，芳情自解，怎说与伊曹。

（末）小姐修一封书，备细写下，小人递与官人看。（旦）也说得是，我房里去修书。（末）小姐快些，霎时便要天明也。（旦）理会得。

【啄木公子】舒蚕茧，展兔毫，蚊脚蝇头随意扫。只怕我万恨千愁，假饶会面难消，写向鸾笺怎得了。我那满腔哀怨呵，纵有丹青别样巧，毕竟衷肠事怎描，只落得泪痕交。（旦）

【前腔】书裁就，灯再挑，末袋重封花押巧[20]。（将书出与末科）塞鸿，书已写完了。（末）有甚言语？（旦）传示他，好自支持，休为我长皱眉稍。（末）别有甚说话？（旦）为说汉宫人未老，怨粉愁香憔悴倒。寂寞园陵岁月遥，云雨隔蓝桥。

（末）告小姐，小人一时思量不到，外面老公公分付门子[21]，一个个出入，都要搜检。小人把这封书出去，被他们搜出，却不利害？其实拿去不得。（旦）呀，我也不想到此。也罢，我把这书藏在锦褥子底下，待我去后，教官人取来看。（旦藏书科）

【哭相思尾】从此两下分离音信杳，无由再见情人了。

（旦倒科，末惊走下）（净、丑上）自不整衣毛，何须夜夜嗥。咱们一路劳倦，正要睡哩，不知隔房刘家娘子，一夜啾啾唧唧，哭哭啼啼，做甚么？老身方才吃他惊觉了,不免去瞧一瞧。(丑)呀,怎么倒在地上,不好了!祖武符,孝顺爹,草头天,七颠八,上天入,十死九,菜重芥,周发殷,手精眼,南去北。[22](净)老妮子说甚么?(丑)刘娘子倒地,生姜汤快来。(净)好也,人要死哩,你兀自打歇后语哩,有这等慢心肠的!待我叫。(丑)你叫。(净)列位好姐姐,可怜刘泼帽,今朝懒画眉,忽地玉山颓,浑如醉公子,口吐满江红,面皮豆叶黄,请过七娘子,将些江儿水,打碎生姜芽,都来玉抱肚,大家醉扶归,扶去罗帐里坐。[23](丑)好少话儿。(小旦、贴)野花不种年年有,烦恼无常日日生。做甚么啰唣!(丑)恰才来看刘娘子,不知因甚蹶倒在地。(小旦)这是受了辛苦,中恶倒了。(贴)快把水来喷他几口。姐姐苏醒。(旦)

【黄莺儿】连日受劬劳[24],怯风霜,心胆摇,昨宵不睡捱到晓。(小旦)小姐为何不睡?(旦)思家路遥,思亲寿高,因此上蓦然愁绝懵腾倒。(合)谢多娇,相将救取,免死向荒郊。(小旦、贴)

【前腔】人世水中泡,受皇恩,福怎消,何须苦忆家乡好。慈帏乍抛[25],相逢不遥,宽心莫把闲愁恼。(净、丑)曙光高,马嘶人起,梳洗上星轺[26]。

请列位娘子早梳妆,要赶路程。

(旦)愁剧翻成病,(小旦、贴)宽心免作灾[27]。

(净、丑)这番救得醒,下次抬棺材。

【注释】

〔1〕此出以明末吴兴闵氏校刻朱墨套印本为底本,以明末毛晋汲古阁刻《六十种曲》所收本为校本。

〔2〕“蓝桥”四句:用唐代秀才裴航求娶仙女云英的典故。裴航于蓝桥驿得老妪指点,找来玉杵臼,捣药百日,得娶云英。典出唐裴铏《传奇》“裴航”条。

〔3〕生:扮男主人公王仙客。上:底本脱,据汲古阁本补。

〔4〕青童:神话传说中的仙童。

〔5〕姮娥:神话中的月中女神,也称嫦娥。

〔6〕掖庭:亦作“掖廷”。宫中旁舍,妃嫔居住的地方。

〔7〕旌旗捷：底本作“旌捷旗”，据汲古阁本改。

〔8〕此曲中念奴娇、归国遥、忆王孙、楚江秋、月儿高、烛影摇红（烛影遥）、忆秦娥、汉宫春皆为词牌曲牌名，此处作双关语用。

〔9〕樵楼：即谯楼，指古代城门上建造的用以瞭望的楼。

〔10〕内家：这里指宫女。

〔11〕青衣执爨（cuàn）：青衣，青色或黑色的衣服，汉以后，多为地位低下者所穿。爨，灶，烧煮。

〔12〕丰标：容貌体态。

〔13〕见（xiàn）：同“现”。下同，不另出校记。

〔14〕底本“一言难尽，官人自分散后”二句缺“难尽”“官”三字，据汲古阁本补。

〔15〕啭：底本作“转”，据汲古阁本改。

〔16〕到：同“倒”。

〔17〕鷦（jiāo）鷯（liáo）：一种小型雀鸟。《庄子·逍遥游》有“鷦鷯巢于深林，不过一枝”句。

〔18〕檀郎：潘岳，别称潘安。《晋书·潘岳传》《世说新语·容止》载其美姿容，尝乘车出洛阳道，路上妇女慕其丰仪，手挽手围之，掷果盈车。潘岳小字檀奴，后因以“檀郎”为妇女对夫婿或所爱慕的男子的美称。

〔19〕敕使：皇帝的使者。

〔20〕花押：旧时文书契约末尾的草书签名或代替签名的特种符号。

〔21〕分付：同“吩咐”。

〔22〕“祖武符”十句：为藏字句连用，分别为“祖武符（刘）”“孝顺爹（娘）”“草头天（子）”“七颠八（倒）”“上天入（地）”“十死九（生）”“菜重芥（姜）”“周发殷（汤）”“手精眼（快）”“南去北（来）”，所藏之字合为“刘娘子倒地，生姜汤快来”。

〔23〕此句刘泼帽、懒画眉、玉山颓、醉公子、满江红、豆叶黄、七娘子、江儿水、生姜芽、玉抱肚、醉扶归、罗帐里坐皆为曲牌名，此处作双关语用。

〔24〕劬（qú）劳：劳累，劳苦，多用来形容父母抚养儿女的辛劳。

〔25〕慈帏：母亲的代称。

〔26〕星轺（yáo）：使者所乘的车。

〔27〕宽心免作灾：底本作“冤心宽作灾”，据汲古阁本改。

【评析】

《明珠记》传奇,又名《无双传》,今存明万历间刻本、明末吴兴闵氏校刻朱墨套印本、明末汲古阁原刻初印本、汲古阁刻《六十种曲》本等。

该剧全剧43出。剧写唐襄阳王仙客与表妹刘无双之间的爱情故事。本事见唐传奇小说《无双传》,南戏也有《无双传》,传奇在爱情主线外增加了反权奸斗争的社会背景,更为曲折厚重。

此出写王仙客已为富平县尹并代理长乐驿驿官,刘无双被充作宫女,因新帝即位去丘陵服役而经过长乐驿,王仙客使侍从塞鸿扮茶童,携刘无双旧日所赠明珠入中堂,恰巧遇见忧愁难眠出来散步的刘无双。因不便会面也不便传书,无双将书信藏于床垫之下,给王仙客次日取读。除塞鸿巧遇无双这一节点事出巧合却也合情理外,二人在把守严密的情境中设计传信,构思相当严谨,李调元《雨村曲话》评“其穿插处,颇有巧思”。曲辞典雅幽怨,音韵谐婉。钱谦益《列朝诗集小传》记载,此剧初成,“集吴门老教师精音律者,逐腔改定,然后妙选梨园子弟登场教演,期尽善而后出”。梁辰鱼《江东白苎》盛赞此剧:“摛词哀怨,远可方瓯越之《琵琶》;吐论峥嵘,近不让章丘之《宝剑》。”

梁辰鱼

梁辰鱼(1519—1591),字伯龙,号少白、少伯,别署仇池外史,昆山(今属江苏)人。身长八尺有余,疏眉虬髯。少时喜谈兵习武,不屑参加诸生考试,作《归隐赋》表达浪迹江湖之志,后虽以例贡为太学生,然终不赴就。任侠好游,足迹遍布吴楚之间。明嘉靖四十一年(1562)被浙直总督胡宗宪聘为书记,不久又因胡宗宪攀附严嵩下狱而还乡。一度寓居金陵,于隆庆四年(1570)再次返乡。工诗,曾组织"鹫峰诗社",与曹大章、张凤翼、潘之恒等相唱和。尤精音律,晚年定居故里后专心研究昆腔。江西人魏良辅在昆山、太仓一带将古调昆山腔改造为昆腔"水磨调",梁辰鱼深得其传,转喉发响,声出金石。首次用"水磨调"昆曲演唱其新作《浣纱记》传奇,为昆曲唱腔与传奇文本的结合树立了榜样,促使昆曲演唱和传奇创作迅速走向繁盛。所撰戏曲作品,有传奇2种,即《浣纱记》《鸳鸯记》,前者存;杂剧3种,即《红线女》《无双传补》《红绡妓》,前一种存;著有散曲集《江东白苎》、诗集《鹿城诗集》,皆存;另有《远游稿》《江东廿一史弹词》,皆佚。据张彝宣《寒山堂曲谱》引注,梁辰鱼曾改编过传奇《周羽教子寻亲记》,今存范受益《周羽教子寻亲记》中是否有梁辰鱼改编的成分,待考。

浣纱记·泛湖[1]

(净、丑扮渔翁唱渔歌上)我两人都是太湖中的渔翁。昨日范老爷分付要几个渔船,泊在胥口[2],想要到湖上去耍子[3],怎么这时候还不见到来?只得在此伺候[4]。(生上)功成不受上将军,一艇归来笠泽云。[5]载去西施岂无意,恐留倾国更迷君。自家范蠡,辅我弱越,破彼强吴,名遂功成,国安民乐,平生志愿于此毕矣！正当见机祸福之先，脱履尘埃之外[6]。若少留滞[7]，焉知今日之范蠡，不为昔日之伍胥也[8]？向已告过主公，今当远遁。昨日分付渔船，泊在湖口，专等西施美人到来，即便同行。（旦上）双眉颦处恨匆匆，转眼兴亡一霎中。若泛扁舟湖上去，不宜重过馆娃宫[9]。相公万福！（生）美人少礼。美人，我本楚人，久作越客。昔遇倾城于溪路[10]，常遭患难于邻邦。自分宿世难逢，谁料今生复合。兹具舟中之花烛，聊结湖上之姻盟。事出匆匆，莫嫌草草。（旦）妾乃白屋寒娥[11]，黄茅下妾。惟冀德配君子，不意苟合吴王。摧残风雨，已破豆蔻之梢；断送韶华，遂折芙蓉之蒂。[12]不堪奉尔中馈[13]，未可充君下陈[14]。（生）我实霄殿金童，卿乃天宫玉女，双遭微谴，两谪人间[15]。故鄙人为奴石室[16]，本是夙缘；芳卿作妾吴宫，实由尘劫。今续百世已断之契，要结三生未了之姻。始豁迷途，方归正道。（旦）既蒙恩谊，敢不祗承[17]。但旧家姊妹，久缺音书。晚景椿萱[18]，杳无消耗。欲暂返山中之驾，方相从湖上之舟。未知尊意何如？（生）我已差人前往诸暨[19]，令尊令堂，同载舟航；东施北威[20]，并赐金帛。（旦）相公，你既无仇不雪，无恩不报，但有一故人，尚未相酬，君何忘之也？（生）卿但言之。（旦）当初若无溪纱，我与你那有今日？（生）你那纱在何处？（旦）妾朝夕爱护，佩在心胸，君试观之。（生）我的纱也在此。千丝万结乱如堆，曾系吴宫合卺杯[21]。今日两归溪水上，方知一缕是良媒。美人，我和你早早登舟去罢。渔翁那里？（丑、净）相公有何分付？（生）我要下船，过湖中往海上去。（丑、净）不知相公海上要到那一方？若出了海，北风往广东，西风往日本，南风往齐国。今日恰是南风。（生）既是南风，就往齐国去罢！（丑、净）请相公、夫人登舟。（生）

【北新水令】问扁舟何处恰才归？叹飘流常在万重波里。当日个浪翻千丈急，今日个风息一帆迟。烟景迷离，望不断太湖水。（旦）

【南步步娇】忆昔持纱溪边洗，正遇春初霁，芳心不自持。谁料多才，忽然相值。伫立不多时，急忙里便许成佳配。（生）

【北雁儿落】谢娘行能谐子女姻，羞杀我未有儿夫气。乱丛丛邦家多苦辛，

急攘攘军旅常留滞。(旦)

【南沉醉东风】为君家寥寥旦夕,为君家淹淹憔悴。奈彻夜患心疼,奈彻夜患心疼,日高未起,空留下数行珠泪。山深地僻,花飞鸟啼,伤心过处,双双蹙着翠眉。(生)

【北得胜令】呀,非是我冷淡了相识,非是我奚落了新知。只为那国主亲遭辱,只为那夫人尽被羁。奔驰,千里价难相会[22]。栖迟,三年犹未回。(旦)

【南忒忒令】你流落他乡未回,我寂寞深山无倚。莺儿燕子,眼望亲成对。谁知道命飘蓬,谁知道命飘蓬,君恰归,妾又行,做浮花浪蕊!(生)

【北沽美酒】为邦家轻别离,为邦家轻别离。为国主撇夫妻,割爱分恩送与谁?负娘行心痛悲,望姑苏泪沾臆,望姑苏泪沾臆!(旦)

【南好姐姐】路岐,城郭半非。去故国云山千里,残香破玉,颜厚有忸怩。藏深计,迷花恋酒拚沉醉,断送苏台只废基[23]。(生)

【北川拨棹】古和今此会稽,古和今此会稽,旧和新一范蠡。谁知道戈挽斜晖[24],龙起春雷,风卷潮回,地转天随。霎时间驱戎破敌,因此上喜卿卿北归矣。(旦)

【南园林好】谢君王将前姻再提,谢伊家把初心不移,谢一缕溪纱相系。谐匹配作良媒,谐匹配作良媒。(生)

【北太平令】早离了尘凡浊世,空回首骇弩危机。伴浮鸥溪头沙嘴,学冥鸿寻双逐对。我呵,从今后车儿马儿,好一回辞伊谢伊。[25]呀,趁风帆海天无际。

【南川拨棹】(旦)烟波里,傍汀蘋,依岸苇,任飘飖海北天西,任飘飖海北天西!趁人间贤愚是非,跨鲸游,驾鹤飞,跨鲸游,驾鹤飞!(生)

【北梅花酒】笑燕秦楚共齐,笑燕秦楚共齐。耀干戈整旌旗,军共马露水泥,兵和将釜中食。酒席间森剑戟,庙堂中坐刀笔[26],一霎时见凶吉。(旦)

【南锦衣香】你看馆娃宫荆榛蔽,响屧廊莓苔翳[27]。可惜剩水残山,断崖高寺[28],百花深处一僧归。空遗旧迹,走狗斗鸡,想当年僭祭[29]。望郊

台凄凉云树[30]，香水鸳鸯去[31]，酒城倾坠[32]。茫茫练渎[33]，无边秋水！（生）

【北收江南】呀！看满目兴亡真惨凄，笑吴是何人越是谁？功名到手未嫌迟。从今号子皮[34]，从今号子皮，今来古往，不许外人知。（旦）

【南浆水令】采莲泾红芳尽死[35]，越来溪吴歌惨凄[36]。宫中鹿走草萋萋，黍离故墟，过客伤悲。[37]离宫废，谁避暑？琼姬墓冷苍烟蔽[38]。空园滴，空园滴，梧桐夜雨。台城上[39]，台城上，夜乌啼。（生）

【北清江引】人生聚散皆如此，莫论兴和废。富贵似浮云，世事如儿戏。唯愿普天下做夫妻，都是咱共你。

尽道梁郎识见无[40]，反编勾践破姑苏。
大明今日归一统[41]，安问当年越与吴。

【注释】

〔1〕此出以明末毛晋汲古阁刻《六十种曲》所收本为底本。

〔2〕胥口：太湖靠胥山处。胥山，在江苏苏州，传说伍子胥死，吴人怜之，替他立祠山上，所以叫胥山。

〔3〕耍子：玩耍。

〔4〕伺候：等候。

〔5〕“功成不受上将军”二句：《史记·越王勾践世家》：“勾践以霸，而范蠡称上将军，……乃装其轻宝珠玉，自与其私徒属乘舟浮海以行，终不反。”笠泽，太湖的别名。

〔6〕履：鞋。

〔7〕少（shāo）：稍。

〔8〕伍胥：即伍子胥。

〔9〕馆娃宫：相传吴王夫差为西施建造的宫室，在苏州西南灵岩山上，旧有灵岩寺，即其故址。吴人称美女为娃。

〔10〕倾城：形容女子美貌。这里代指西施。

〔11〕白屋寒娥：白屋，古代平民住屋无彩色装饰，故称白屋。寒娥，贫寒女子。

〔12〕“摧残风雨”四句：指已非处女，失去青春年华。豆蔻之梢，比喻少女。杜牧《赠别》诗：“娉娉袅袅十三余，豆蔻梢头二月初。”韶华，春光，美好时光。

〔13〕中馈（kuì）：原指妇女在家主持饮食等事，引申为妻室。

〔14〕下陈：古代宾主相接，陈列礼品之处位于堂下，故称下陈。古代统治者用剥削掠夺所得的财物、婢妾充实府库后宫，炫耀权势，称为充下陈。《战国策·齐四》：“狗马实外厩，美人充下陈。”

〔15〕谪（zhé）：神仙受了处罚，降到人间。

〔16〕为奴石室：范蠡曾随越王勾践入吴为奴，在石室养马。

〔17〕祇（zhī）：恭敬。

〔18〕椿萱：指父母亲。

〔19〕诸暨：县名。在浙江省绍兴市西南，传为西施故乡。

〔20〕东施北威：东施，剧中丑女名，曾效颦西施。北威，也是剧中丑女名。

〔21〕合卺（jǐn）：旧时结婚男女同杯饮酒之礼，后指成婚。

〔22〕价：表估计某境况之辞，犹言那样、这样。

〔23〕断送苏台只废基：指使吴王被迷惑而丧失国家。苏台，即姑苏台，指吴国。

〔24〕戈挽斜晖：即鲁阳挥戈。《淮南子·览冥训》：“鲁阳公与韩构难，战酣，日暮，援戈而㧑之，日为之反三舍。”这里指力挽狂澜，改天换地。

〔25〕“从今后车儿马儿”两句：意指辞别了车马奔波的生活。

〔26〕刀笔：古代书写工具。古代记事，最早是用刀刻于龟甲或竹木简；有笔以后，用笔写于简帛上，故刀笔合称。这里指刀笔吏，即代办文书的小吏。

〔27〕响屧（xiè）廊莓苔翳（yì）：屧廊，吴王宫中廊名。相传此廊以梓板铺地，因西施穿屧过廊发出声响而得名。屧，木底拖鞋。翳，遮蔽。

〔28〕断崖高寺：指后人在吴宫旧址上建造的灵岩寺。

〔29〕僭祭：超越本分的祭祀。

〔30〕郊台：吴王祭天台。

〔31〕香水鸳鸯去：指香水溪的鸳鸯已远去了。香水溪，在吴宫中，相传是西施洗浴的地方。

〔32〕酒城：在鱼城之西，原是吴郡的一个城。

〔33〕练渎：水名，在江苏苏州城西南。

〔34〕子皮：范蠡归隐后，改变姓名经商，自号鸱夷子皮。

〔35〕采莲泾：在今江苏苏州城内。

〔36〕越来溪：在今江苏苏州西南，相传越兵由此溪入吴。

〔37〕“宫中鹿走草萋萋”三句：写宫殿沦为废墟，慨叹吴国的衰亡。宫中鹿走，相传伍子胥谏吴王，吴王不听，他感慨说：“臣今见麋鹿游姑苏之台也。”黍离，《诗经·王风》有《黍离》篇。《诗序》说：“闵宗周也。周大夫行役至于宗周，过故宗庙宫室，尽为禾黍，闵周室之颠覆，彷徨不忍去而作是诗也。”

〔38〕琼姬墓：《吴郡志》：“阳山（江苏吴县西）有琼姬墓，吴王女也。”

〔39〕台城：三国吴的后苑城，在玄武湖侧。

〔40〕梁郎：即作者梁辰鱼。

〔41〕大明：即明朝。

【评析】

《浣纱记》今存明万历间武林阳春堂刻本、金陵富春堂刻本、继志斋刻本、金陵文林阁刻本、明末毛晋汲古阁刻《六十种曲》所收本、天启间杭州段景亭读书坊刻本等。

该剧全剧45出。剧写春秋时吴越争霸故事。吴王夫差依仗国势强盛，出兵侵犯越国。越王勾践战败请降，同妻子及大夫范蠡三人被囚于吴，因假意尽心服侍夫差，三年后获释回国。其后，勾践与群臣协力励精图治，准备报仇；范蠡又将从前结识并与之订婚的浣纱美女西施献出，送到吴国去迷惑夫差。夫差得西施后日益荒淫，拒不纳谏，引起百姓怨恨。最终，在吴国北伐齐、晋时，越国乘机攻入吴国，夫差被迫自刎，吴亡。范蠡携西施，隐于太湖。该剧一方面歌颂了越国君臣团结一心、发愤图强的精神，另一方面也批判了吴国君臣的骄奢荒淫、昏庸愚昧。剧中写范蠡功成身退和吴王含悲自刎，既反映了作者建功立业的理想，又寄寓着壮志难酬的悲慨。在戏曲史上，该剧既开创了以离合之情写兴亡之感的写法，同时又是把昆山腔搬上舞台的第一个剧本。人物性格鲜明，宾白多用骈偶，曲词喜使事用典。

《泛湖》又名《归湖》，是《浣纱记》最后一出，它打破了一般戏剧大团圆的结局习套，而以范蠡的功成身退、泛舟太湖，写出了越吴战争结束后的苍凉与危机。在长长的一段对白之后，连用【北新水令】等17支曲子，分由生、旦轮唱，在叙事中抒情，既总结了全剧，又创造了一个慷慨悲凉的意境，可谓哀音袅袅，不绝于耳。这出戏中，生唱苍凉激越的北曲，旦唱缠绵宛转的南曲，南北曲交错使用，刚柔相济，为后来传奇作家所取法。全剧结束的下场诗，不叙剧情，而直接点明作者的创作旨意，显得极为独特。当然，其中也有一些思想糟粕，如“载去西施岂无意，恐留倾国更迷君”的“红颜祸水”的封建思想和“两谪人间”的宿命观点。

张凤翼

张凤翼（1527—1613），字伯起，号灵墟，一作灵虚，别署冷然居士，长洲（今江苏苏州）人。早岁工古文词，与弟献翼、燕翼并有才名，时人称为“吴中三张”。明嘉靖四十三年（1564）举人，后四次参加会试，均名落孙山，遂不复仕进。读书侍母，然不事生产，又耻以文翰结交权贵，终以卖字佣书为生。精于曲律，晚年尤喜填曲自娱，并时有“粉墨登场”。著有《楚辞纂注》《文选纂注》及子部杂著《谭辂》，皆存；撰有诗文别集《处实堂集》，存；散曲集《敲月轩词稿》，佚。所作传奇有《红拂记》《祝发记》《虎符记》《窃符记》《灌园记》《扊扅记》等6种，合称《阳春六集》，其中除《扊扅记》存残曲外，余皆存；另有《平播记》《芦衣记》2种，皆佚。

红拂记·侠女私奔[1]

（旦紫衣纱帽上[2]）自怜聪慧早知音，瞥见英豪意已深。侠气自能通剑术，春情非是动琴心。奴家自从见那秀才之后，不觉神魂飞动。我想起来，尘埋在此，分明是燕山剑老，沧海珠沉，怎得个出头日子？若得丝萝附乔木[3]，日后夫荣妻贵，也不枉了我这双识英雄的俊眼儿。如今夜阑人静，打扮做打差官员的妆束，私奔他去。早已被我赚出这门来也呵。

【北二犯江儿水】重门朱户，恰离了重门朱户。深闺空自锁。正琼楼罢舞，绮席停歌。改新妆，寻鸳侣。西日不挥戈[4]，三星又启途[5]。鸾驭偷过，鹊驾临河，握兵符怕谁行来问取。魏姬窃符[6]，分明是魏姬窃符。鸡鸣潜度，讨得个鸡鸣潜度。听更筹[7]，戍楼中漏下玉壶[8]。

（众扮更夫上，挡路科）此是何人？这般时候，往那里去！

【前腔[9]】（旦[10]）公门将佐，我是个公门将佐，休猜做亡国虏。正怀揣着令旨，手执铜符。戴乌纱，衣挂紫。（众）如今老爷睡也未？（旦）寄语打更夫，何须竟夜呼。老爷呵，他自有弦上醍醐[11]，灯下氍毹[12]，这时节向阳台行云雨[13]。（众）如此说，大人自去，我们就睡也不妨了。正是：各人自扫门前雪，莫管他家瓦上霜。（众下）（旦）你看这一伙人，被我两三句话，都哄过了。女中丈夫，不枉了女中丈夫。那李靖呵，人中龙虎，正好配人中龙虎。说话间，不觉的喜孜孜来到草庐。

乘着这月色，又到了西明巷了。此是第一家，不免敲门则个。（作敲门科）开门，开门。

【懒画眉】（生）夜深谁个扣柴扉，只得颠倒衣裳试觑渠[14]。（开门看科）呀，元来是紫衣年少俊庞儿，戴星何事匆匆至，莫不是月下初回掷果车[15]？

【前腔】（旦）郎君何事太惊疑。（脱衣帽科）那里是纱帽笼头着紫衣，（生）呀，元来是个女子。（旦出红拂科）我本是华堂执拂女孩儿。（生）你缘何到此？（旦）怜君状貌多奇异，愿托终身效唱随。

【前腔】（生）骤然相见喜难持，百岁良缘顷刻时。侯门如海障重围，君家闺阁非容易，怎出得羊肠免教驷马追？

【前腔】（旦）杨公自是莽男儿，怎会红粉丛中拔异姿？奴今逃出未忙追，我与你呵，正好从容定计他州去，一笑风前别故知。

（生）我有个故人刘文静，乃是智谋之士，见今在太原。我明日与你扮做村中进香的夫妇，同往太原投他，再作区处。正是：

笼里笼前整羽衣，谁知相见即相随。

今宵久旱逢甘雨，来日他乡遇故知。

【注释】

〔1〕此出以明万历二十九年（1601）金陵继志斋刻本为底本，以明末汲古阁刻

《六十种曲》所收本为校本。

〔2〕旦：扮女主人公红拂。

〔3〕丝萝：菟丝与女萝，均为蔓生植物，常以丝萝附乔木喻夫荣妻贵。

〔4〕挥戈：《淮南子·览冥训》："鲁阳公与韩构难，战酣，日暮，援戈而㧑之，日为之反三舍。"不挥戈，谓日已西沉。

〔5〕三星：即参宿，为二十八宿之一。《诗经·唐风·绸缪》："绸缪束薪，三星在天。今夕何夕，见此良人。"毛传："三星，参也。"

〔6〕魏姬窃符：战国时秦军攻赵，赵国求救于魏，魏兵观望不进，魏公子信陵君使魏王妃如姬窃得兵符，带领魏军击破秦军。

〔7〕更筹：古代计时报更用的竹签。

〔8〕玉壶：玉制的漏壶，一种古代计时器。

〔9〕前腔：底本作"又"，据汲古阁刻《六十种曲》所收本改。下同，不另出校记。

〔10〕底本"旦"原在"往那里去"后，据下文体例改在曲牌之后。

〔11〕醍（tí）醐（hú）：从酥酪中提制出的油。弦上醍醐，指美妙的音乐。

〔12〕氍（qú）毹（shū）：一种毛织或毛与其他材料混织的毯子。旧时演剧用红氍毹铺地，因用以为歌舞场、舞台的代称。

〔13〕向阳台行云雨：用宋玉《高唐赋》中楚王游高唐，梦与巫山神女欢会之典故，此为男女之欢的隐语。

〔14〕颠倒衣裳试觑渠：颠倒衣裳，古人上衣曰衣，下衣曰裳，颠倒衣裳指匆忙间穿错上下衣服。语出《诗经·齐风·东方未明》："东方未明，颠倒衣裳。"渠，第三人称代词。

〔15〕掷果车：用潘岳典故。见《明珠记·煎茶》注释"檀郎"条。

【评析】

《红拂记》今存明万历二十九年（1601）金陵继志斋刻本、万历间杭州容与堂刻本、万历间金陵文林阁刻本、万历间萧腾鸿刻本、明书林游敬泉刻本、明汪氏玩虎轩刻本、明末吴兴凌玄洲校刻朱墨套印本、明末汲古阁原刻初印本、明末汲古阁刻《六十种曲》本等。

《红拂记》本事见唐杜光庭《虬髯客传》。全剧共34出。剧写隋末京兆三原人李靖胸怀大志，西京留守杨素府中歌舞伎红拂主动追随他建功立业事,兼及乐昌公主与其夫徐德言破镜重圆事。

此为第十出,为上半部戏的高潮所在。红拂初见李靖,便慧眼识英才,更当机立断,女扮男装,骗过守卫诘问,夜奔李靖居所,开门见山,几句话表达了对李靖的敬慕之情以及托付终身的心志。此出篇幅短小,节奏紧凑,曲白爽利,尽显红拂清醒积极的人生观、爱情观——“女中丈夫”正好配“人中龙虎”与超乎寻常的果敢聪慧。李贽《焚书》卷四《杂述·红拂》有评:“此记关目好,曲好,白好,事好。”此出为昆剧常演之剧目。明凌濛初杂剧《红拂三传》、冯梦龙传奇《女丈夫》、清曹寅杂剧《北红拂记》、许喜长传奇《风云会》等同题材作品均源于《红拂记》。

沈　璟

沈璟(1553—1610),字伯英,晚字聃和,号宁庵,别署词隐生,吴江(今江苏苏州)人。明万历二年(1574)进士,历任兵部职方司主事,以病免,寻补礼部员外郎,再改吏部。万历十四年,上疏议立储,并为王恭妃请封号,触怒神宗朱翊钧,左迁行人司正。万历十六年,任顺天同考官,录取婿申时行遭非议,改光禄寺丞。次年告病辞官。天启初年,追寻国本建言诸臣,赠光禄寺少卿。精六书,善草书,工诗文。还乡后放情词曲,致力于戏曲创作和戏曲音律整理考订,主张重视音律,崇尚本色,以其为中心形成了戏曲创作与研究的著名流派"吴江派"。诗文方面,著有《属玉堂稿》;戏曲理论与整理方面,编著《增定南九宫曲谱》《南词韵选》等,皆存,《唱曲当知》《遵制正吴编》《考订琵琶记》等,皆佚;戏曲创作方面,撰有传奇17种,合称《属玉堂传奇》,包括《红蕖记》《埋剑记》《双鱼记》《义侠记》《桃符记》《坠钗记》《博笑记》等7种今存,《十孝记》《分钱记》《鸳衾记》《四异记》《凿井记》《珠串记》《奇节记》《结发记》等8种存残出或残曲,《合衫记》《分柑记》等2种已佚。

义侠记·除凶[1]

【商调过曲·水红花】(净、末扮猎户上)官司悬赏有明文[2],捕山君[3]。看看着紧,咱们猎户受灾迍[4]。枉艰辛,徘徊难进。退则恐违严限,进又恐亡身。算来总是命难存也啰。

(末)我们是阳谷县猎户。只为景阳岗上有一吊睛白额虎为害,本县大爷立限与俺们,务要捉获。但此虎猛恶异常,俺们如何拿得?(净)哥,俺们只得穿着虎皮,伏在岭下,各处多摆些窝弓、药箭,待他自来纳命便了。(末)说得有理。

正是：路狭难回避，（净）官差不自由。（隐下）（生上）道傍车马日缤纷，行路悠悠何足云。未知肝胆向谁是，令人却忆平原君[5]。俺武松，久住柴皇亲庄上，欲投宋公明去[6]，恐他到此，又等了几日。如今，只得别了皇亲，打听宋兄消息，就在阳谷县寻俺哥哥，走一遭去也呵。

【北双调·新水令】老天何苦困英雄，二十年一场春梦。不能勾奋云程九万里[7]，则落得沸尘海数千重。浪迹浮踪，任乌兔枉搬弄[8]。

说话中间，早来到景阳冈下。行路饥渴，这里有个酒肆，酒望子上写着"三碗不过冈"。这怎么说？且进去少坐一回。酒保那里？（丑应上）酒酒酒，有有有。赊赊赊，走走走。客官，里面请坐。（生）且问你，怎么唤做"三碗不过冈"？（丑）客官，俺这里造得好酒。人若吃了三碗，就醉倒了，上这景阳冈不得。因此唤做"三碗不过冈"。（生笑科）待俺吃上十来碗，看过得冈过不得冈。（丑斟酒科）我这里只有一样牛肉，只怕不中吃些。

【折桂令】（生）又何须炙凤烹龙。（已下一句一碗[9]）鹦鹉杯浮，琥珀光浓。却不道五斗消酲[10]，三杯合道，自有神功。（丑）你吃过十二三碗了，就在此宿了罢。（生醉唱）何用你虚担怕恐。俺偏要去。（走科）（丑扯云）还了俺酒钱，俺有话对你说。（生背云[11]）前日柴大官人送的盘缠[12]，一路用来，剩不多了。酒保，连这包儿与你罢。好教人羞杀囊空。你还有什么话？（丑）你看前面榜文。为这冈上有一吊睛白额虎为害，但有单身客人，不许过冈，恐伤性命。（生做醒科）（怒云）不说猛虎，俺便不去也罢。若说有虎为害，不觉精神抖擞，毛发倒竖，一定要去拿他。（丑）看你不出，倒是一个吃老虎肉的。俺劝你性命还是直钱的，不去罢。（生走科）嗳，按不住恶气忡忡[13]。（丑扯科）（生推丑一筋斗科）则是行色匆匆。（丑）他自要去送性命，干俺甚事。各人自扫门前雪，休管他家瓦上霜。（下）（生醉走，唱）趁着这落日熹微，醉眼的这蒙眬。

已到冈子上。为何不见什么大虫？这厮们都是胡说，连那官府榜文也是诨帐[14]。酒涌上来，待俺少睡片时。（做要睡科）（内做虎啸，生醒科）呀，果然有个大虫来了。（虎跳上科）

【雁儿落】(生)觑泼毛团体势凶。(棍打在树上,折科)呀!这狼牙棍先摧迸。(内鸣锣,生略住口,虎三扑,生三躲科)俺这里趋前退后忙。这孽畜舞爪张牙横。(内又鸣锣,生又住口,虎三扑,生三躲科)

【得胜令】呀,闪得他回身处,扑着空;转眼处,乱着踪。(拿住虎打科)这的是虎有伤人意,因此上冤家对面逢。(内又鸣锣,生又住口,虎又扑,虎挣脱走科)你要显神通,便做道力有千斤重。(拿住虎打死科)你今日途也么穷,抵多少花无百日红[15],花无那百日红。

虎已打死了。且乘这酒兴,往前去罢。(净、末穿虎皮跳上)(生)呀,又有两个来了。俺今番死也!

【沽美酒兼太平令[16]】则索逞余威斗晚风,逞余威斗晚风。(净、末行走科)(生)呀,则见双举步,两挪踪。(净、末)咄,你是人是鬼?敢在此独行。(生)俺是盖世英豪唤武松。(净、末)你曾遇虎么?(生)试言他凶猛。(净、末)你试说一遍。(生)负隅处恁威风。(净、末)咦。(生)身一扑,山来般重。(净、末)咦。(生)尾一剪,钢刀般横。(净、末)咦。(生)一声高,千人惊恐。(净、末)咦。(生)数步远,众生含痛。(净、末)咦。你怎么不被他害了?(生)俺呵,凭着这胆雄气雄,空拳儿结果了这大虫。(净、末)咦。如此多谢了壮士。(生)呀,教众口将咱称颂。

(净、末)好教壮士得知,俺们是阳谷县猎户,官府立了限期,要拿这大虫,又近他不得,只得摆下窝弓、药箭,在此等候。既然壮士打死了他,如今在那里?(生)你们跟了来。(走回科)(净、末远望,怕科)

【鸳鸯煞】(生)早难道岩前虎瘦雄心横。(净、末)这等一个大虫,被你精拳头打死了,就是卞庄、存孝[17],也不如你。(生)俺笑那卞庄、存孝皆无用。(净、末)如今你来得,去不得了。(生)怎么说?(净、末)少不得送你到县里去领赏。(生)俺本是逆旅经商,谁想着奏绩呈功。(净、末)一定要你同去。(生背云)少不得要往阳谷县寻俺哥哥。便同去罢。(转身云)俺去是要去,则怕那六巷三街,前遮后拥,沸沸扬扬。教人道阳谷县没人拿得这虎,被清河县人打死了。(净末相对)真个真个羞羞。(生)把阳谷人讥讽。(净、末)壮士,你是天下豪杰,也教阳谷人认你一认。(生)罢罢罢。(走科)只得相从,怎当得他们恁趋捧〔18〕。(下)

(净)壮士先去了,待俺打这虎几拳。(末)死的,打他怎的?(净)我等只会打死虎的〔19〕。(抬虎下)

【注释】

〔1〕此出以明万历四十年(1612)继志斋刻本为底本,以明末毛晋汲古阁刻《六十种曲》所收本为校本。

〔2〕官司:官府、有司的简称,指官府。

〔3〕山君:山中之君。《说文》:“虎,山兽之君。”《骈雅·释兽》:“山君,虎也。”旧以虎为山兽之长,故称虎为山君。

〔4〕灾迍(zhūn):即灾祸。迍,困顿。

〔5〕平原君:战国四君子之一,赵国的赵胜。赵惠文王及孝成王时为相,封于东武城,号平原君。喜宾客,养食客数千人。这里武松以平原君比喻投奔之人,即下文提及的广结天下豪杰的宋江。

〔6〕宋公明:指《水浒传》中的宋江,字公明。

〔7〕勾:同“够”。

〔8〕乌兔:中国神话传说,日中有乌,月中有兔,合称日月为乌兔。常用乌兔来代指时间。

〔9〕已下:同“以下”。

〔10〕酲(chéng):酒后神志不清。

〔11〕背云:舞台上演员背对着同台的另一演员,面向观众说话。

〔12〕柴大官人:指《水浒传》中的柴进。

〔13〕恶气忡忡:怒气冲冲的样子。忡忡,郁闷不平。

〔14〕诨帐:即混账。

〔15〕花无百日红:犹言好景不长,这里指虎被打死。

〔16〕沽美酒兼太平令:为【沽美酒】与【太平令】组合的带过曲。

〔17〕卞庄、存孝:卞庄,春秋鲁国大夫,著名勇士,食邑于卞,谥庄,人称卞庄子。

曾经刺虎,一举而获两虎。存孝,李存孝,晚唐五代著名将领,传说其少年时为救父打死老虎。古代小说、戏曲言人之勇,常以卞庄、存孝二人作比,如冯梦龙《醒世恒言·大树坡义虎送亲》云:“郎君之勇,虽昔日卞庄、李存孝不过也。”

〔18〕恁(nèn):那样地。

〔19〕我等:底本作“是这等”,据《六十种曲》所收本改。

【评析】

《义侠记》为沈璟戏曲的代表作,今存明万历间继志斋刊本、明万历间富春堂刊本、明万历间文林阁刊本、明万历间环翠堂刊本、明末汲古阁原刊初印本、汲古阁刻《六十种曲》所收本等。

《义侠记》根据《水浒传》中武松相关故事改编而成。全剧共36出。主要情节有武松打虎、武松杀嫂、血溅鸳鸯楼、梁山入伙等。主要取材于施耐庵《水浒传》第二十三回至第三十二回,即号称“武十回”的内容。而之前的宋代《武行者》话本、高文秀《双献头武松大报仇》杂剧和红字李二《折担儿武松打虎》杂剧等也可能成为沈璟参考的对象。

这里所选第四出《除凶》,讲述武松打虎的过程,表现了武松的英雄主义精神。剧作从三个角度描写武松的英雄形象:一是英雄的胆气。剧作将英雄与常人作对比,常人“三碗不过冈”,而武松则豪饮过冈,可谓欲扬先抑。二是英雄的斗志。与虎刚一交手,武松就打折了棍子,于是就改用拳头打,最终两拳将虎打死。三是英雄的打法。武松打虎不似李逵打虎,很有章法,“内鸣锣,生略住口,虎三扑,生三躲科”,“内又鸣锣,生又住口,虎三扑,生三躲科”,“拿住虎打科”,“内又鸣锣,生又住口,虎又扑,虎挣脱走科”,“拿住虎打死科”,两次“三扑三躲”表现出武松打虎时避实就虚的应对策略,将虎拖疲后突发攻击,将虎打死。可以说,武松不是一介莽夫,而是讲斗争策略的英雄。吕天成《曲品》评《义侠记》所说的“激烈悲壮,具英雄气色”,在《除凶》一出戏中有着充分的呈现。

剧作很好地印证了沈璟反对案头之作、主张场上之作的戏曲创作主张。舞台上,打虎的过程十分耐看,这是该剧此出戏在后世得以传世的主要原因之一。此外,该剧曲词的本色当行也从另一个方面体现了沈璟重场上演出效果的追求。除了【新水令】的唱词有亮相作用外,后面五支曲子的唱词都紧扣场上情节的推进而展开,可以说其曲词没有脱离舞台演出的需要,更不追求曲词的华丽,而注重能够将舞台人物的动作、情绪讲清楚即可。

因注重场上之曲,剧作曲牌的使用十分看重实用性。这出戏着重写武松打虎一事,前有猎户所唱【水红花】铺垫,后有武松所唱【沽美酒兼太平令】【鸳鸯煞】二曲作为打虎余绪,中间【新水令】【折桂令】写与酒保的斗气,真正写打虎的唱曲就是【雁儿落】【得胜令】二曲。共用七支曲子,所用曲子数量不多,却都有其合理的功能。这与明中后期传奇创作中动辄使用十多支曲子而功能单一的情况相比,可谓是经济实用。

此折曲牌的组合结构也很有特色。全出戏的曲子由一支南曲和六支曲子组成的一套北曲所构成。【雁儿落】【得胜令】二曲通常作带过曲使用,所以【南商调】过曲【水红花】之后的这个【北双调】套曲实则相当于五支曲子,这是简洁不繁的。而开始使用南曲过曲,不用引子曲牌,以及使用曲中插入北套的方式等,都说明沈璟没有把这出戏作为纯粹的南曲传奇来写。

《除凶》一出的上述特点,体现了沈璟重视舞台表演务实性的曲学观念。这是以沈璟为代表的明万历时期"吴江派"曲学流派的主要主张。作为"吴江派"的重要代表,吕天成在其《曲品》中将《义侠记》列为"上上品"。

《义侠记》的本戏在清宫廷大戏《忠义璇图》中得以完整地保存。而《义侠记》中所析出的折子戏,在后世的戏曲舞台上也得到了较多流传。如第四出《除凶》、第八出《叱邪》、第十出《委嘱》、第十二出《萌奸》、第十四出《巧媾》分别被改编为折子戏《打虎》《戏叔》《别兄》《挑帘》《做衣》,第十六出《中伤》被改编为两个折子戏《捉奸》《服毒》,都收在清乾隆时期的《缀白裘》中,仍演于今之昆曲舞台。今之京剧及各地方戏中也有诸多根据《义侠记》改编而成的武松题材剧目,其中《打虎》是最重要的武戏保留剧目。

徐复祚

徐复祚(1560—1629或稍后),原名笃儒,字阳初(一作旸初),改字讷川,号謩竹,别署忍辱头陀、三家村老、悭吝道人、破悭道人、阳初子、休休生、洛诵生、琴川逸士、爽鸠文孙等,常熟(今属江苏苏州)人。以诸生入国学,万历十三年(1585)起,经历科场不公与讼事,绝意仕途而执笔抒怀。博学能文,尤工词曲,常向其妻之伯父张凤翼请教曲学。著有《三家村老委谈》(一名《村老委谈》《花当阁丛谈》)、《家儿私语》,存。撰有传奇7种,即《红梨记》、《宵光记》(一作《宵光剑》《霄光剑》)、《投梭记》、《题塔记》、《雪樵记》、《祝发记》、《闹中牟》,前2种存;杂剧2种,即《一文钱》《梧桐雨》,前1种存。另辑有曲选《南北词广韵选》,存。

红梨记·宦游[1]

【一江风】(生上)(丑随上)趁东风,袅袅飞花送,袅袅丝缰鞚[2]。望河中,九曲风涛,天际秋云拥。羸马厌西东[3],羸马厌西东。(丑)老爷此去,便得见俺姐姐了。(生)我那素秋呵,你飘流类转蓬,又还愁传语成虚哄。

(丑)禀爷,此处已是雍丘县界了[4],可要行一牌去[5]?(生)此是钱爷治所,不消遣牌。(丑)不遣牌,没有头踏应付[6]。(生)要甚头踏。

【前腔】骤花骢[7],不强似朱轮拥?亦何必头踏重。望仁兄,渴欲相从,谩把离情控。相思千里浓,相思千里浓。今宵鸡黍同,蚤难道不入空题凤[8]。

(丑)禀爷,已到雍丘县前了。待小人先去通报,县官好出来迎接。(生)不要大惊小怪。你押着行李，寻个僻静下处，待我拜过钱爷，慢慢遣牌，到府上任。(丑)晓得。只因朋谊重，翻觉宰官轻。(下)(生叫)门上有人么？你报进，说赵状元相访。

【步蟾宫】(外急上)思君日夜劳魂梦，喜风雨今宵堪共。银灯花蕊夜来红，帘外鹊声高送。

(生)孟博兄那里？(外)伯畴兄，你今是钱济之上司了，为何牌也不遣？有失迎接。(生笑云)兄说那里话，我与你髫龀相知[9]，岂以一官而改故吾？说起“上司”两字，使弟不胜惶恐。(拜介)(生)微名幸得慰知心，千里重来喜盍簪[10]。(外)伫听玄言霏玉屑，呼童煮茗话情深。伯畴兄，恭喜鳌头首占，于汤有光[11]。(生)若非孟博兄相成，几误前程大事。前日公差回时，小弟曾附八行[12]，烦访谢素秋，果然在贵治么？(外)与兄契阔多时[13]，欲言者不止一事。有一杯水酒，先洗了尘，慢慢相告。小厮看酒来。(杂)一杯今夜酒，千里故人心。酒在此。(外)要与伯畴讲些心话，只是衙斋喧杂，西园倒也寂静。小厮，移酒到西园去罢。(生)西园，小弟不去。若到西园，小弟酒都吃不自在了。(外)既如此，小弟有个内书房，就在卧房侧首，只嫌窄些，就请进去。(行介)(外)小厮回避。(杂应下)(外送酒唱)

【梁州序】羡你才高贾董[14]，抟风力猛[15]，深幸灯窗叨共。(生看桌上梨花惊介，背云)呀！这像是红梨花。看他丰姿如昨，教我意惶心恐。孟博，这是什么花？(外)是枝红梨花。天下皆无，我西园独有。一月前开得烂漫，今已凋零。小弟喜欢看他，为此剪彩装就，供在这里。这是我西园奇种，名唤红梨，不与众卉相伯仲。(生笑)孟博好混帐！这是鬼花，什么奇种，把来供在此。我只为这鬼卉妖花，几送入人鲊瓮[16]。那里是异种奇葩，直得费剪工？孟博，我与你扭碎了。(扭花介)休得要太蒙懂[17]。

(外)可惜了。伯畴，你方才不肯到西园去，见了这花却又惊恐，必有缘故。细细说与小弟。

【前腔】(生)但说着西园孽种，使我发毛都悚。说着也是害怕的，元来那花园亭子后边，却有个红颜荒冢。他阴灵还聚，平白地把人调弄。(外)有这等事？伯畴不曾遇他么？(生)想那日风清月朗，他手执梨花，曾结鸳鸯梦。(外)伯畴，你是读书人，女子私奔，也是常事，为何认他做鬼？那里有载鬼张弧乘夜凶[18]，还则是有女怀春浥露从[19]，何须用太疑恐。

(生)孟博又来混帐。如今不说罢，说起连酒都吃不下了。孟博，谢素秋可在贵治么？何不使小弟一见？(外)果在此，已被小弟取入衙里，因是不好同住，与寒荆在西衙另住[20]。门儿尚锁着，待小弟亲去，开他过来。暂释杯中酒，来寻花底春。(下)(生笑整衣巾介)元来素秋果在这里，可喜可喜。赵汝州，你何处来的福量，人间三事，都全了也。(旦、老旦上)(旦)秋风红叶不成媒，分付春庭燕子知。(老旦)好去将心托明月，管教明月上花枝。(旦)花婆，赵状元在此，只怕他疑我是鬼，怎好过去相见？(老旦)不妨，老婢同你进去。(进见，生惊叫)有鬼！有鬼！呸，有鬼！钱孟博快来！

【太师引犯】猛相逢，闪得我心儿动。甚冤仇，把我时时紧从。(旦)伯畴，只我便是谢素秋，为甚惊骇？(生觑介)分明是那人行动，怎说我素秋芳踪。(旦)状元，我真个是谢素秋，休认错了。(生)你是鬼，王小姐，今番不被你哄了。(指旦怒介)几被你无端葬送，怎又来千般摩弄？(老旦)状元，认得老婢子不认得？(生)好，好，你也是个对证。你曾与我在花间诉衷，恁说道孩儿亦为彼丧其躬[21]。

(老旦)状元听老婢子说，这正是谢素秋，不要认错。

【前腔】与你西园已赴巫山梦[22]，觑多娇云裳月容。(生)那里是人，分明是鬼！(老旦)但只看衣衫有缝，行动处形影相同。(生)既如此，当原为甚说是王小姐？(老旦)为是你迷留爱宠，只恐怕阻隔蟾宫[23]。因此上老婢子与钱老爷定计，激劝状元。惭无计，阿奴火攻[24]，只指望状元及蚤猎飞熊[25]。

(生)你既是我素秋，当原赠你的诗，如今在那里？(旦出诗卷介，唱)

【醉太师】诗筒，把做琼瑶珍重。(生看云)这是我赠他的，还有他赠我的。(旦)就在后边。羡相衔首尾，已配雌雄。(生)我闻鬼祟善能摄人的东西，莫不是摄来的？还则是鬼。（老旦）状元，可怜素娘把你这诗句呵，终朝作诵，看泪痕点点班红。呀，钱老爷来了。（外上）堂中因何嘈杂声闹哄？（生）正是。孟博，快来快来。他乃是西园鬼王小姐，怎么苦死说是谢素秋？（外）这是小弟不是，先作个请罪揖才说。（揖介）其实是素秋。当初若还说明，你定恋着娇鸾雏凤，怎能勾抟鹍奋鹏[26]。因此上做成机彀[27]，把鸿鹄绦笼。

（生背云）这般说，果是我素秋了。只是我在南薰门车子内撞见的却是什么人？心上只是疑惑。（思介）嗄[28]，是了。伻头是他家人[29]。只唤他进来，真假立刻就见。（对外云）家里人赵平在外，可与小弟唤了进来。（外叫）小厮分付前堂皂隶，赵状元家大叔赵平，唤进来。（内应）（丑上）忽闻呼唤急，忙来听使令。（见介）（旦）兀的不是我家伻头？（丑拜悲介）兀的不是我家姐姐？为何却在这里？（生笑）如今才是我素秋了。我道天下美人，那里就有两个！孟博，则被你瞒杀赵汝州，骇杀赵汝州也。素秋，又被你想杀赵汝州也。（老旦）状元，如今才信老婢子么？素娘，难得状元坚心待你，亲递状元一杯酒。（旦递酒，唱）

【绣太平】玉钟，笼翠袖殷勤手捧。（老旦）状元也回奉素娘一杯。（生递酒，唱）宁辞满斝回奉[30]。（老旦）状元，你好快活也。昨日个御酒黄封，今宵烛影摇红。（外）小弟也奉一杯。匆匆，杯盘草草愧非恭。（生）却不道主人情重。天色已晚，告辞了。（外）今宵权在西衙一宿，明日吉日，小弟同拙荆，送素娘到彼成亲。整备乘龙跨凤[31]，西园不弱武陵溪洞[32]。

（生）赵平，你把行李发到西园，且待成亲之后，发牌到府上任。（丑）晓得。

两两红妆笑相向，紫绡暖揭芙蓉帐。

淡云轻雨拂高唐，睡觉不知新月上。

【注释】

〔1〕此出以明末朱墨套印本为底本，以明末汲古阁刻《六十种曲》所收本为校本。朱墨套印本题作《宦游》，汲古阁《六十种曲》本题作《三错》。

〔2〕鞚(kòng):马笼头。

〔3〕羸(léi):瘦弱。

〔4〕雍丘:古地名,今河南省杞县。

〔5〕行一牌:下发一道令牌,以便下级迎接。牌,古时官府用作凭证的小木板或金属板。

〔6〕头踏:古代官员出行时的仪仗。

〔7〕花骢(cōng):指五花马,代指宝马。

〔8〕蚤:通"早"。下同。题凤:典出南朝宋刘义庆《世说新语·简傲》:"嵇康与吕安善,每一相思,千里命驾。安后来,值康不在,喜(康兄)出户延之,不入,题门上作'凤'字而去。"后以"题凤"为访友之意。

〔9〕髫(tiáo)龀(chèn):指幼年。髫,儿童下垂之发。龀,底本作"髦",据文意改。儿童换齿,即脱去乳齿,长出恒齿。

〔10〕盍(hé)簪(zān):指友人相聚。盍,聚合。簪,丛合。

〔11〕于汤有光:典出《尚书·周书·泰誓》:"我伐用张,于汤有光。"汤本指商汤,这里指赵汝州高中有益于当朝中兴。

〔12〕八行:指书信。旧时信笺每页八行,故称。

〔13〕契阔:分别已久。

〔14〕贾董:指西汉时的贾谊和董仲舒,皆博学且通时政之士。

〔15〕抟(tuán):底本作"搏",据汲古阁本改。意为盘旋。

〔16〕人鲊(zhǎ)瓮:长江险滩之一,在今湖北秭归县西,瞿塘峡之下,号称峡下最险处。宋人诗中常与另一险滩"鬼门关"属对。

〔17〕蒙懂:糊涂。

〔18〕载鬼张弧:典出《周易·睽》卦,所记乃一古代故事,说有一离家在外之孤子夜行,见猪伏于道中,又有一车,众鬼乘之。孤子开弓欲射,后释弓详察,原来车上载的是人而非鬼,是参加婚礼的人而不是寇贼。

〔19〕有女怀春:典出《诗经·召南·野有死麕》:"野有死麕,白茅包之。有女怀春,吉士诱之。"

〔20〕寒荆:即拙荆,对自己妻子的谦称。

〔21〕丧其躯:丧生。躯,身体。

〔22〕巫山梦:用巫山神女典故。见《红拂记·侠女私奔》注释"向阳台行云雨"

条。

〔23〕蟾宫：唐以来称科举及第为蟾宫折桂，因以指科举考试。

〔24〕阿奴火攻：出此下策。典出《晋书·周顗传》："顗性宽裕而友爱过人，弟嵩尝因酒瞋目谓顗曰：'君才不及弟，何乃横得重名？'以所燃蜡烛投之。顗神色无忤，徐曰：'阿奴火攻，固出下策耳。'"阿奴，兄长对弟的称谓。

〔25〕猎飞熊：相传周文王夜梦飞熊而遇姜太公，成就霸业。这里指科举考中，被朝廷录用。

〔26〕抟鹍奋鹏：意为像鲲化成的大鹏鸟一般展翅高飞。典出《庄子·逍遥游》："北冥有鱼，其名为鲲。鲲之大，不知其几千里也，化而为鸟，其名为鹏。鹏之背，不知其几千里也，怒而飞，其翼若垂天之云。"抟：底本作"搏"，据汲古阁本改。

〔27〕机彀（gòu）：机关，圈套。

〔28〕嗄（á）：同"啊"。

〔29〕伻（bēng）头：仆人。

〔30〕斝（jiǎ）：酒器。

〔31〕乘龙跨凤：指喜结良缘。乘龙，典出《艺文类聚·婚》引《楚国先贤传》："孙俊字文英，与李元礼俱娶太尉桓焉女，时人谓桓叔元二女俱乘龙，言得婿如龙也。"跨凤，典出旧题刘向《列仙传·萧史》："萧史者，秦穆公时人也。善吹箫，能致孔雀白鹤于庭。穆公有女字弄玉好之，公遂以女妻焉。日教弄玉作凤鸣，居数年，吹似凤声，凤凰来止其屋，公为作凤台，夫妇止其上，不下数年。一日，皆随凤凰飞去。"

〔32〕武陵溪洞：即桃花源，指仙境乐土。典出晋陶潜《桃花源记》。

【评析】

《红梨记》传奇现存明万历间洛诵生原刻本、万历间海阳范氏校刻本、明朱墨套印本、明末汲古阁原刻初印本、汲古阁刻《六十种曲》本、清康熙间抄本、乾隆间内府抄本和乾隆五十年（1785）环翠山房刻巾箱本。

全剧共30出。剧写赵妆州、谢素秋事。本事见冯梦龙《情史》卷十二《赵汝州》。剧叙北宋末年山东淄川人赵汝州应试入京，与故交雍丘县令钱济之遇于旅舍。汝州曾闻官妓谢素秋才美，数往访之，不遇。素秋知汝州有才名，遣使持诗相约，汝州作诗和之。太傅王黼宴请太尉梁师成，召素秋陪酒，梁因见素秋美色，欲纳素秋为妾。素秋不从，被禁府中。汝州如约访素秋，惊闻素秋被拘。时金兵南下,钦宗议和,王黼欲将素秋作为家妓赠与金人。王府花婆闻风,偕素秋逃往花婆家乡雍丘。汝州以为素秋已被送往金营,到雍丘访济之。此时济之已将素秋和花婆留于衙中西园。汝州到雍丘,济之亦留其居于西园。是夜,汝州见素秋吟诗,因问何许人,素秋答以园中王太守之女。次晚,素秋持一枝红梨花至书房,与汝州各咏《红梨花》诗一首,既而插花于瓶中离去。康王即位,开选场,汝州因恋素秋而不愿赴试。花婆乃装成卖花女,故意对汝州说红梨花是鬼花,为王太守之女所化,常于夜间作祟书生。汝州惊惧,遂离开赴试,得状元,授开封府佥判。赴任途中经雍丘,济之接待宴请,故意在桌上插放红梨花,并招素秋侑酒。汝州大惊,花婆出来特意说明,素秋旧仆作证,汝州方释前疑。济之备礼,使汝州与素秋成婚。

此剧构思奇巧,男女主人公彼此倾慕,相约见面,却屡遭变故不得谋面。戏剧性建立在一错再错之上:《宦游》一出又名为《三错》,前有《咏梨》,讲西园偶遇,谢素秋自称王小姐,是为"一错";再有钱济之为免赵汝州沉迷儿女情长,使花婆设计催促赵汝州进京赴考,花婆称王小姐(谢素秋)是鬼非人,是为"再错";此出乃赵汝州将谢素秋错认为鬼,是为"三错"。明末毛晋汲古阁辑刻《六十种曲》所收本将《宦游》一出题名"三错",正是看到了此出戏在整个剧情中的逻辑地位。

这出戏接近剧末,是所有矛盾集中又快速解决的关键场次。赵汝州一再探问谢素秋消息,钱济之清楚原委却有意拖延,先提议设宴西园,赵汝州惊恐拒绝后,又将其引入书房,展示桌上所供红梨花,逼赵汝州道出前番事由,为谢素秋出场做好铺垫,妙趣横生。谢素秋走上前来,赵汝州十分惊恐,坚称是鬼,戏剧冲突强烈。且冲突的解决并非容易:谢素秋现身说法,赵汝州不信,恨其"千般摩弄";花婆上场解释,且说"衣衫有缝,行动处形影相同",赵汝州仍然不信;验过当初赠答之诗,仍觉"鬼祟善能摄人的东西";钱济之说明计策原委,赵汝州仍将信将疑;直至谢素秋的仆人上场即与素秋相认,赵汝州才真正相信了。关目紧凑,针线细密,合情入理,戏剧性、趣味性俱佳;曲白符合人物身份及故事情境,或雍容典雅,或本色爽利。明代凌濛初《谭曲杂札》有评:"《红梨花》一记,其称琴川本者,大是当家手,佳思佳句,直逼元人处,非近来数家所能。才具虽小狭于汤,然排置停匀调妥,汤亦不及。"此出一直是昆曲舞台盛行之折子戏,后世京剧《红梨记》亦本此传奇。

薛近兖

薛近兖（1569—1621），字信余，号又损，武进（今江苏常州）人。明万历二十三年（1595）进士，官河南布政使，有"清介绝俗"之誉。撰有传奇《绣襦记》（一说徐霖作），存。

绣襦记·襦护郎寒[1]

【一江风】（旦唱）雪儿飘，四野彤云罩，万径人踪杳。想多才流落何方，天那，应做穷途莩。恩情一旦抛，恩情一旦抛，鳞鸿万里遥[2]。细思量，似把心肠绞。

倦倚绣床愁不寐，缓垂绿带髻鬟低。玉郎一去无消息，一日相思十二时。自从郑郎被赚，不知下落，奴家日夜萦心。前日崔尚书说他在外求乞，银筝，不知此言果否？（小旦云）姐姐，崔老爹见你想他，故意哄你，姐姐如何就认真？（旦云）银筝，今日大雪，求乞的甚多，倘有叫街的门首过，叫个进来，我问他一声，或得郑郎消息，未可知也。（小旦云）姐姐，你听鼓板咚咚，又是一起叫化的来了。（旦云）取针线箱来，我做些针指，待他门首过，叫来我问他。（生同净、丑众乞丐上）

【沽美酒】（生唱）鹅毛雪满空飞，破草荐盖着羊皮，残羹剩饭口中吃，李亚仙你怎知？破帽子在头上搭，破布衫露出肩甲，腰间系一条烂丝麻，脚下穿一双歪乌辣[3]，上长街又丢抹[4]。咱便是郑元和，家业使尽待如何，劝郎君休似我。（众合唱）小乞儿捧定一个瓢，自不曾有软饱。肚皮中捱饥饿，头顶上瑞雪飘。最苦冷难熬，正遇着严冬严冬天道，凛凛的似水浇，冻得咱来曲折了腰。呀,有那个官人每穿破了的绵袄,戴破了的旧帽,残羹剩饭舍些与小乞儿嚼。因此打上一回哩哩莲花哩哩莲花落也。

【前腔】(众唱)一年才过,不觉又是一年春。哩哩莲花,哩哩莲花落也。小乞儿也曾到东岳西庙里赛灵神。哈哈莲花落也。小乞儿摇槌象板不离身[5]。哩哩莲花,哩哩莲花落也。只听锣儿铴铴铴,鼓儿咚咚咚,板儿喳喳喳,笛儿支支支,伙里伙里,伙伙里,伙里伙,小乞儿便也曾闹过了正阳门[6]。哈哈莲花落也。只见那柳阴之下,香车宝马,高挑着闹竿儿[7],挨挨拶拶[8],哭哭啼啼,都是女妖娆。哩哩莲花,哩哩莲花落也。又见那财主每,荒郊野外,摆着杯盘,列着残钱,都去上新坟。哈哈莲花落也。

【醉太平】(生唱)卑田院的下司[9],刘九儿宗枝[10]。郑元和当日拜为师,传与俺莲花落的稿儿。抱柱杖走尽了烟花市,挥笔写就了龙蛇字,把摇槌唱一个鹧鸪词[11]。这的不是贫虽贫的浪子。

【前腔】(众唱)一年春尽,不觉又是一年夏。哩哩莲花,哩哩莲花落也。只见那财主每,凉亭水阁,散发披襟,手执纨扇,冰盘沉李赏浮瓜[12]。哈哈莲花落也。又只见一只小舟儿,轻摇谩棹[13],短缆孤篷[14],提着鲜草,穿着鱼腮,手执莲台赏荷花[15]。哩哩莲花,哩哩莲花落也。惊起那水面上鸳鸯儿,一双双,一对对,忒楞楞腾,忒楞楞腾,飞过了浪淘沙。哈哈莲花落也。镂金的破瓢,碾玉妆成金系腰,这话教人笑。我在莺花市上打围高[16],叫化些马打郎羊背皮通行钞,叫化些赤金白银珍珠玛瑙,叫化些双凤斜飞白玉搔[17],叫化些八宝妆成镶嵌绦,叫化一个十七十八女妖娆,在怀儿中搂着,因此打上一回哩哩莲花哩哩莲花落也。

【前腔】(众唱)一年夏尽,又是一年秋。哩哩莲花,哩哩莲花落也。只见那财主每,插着黄花,簪着红叶,饮金瓯。哈哈莲花落也。可怜那小乞儿寂寂寞寞夜间愁。哩哩莲花,哩哩莲花落也。又见那北来的孤雁儿,咿咿哑哑过南楼。哈哈莲花落也。叫着那个官人们,娘子每,有甚么吃不尽的馒头皮、包子嘴儿、麻饼屑儿、馓子股儿共馍馍[18],哩哩莲花,哩哩莲花落也。舍些与小乞儿也。强似南寺烧香,北寺看经,请着和尚,唤着尼姑,洴洴澎澎,叮叮咚咚，打着铙钹，持斋把素念弥陀。哈哈莲花落也。

【醉太平】(生唱)绕前门后街，高大院深宅。那一个慈悲好善女裙钗，与乞儿一顿饱斋，与乞儿换一床铺盖，与乞儿绣一副合欢带，与乞儿携手上阳台[19]。这的不是救贫的奶奶。

【前腔】(众唱)一年秋尽，不觉又是一年冬。哩哩莲花，哩哩莲花落也。只见揉绵下絮舞长空。哈哈莲花落也。可怜见小乞儿曲曲深深把身躬。哩哩莲花，哩哩莲花落也。只见头顶上淅淅索索，起了几阵腊梅风。哈哈莲花落也。只见那财主每，红炉暖阁，羊羔美酒拥娇红。哩哩莲花，哩哩莲花落也。我想有时节，绒毛毯儿，高丽席儿，红绫被儿，那些铺盖睡了好快活。哈哈莲花落也。

【醉太平】(生唱)贫穷的志高，村杀我俏难学，教乞儿苦熬。戴一顶半新不旧乌纱帽，穿一领半长不短黄麻罩，系一条半连不断旧丝绦。这的不是风流每的下梢[20]。(净云)如今各人分路去。郑元和，你今日往安邑东门去。(众下)(生叫云)老爹、奶奶，好冷！(旦云)银筝，你听外面叫街的声音，好似郑郎的。(小旦云)待我看来。叫街的转来。(生云)奶奶，求讨些。(小旦云)看你不像叫化的。(生唱)娘行每，娘行每听告，叫化的也有些低高。远在山林近市朝，有钱时也曾象板鸾笙间着凤箫。俺也曾月夜花朝，凤友鸾交，结鬃帽儿戴着[21]，白玉钩儿束着，琥珀珠儿垂着，纻丝袄儿穿着，斜皮靴儿登着，袜子也是绒毛。五花马儿骑着，獬犭八狗儿随着[22]，来兴保儿跟着，身边带着宝钞。撞着一个妖娆，他把咱来相招，引入了窠巢，日日花朝，夜夜元宵，乐乐滔滔，快活逍遥。(小旦云)既是这般受用，怎么出来叫化？(生唱)今日里身子嫖得穷了，结鬃帽儿坏了，白玉钩儿断了，琥珀珠儿撒了，纻丝袄儿当了，斜皮靴儿绽了，绒毛袜子破了，五花马儿杀了，獬犭八狗儿死了，来兴保儿卖了，单单剩得个躯劳[23]。身边没了宝钞，老鸨儿将我絮絮叨叨，把我赶出门来，受了多少苦恼。李亚仙不知那里去了，郑元和不得已了，因此打上一回哩哩莲花哩哩莲花落也。

(小旦云)你敢是荥阳郑公子么？(生云)我就是郑元和。(小旦云)呀，姐姐，郑姐夫在此。（旦云）在那里？（小旦云）这不是他！（生云）奶奶，求讨些。（旦云）这就是他？天那！

【香柳娘】（旦唱）看他似饥鸢叫号，看他似饥鸢叫号，恁般苦恼。（生云）皇天，好冷！求讨些。（旦唱）我闻言不觉心惊跳。你不认得我了？我是李亚仙！（生云）原来是大姐。（旦云）你怎么这般模样了？看肌肉尽消，看肌肉尽消。（生云）皇天，好冷！病骨冷难熬，遮身无破袄。（旦唱）解绣襦裹包，解绣襦裹包。且扶入西厢暖阁，免教冻倒。

（生云）我这般模样，大姐，我不进去。（旦云）令你一朝及此，妾之罪也。快进去，不妨。（生云）只怕累你受气。（旦云）今日弄得你这般模样，我就死也无怨。快请进去。（小旦云）姐姐，待我去看些火来。（贴云）甚么人喧嚷？

【前腔】（贴唱）听西厢暖阁，听西厢暖阁，为何闹炒？（小旦云）妈妈，郑姐夫在此。（贴唱）这冤家谁引他来到！（生云）妈妈，可怜。（贴云）你看他枯瘠疥疠[24]，殆非人状。快推出市曹，快推出市曹。遍体臭腥臊，蓬头一饿莩。这般模样呵，想死期将到，想死期将到。倘然死了，若有人知，官司怎了？

快赶那叫化头出去！（旦云）娘，听儿告禀，他乃是宦家子也。昔日驱高车，持金装，至孩儿家，不逾年而荡尽。你与贾二妈互设诡计，舍而逐之，殆非人行。令其失志，不得齿于人伦。父子之道，天性也。使其情绝，杀而弃之，又困踬若此[25]。天下之人，尽知为孩儿所害也。况此子亲戚满朝，一旦当权者熟察其本末[26]，祸将及矣。况欺天负人，鬼神不佑，徒自贻其殃耳。请细思之。（贴云）你待要怎么？（旦云）孩儿今年已二十岁矣，计其资，不啻值千金。今娘年六十有余，愿计二十年衣食之用以赎身，当与此子别卜所居[27]。所居非遥，晨昏得以温清[28]，儿愿足矣。（小旦云）妈妈，姐姐不接客，立志坚贞，你虽不容他，他也不肯干休。况那郑姐夫呵，

【前腔】（小旦）他是儒林中俊髦[29]，他是儒林中俊髦。他父亲呵，官居当道。倘一朝事露娘圈套，这罪名怎逃，这罪名怎逃？寻出祸根苗，撰钱树皆倒[30]。愿救他潦倒，愿救他潦倒。从姐所言，不须推调[31]。

（贴云）决不容他。（旦云）娘若不从，孩儿投金于水，寻个自尽，看你靠谁？

（贴云）咳，看这丫头行径呵，

【前腔】（贴唱）想立志已牢，想立志已牢，只得凭伊计较。依便依了你，把黄金囊橐须倾倒[32]。丫头，你好痴心。觑他人形貌，觑他人形貌，似蛇虺不成蛟[33]，龙门怎高跳？贱人，你只图旌表[34]，你只图旌表，要做夫人，位高五花官诰。

你既如此，离北隅四五家，有一隙院，可税而居[35]。（旦云）谨依尊命。

（贴）贫寒冷彻骨，（生）保养愿施恩。

（旦）受尽苦中苦，方为人上人。

【注释】

〔1〕此出以明万历间萧腾鸿刻本《鼎镌陈眉公先生批评绣襦记》为底本，以明末汲古阁刻《六十种曲》所收本为校本。

〔2〕鳞鸿：鱼雁，指书信。

〔3〕乌辣：一作兀剌、乌剌。北方习俗以牛皮制鞋，内垫乌拉草。此处指破烂之鞋。

〔4〕丢抹：羞愧，害臊。

〔5〕摇槌象板：唱莲花落用的鼓槌、拍板。

〔6〕正阳门：此指唐长安城的城门。

〔7〕闹竿儿：一种在竹竿上缀着各种装饰的玩具。

〔8〕挨挨拶（zā）拶：犹言挤来挤去。拶，挤压。

〔9〕卑田院：本应作“悲田院”。原为佛寺救济贫民之所，后泛称收容乞丐的地方。

〔10〕刘九儿宗枝：刘九儿，元杂剧中乞丐头子的常称。宗枝，同宗族的支派。

〔11〕鹧鸪词：乞丐常唱的小曲。

〔12〕沉李赏浮瓜：形容消夏解暑，语出三国魏曹丕《与朝歌令吴质书》：“浮甘瓜于清泉，沉朱李于寒水。”

〔13〕棹：底本作“掉”，据汲古阁本改。

〔14〕篷：底本作“蓬”，据汲古阁本改。

〔15〕莲台：这里指莲蓬。

〔16〕莺花市上打围：在歌妓丛中厮混。莺花，此指歌妓。打围，即打茶围，指旧时嫖客在妓院中喝茶玩耍。

〔17〕搔：底本作“骚”，据汲古阁本改。白玉搔头，指古代妇女的首饰玉簪。

〔18〕馓子：面制条状油炸食品。

〔19〕阳台：用巫山神女典故。见《红拂记·侠女私奔》注释“向阳台行云雨”条。

〔20〕梢：底本作“稍”，据汲古阁本改。

〔21〕结猔帽儿：带有马鬃结缨饰的帽子。

〔22〕獬犭狗儿：即哈巴狗。

〔23〕躯劳：身体，身躯。

〔24〕枯瘠疥痨：形容憔悴羸瘦，贫瘠邋遢状。疥，恶疮。痨，疫病。

〔25〕困踬（zhì）：困顿潦倒。

〔26〕熟：底本作“孰”，据汲古阁本改。

〔27〕卜：选择。

〔28〕温凊（qìng）：即“冬温夏凊”，本谓冬日温被使暖，夏日扇席使凉，此处意指侍奉。凊，底本作“清”，据汲古阁本改。

〔29〕俊髦：才智杰出之士。

〔30〕撰钱树：即赚钱树，摇钱树。

〔31〕推调：推诿，推却。

〔32〕囊橐（tuó）：袋子，这里指财物。

〔33〕蛇虺（huǐ）：指蛇类，亦代指恶人。

〔34〕旌表：表彰。古代官府为遵守封建道德的人立牌坊、赐匾额，以示表彰。

〔35〕税：租赁。

【评析】

《绣襦记》传奇现存明万历间宝晋斋刻本、万历间萧腾鸿刻本、明末朱墨套印本、汲古阁原刻本、汲古阁刻《六十种曲》所收本，以及清康熙五十九年（1720）沈氏咏讽堂抄本、乾隆间修文堂辑印《六合同春》所收本等。

全剧41出，写唐代荥阳公子郑元和与长安妓女李亚仙的爱情故事。剧叙唐朝荥阳名族郑元和上京应试。至京，与名妓李亚仙相爱，遂耽溺亚仙家，后钱财用光，被鸨母赚出，只能学唱挽歌为生。一日，元和冒雪唱莲花落乞食,被亚仙发现。亚仙解绣襦护之,并鼓励元和发奋应试。元和终中状元,正式迎娶亚仙。本事出自唐传奇《李娃传》,情节有所改动,将李娃与鸨母串通抛弃郑元和,改为鸨母瞒着李亚仙设计骗离郑元和,并在后段增加了李亚仙剔目劝学一节,强化了李亚仙重情明理的人物形象。

此出《襦护郎寒》是第三十一出。写郑元和钱财花尽,鸨母设金蝉脱壳之计搬离,郑元和找不到李亚仙,靠送殡唱挽歌为生,偶遇其父,被鞭打几死。至此出,郑元和已沦落到寄居卑田院,打莲花落沿街乞讨的地步;不想绝处逢生,李亚仙认出了他,不顾鸨母反对,坚定带他搬离,长相厮守,可谓全剧情节之高潮所在,人物性格也在激烈冲突中得到了充分展现。

此出以酷寒大雪为自然环境背景,契合郑元和人生低谷的处境与悲苦心境,也使李亚仙对恋人的想念与担忧加重。她只是听说郑元和在外求乞,就认真想从门首叫化的人中打探郑元和消息,用心不可谓不痴;一听声音,便觉"好似郑郎",确认是郑元和,看他落魄憔悴之状不由"心惊跳",毫不犹豫"解绣襦裹包,且扶入西厢暖阁"。鸨母发现后大喝要赶其出去,李亚仙动之以情、晓之以理,揭露鸨母背信弃义之举,提醒郑元和非久居下僚之辈,以二十年赎身之资为利诱,以"所居非遥,晨昏得以温凊"为感召,更以"投金于水,寻个自尽"为要挟,终于得偿所愿,与爱人相守。这样的李亚仙重情义、有魄力、有智慧,形象丰满感人。郑元和沦落到这般境地仍不怨不悔,身受苦楚心里还念"李亚仙你怎知",令人动容;被李亚仙认出,虽对方毫无嫌弃之意,他却自惭形秽,不敢进门,李亚仙以"令你一朝及此,妾之罪也"真诚开释,他犹忧心累她受鸨母之气,可谓将书生痴憨之情生动写出。

此出近半篇幅写郑元和乞讨之状,尤其是唱四季莲花落,语言活泼本色,音韵铿锵,将今昔、贫富对比描摹备细,情感真挚。明代沈德符《顾曲杂言·拜月亭》曾说:"《拜月亭》之外,余最爱《绣襦记》中《鹅毛雪》一折,皆乞儿家常口头话,镕铸浑成,不见斧凿痕迹,可与古诗《孔雀东南飞》《唧唧复唧唧》并驱。"郑元和以穷书生脚色应场,落魄而不失端庄,诙谐而不至猥琐,穿扮与表演极富特色且需把握好分寸。此出堪为经典,明清以来多以《鹅雪》为名,作为昆剧、川剧、越剧《绣襦记》中重要的折子戏而常演不衰。

冯梦龙

冯梦龙(1574—1646),字犹龙,一字子犹、耳犹,室名墨憨斋,因号墨憨斋主人、墨憨子,别署龙子犹、姑苏词奴、顾曲散人等,长洲(今江苏苏州)人。才情横溢,博览群书,尤通经史,酷喜民间歌谣,然而久困名场。明万历末年,应麻城田家之请,为其弟子传授《春秋》。天启六年(1626),受周顺昌案牵连,筑室山中避祸。崇祯三年(1630)始成贡生,后授丹徒县训导;七年,升福建寿宁知县;十一年,任满还乡。清顺治三年(1646)春,感愤而死,或谓为清军所杀。著有《春秋衡库》《春秋定旨参新》《孝经杂说》《纲鉴统一》《甲申纪事》《甲申纪闻》《中兴实录》《中兴伟略》《燕都日记》等。编刊民歌集《挂枝儿》《山歌》及话本小说集《喻世明言》(原名《古今小说》)、《警世通言》、《醒世恒言》等,后三者称“三言”。又辑补小说《新平妖传》《新列国志》,编纂《太平广记抄》《古今谭概》《情史》《智囊》等。师事沈璟,精通音律,撰有传奇《双雄记》《万事足》,存。又好删改前人传奇,以新题名之,称《墨憨斋定本传奇》,即《新灌园》(张凤翼原本)、《酒家佣》(陆采、钦虹江原本)、《女丈夫》(上卷张凤翼、刘晋充原本,下卷张凤翼、凌濛初原本)、《量江记》(佘翘原本)、《精忠旗》(李梅实原本)、《梦磊记》(史槃原本)、《洒雪堂》(梅孝巳原本)、《楚江情》(袁于令原本)、《风流梦》(汤显祖原本)、《邯郸梦》(汤显祖原本)、《人兽关》(李玉原本)、《永团圆》(李玉原本)、《杀狗记》(元末南戏)等13种存,《双丸记》(史槃原本)、《一捧雪》(李玉原本)、《占花魁》(李玉原本)等3种佚。还编有《太霞新奏》,存;《墨憨斋新谱》,佚。除此之外,冯氏尚有诸多作品,不一一列举。

双雄记·村店奇逢[1]

（小净扮酒保上）我胡船生来粗俗，自小风餐水宿。也曾帮闲认得小娘，也曾问姓妆做大叔。只因有些贱恙，怕那撑船劳碌。春间寻了几两本钱，开个酒店在木渎。日里扯人来吃饭，夜间揽人来歇宿。住房又小又低，嗄饭半生半熟。不是我不爱整齐，那些乡民也受不得十分清福。我胡船自开酒店在此，且喜生意颇有，未到黄昏，店房早已下满。远远望见一位老官儿来了，莫非也是安歇的？不免少待则个。（末上）

【黄钟·出队子】侄儿英俊。昔做羁囚今做军，愁他家里未知因，因此不惮驱驰到水村。老倦行迟，烟雾满村。

人有善念，天必从之。两个侄儿，无辜陷狱，终被老夫救了出来。我想魏二娘子，一日不知啼哭几场。唉，可怜。须是报他个信息，省得他女人家苦坏了。因此老夫略到家中看了一看，就走到这里。你看，云净暮山紫，风清秋月明，又早天色傍晚。此间有个新酒店，灯上写着"歇宿客商"，且暂住一宵，来日过湖便了。酒保那有？（小净）呀，老官儿何来？（末）从城中来，暂借一宿。（小净）造化，只剩得一间房在此，略来迟一刻，就没空了。请进去。（走介）可要吃晚饭么？（末）老人家不用晚饭。（小净）既如此，就请进房安置。（俱下）（贴上）

【其二】程途难问，脚小伶俜忍着嗔[2]，江村日落半吞云。若是男儿怎怕人。（旦接上）满目人家，无处可奔。

呀，那生又在这里了，只得相见。长兄请了。（贴）长兄为何又来？（旦）学生为前途荒野，只得又转来。不想长兄还在此。（贴）学生为途路未熟，受这等累。如今天晚，我和你不如就前面酒店中暂歇，明早分路。（旦）学生从不曾住在外面，如何是好？（贴）出外，说不得了，我和你将就和衣坐过一夜罢。（旦背介）想那生到也诚实。长兄，如此却好。（贴）酒保有么？（小净上）谁人唤酒保，却是买卖好。方才接着一个老，如今撞着两个小。呀，好两位标致相公，何往？（贴）特来借宿。（小净）何不早来，客房都满，别处去罢。（旦）苦呵，教我那里去好？（贴）长兄，不要愁烦。酒保过来，不拘什么房子，出一间与我们，房钱加倍便了。（小净）那一位相公好些面熟，一时想不起。二位相公像是从不曾出路的。也罢，只有我老夫妻一间卧房，让与你罢，我自和老婆灶下蹲一蹲。要钱时，老婆也说不得了。（贴）如此，多谢。（小净引进介）相公，天色热，可要洗澡？待我烧汤。（贴）不消。（小净）两位脱了衣服，乘一乘凉。（贴）路上伤风，也不消得。（小净）待我替你脱臭裹脚来，风里吹吹。（贴）胡说！你自进去。（小净走又转介）房便让与你，房内还有些小家火，相公们各要尊重。（贴）不妨，你自放心去睡。（小净下）（旦）长兄，途路辛苦，不要讲话了，各人闭眼坐一坐，天明好走。（贴）说得有理。（作睡介）（旦）天那，这个所在，岂是我的睡处，教我怎生睡得着也！

【中吕·楚江情】〖香罗带〗一从交暮春，伤夫断魂，纱衾常卷尘满茵。啼啼哭哭过黄昏也，今夜清秋茅店，何妨夜分。比似我儿夫早晚与缧绁亲〔3〕。〖一江风〗到不得吃尽艰辛，纵然我吃尽艰辛，也是夫难妻当殉。想奴家死而复生，这一场也非通小可。分明是再世身，分明是再世的身。丈夫，你分明是隔世的人，若依了龙神之言，奴家与你再得完聚呵，好一似玉箫重补前生恨〔4〕。

唉，我只管自言自语，倘或惊醒那生不便，只得强睡一番。（睡介）（贴起介）呀，奴家有事在心，故此不能稳睡。那秀才也唧唧哝哝，徘徊半晌，必有缘故。欲待问他一声。唉，我身是女子，又去揽什么事，只得假意睡着。我想他男子汉有甚愁烦，须不比奴家也呵，

【其二】灯前约秦晋，重伸旧恩，薄情错把假当真。只是我要将心事对袄神也〔5〕，因此不贪罗帐，宁披棘榛。比似我昨宵那搭强做亲，也免得凤入鸡群。倘然个凤入鸡群，把六载相思溷〔6〕。想奴家这一逃出，非通小可。分明是偷得身，分明是偷得的身，刘郎，你分明是拾得的人。奴家此去，若见刘郎，

得谐所愿呵，好一似文君夜走相如韵[7]。

（旦作醒介）（贴）你看那秀才又醒来也，待我妆睡，听他说什么来。（睡介）（旦惊起介）呀，奴家朦胧睡去，依还梦见前日那两个强贼，把奴拦住盘诘。猛然觉来，只见明月一庭，秋风满面，好生伤感人也。

【绣带儿换头】乡村，没情绪魂惊梦乱，还似有路难奔。奴家这般打扮呵，便重遇了一伙朱眉，料他怎识破红裙。说话之间，那月儿顷刻被云遮暗了，待奴家暗祷一回。（贴潜起听介）（旦）天那，奴家夫妇若有重圆之日，依旧云开月朗。呀，谢天！果然云气渐消，月光如故。昭昏，那月儿也如人事无定准。叹云尽闷怀无尽，乡村没有支更，不知什么时候了？如年夜巴不到晨。况且男女混处，终是不安。怪的是狭路相逢，无计逃遁。

天色未明，不免再睡片时则个[8]。（贴起唱）

【其二】把心扪，我想往事中，如木兰代戍十载，崇嘏摄椽逾年，祝英台全节书帏，王善聪混形香肆，[9]这都是女作男妆，古今异事。男中女从来几个，不应恁地纷纭。他缘何也唤做奴家？这话儿岂是斯文。仔细看他面庞清俊，举止轻盈，原有可疑。自古道，天下未尝无对。待我近前试他一试。姐姐，姐姐。（旦作惊介）那个唤奴家？（作羞介）（贴）看他逡巡总然欲讳[10]，奈何情计窘，觑羞态越加清俊。（脱衣帽介）怜同病更衣去巾，我与你一般样愁肠，一般评论。

（旦）果然也是个女流，不免脱衣相见。（见介）（贴）姐姐尊姓，青春多少？（旦）奴家家住东山，姓魏，行二，虚度二十一岁。（贴）奴家姓黄，小字素娘，少姐姐二岁。我与姐姐今夜相会，不但奇事，亦是前缘，愿与姐姐结为姊妹，不知尊意若何？（旦）如此甚好。（贴）姐姐在上，奴家有一拜。（同拜唱）

【女冠子】相防一夜今方稳，笑两下路途遮隐。也应夙世缘和分，通姓字叙寒温。欲把衷情共摅[11]，一言难尽。（各悲介）夫妻未卜天边信，姊妹先呼月下邻，可悯，未语泪如珠陨。

（贴）敢问姐姐，何家宅眷，为何到此？（旦）儿夫丹重之，被人诬陷，欲待亲往问取消息。（贴）是这等说。莫非前日刘郎消息，果是真的？（旦）可是刘叔叔子寿么？他也同时被陷了。（贴）天那，好苦呵！（旦）且住，刘叔叔断弦已久，妹子是他何人？（贴）不瞒姐姐说，奴家身是贱流，与刘郎有终身之约。因他音问久疏，奴家誓不失节，改衣逃出。欲待亲往山上问取，谁知果有此信，教我进退两难。如何是好？（旦）妹子，此非啼哭之处。他弟兄两人，全亏刘方正扶持。你明早不须到山上了，我与你同到刘家，便知端的。（贴）多谢姐姐。（同唱）

【其二】衷肠道破情真恳，我两个不但姊妹，又是婶嫂，论亲上更加亲近。并头莲拆散难通讯，十姊妹共殷勤。他一双弟兄，我和你学他和顺。今宵野店姻亲旧，来日苏城侣伴新。将泪揾[12]，免得界残红粉。

（小净上）自不整衣毛，何须夜夜号。昨夜可怜两个标致相公，让房与他，睡到不睡，一夜只闻啼哭。天色将明，待我觑他一觑。（喊介）阿呀，不好了！众客人都来打妖怪。（末上）哇，青天白日，什么妖怪？（小净）昨夜分明两个男子，只听得啾啾唧唧叫了一夜，今早变做两个女人了。（末）有这等事？在那里？（小净作推门介）兀的不是？（末认介）原来是丹家侄妇。你为何到此？（小净诨介）（旦）公公在上，听奴告禀。

【黄钟·啄木儿】从别后苦万千，落井金瓶空望眼。猛可地梦断敲门，早有个小艇相延。那人也姓刘，他道新官到任，快去诉理。奴家只道是好意，谁知人心顿作风波变。水晶宫亏杀龙神援，教我暂学男装出水天。

（末）老夫方欲到宅，不道你又吃这场大苦。多谢龙神救护了。此位娘子是谁？（旦）是黄素娘，为寻刘叔叔到此。（小净）我昨夜就说有些面熟，原来果是。前日丹官人、刘官人到宅，是我同来的。（贴）我也有些厮认，你莫非是胡船？（小净）正是。当初做船家，如今做酒保，也是老保儿了。（末）休要闲说。黄小娘子，为何与舍侄相识？（贴）公公在上，奴家与刘郎呵，

【其二】蒙垂盼已六年，相见虽稀情自腆。感旧巢燕子重来，料新枝未必莺迁。前日有两位，也是东山人，一姓丹，一姓刘，苦苦要奴家相接。（末）曾接他不曾？（贴）说那里话，我誓抛舞衣停歌扇，肯学那倚门授色春风面，因此暗

出巫山十二天[13]。

（末）难得，难得。两位娘子，你道姓丹的是谁？就是丹三木。那姓留的，不是我这一刘，是那一个留字，叫做留帮兴，他专一助纣为虐。

【三段子】我听说惨然，这奸贼非冤造冤。二位娘子，且不要忙，我报你个喜信。他弟兄两个都释罪征倭去了。幸得保全，要相逢只在三年四年。否极泰来天心见[14]，丰城狱里双龙现[15]。管取勒石燕然功成名显[16]。（旦、贴拜天介）

【归朝欢】苍天的、苍天的，且喜见怜，还保佑征人回转。（拜末介）恩人的、恩人的，谢伊解悬，但焚香愿你千龄寿远。（末）肯分地遇着亲和眷，今朝暂把愁眉展。（旦、贴）何日得衣锦还乡欢笑喧。

（末）二位娘子，听老汉一言。那丹三木知道二侄消息，定与老汉作对。闻得山阴地方有个村落，甚是幽僻，二位娘子俱是至亲，况舍下有老妻奉陪，不若同到那边，暂住一年半载，待侄儿回来，再作区处。（旦、贴）多谢公公。（小净）黄小娘子，不如住在此间，到有生意，就作成我开个花酒店罢。（末）不要胡说。你且听我分付，两位娘子脱下衣帽，你与我好好藏着。这白金一两送你做房价。（小净）何用许多？（末）你收了，我有话讲。老夫姓刘，叫做刘方正，若后来遇着我侄儿，你便指点下落与他。若见了别人，方才二位娘子许多说话，一句也不可泄漏。（小净）既分付了小人，就是梦里也不敢泄漏。（哭介）（末）你为何啼哭？（小净）老官儿，你领了黄小娘子去，下次刘官人只在自屋里嫖，不作成我做篾片了[17]。（末）哇，胡说！一家骨肉半相逢，（旦、贴）只是万里征人信未通。（末）明日山阴好栖迹，（小净）两位娘子，你不须回首泣秋风。

【注释】

〔1〕此出以明墨憨斋刊本为底本。

〔2〕伶（líng）俜（pīng）：孤单貌，漂泊貌。

〔3〕缧（léi）绁（xiè）：捆绑犯人的绳索，借指监狱，囚禁。

〔4〕玉箫重补前生恨：典出晋干宝《搜神记》，讲吴王夫差之小女名唤紫玉，爱

慕韩重而为其父所阻，郁郁而终。韩重至其墓前吊祭，紫玉忽现形并赠之明珠，吴王夫人出来抱住她，竟如烟幻灭。

〔5〕祆（xiān）神：祆教（俗称拜火教）所尊奉的神。《酉阳杂俎》："相传祆神本自波斯国乘神通来此，常见灵异，因立祆祠。"

〔6〕溷（hùn）：玷污，亵渎。

〔7〕文君夜走相如韵：用司马相如琴挑卓文君，卓文君夜奔相如的典故。典出《汉书·司马相如传》。

〔8〕免：底本作"色"，据文意改。

〔9〕此句中代父从军之木兰、女状元黄崇嘏、读书求学的祝英台、挟香行贩的王善聪都是女扮男装、自强自立且守贞全节的奇女子。

〔10〕逡（qūn）巡：迟疑，犹豫。

〔11〕摅（shū）：抒发，表达。

〔12〕揾（wèn）：擦拭。

〔13〕巫山十二天：指巫山十二峰。用巫山神女典故，见《红拂记·侠女私奔》注释"向阳台行云雨"条。以上三句意为不再接客。

〔14〕否（pǐ）极泰来：逆境达到极点，就会向顺境转化。否、泰为《周易》六十四卦中的两个卦名，否表示坏事或厄运，泰表示好事或好运。

〔15〕丰城狱里双龙现：典出《晋书·张华传》，载雷焕精通星象，在豫章丰城挖得"龙泉""太阿"双剑，遣送一剑与张华，留一自佩。张华死后，失剑所在。雷焕去世后，子华持剑行经延平津，剑忽于腰间跃出坠水，但见两龙各长数丈，于是失剑。

〔16〕勒石燕然：典出《后汉书·孝和孝殇帝纪》，载窦宪大破北匈奴，登燕然山，刻石纪功而还。以上二句谓二人得以建功立业。

〔17〕篾片：即篾片相公。旧时豪富人家专门帮闲凑趣、图取余润的门客。

【评析】

《双雄记》传奇现存明墨憨斋刊本、清乾隆间铁瓶书屋印本等。

此剧为冯梦龙早年所作。全剧36出，写吴县东山书生丹信与结义兄弟刘双被丹信叔父丹三木为独吞家产而构陷入狱，幸亏刘双叔父刘方正为他们争取了抗倭立功赎罪的机会，丹信之妻魏二娘与刘双之相好歌伎黄素娘在寻亲途中偶遇，经历几番周折，终于各方团圆的故事。

第二十七出《村店奇逢》是全剧最为精彩的一折戏。首先是戏剧性强：魏二娘与黄素娘皆女扮男装，共同的困境让她们只能彼此倚靠，男女之大防也让她们彼此防备，她们的女性身份也生怕被外人识破，于是建构了她们彼此之间以及她们与其他人之间紧张而有趣的戏剧性关系；二人通过层层试探，确认两人都是女子，于是结为姊妹，更为婶嫂，节奏明快；翌日店家发现男子变了女人，喊众人打妖怪，引起刘方正注意，“一家骨肉半相逢”，为后来的大团圆作了铺垫。其次是心理表现细腻，尤其是作为主唱的魏二娘，女子孤身在外的惊惶，思念丈夫的悲戚，从以往奇女子身上汲取力量的勇气，都增强了人物形象的感染力。最后是曲辞格律工稳，冯梦龙《方诸馆曲律序》云：“余早岁曾以《双雄》戏笔，售知词隐先生，先生丹头秘诀，倾怀指授。”吕天成《曲品》谓之“事虽卑琐，而能恪守词隐先生功令，亦持教之杰也”。

吴 炳

吴炳(1595—1648),初名寿元,后改名炳,字可先,号石渠,室名粲花斋,别署粲花斋主人、粲花主人,宜兴(今属江苏无锡)人。明万历四十年(1612)中举,四十七年进士,历任湖北蒲圻知县、刑部主事、工部主事、员外郎、郎中。崇祯二年(1629)转福州知府,后因病归乡。崇祯九年起任两浙盐运司运判,后出任江西吉安府知府、江西提学副使。南明永历王朝时,出任兵部侍郎兼东阁大学士,后为清兵俘虏,于湘山寺赋诗明志,绝食而死。清乾隆时赐谥忠节。著有《说易》《绝命诗》等,佚。少即喜词曲,好声色,撰有传奇《情邮记》《绿牡丹》《疗毒羹》《西园记》《画中人》等五种,合称《粲花别墅五种曲》,又名《石渠五种曲》,存。

绿牡丹·帘试[1]

(场上先摆试桌)(净上[2])不是一番寒彻骨,怎得梅花扑鼻香?我柳五柳为小姐亲事,只得早来听考。出的题目,原是"绿牡丹",已付苍头叫小谢做去了[3]。只恐小姐利害,一双娇滴滴的秋波,端端只射着帘外[4],不比前次,会长老人家[5],凭我朦胧。若再叫苍头传送,可不自露破绽?不免就叫车大做这件事[6],小姐定不疑心。好计,好计!(叫介)车大!(丑应上[7])若要娶妻皆面考,今生情愿再无妻。你做文字罢了,叫唤怎的?(净)有事奉央。少停,苍头拿一绺纸来,烦你悄悄送来与我。(丑笑介)这是传递了。(净)不要则声[8],恐令妹听见。(丑)还不曾出来。(净)没奈何,只得央及,成就此事,沈家的亲,准准让与你了。(丑笑介)也罢,将就帮衬你一遭儿。(净望介)帘内影动,想是令妹来了。(丑闪下)

【双调·北新水令】(旦、老旦上[9])今日个绛帷高揭新创的女开科[10],颤金钗至公堂坐。主司推姐姐[11],少不得巡绰[12],就是你老婆婆。这帘影低那[13],可便似贡举院花阴锁[14]。

【南步步娇】(净)只见他珠翠香风都在我身旁裹,坐起真无那[15]。(窥介)偷凭扇底睃。(起介)待我走个俏步儿,扭捏身躯,也做得风魔过[16]。(老旦出帘高叫介)兀那生员,不归号房[17],出外闲走,不怕瞭高的拿犯规么[18]?(净急坐介)生员在,规矩敢言苛?告宗师[19],初犯从轻可。

(老旦)相公用心做。(净)晓得。(老旦入介)(净大声吟哦介)

【北折桂令】(旦)学蚊声聚夜成讹。(笑介)保母,你看他日里影儿,笑映日虬髯[20],弄影婆娑。(老旦笑介)真是好笑,倒好像羊子吃草。(净揉眼、捶腰、磨腹,作倦态介)(旦)为甚的把深眼频摩,围腰虚簸,伟腹轻那?(老旦)这等光景,像是要睡了。(旦)再休想东床稳卧[21],一凭你梦到南柯[22]。(净睡,作鼾声介)(旦)你听鼻息如何?试问江郎彩笔[23],可送到他呵?

(老旦出帘拍案介)(净惊介)苍头,谢相公文字可完了?(老旦高叫介)柳相公,不要睡,起来作文!(净)学生原不曾睡,正在此静想题神。

【南江儿水】隐几穷非想,那里是弯肱惹睡魔[24]?妈妈,不是我文心一霎能灰堕[25],则我这春心一点难安妥,怎能够把琴心一谜都猜破[26]?(老旦)快做完了罢!(净)少不得还你今朝功课,掌号、筛锣,免费催场烦琐。

(末上)文章已就催誊录,关节难通怕内帘[27]。谢相公的诗,催完在此,不免传将进去。(老旦)分付门上,闲人不许放入。(作入帘介)(末)怎么处?(丑上,手招末介)这里来!相公与我说过了,传递的东西,待我转送。(末)如此甚好。做文章的说,叫俺相公凭他盘问,只要认定自家做的。(作付文与丑介)眼望捷旌旗,耳听好消息。(下)(丑进净桌边介)柳兄,可得意么?(净)也想在肚里了,尚未写出。(各丢眼色做照会介)

【北雁儿落带得胜令】(旦)为甚的眉梢故打睃[28]?(净、丑耳语介)(旦)为甚的耳畔频相撮?(丑近净作私付文介)(旦)为甚的殷勤直靠他?(净一面收文,一面望帘内介)(旦)为甚的忙遽来瞧我[29]?(丑仍立开,作看草稿介)这草稿头一个字就妙起了。(净假谦介)(旦)保母,他两个唧唧哝哝像是传递了。(老旦作褰帘大叫介[30])小姐说有人传递!(丑急下介)(净)那个传递?方才就是你家大官人在此看文。(老旦)小姐,难道大官人倒替他传递?(旦)不堤备自家哥[31],怕反打入他家火。保母,你出去搜他一搜,莫怪我简点用心多[32],看不的机关当面做。摩挲,休指望针眼里轻偷过。(老旦)怎好去搜他?(旦)保母,你也好啰呵,则怕你懒巡拦自犯科,懒巡拦自犯科。

(老旦出帘介)柳相公,方才真个像有弊病。(净)若疑有弊,请搜。(作伸袖解衣与老旦看介)(老旦)不见有些甚么。(高报介)搜简无弊[33]。(入介)(旦)明明是有弊的,既搜不出,且看他诗,就是果佳,还要再考。(净私抄,低唱介)

【南侥侥令】任你清官能挣扎[34],怎当得猾吏巧腾那[35]。无赃只恐难悬坐[36],你看我扫千军快写波[37],扫千军快写波。

(作写完,大叫介)生员交卷!(丑上)尊作完了?(看赞介)(净作得意介)小弟自家也觉得这次文字不十分出丑,只怕难入令妹尊目。(丑)待小弟袖进去看。(净)小弟拱听发落。(丑入送旦看介)(旦大笑介)

【北收江南】呀!看来是这般精妙呵,可知道破工夫直得费延俄[38]。(丑)是用心做的了。(旦)也亏他善抄誊 字不差讹。(丑)果然誊得清。(旦)比前番佳制好还多。(丑)前番已考案首,这次该超等了。(旦)好便好,只怕不是他自己做的。(丑)妹子,你亲自监场,见谁与他传递来?(旦)你且把真情问他,把真情问他,是何人代做这首打油歌?

(丑出介)舍妹见了尊作,只管哈哈的笑。(净)想是欢喜了。可说道好?(丑)一头笑,一头说,比前番的更好。(净)这等着实中意了?(丑)只是疑心你央人做的。(净)小弟这样才学,人不来央也够了,反去央人?(旦笑介)他只道真正称赏,抵死承认。保母,你出去问来。(老旦出介)柳相公,若不是亲做的,也要直说。(净)你们三个人,六只眼看的,搜又搜过了,难道文章会平空里飞进来?(丑)你若没有弊病,赌一咒何如?(净)我就赌咒。(作罚誓介)我晓得了。

【南园林好】假言词无端诮诃[39]，可是要赖婚姻生端撒科[40]？妈妈，我实对你说，亲事是赖不成的。(老旦)柳相公，不要这等焦燥。(净)不是我要来考，是你家小姐约我来的。文章不好也罢了，既拙作蒙加许可，为甚的重勒揹起风波[41]？重勒揹起风波？

(丑)待我进去，替你恳求。(丑、老旦入帘介)(老旦)你可听见他发作么？(旦笑介)

【北沽美酒带太平令】他只道真个值千金七字哦[42]，便恁般弄筋两轻颠簸[43]。只怕不辨璋獐笔底讹[44]，惹胡卢满坐[45]。详诗意果如何？(丑)这等说起来，不当好了。妹子，你实说怎么样的？(旦笑介)他被代笔的人骗了，跳猴狲随人牵磨，演傀儡借机挑拨。受骗的，忒糊涂没些裁夺；那骗人的，太聪明也难辞罪过。(老旦)小姐只说好笑，怕他不服。明把好笑的缘故，说与大官人知道，也好回复他去。(旦笑念介)“牡丹花色甚奇特。”(丑)也明白。(旦)“非红非紫非黄白。”(丑)不是红紫，又不是黄白，准是绿的了。切题，切题。(旦)后面二句好笑得紧，说“绿毛乌龟爬上花，恐怕娘行看不出”，分明自骂是乌龟了。(丑、老旦俱笑介)(旦)呵呵，真么，假么？但由他认么。细思量，还认作倩人犹可[46]。(同老旦下)(丑出介)

(净)令妹想没得说了。(丑笑介)我且问你，这首诗怎么样解？(净)总是极妙的了，何消解得？(丑)舍妹说你被人哄了，诗中把乌龟骂你。(净)那有此话？(丑)方才听舍妹念了一遍，还略有些影响[47]，大家念一念看。(作共念介)(丑笑介)已后只叫你柳乌龟便了[48]。这卷子是你自家供状，待我收好在那里。(净作夺破介)(丑)这头亲事，替你费多少心机，在中说合，今日又相帮传递，大段是成的了。谁着你抄这样诗，自打破鬼！不要说你没面，连我也没面了。请了！正是：任教挽尽西江水，难洗今朝满面羞。(下)(净)小谢这个畜生，吃了我的饭，得了我的束脩[49]，倒来捉弄我！立时就赶他出门了！早晨来赴考时，何等兴头，如今冷冷淡淡，教我怎生回去？不免唱只曲儿消遣则个。

【南清江引】俏娘行强占了文昌座[50]，举子才一个。夸扬识鉴精，做作威风大。只怕不中得我这俊门生也是错。

【注释】

〔1〕此出以民国暖红室刻《暖红室汇刻传剧》所收本为底本，以明崇祯间金陵两衡堂刻《粲花斋新乐府》所收本为校本。

〔2〕净：这里扮演柳希潜。柳希潜号五柳，剧中称柳五柳，与工尺谱的“六五六”谐音。

〔3〕苍头：奴仆。因奴仆多用青头巾包头，故名。小谢：即谢英，柳五柳的塾师。

〔4〕端端：直直地。

〔5〕会长：指翰林学士沈重，沈婉娥之父，被推为诗社会长。

〔6〕车大：指车静芳之兄车本高。车本高，号尚公，剧中称车尚公，与工尺谱的“尺上工”谐音。

〔7〕丑：这里扮演车本高。

〔8〕则声：出声。

〔9〕旦：这里扮演车静芳。

〔10〕女开科：古代开科取士都由男的主持，这次由车静芳主持，故称女开科。

〔11〕主司：主持事务的官员。

〔12〕巡绰：巡逻监考。

〔13〕那（nuó）：移动。后文“伟腹轻那”之“那”同。

〔14〕贡举院：即贡院，科举时代乡试或会试的场所。

〔15〕无那（nà）：无奈，不知如何是好。

〔16〕风魔：风流潇洒的样子。

〔17〕号房：贡院的号子，即士子们考试时所居的单独房间。《明史·选举志二》：“试士之所，谓之贡院。诸生席舍，谓之号房。”

〔18〕瞭高的：指在高处瞭望，监考的人。

〔19〕宗师：本指在思想或学术上受人尊崇而可奉为楷模的人，这里是对科举考试中主考官的谐称。

〔20〕虬髯：连鬓的拳曲胡须。

〔21〕东床稳卧：刘义庆《世说新语·雅量》载，王羲之年轻时有才华，太尉郗鉴欲为女儿求婿，派人向王羲之伯父王导求亲。王导领来人到东厢房去看，王家子弟听闻选婿，大多矜持。只有王羲之独自敞着衣服，露着肚子躺在东床上。郗鉴以女妻之。后世以“东床”代指女婿、夫婿。

〔22〕南柯：指梦境，比喻空幻。唐代李公佐《南柯太守传》传奇叙述淳于棼梦见自己到槐安国，娶了公主，封南柯太守，享受荣华富贵。后出征战败，公主去世，被遣归。梦醒后发现梦中槐安国即庭前槐树下一蚁穴，南柯郡即另一蚁穴。

〔23〕江郎彩笔：《太平广记》卷二二七“梁江淹”条云：“宣城太守济阳江淹少时，尝梦人授以五色笔，故文彩俊发。后梦一丈夫自称郭景纯，谓淹曰：‘前借卿笔，可以见还。’探怀得五色笔，与之。自尔，淹文章踬矣。”后世用“江郎彩笔”指文采斐然。

〔24〕肱（gōng）：胳膊上从肩到肘的部分，泛指胳膊。

〔25〕文心：为文之用心，文思。

〔26〕琴心：以琴声表达情意，用司马相如向卓文君弹琴示爱的典故。

〔27〕内帘：古代科举考试时，称主司以下阅卷诸官为内帘。

〔28〕打睃（suō）：斜着眼睛看。

〔29〕遽（jù）：急速。

〔30〕褰（qiān）帘：揭开帘子。

〔31〕堤备：提防。

〔32〕简点：即检点，检查。

〔33〕搜简：即搜检。

〔34〕任：底本作“在”，据明崇祯间金陵两衡堂刻《粲花斋新乐府》所收本改。

〔35〕腾那：即腾挪，指作弊的小动作。

〔36〕难悬坐：难以凭空定罪。

〔37〕扫千军：指行文酣畅。典出杜甫诗《醉歌行》“词源倒流三峡水，笔陈独扫千人军”。

〔38〕直：同“值”。延俄：耽搁片时。

〔39〕诮（qiào）诃（hē）：责备训斥。

〔40〕生端撒科：意为制造事端，赖掉婚事。

〔41〕重（chóng）勒（lēi）措（kèn）：重，再次。勒措，故意刁难。

〔42〕七字吪(é):指吟哦七言诗。

〔43〕觔两:犹言“斤两”。

〔44〕不辨璋獐笔底讹:意思是不能辨别“璋”“獐”二字,写了错别字。典出《南部新书》。

〔45〕胡卢满坐:满座哄堂大笑。胡卢,笑的样子。《孔丛子·抗志》:“卫君乃胡卢大笑。”一说喉间发出的笑声。

〔46〕倩人:雇请之人。

〔47〕影响:根据,证据。

〔48〕已后:同“以后”。

〔49〕束脩(xiū):本意为十条干肉,后引申为馈赠的礼物,通常指学生送给老师的教学酬金。这里是对贿赂之物的婉称。脩,干肉。

〔50〕俏娘行强占了文昌座:娘行,娘们。文昌,星名,古代认为是主持文运功名的星宿。

【评析】

《绿牡丹》今存明崇祯间金陵两衡堂刻《粲花斋新乐府》所收本、民国初年刘世珩校刻《暖红室汇刻传剧》重刻本等。

《绿牡丹》为吴炳喜剧代表作。全剧共30出。剧叙才子谢英家贫,寄身于同学柳希潜家为塾师。柳不学无术,与车本高游手好闲。谢生与好友顾粲常诗文相和。翰林院学士沈重隐居在家,欲为其女婉娥择婿,便设诗会选才,邀请柳、车、顾三生前来以“绿牡丹”为题会诗。柳生遣人请谢生代作,车生则令其妹静芳代作,结果柳、车二生分得前两名,顾生反名列第三。静芳因见柳生诗而爱其才,静芳乳母为静芳前去考察柳生,适柳生不在而谢生在,遂误将谢生认作柳生,并告以实情。谢生爱慕静芳之才,又恐代诗之事败露,便顺势冒认作柳生。车生为打压顾生的名士之气,特意请顾、柳二生来家宴会,以奚落顾生。静芳窥视柳生,发现其貌丑态俗,不似乳母所描绘的风流倜傥,便再遣乳母前往柳宅弄清真假。这次谢生不在,无从弄清。车、柳二生各欲娶沈婉娥,车生抄静芳诗稿,柳生抄谢生诗稿,俱称为己作,乞求沈重评判。顾生亦前来呈现己作。三人争婚不已。沈重托词等登科后再议婚。柳生与车生商量,愿得静芳,以婉娥相让。车生欣喜,并游说静芳,静芳心中不愿,却说愿意面试柳生。这次仍以“绿牡丹”为题作诗,柳生再次密遣人请谢生代作。谢生写歪诗戏弄柳生,而柳生不识,照抄无疑,结果在静芳面前败露,被静芳嘲讽,终不被选。柳生回家驱逐谢生。婉娥见柳、车二生所呈诗稿的诗意口吻不类其人,私告其父,沈重亦心生疑窦,遂决定开文会以辨明真假,出题《辨真论》,令柳、车、顾三生作文,并严格监考,柳、车二生无法作弊,只能称病退出,顾生文章深得沈重称赏。顾生向沈重揭露此前柳、车二生所投诗稿为谢生和静芳所作。沈重招静芳来与婉娥为伴,共读诗书。谢生、顾生乡试高中。沈重为静芳与谢生做媒,并把婉娥许配给顾生。两对新人同时举行婚礼。柳、车二生自惭形秽。剧情跌宕起伏,丝丝入扣,引人入胜。

表面上看,这是一场闹剧,实际上该剧的寓意深刻。柳、车二位劣生,为了达到自己的目的,尽行欺骗,结果丑态百出,最终露馅,以闹剧收场。欺骗这样的事情在现实生活中并不少见,古今同然。所以,剧作通过展示柳、车二生的欺骗行径,揭示一种普遍的社会现象,给读者、观众以警醒,作者的用意并非停留在闹剧本身,而是借助嘲讽闹剧中的行骗者来揭露社会问题。

《绿牡丹》以临川汤显祖之笔,协吴江沈璟之律,为汤、沈两派之调和,在中国古典喜剧中独树一帜。这里所选的是该剧的第十八出《帘试》。该出戏是整个《绿牡丹》剧本的高潮之一,也是该剧最精彩的出目,充分体现了吴炳喜剧传奇创作的以下特点。

其一,反语误会之法。古代传奇剧作情节多用误会之法,最典型的是阮大铖和吴炳。他们都属于明末清初阶段的戏曲家,误会之法反映了这一时期的戏曲叙事的独特技巧。在《帘试》一出中,最典型的是车家兄妹对话。静芳已经看出诗文的破绽,其兄车生却还蒙在鼓中,并不断地探试静芳的看法,当车静芳大笑着唱【北收江南】,嘲笑柳生“看来是这般精妙呵,可知道破工夫直得费延俄”时,车生竟误将静芳的反语作赞语,傻乎乎地附和道:“是用心做的了。”而当静芳又讥讽柳生“也亏他善抄誊一字不差讹”时,车生再附和:“果然誊得清。”静芳再三讥嘲柳生“比前番佳制好还多”时,车生依然完全迷惑于误解中,得意道:“前番已考案首,这次该超等了。”读者、观众因为看懂了静芳每句反语的真实意思,所以很觉车生可笑,车生却因误会而完全不晓。这种误会通过隐藏在问答之中的反语来实现,确实具有很大的迷惑性,戏剧冲突的包袱如同被盲目吹起的气球,因为误会而越吹越大,最终彻底破灭。

其二,漫画式的讽刺风格。该出戏的讽刺手法极为夸张,具有漫画般的风格特点。如柳生明明做不出诗,却故作“大声吟哦”的姿态。困倦了,竟当场睡着,甚至还“打鼾”;当被喝醒时,却不忘狡辩道:“学生原不曾睡,正在此静想题神。”一旦“传递”得手,便又换为一副得意洋洋的脸色,自吹道:“小弟这样才学,人不来央也够了,反去央人?”前后反差之大,可谓是极其夸张的,喜剧效果跃然纸上。

其三,引而不发的蓄势叙事之法。喜剧是将无价值的东西撕破给人看,而不同的喜剧其“撕破”的进展有快慢之别。慢慢地“撕破”,将嘲讽的势能蓄满蓄足,后面就会更有利于“撕破”时酣畅淋漓的展现。这里,静芳早已识破了柳生作弊,作者却没有让她立即说出,只是写她忍俊不禁的“哈哈的笑”,并让身边的乳母走出帘外,协助静芳,不断地对柳生加以嘲弄。可谓步步为营,步步蓄势。最后静芳一旦点破真相,便让柳生羞得无地洞可钻。读者、观众也觉得十分畅快。

其四,南北合套的曲牌组合使用。全出戏采用规模较大的南北合套,且有自己的特色。其中所有的南曲都由旦扮车静芳演唱,而所有的北曲则由净扮柳生演唱。这样的安排可以很好地增强静芳对柳生的揭露、批判力度,并烘托出作为被批判对象柳生身上软弱无赖的神情,从而起到意想不到的讽刺效果。曲体使用与作品风格之间的关系,在很多剧中不太容易表现出来。但在本出戏中,由于作者巧妙地将南北曲曲情风格与人物塑造的特殊性完美地结合起来,所以能够带来很好的艺术效果。这是一种很好的曲体写作技巧,值得重视。

《帘试》一出戏正是通过上述四种喜剧表现手法,达到了作为“文雅的滑稽剧”(青正木儿《中国近代戏曲史》)的独特艺术风格,在明末清初的剧坛上具有典型代表性。

高　濂

高濂（1527—1603），字深甫，号瑞南，别署湖上桃花渔、千墨主、万家居，钱塘（今浙江杭州）人。明隆庆元年（1567）入北京国子监，屡赴秋试失利。六年入资待选鸿胪寺，却因丁父忧，未及补官，最终归隐西湖。博览多识，兴趣广泛，弹琴、种花、饮酒、品茗、烹饪、丹药、古玩、字画等无所不涉。尤熟音律，耽于度曲，与曲家梁辰鱼、汪道昆、屠隆交游。著有《芳芷栖词》《遵生八笺》等，存。作传奇两种《玉簪记》《节孝记》，存。

玉簪记·弦里传情[1]

【懒画眉】（生扮潘必正上）月明云淡露华浓，欹枕愁听四壁蛩[2]。伤秋宋玉赋西风[3]。落叶惊残梦，闲步芳尘数落红。

小生看此溶溶夜月[4]，悄悄闲庭，背井离乡，孤衾独枕，好生烦闷，只得在此闲玩片时。不免到白云楼下，散步一番，多少是好[5]。（下[6]）

【前腔[7]】（旦）粉墙花影自重重，帘卷残荷水殿风，抱琴弹向月明中。香袅金猊动[8]，人在蓬莱第几宫[9]。

妙常连日冗冗俗事[10]，未得整此冰弦。今夜月明风静，水殿凉生。不免弹《潇湘水云》一曲[11]，少寄幽情，有何不可。（作弹科）（生上听琴科）

【前腔】（生）步虚声度许飞琼[12]，乍听还疑别院风。凄凄楚楚那声中。谁家夜月琴三弄，细数离情曲未终。

此是陈姑弹琴，不免到他堂中，细听一番。

【前腔】（旦）朱弦声杳恨溶溶，长叹空随几阵风。（生）仙姑弹得好琴！（旦弹科）仙郎何处入帘栊，早是人惊恐。（生）小生得罪了。（旦）莫不是为听云水声寒一曲中？

（生）小生孤枕无眠，步月闲吟。忽听花下琴声嘹呖，清响绝伦，不觉步入到此。（旦）小道亦见明月如洗，夜色新凉，故尔操弄丝桐，少寄岑寂。欲乘此兴，请教一曲如何？（生）小生略知一二，弄斧班门，休笑休笑。（生弹科，吟曰）雉朝雊兮清霜[13]，惨孤飞兮无双。念寡阴兮少阳[14]，怨鳏居兮彷徨[15]。（旦）此曲乃《雉朝飞》也。君方盛年，何故弹此无妻之曲？（生）小生实未有妻。（旦）也不干我事。（生）敢请仙姑，面教一曲。（旦）既听佳音，以清俗耳。何必初学，又乱芳声。（生）休得太谦。（旦）污耳，污耳。（作弹科，吟曰）烟淡淡兮轻云，香霭霭兮桂阴。喜长宵兮孤冷，抱玉琴兮自温。（生）此《广寒游》也。正是仙姑所弹。争奈终朝孤冷，难消遣些儿。（旦）相公，你听我道，

【朝元歌】《长清》《短清》[16]，那管人离恨。云心水心[17]，有甚闲愁闷。一度春来，一番花褪，怎生上我眉痕。云掩柴门，钟儿磬儿枕上听。柏子坐中焚[18]，梅花帐绝尘[19]。果然是冰清玉润。长长短短，有谁评论，怕谁评论。

【前腔】（生）更深漏深，独坐谁相问。琴声怨声，两下无凭准。翡翠衾寒，芙蓉月印，三星照人如有心。[20]露冷霜凝，衾儿枕儿谁共温。（旦作怒科）先生出言太狂，屡屡讥讪，莫非春心飘荡，尘念顿起？我就对你姑娘说来[21]，看你如何分解！（作背立科）（生）小生信口相嘲，出言颠倒，伏乞海涵！（作跪科）（旦扶科）（生）巫峡恨云深，桃源羞自寻。[22]你是个慈悲方寸[23]，望恕却少年心性，少年心性。

小生就此告辞。肯把心肠铁石坚，（旦背立科）岂无春意恋尘凡。（生）今朝两下轻离别，一夜相思枕上看。（生作下科）（旦）潘相公，花阴深处，仔细行走。（生回转科）借一灯行如何？（旦急闭门科）（生暗云）陈姑十分有情，不免躲在此间，听他说些甚么，便知分晓。（旦）潘郎，

【前腔】你是个天生后生，曾占风流性[24]。无情有情，只看你笑脸来相问。我也心里聪明，脸儿假狠，口儿里装做硬。待要应承，这羞惭，怎应他那

一声。我见了他假惺惺，别了他常挂心。我看这些花阴月影，凄凄冷冷，照他孤另，照奴孤另。

夜深人静，不免抱琴进去，安宿则个[25]。此情空满怀，未许人知道。明月照孤帏[26]，泪落知多少。（下）（生）小生在此听了半晌，虽不明白，

【前腔】我想他一声两声，句句含愁恨。我看他人情道情，多是尘凡性。妙常，你一曲琴声，凄清风韵，怎教你断送青春。那更玉软香温[27]，情儿意儿，那些儿不动人？他独自理瑶琴，我独立苍苔冷，分明是西厢形境[28]。（揖科）老天老天！早成就少年秦晋[29]，少年秦晋！

诗：闲庭看明月，有话和谁说。

榴花解相思，瓣瓣飞红血。

【注释】

〔1〕此出以明万历间继志斋刻本为底本，以明末汲古阁刻《六十种曲》所收本为校本。此出出目，继志斋本题《弦里传情》，汲古阁本题《寄弄》。

〔2〕欹（qī）枕愁听四壁蛩（qióng）：欹枕，斜倚在枕上。蛩，蟋蟀。

〔3〕宋玉：战国时楚国著名辞赋家。他对秋色的描写，开辟了后世文学中“悲秋”的主题领域。

〔4〕溶溶：形容月光荡漾。

〔5〕多少是好：岂不是好。

〔6〕下：底本脱，据汲古阁本补。

〔7〕前腔：底本作“又”，据汲古阁本改。下同，不另出校记。

〔8〕猊：底本作“霓”，据汲古阁本改。金猊，狮形的香炉。

〔9〕蓬莱：传说中神仙居住的地方。

〔10〕冗冗（rǒng rǒng）：繁杂琐碎。

〔11〕潇湘水云：琴曲名。描写洞庭水光云彩，抒发思乡之情。

〔12〕步虚声度许飞琼：意指像仙人许飞琼演奏《步虚词》一样优雅。步虚声，即步虚词，乐府杂曲歌名。《乐府解题》：“《步虚词》，道家曲也，备言众仙缥缈轻举之美。”度，度曲，按曲谱演唱。许飞琼，传说中仙女名，善音乐。《汉武内传》：“王

母乃命侍女许飞琼鼓震灵之簧。”

〔13〕雊(gòu):雉鸡叫。《诗·小雅·小弁》:“雉之朝雊,尚求其雌。”

〔14〕寡阴兮少阳:比喻女子没有丈夫。

〔15〕鳏(guān):男子长而无妻。

〔16〕长清短清:琴曲有《长清》《短清》,传为嵇康所作,见朱权《神奇秘谱》。《长清》《短清》曲,写白雪的清洁无尘,寄寓厌世途、超空明的情趣。

〔17〕云心水心:道士以云、水比喻自己心境的清静、淡泊。

〔18〕柏子:香名。

〔19〕梅花帐:一种用梅花与纸制成的帐子。

〔20〕“翡翠衾寒”三句:形容妙常的孤眠无聊。翡翠衾,绣有翡翠鸟的被子。芙蓉月印,月光照在绣着芙蓉花的被子上。《诗·唐风·绸缪》有“三星在天”句,描写男女新婚时的欢乐。

〔21〕姑娘:姑母。

〔22〕“巫峡恨云深”二句:意指潘必正见陈妙常对爱情态度暧昧,自己不敢唐突了。巫峡云深,用宋玉《高唐赋》事。

〔23〕方寸:心。

〔24〕占:具有。

〔25〕则个:语尾词,相当于“了罢”。

〔26〕帏:床帐。

〔27〕玉软香温:又作“软玉温香”,指女子身体。

〔28〕西厢形境:像《西厢记》中张君瑞和崔莺莺恋爱的行为一样。

〔29〕秦晋:春秋时秦国与晋国世代联姻,之后便用“秦晋之好”代指联姻结亲。

【评析】

《玉簪记》今存本主要有明万历间继志斋刻本、文林阁刻本、长春堂刻本、世德堂刻本、萧腾鸿刻本,崇祯间苏州宁致堂刻本,明末汲古阁刻《六十种曲》所收本,以及清乾隆间修文堂辑印《六合同春》所收本等。

《玉簪记》全剧34出。剧写书生潘必正和女道士陈妙常的恋爱故事。剧叙北宋战乱,陈妙常落入金陵女贞观为道。潘必正科举不第,无颜回家,也到女贞观投奔其已做女贞观住持的姑母。陈妙常和潘必正在日常接触中,相互了解,渐生爱慕之意,后终得冲破寺院清规与封建礼教的束缚,私自结合。他们的爱情被必正姑母发现,潘必正被迫赴临安投考。陈妙常毅然乘船追赶,二人交换信物而别。最后,潘必正一举及第,到女贞观迎娶陈妙常,有情人终成眷属。该剧着意赞颂他们的真挚坚贞的爱情与矢志不渝的品格,体现了强烈的反封建精神。剧中人物陈妙常性格鲜明突出,她才貌出众,出身大家闺秀,对爱情审慎而大胆,坚毅而忠贞,给观众和读者留下了深刻印象。该剧戏剧冲突的处理也比较巧妙,富有喜剧色彩。在该剧产生之后的四百多年时间里,其中的《茶叙》《琴挑》《偷诗》《秋江》等折子戏,一直在舞台上演。

这里所选的《弦里传情》一出,即有名的《琴挑》,写潘必正、陈妙常二人借琴曲传情,彼此试探心意,曲辞与意境都很优美,心理刻画极为细腻。如【懒画眉】曲,写潘必正在云淡月明、蛩鸣叶落的秋夜,无法成眠,步出庭院排解愁闷。作者纯熟地运用中国诗词情景交融的写法,刻画人物心理,一开始就把观众与读者引入诗情画意的境界中。在潘必正说明"实未有妻"之后,陈妙常赶紧接上"也不干我事"一句,可谓"此地无银"。她越是声称与己无关,越反映了其对潘必正婚姻状况的留意和关心,欲盖弥彰,令人忍俊不禁。而第三支【朝元歌】,陈妙常在对潘必正发了一顿脾气之后,却背着他唱了"我也心里聪明,脸儿假狠,口儿里装做硬",这又生动细致地刻画了陈妙常在封建礼教约束下的矛盾心理状态。

汤显祖

汤显祖(1550—1616),初字义少,改字义仍,号海若,又号海若士,一称若士,晚号茧翁,所居名曰玉茗堂、清远楼,自署清远道人,临川(今属江西)人。出身诗礼之家,五岁读书,过目不忘。十二岁能诗。十四岁进学。明隆庆四年(1570)二十一岁时中举,文名振天下。时张居正欲其子科举及第,网罗海内名士包括汤显祖为之造声势,遭汤显祖拒绝。因此得罪张居正,后连续四次参加会试不第,直至张居正去世次年即万历十一年(1583),汤显祖才成进士,复拒绝时相申时行、张四维结纳,授南京太常寺博士。后历任南京詹事府主簿、南京礼部祠祭司主事。十九年,面对国家遭遇的各种灾难,上《论辅臣科臣疏》抨击朝政,被贬广东徐闻典史。二十一年,升任浙江遂昌县知县,居官清廉,有政声。二十六年,上计投劾,毅然去官告归。后三年以浮躁罪被追论削籍。乡居期间,诗酒自娱,专心创作。著有《玉茗堂全集》《红泉逸草》《问棘邮草》等,存。撰有传奇5种,即《紫箫记》《紫钗记》《邯郸记》《南柯记》《牡丹亭》,《紫箫记》为早年未完成作品,《紫钗记》即在《紫箫记》基础上改写而成,后4种合称《玉茗堂四种曲》《玉茗堂四梦》或《临川四梦》,均存。

牡丹亭·忆女[1]

【玩仙灯】(贴扮春香上)睹物怀人,人去物华销尽。道的个"仙果难成,名花易陨"。(叹介)恨兰昌殉葬无因[2],收拾起烛灰香烬。

自家杜府春香是也。跟随公相、夫人到扬州。小姐去世,将次三年。俺看老夫人那一日不作念,那一日不悲啼?纵然老公相暂时宽解,怎散真愁?莫说老夫人,便是俺春香想起小姐平常恩养[3],病里言词,好不伤心也。今乃小姐生忌之辰[4],老夫人分付香灯,遥望南安浇奠。早已安排。夫人,有请。

【前腔】(老旦上)地老天昏,没处把老娘安顿。思量起举目无亲,招魂有尽。(哭介)我的丽娘儿也!在天涯老命难存,割断的肝肠寸寸。

〔苏幕遮〕岭云沉,关树杳。(贴)春思无凭,断送人年少。(老旦)子母千回肠断绕。绣夹书囊,尚带余香袅。(贴)瑞烟清,银烛皎。(老旦)绣佛灵辰,血泪风前祷。(哭介)(合介)万里招魂魂可到?则愿的人天净处超生蚤。(老旦)春香,自从小姐亡过,俺皮骨空存,肝肠痛尽。但见他读残书本,绣罢花枝,断粉零香,余簪弃履,触处无非泪眼,见之总是伤心。算来一去三年,又是生辰之日。心香奉佛[5],泪烛浇天。分付安排,想已齐备。(贴)夫人就此望空顶礼[6]。(老旦拜介)〔集唐[7]〕微香冉冉泪娟娟,酒滴灰香似去年。四尺孤坟何处是?南方归去再生天。[8]杜安抚之妻甄氏,敬为亡女生辰,顶礼佛爷。愿得杜丽娘皈依佛力,早早生天。(起介)春香,祷告了佛爷,不免将此茶饭,浇奠小姐。

【香罗带】(老旦)丽娘何处坟,问天难问。梦中相见得眼儿昏,则听的叫娘的声和韵也,惊跳起,猛回身,则见阴风儿阵残灯晕。(哭介)俺的丽娘人儿也,你怎抛下的万里无儿白发亲!

【前腔】(贴拜介)名香叩玉真[9],受恩无尽,赏春香还是你旧罗裙。(起介)小姐临去之时,分付春香,长叫唤一声。今日叫他,小姐,小姐呵,叫的一声声小姐可曾闻也?(老旦、贴哭介)(合)想他那情切,那伤神,恨天天生割断俺娘儿直恁忍!(贴回介)俺的小姐人儿也,你可还向旧宅里重生何处身?

(贴跪介)禀老夫人,人到中年,不堪哀毁。小姐难以生易死,夫人无以死伤生。且自调养尊年,与老相公同享富贵。(老旦哭介)春香,你可知老相公年来因少男儿,常有娶小之意?止因小姐承欢膝下,百事因循[10]。如今小姐丧亡,家门无托。俺与老相公闷怀相对,何以为情?天呵!(贴)老夫人,春香愚不谏贤,依夫人所言,既然老相公有娶小之意,不如顺他,收下一房,生子为便。(老旦)春香,你见人家庶出之子,可如亲生?(贴)春香但蒙夫人收养,尚且非亲是亲,夫人肯将庶出看成[11],岂不无子有子?(老旦)好话,好话。

（老）曾伴残蛾到女儿，（贴）白杨今日几人悲。

（老）须知此恨消难得，（合）泪滴寒塘蕙草时。〔12〕

【注释】

〔1〕此出以明万历间九我堂刻本《牡丹亭还魂记》为底本。

〔2〕恨兰昌殉葬无因：张云容原为杨贵妃侍女，求得申天师绛雪丹一颗，没于兰昌，虽死不腐。另有两位宫女萧凤台、刘兰翘，因美貌受妒被毒杀，葬于云容墓侧，与之交游甚密。百年后，张云容与平陆尉薛昭遇合，得以复生。事见《太平广记》卷六十九《传奇·张云容》。春香借此典故表达自己尚不能葬于杜丽娘墓侧，与之相伴的遗憾。

〔3〕恩养：爱护养育。

〔4〕生忌：死者的生日。旧俗于是日设祭，并忌娱乐。

〔5〕心香：佛教语。谓中心虔诚，如供佛之焚香。

〔6〕顶礼：双膝下跪，两手伏地，以头顶尊者之足，是佛教徒最高的礼节。这里指虔诚拜祭。

〔7〕集唐：选取唐人诗句集中在一起，凑成一首新诗。明清戏曲中常有此现象。

〔8〕“微香冉冉泪娟娟”四句：微香冉冉泪娟娟，取自李商隐《野菊》：“苦竹园南椒坞边，微香冉冉泪涓涓。已悲节物同寒雁，忍委芳心与暮蝉。细路独来当此夕，清尊相伴省他年。紫云新苑移花处，不取霜栽近御筵。”娟娟，同“涓涓”。酒滴灰香似去年，取自陆龟蒙《和袭美初冬偶作》：“桐下空阶叠绿钱，貂裘初绽拥高眠。小炉低幌还遮掩，酒滴灰香似去年。”四尺孤坟何处是，取自许浑《经故丁补阙郊居》：“死酬知己道终全，波暖孤冰且自坚。鹏上承尘才一日，鹤归华表亦千年。风吹药蔓迷樵径，水暗芦花失钓船。四尺孤坟何处是，阖闾城外草连天。”南方归去再生天，取自沈佺期《再入道场纪事应制》：“南方归去再生天，内殿今年异昔年。见辟乾坤新定位，看题日月更高悬。行随香辇登仙路，坐近炉烟讲法筵。自喜恩深陪侍从，两朝长在圣人前。”

〔9〕玉真：谓仙人。这里指杜丽娘。

〔10〕因循：延宕，拖延。

〔11〕看成：护持，照顾。

〔12〕“曾伴残蛾到女儿”四句：曾伴残蛾到女儿，取自徐凝《语儿见新月》：“几

处天边见新月，经过草市忆西施。娟娟水宿初三夜，曾伴愁蛾到语儿。”白杨今日几人悲，取自杜甫《存殁口号二首》之一：“席谦不见近弹棋，毕曜仍传旧小诗。玉局他年无限笑，白杨今日几人悲。”须知此恨消难得，取自温庭筠《李羽处士故里》：“柳不成丝草带烟，海槎东去鹤归天。愁肠断处春何限，病眼开时月正圆。花若有情还怅望，水应无事莫潺湲。终知此恨销难尽，辜负南华第二篇。”泪滴寒塘蕙草时，取自廉氏《寄征人》：“凄凄北风吹鸳被，娟娟西月生蛾眉。谁知独夜相思处，泪滴寒塘蕙草时。”

【评析】

《牡丹亭》今存的明清版本有近三十种，主要有明万历间金陵文林阁刻本、石林居士刻本、槐塘九我堂刻本、明泰昌间刻朱墨套印本、明末朱元镇校刻本、汲古阁刻本、清康熙间谷园刻本、康熙间梦园刻“吴吴山三妇合评”本、光绪末年刘世珩校刻《暖红室汇刻传剧》所收本等。

《牡丹亭》又名《杜丽娘还魂记》，全剧共55出。剧叙南宋时江西南安太守杜宝独生女杜丽娘，一次偶然游园的机会，其少女怀春之情被生机盎然的春光所激发，梦见与一位风流倜傥的、手持柳枝的书生柳梦梅相遇相爱。梦醒之后，追忆梦中情人而不得，遂忧伤而逝。去世之前，杜丽娘为自己绘制一幅自画像，嘱咐父母在自己去世后，将自画像放在墓旁牡丹亭下的太湖石边。杜丽娘去世后，杜宝转任扬州。岭南书生柳梦梅进京赶考，途经南安，在南安府花园的牡丹亭下发现了杜丽娘的肖像画，被画中女子的美丽所打动，不断深情呼唤。杜丽娘幽灵受之感化，化为人形，每夕前来与柳梦梅相会，后告知自己为柳梦梅忧伤而死的事实。柳梦梅打开杜丽娘之墓，杜丽娘为之复活，结为夫妇，进京赴试。试后，正遇战争，未能及时发榜。柳梦梅往扬州府，告诉杜宝杜丽娘复活事。杜宝不信，反疑柳梦梅为掘墓之贼，欲加拷问，忽报柳梦梅状元及第。杜宝、柳梦梅各上一疏，争是非于朝廷，皇帝判明父女、夫妻相认，返邸成亲，终得大团圆。

《忆女》一出，写杜母随夫移居扬州，日夜思念去世已近三年的女儿，于其生辰之日命春香安排香烛，主仆二人遥望南安，浇奠祭拜。这是一出以抒情为主的戏，传说汤显祖写此出时甚为动情：“相传临川作《还魂记》，运思独苦。一日，家人求之不可得；遍索，乃卧庭中薪上，掩袂痛哭。惊问之，曰：

填词至‘赏春香还是旧罗裙’句也。”（清焦循《剧说》卷五）春香感念小姐恩养，恨一身尚存未能陪葬墓侧；杜母终日睹物思人，梦里听闻女儿呼唤，惊醒唯有残烛孤灯，写尽悱恻凄凉。

此出语言质朴与典雅并存，尤其老旦所扮杜母之曲辞本色率真，李渔曾大加称赞：“《忆女》曲云：‘地老天昏，没处把老娘安顿。’……此等曲则纯乎元人，置之《百种》前后，几不能辨。以其意深词浅，全无一毫书本气也。”（《闲情偶寄》卷一）

从脚色排场角度看，此出介于生脚柳梦梅主演的《拾画》与《玩真》之间，是一出以老旦为主的戏，显示了传奇均劳逸、剂冷热的脚色搭配原则，同时使得杜丽娘、柳梦梅主线之外，杜宝夫妇副线不至失落，可谓当行。

阮大铖

阮大铖(1587—1646),字集之,号圆海,一号石巢,别署百子山樵,怀宁(今属安徽安庆)人,后迁桐城。明万历四十四年(1616)进士,官至户科给事中。天启四年(1624),因谋迁吏科而依附魏忠贤,又担忧遭东林党攻击,未一月又请归。崇祯元年(1628)官光禄卿。魏党败后,被罢官,居南京石巢园,遭南京复社人士打击。明亡后,与马士英相结纳,迎立福王,弘光朝时官至兵部尚书,打压东林、复社人士。南京破后降清,随清军攻仙霞岭时死于道途。诗歌典则、清丽兼备。戏曲创作追求文辞,擅用误会巧合、冒名顶替之法。著有《咏怀堂诗》,存。撰传奇11种,存《春灯谜》《燕子笺》《双金榜》《牟尼合》,世称《石巢传奇四种》;《井中盟》《老门生》《忠孝环》《桃花笑》《狮子赚》《翠鹏图》《赐恩环》,佚。

牟尼合·分珠〔1〕

【绕池游〔2〕】(旦)江风收絮,春色冥冥去,伴黄昏丝儿梅雨。京兆眉蛾〔3〕,临邛裈犊〔4〕,兴不到芦帘秸户。

〔集词〔5〕〕〔菩萨蛮〕斜日画桥芳草路,东风欲共春归去。暝色入高楼,吴山点点愁。 着意隋堤柳,闲却传杯手。无人整翠鬟,黄昏独倚栏。〔6〕我相公去赴龙塘寺大会,往年本日便回,今年整整去了三日,尚兀自不见回来。多是相知朋友,拉在那厢游玩去了,想也没有别样缘故。你看暮雨潇潇,柴门深掩,趁佛珠儿睡着,不免取过筐篮来,在灯下绩麻一歇,多少是好。(绩麻介)

【黄莺儿】暝色动蘼芜,待垂帘,问燕到无。宵灯纺绩是我寒家数。鱼膏

佐夫，山鸡抱雏，旧门楣消不尽清贫福。听栖乌，风翻巢柳，往往夜相呼。（生上介）

【前腔】信宿寓精庐[7]，洗天龙[8]，现衲珠。光音天亲洒杨枝露[9]。为官衙假狐[10]，平民剥肤[11]，粘泥心逗起无明怒[12]。且趱昏途[13]，满怀零碎，归说与妻孥[14]。

娘子开门。娘子，你在灯下做甚事？（旦）在此绩麻。（生）佛珠儿那里？（旦）刚才喂了奶，睡了。（生叹气介）（旦）你往时赴会，一去便回。今年为何一连去了三日，却又不住的长嘘短叹，像有许多事在心上一般。这是怎么说？（生）娘子，常年会上，拈过香后，我们便与二三契友，吃了素斋，看那些摆弄要拳卖解的散心[15]，一日尽兴而回。今年遇着招讨，叫做封其蔀，极是个歪人。（旦）歪便怎么？（生）他平白地看上了卖解的两匹好马，要去骗他，骗之不遂，硬将那人锁了，扭作贼论。我与同行朋友都于毫，苦苦央求解免，只是不依。因此上与他大抢白一场，把那卖解的夫妇，径放去了。寺中住持僧恐怕迁怒到他，留我与都兄多住几日，商量解和。这几日，见招讨动静悄然，想也没有甚么话说了，方得回来。（旦）呀，元来如此。相公，凡事须要忍耐些方好，况且别人家闲是闲非，管他怎的。

【簇御林】你天潢派[16]，黉序儒[17]，那招讨是个不撑达，侥幸徒。风皇元不共乌鸦树，怕明枪暗剑须防取。（生）我为无辜之人不平动气，是一点好心，理直气壮，那里犯着怕他。（旦）请思之，庭生瑞草，好事不如无。

【前腔】（生）公论在，天理扶。女人家，何见愚。口头言辩何干系？那封其蔀是招讨，与儒学朋友没一毫相干，他就要害我，怕癞黑麻怎下得天鹅箸[18]。总是命为之，流年赤口[19]，八字上有差池。（外骑马上）

【赚】冒雨拖泥，策蹇潜过旧友居[20]。你看他门儿闭，药栏花径夜参差。（作下马、系马、敲门，生开门见介）（外）萧兄，你有一桩事，大不恰好，特来与你说。你前日曾在龙塘寺骂了封招讨，此事有没有？（生）果有此事。如今他待怎么样？（外）你还不知，如今那麻总管，体访民间不法事情，他将你密密的揭报去了。（生）

我一个贫王孙，又是读书的秀才，有甚么不法的事情可以揭报？可笑，可笑。（外）他诬赖你倚梁朝后裔，倡建濯龙大会，希图谋反，应奏请拿问。（生做慌，旦潜听忙介）（外唱）因此上暗通知，中山满箧含沙字，道你帝胄包藏不轨思。（生[21]）圣熙兄，这信可真不真？（外）这是麻总管取用副中军，封其蔀将我呈送去，唤我再三嘱付，叫在麻总管跟前，把开报你的事情一一照应，不可异同。我与你至戚厚交，他一毫不知道，故此对我说，我才晓得，特特报你。此是确然无疑的了。（生）如此，却怎么处？（外）我本待不去，倒因你有此事，权且应他，到总管衙门中，或者可以乘机照管你一二。只是此事关系甚大，与他硬做头敌不得的，你再作个道理方可。我因限期甚紧，明日五鼓就要起程，连令郎也不得抱出来看看。（与生各相抱哭介）我已登程去，为防六耳亲传语[22]。你好自为之计。（上马下介）

【前腔】（旦向生哭介）相公呵，窃听魂离，天样灾殃一霎时。奴家刚才说得了，封其蔀既是一个不义之徒，你不该与他作对。那晓得下手如此狠毒。（生怒介）谋反是何等大事，好平空陷人的么？我就出头与他抵辩一番，讨个明白，死也不惧。（唱）伊休虑，猛拼七尺付刑司。便就篾舆[23]，青天湛湛难装砌，做厉鬼咆哮尚可为。（旦哭介）说那里话，你有些差池，奴家与佛珠儿，靠那一个？（唱）奴何恃，血胞儿一点如风中絮。算不如先死。

（旦倒地，生扶起介）（生沉吟介）我有道理了。趁申文未下，如今不免改变了姓名衣服，潜避他乡外郡。待来拿时，只说我游学外厢，不知去向。你一个妇人家，孩儿又在怀抱，难道刑拷不成？看日后事体定了，我再回来探你罢。（旦）也只有这个计较了。（生）只是我恩爱夫妻，孩儿又小，教我如何割舍？（旦）孩儿我自会看取他，不必挂心。只是你孤孤单单，一身远出，后来完聚知在何年，我心真是如割。（生）娘子，你可取传代的牟尼珠来[24]，我两人各收一颗，以为后来会合之验。趁此天色未明，无人知觉，不免换了衣帽，将就收拾些随身行李，我就好出门去了。（旦哭下介）晓得了。

【忆多娇】（生）我何所之，仰面吁，似纸破风鸢线断丝[25]。且击筑埋名学高渐离[26]。（旦上）牟尼珠取在此，行李也收拾了。（生、旦各收一颗介）（合）颗

颗圆珠,颗颗圆珠,眼见得天涯海隅。(生换衣帽,背包袱,执伞介)

【前腔】(旦)他虎负嵎[27],你鬼载车[28],补漏收缰尚未迟。怎能够相从歌《五噫》[29]。(合前)

(生)娘子,我在外改姓作梁,把表字做名字,叫做梁德祖,你可记着。快抱佛珠来,我看一看。(旦下抱上介)(生看哭介)

【斗黑麻】(生抱旦头哭介)娘子,我和你绿鬓夫妻[30],连枝切骨。佛珠儿那黄口孤儿,伶仃块肉。枉有蒯通舌[31],不救卞和足[32]。死别生离,前程怎卜。风灯破屋,猿啼声断续[33]。(旦大哭,生掩旦口介)怕有人知,怕有人知,且自吞酸忍哭。

【前腔】(旦)欲止伊行,恐怕牢笼黑狱。欲共伊行,又无驰驱健足。(指佛珠介)我不瞑目,也为此块肉。便祸及妻孥,甘承窘辱。此去长亭矮屋,孤灯防夜宿。(同拜哭介)一瓣名香,一瓣名香,兀自呼天叫佛。(内鸡叫介)(生、旦挽手唱介)

【余文】天渐旭,鸡咿喔,阁泪潸潸上途路[34]。娘子,你可依旧掩上了门,进去罢。(唱)偏这不做美的细雨斜风来伴我。(生分手下)(旦掩门唱【哭相思】下介)

〔集唐〕风飘碧瓦雨摧垣,江上阴云锁梦魂。

惆怅路歧从此处,有谁倾盖待王孙。

【注释】

〔1〕此出以明崇祯吴门毛恒刻《石巢传奇四种》所收本为底本。

〔2〕绕池游:底本作“绕地游”,据《康熙曲谱》改。

〔3〕京兆眉蛾:用张敞画眉典故:《汉书·张敞传》:“又为妇画眉,长安中传张京兆眉怃(按:‘怃’通‘妩’)。有司以奏敞。上问之,对曰:‘臣闻闺房之内,夫妇之私,有过于画眉者。’”京兆,即京兆尹,官名。眉蛾,即蛾眉。

〔4〕临邛裈犊:用司马相如、卓文君典故:司马相如琴挑卓文君,卓文君夜奔相如之后,二人至临邛当垆卖酒事。《史记·司马相如列传》:“相如与俱之临邛,尽卖

其车骑，买一酒舍酤酒，而令文君当炉。相如身自着犊鼻裈，与保庸杂作，涤器于市中。”裈犊，围裙，一说为短裤。

〔5〕集词：选择前人词作之句，集合在一起，构成一首新词。

〔6〕“斜日画桥芳草路”八句：斜日画桥芳草路，东风欲共春归去，出自宋代贾昌朝【木兰花慢】词。暝色入高楼，出自唐代李白【菩萨蛮】词。吴山点点愁，出自唐代白居易【长相思】词。着意隋堤柳，出自宋代赵令畤【清平乐】词。闲却传杯手，出自宋代汪藻【点绛唇】词。无人整翠鬟，黄昏独倚栏，出自南唐李煜【阮郎归】词。

〔7〕信宿寓精庐：信宿，连宿两夜。精庐，僧舍。

〔8〕天龙：佛教语，天龙八部中之诸天与龙神二部。

〔9〕光音天：佛教语，色界天二十二层天第八层，属二禅天。此天无声音，天人以光为语，以光代音，故称光音。

〔10〕假狐：狐假虎威。

〔11〕剥肤：灾祸临头。典出《周易·剥》卦：“《象》曰：‘剥床以肤，切近灾也。’”

〔12〕无明怒：愤怒。佛家认为无明即痴愚无智慧，乃是愤怒之由，故称。

〔13〕趱（zǎn）：快走。

〔14〕妻孥：妻子儿女。

〔15〕卖解：本指表演马技，泛指表演武艺、杂技以谋生。

〔16〕天潢：皇室后裔。

〔17〕黉（hóng）序：学校。

〔18〕癞黑麻怎下得天鹅箸（zhù）：意谓癞蛤蟆想吃天鹅肉。癞黑麻，即癞蛤蟆。箸，筷子。

〔19〕赤口：旧指一种恶神，主斗讼之事。民间算命，指有口舌之争、官司诉讼，不吉。

〔20〕策蹇：即策蹇驴，骑跛足驴。

〔21〕生：底本脱，据体例补。

〔22〕六耳：谓除你我之外的第三人。吴承恩《西游记》第二回：“悟空道：‘此间更无六耳，止只弟子一人。’”

〔23〕篾（biān）舆：竹舆，竹轿。

〔24〕牟尼珠：即数珠。佛教徒念佛、持咒、诵经时用来计数的成串珠子，每串以

二十七颗、一百零八颗为常见。

〔25〕风鸢：风筝。

〔26〕高渐离：战国末燕人，善击筑（一种古击弦乐器，颈细肩圆，中空，十三弦），为荆轲知交，曾在易水河畔为其送行。秦王朝建立后，秦始皇熏瞎他的双眼，令其为己击筑。他灌铅于筑中，欲击杀秦始皇，未中被诛。典出《史记·刺客列传》。

〔27〕虎负嵎：负，凭恃。嵎，山势曲折险峻处。意谓老虎凭恃山势，凶猛无比。语出《孟子·尽心下》："有众逐虎，虎负嵎，莫之敢撄。"

〔28〕鬼载车：用"载鬼张弧"典故。见《红梨记·宦游》注释"载鬼张弧"条。

〔29〕五噫：典出《后汉书·梁鸿传》："（梁鸿）东出关，过京师，作《五噫之歌》曰：'陟彼北芒兮，噫！顾览帝京兮，噫！宫阙崔嵬兮，噫！人之劬劳兮，噫！辽辽未央兮，噫！'"

〔30〕绿鬓夫妻：意为年轻夫妻。绿鬓，指黑发。

〔31〕蒯（kuǎi）通：即蒯彻，秦汉之际著名辩士。

〔32〕卞和：典出《韩非子·和氏》。卞和，春秋楚人。相传他得玉璞，先后献给楚厉王和楚武王，都被认为欺诈，受刑砍去双脚。楚文王即位，他抱璞哭于荆山下，文王使人琢璞，得宝玉，名为"和氏璧"。

〔33〕猿啼声断续：《世说新语·黜免》有桓温部下于三峡沿岸捉小猿，母猿追随哀号、肠断而死事；《水经注·江水》中有渔者歌"巴东三峡巫峡长，猿鸣三声泪沾裳"事。

〔34〕阁泪：含泪，不使流下。

【评析】

《牟尼合》，一名《牟尼珠》，现存明崇祯吴门毛恒刻《石巢传奇四种》所收本、民国初年董氏诵芬室《重刻石巢四种》所收本等。

《牟尼合》全剧36出。剧写金陵秀才萧思远一家在官府恶势力迫害下历经坎坷、悲欢离合的故事。建康路招讨封其蔀随意抢夺江湖艺人芮小二夫妇的马匹，萧思远打抱不平反遭其报复，封其蔀利用萧思远为梁朝王室后裔的身份诬陷其谋反，还遣人夺走其子献给河道总管麻叔谋食用。凡此种种，具有批判现实的社会意义。

此出《分珠》为全剧最为精彩的出数之一。旦扮萧思远妻上场两曲，展现的是一位温婉贤淑的妻子形象,和一个普通三口之家的清贫之乐。生扮萧思远上场一曲,展现的则是义愤社会不平的刚直文人形象,和有事将要发生的变奏。萧思远向妻子诉说冲突经过,妻子担忧小人报复,丈夫则大义凛然,观者的预感显然同于妻子。紧接着外扮王千牛上场,果然带来坏消息,萧思远被诬谋反,翌日一早便来捉拿,事态急转直下。萧思远夫妻一曲对唱,紧张激烈,思远大有宁为玉碎的气势,萧妻则以孤儿寡母动之以情并恸倒在地,二人方定下权宜之计:萧思远改名换姓,离家潜避,以祖传牟尼珠为信物,各执一颗,为日后会合之验。以下连续数曲,充分渲染夫妻、骨肉分离的悲苦无奈;随着一声鸡啼,萧思远闭门离去,风雨满途。

一出之中,起承转合十分清晰,节奏由缓而急,情感由平稳到激烈,层层递进,构成一个充满活力的有机整体。人物个性鲜明,对情境反应敏锐,曲辞则与人物、情境高度契合,时而清丽雅驯,时而明白如话。且颇多对唱、合唱,曲白互动性强,同时配合丰富的舞台动作,使之区别于很多案头之作,具有高度当行观演价值。正如文震亨《题词》中所赞:“触声则和,语态则艳,鼓颊则诙,摛藻则华,言义则侠,结想则幻,入律则严。”曹履吉为此剧所作序言也称:“语语由衷,半字不寄篱下。总若天风自来,悉成妙响。夫妻父子与人间朋友,俊气侠肠,接笋穿微,一丝不漏。”

明杂剧

朱 权

朱权(1378—1448),明太祖朱元璋第十七子。幼时自号大明奇士,后别号臞仙、涵虚子、丹邱先生。初封大宁(今内蒙古宁城县),谥号“献”,世称宁献王。靖难之役后,改封南昌。因善谋而受猜忌,遂韬光养晦,精研黄老。博学多才,著述丰富,尤工戏曲。著述几十种,涉及史类、道家类、医家类、农家类、乐类、文学类、曲类等。撰有杂剧12种,包括《卓文君私奔相如》《冲漠子独步大罗天》《白日飞升》《辩三教》《九合诸侯》《肃清瀚海》《勘妒妇》《杨嫔复落娼》《瑶天笙鹤》《豫章三害》《烟花鬼判》《客窗夜话》,前2种存。编有北曲格律谱《太和正音谱》,存。

卓文君私奔相如第二折[1]

(孤上云)老夫,姓卓名王孙的便是。久闻成都府一人,复姓司马,名相如,奇才异学,文章博识,超迈今古。近日,有人自成都来,闻说于升仙桥题其柱曰:“大丈夫不乘驷马车,不复过此桥。”此人负志不小!今来欲往长安求仕,必于老夫门首经过,须延此人于家,馆谷数日,赍助他些盘费。如今我富,久后他贵,相见的日子,岂不成旧日之交乎?家童门首看者,来时人报。(外应科)(正上云[2])自彼题了桥柱,离家旬日,早来到这里。此是卓王孙之宅,此人乃巨室之公子也。闻知有一女子名文君,姿色绝殊,善于诗词,精通音律,目今新寡。我作了一操《凤求凰》之曲,欲登其堂,以琴心挑之。他若有悟于琴,吾当与之俱奔,成其伉俪,岂不美哉?昔雍伯种玉[3],后来得美妻。小生久拟此操,用心非一日矣,不然再做个话说。(唱)

【越调·斗鹌鹑】窃玉偷香，裁冰剪雪。搓粉团朱，嘲风咏月。倚翠偎红，拈花摘叶。件件宜，事事别。操一曲孤凤求凰，只向那多情行诉说。

【紫花儿序】也不用蜂媒蝶使，更何须燕侣莺俦，硬撞入凤窟鸾穴。只消我移宫换羽，便是我捎关打节[4]。不是我自说，者末你贞烈心肠硬似铁[5]，我将那打凤牢龙的计设。都分付与玉轸金徽[6]，也不索雁简鱼帖[7]。（做到门科）

（正云）但见昏鸦投林，夕阳衔岫，天色将暮矣。吾将此处告宿，未知果否？

【金蕉叶】碧天边夕阳渐斜，疏林外昏鸦乱趄[8]。见古道西风暮也，空怅望煞天涯倦客。（做见童子科）

（童问云）敢问先生仙乡何处？（正云）敝郡成都。（童云）先生何往？（正云）欲赴选于长安，过此日暮，愿投一宿。（童云）敢问先生高姓？（正云）小生草茅，复姓司马。（童云）敢问盛德？（正云）朋友所称，"相如"二字。（童云）先生少候片时，以待入报。（做报科，云）门外有一秀士，自称司马相如，成都人也，欲往长安取应，路经于此，特来报宿[9]。（孤云）吾候之久矣，吾当出迎。（见揖科，请入科）（孤云）久闻大德，未遂识荆[10]。辱顾寒居，光辉蓬荜，何其幸也。（正云）小生谫薄之材[11]，岂足以干长者乎[12]？（孤云）先生不弃，蜗居蚁垤[13]，暂屈一宿。（正云[14]）量小生一介寒儒，岂足以当华堂广厦之居乎[15]？（唱）

【么】我则见绣屏开花枝蹀躞[16]，绮窗闲花影重叠。端的是会受用文章巨客，锦模糊红造翠设。

（正旦上云）妾乃卓王孙之女文君也。久闻成都司马相如，天下之奇士也，令闻籍甚[17]。正所谓德可仰而迹不可亲也。今日道经于此，尊君延之于堂[18]，妾身欲窃窥之，以睹仪表。只在此画屏之后，试偷视咱[19]。（做瞧科）（正唱）

【调笑令】我这里见耶，他那里忙把面皮遮。我手抵着牙儿自想者，莫不是梦中走入嫦娥阙？莫不是上天台误入仙穴[20]？这的是王孙宅内观了艳奢，可知道看的人醉眼乜斜[21]。

（孤云）久闻先生善琴，愿操一曲，以涤尘想。（正云）久处客程，指生荆棘，不足以奉高明，但恐污耳。（孤云）先生不必多谦，请发柔指。（正取琴鼓科，歌曰）凤兮凤兮求其凰，安得接翼兮从其翔，巢五云兮鸣朝阳。凤兮凤兮，怀予心兮何能忘。（旦长叹科）（正唱）

【圣药王】我这里曲未绝，他那里心早邪，只将那一声长叹向人说。他心又怯，我情又劣，咫尺间千里水云赊[22]。欲寄字呵，又恐怕风急雁行斜。

【麻郎儿】我这里偷睛儿望者，他将个笑脸儿迎者。可喜娘知疼热的姐姐[23]，又撞着我这软厮禁不识羞的俫俫[24]。

【么】对面儿似隔着苍梧迥野。（旦下）（正起云）呀，回去了也。转过那屏风呵，（唱）又隔了巫山万叠。恰便似支楞的把琴上冰弦断绝，枉把我春心漏泄。（孤唤院公分付科，云）着先生只在书房里歇，好生管待伏侍。如有不到处呵，我不饶你。（下）（院公领末安歇科，云）先生，这们好房儿，你且只在这里歇。（做端详科云）我看你这模样，敢有些不老实。你却是志诚着，不要胡做，带累我老屁骨。（正云）小生读书君子，量无他事。（院公下）（正背云）却不知我这一来，正谓何事。对此月白风清，其如良夜何。我就在此书院竹间，抚一曲琴，借此琴声，以诉衷悃[25]。（鼓琴科，歌曰）凤兮凤兮求其凰，翱翔四海归故乡。白雉尚有两雌挟，人生岂得长孤孀。（旦上云）适来那先生抚琴，意在起妾之心。妾深有感于衷焉。时将二鼓，更阑人静，又闻书院里琴声，好是动人之情也呵。我向那花阴下听一听，看他意下如何？（做潜花下科，闻琴声科）（正歌曰）凤兮凤兮求其凰，求之不得心彷徨。秋风暮兮碧梧老，各分飞兮天一方。凤兮凤兮，安得比翼翱翔。（旦长吁科）（正惊科，推琴起立出瞧科，唱）

【鬼三台[26]】又不曾夜宿在旗亭舍[27]，却怎么不由我心惊怯，知他是人耶鬼耶？既不煞猛听的花阴下暗咨嗟[28]，可擦擦似有人来也。莫不是忒楞楞宿鸟惊栖不暂歇，疏剌剌花影摇风吹落叶。是何人吓鬼瞒神，教小生心劳意拙。（做见科，唱）

【圣药王】见一人荼蘼月下潜立者。（旦做躲科）（正唱）又转过芭蕉影底躲闪者。我向前去扯住她绣裙褶。呀,才听的长叹呵,却元来是姐姐暗咨嗟,错猜做东风花外杜鹃舌。我则索克答扑的跪膝者[29]。

(跪云)小生何幸,得蒙姐姐眷恋之情。冒兹风露,远离香闺,枉顾寒微,其幸何浅!(旦扯末起,云)妾闻先生琴声,知先生不弃鄙陋。值此好天良夜,愿荐枕席之欢[30],以效于飞之乐。(正云)小子不敏,何以克当?况严君在堂[31],倘忽事泄,反成间隔。如果有眷恋之情,不若私奔归家,永为夫妇,以同偕老,不亦美乎?(旦云)妾愿侍巾栉[32],执箕帚,以奉先生。即当从命,不可久留。妾有香车一乘,先生可乘此车,夜遁而去。(正唱)

【秃厮儿】则你这俊句儿教人怎舍,既相见争忍离别。趁着这更阑人静月儿斜,悄悄的辆起这七香车,快疾些也么行者。(旦下,取车上科)(正唱)

【小络丝娘】我纽回身望着你那尊堂行拜谢[33],小生将的你可喜娘孩儿去也。

【余韵】却怎么东君未觉花先谢[34],我袖得春风去也。恁觉来时月到画堂中,人在天涯何处也。

(旦请末上车科,云)请先生乘车,妾为之御。(正云)小生何幸,敢当如此。(旦云)男尊女卑,理之常也;夫唱妇随,人之道也。今先生乘车,妾为之御,斯乃妇道之宜。虽于怆惶之际,焉敢失其义乎?(正乘车,旦御车下)

【注释】

〔1〕此折以明末脉望馆钞校本《古今杂剧》所收本为底本,以民国间涵芬楼铅印《孤本元明杂剧》所收本为校本。

〔2〕正:即“正末”的简称,是元代北曲杂剧中扮演剧中男性人物的最重要脚色。

〔3〕雍伯种玉:典出晋干宝《搜神记》。洛阳人杨伯雍得仙人所予石子种于无终山,得白璧五双以娶好妇。

〔4〕捎:底本作“稍”,据《孤本元明杂剧》所收本改。

〔5〕者末:亦作“者莫”“者么”“者磨”“遮莫”“遮末”,尽管、即使之意。

〔6〕轸(zhěn):弦乐器上系弦线的小柱,可转动以调节弦的松紧。徽:指琴徽,

即系琴弦的绳。

〔7〕雁简鱼帖：古有鱼雁传书，这里泛指书信。

〔8〕踅（xué）：盘旋。

〔9〕报（fù）：通“赴”，往，去。《古诗为焦仲卿妻作》：“卿但暂还家，吾今且报府。”

〔10〕识：底本作“失”，据文意改。识荆：李白《与韩荆州书》：“白闻天下谈士相聚而言曰：‘生不用万户侯，但愿一识韩荆州。’何令人之景慕，一至于此耶！”韩荆州，指韩朝宗，当时为荆州长史。后以“识荆”为初次见面的敬辞。

〔11〕谫（jiǎn）薄：浅薄。

〔12〕干（gān）：拜谒。

〔13〕垤（dié）：小土丘。

〔14〕正云：底本作“正旦”，据《孤本元明杂剧》所收本改。

〔15〕当：底本脱，据《孤本元明杂剧》所收本补。

〔16〕花枝蹀（dié）躞（xiè）：花枝颤动。

〔17〕令闻：美名，美好的声誉。出自《书·微子之命》：“尔惟践修厥猷，旧有令闻。”

〔18〕尊君：对自己父亲的敬称。

〔19〕咱：杂剧常用于句末的语气词。

〔20〕上天台误入仙穴：用刘晨、阮肇误入天台典故，见《梧桐叶》第二折注释“桃源洞”条。

〔21〕乜（miē）斜：眯着眼睛斜视。

〔22〕赊（shē）：表示程度大，此处指空阔、远。

〔23〕可喜娘：可爱的女子。

〔24〕软厮禁不识羞的俫俫：软厮禁，用软工夫，亦作“软断金”“软丝筋”。俫俫，小孩，小厮，坏小子，这里无贬义。

〔25〕衷悃（kǔn）：诚恳之心。

〔26〕鬼：底本作“尾”，据《康熙曲谱》及《孤本元明杂剧》所收本改。

〔27〕旗：底本作“褫”，据《孤本元明杂剧》所收本改。

〔28〕不煞：不然。

〔29〕索克答扑：拟声词，下跪的声音。

〔30〕荐枕席：谓女子献身侍寝。

〔31〕严君：对父母的称呼，也专指父亲，这里指卓文君父亲卓王孙。

〔32〕栉（zhì）：梳子、篦子等梳发用具。

〔33〕尊堂：对他人母亲的敬称。

〔34〕东君：此处兼有二义。一指司春之神，一指东家桌王孙。

【评析】

《卓文君私奔相如》，简名《卓文君》，今存明末脉望馆钞校本等。

该剧4折，末本戏。末扮司马相如。剧写司马相如与卓文君事，包含司马相如琴挑卓文君，二人驾车私奔，至临邛当垆卖酒；司马相如因《子虚赋》得举荐，又为陈皇后作赋平步青云；卓文君作《白头吟》，婉转打消司马相如纳妾之想法等一系列逸事，二人最终富贵美满。

此折写琴挑私奔，可谓全剧核心所在。人物上场白明确点出此人戏剧诉求：卓王孙想结交司马相如于微时，司马相如想琴挑卓文君成就佳话，卓文君久慕司马相如才名想一睹丰仪，直奔主题，毫不枝蔓。作为主要情节的两次琴挑，情境不同，情趣殊异：一次是白日席间，文君在画屏之后，司马相如借琴音传达心意，曲词描摹了他眼中文君的美丽与柔情以及他的内心感受，因卓王孙在席，二人心有灵犀却不得不克制；第二次则是深夜，司马相如弹琴于书院内，文君听琴于花阴下，比及见面，司马相如跪膝陈情，文君愿荐枕席，可谓心意笃定。情感之外，礼法始终也是作者在意的。二人选择私奔归家，永为夫妇，文君驾车，怆惶之际不失其夫妻仪礼，在遵守儒家礼法与追求婚姻自主之间做到了很好的平衡，可谓其所言所行于情理皆有所据，使受众易于接受。此折的唱词、宾白语言亦有特色，司马相如与卓王孙对话雅驯有礼，曲辞抒情则真切爽利，大有元人曲味。王季烈《孤本元明杂剧提要》赞其“有元人之古朴，而无元人粗野之弊。有明之工丽，而无明人堆砌之病，虽关白马郑，无以过焉”。

徐复祚

生平经历及著述见前《红梨记·宦游》。

一文钱第二出[1]

【水底鱼】(净扮乞儿上)破罐随身,破衣破裤裙。眼前财主,谁是舍钱人,谁是舍钱人?

自家舍卫城中一个乞儿。这城中乞儿有万万千千,为头的四门,则有四人,小子便是东门的乞儿头。这东门最多景致,常年二月里有个阿兰节会[2],满城人都到城外去看。今日天色却好,昨日与各门哥哥约去游玩,也不枉为人一世。你看哥哥们早来也。(丑、小丑、杂扮三乞儿上)

【前腔】乞食前村,满瓢浊酒吞。寻春到此,赛过活仙人,赛过活仙人。

(丑)兄弟,昨日东门哥哥,约出城耍子去。我们常常扰他,这一次须带些东西去还席便好。我讨得一桶酒在此,你们可有?(小丑)我讨得一只肥鸡在此。(杂)我讨得一个大猪头在此。(丑看介)既如此,快去,快去。(见介)我们常扰哥哥,心上过不去,今日带得些酒肴在此,帮助哥哥。(净)既是列位美意,就此各出所有,共享便了。(坐介,饮酒介)(生上,就虚下)(净)我们吃闷酒,不快活,大家行一令,何如?(丑、众)我们东西南北,管着四门,各要说城中一个富贵人,东门只说东门,西门只说西门,不许搀越。若说得不富贵,就罚他酒。我是东门,东门有个卢员外,其实十分的富贵,他的住宅呵,

【皂罗袍】甲第王都相近,看曲房窈窕[3],阿阁嶙峋[4]。香飘复道转春云[5],花凝藻井飘红粉[6]。那更朱阑犯斗,雕甍次鳞[7];朝迎日驭[8],夜送月轮。恍疑是蓬莱仙境壶天隐[9]。

（众）真个富贵，免罚。（净）轮到兄弟了。（杂）我南门富贵人也有，怎比得卢员外，也是卢员外罢了。（净）是我东门的。（杂）你不知，南门城内城外，方方百里，都是他田庄。

【前腔】他的田亩通畦接畛[10]，看春畴绿绕，秋稼黄分。千家稛载若云屯[11]，三秋储积连车轸[12]。饶你南箕为畚，北斗作囷，[13]天厨米烂[14]，太仓粟陈[15]。怎比得他千仓万廪经年运。

（净）真个好富贵，免罚。轮到两位兄弟了。（二丑）我西北门也是卢员外。（净、杂）怎么又是他？（二丑）你还不知道，他家典铺，各处虽有，西北二门更多。

【前腔】他的质当从来饶本，有的是隋珠和玉[16]，赤仄黄银[17]。刀锥可起寒士贫，周流未许钱神论。只见他朝银千柜，暮金万钧，人人求润，家家望恩。这的是财星照世，岂与凡人混。

（净）果然富贵，免罚。怪道人说卢员外，不把酒与人吃，说着他就没有酒吃。大家吃一碗，再要说一个古人不如我辈的。说得好，吃一大碗。你先起。（丑）我是原宪[18]。原宪居蓬蒿之中，并日而食[19]，那有这等酒肉！可不是不如我们？（众）好，好，该吃大碗。（杂）我是陈仲子[20]。陈仲子在於陵，三日不食，那有这等酒肉！可是不如我们？（众）好，好，该吃大碗。（小丑）我是孔夫子。孔夫子在陈蔡[21]，七日不食，一发饿得苦，那有这等酒肉！可是不如我们？（众）好，好，该吃大碗。如今该是东门哥哥了。（生虚上听介）（净）我是没有古人，原是卢员外罢。（众）说差了，方才说卢员外许多富贵，难道不如我们？该罚，该罚。（净）你不晓得，卢员外虽是日招财，夜进宝，不拚得穿，不拚得吃，妻子日日冻馁，那里有这等酒肉。可是不如我们？（众大笑叫介）说得好，说得好。真个卢员外不如我们，该吃两大碗。（生笑下）（众）我们吃得兴尽杯干，散了罢，明日讨得些东西，再来叙话。寄与富儿休吝啬，眼前快活是便宜。（唱前“寻春”二句下）（生笑上）原来一起乞儿，起初说我许多富贵，后来却说我不如他。其实小子虽有家私，孔方是我命根[22]，一些也不曾受用，怪他们说不得。也罢，方才拾得一文钱，把来撒漫罢[23]，省得被人嘲笑。（取钱看介）好钱，好钱！天下有这样人，钱财在手，不小心照顾,容得他掉在街上。若是小子掉了这一文钱,梦里也睡不去。(又看钱笑介)不是你不小心,还是我有造化。

【前腔】自古道一钱为本,把这文钱放去,明年是两个,后年就是四个了。但耐心守去[24],休论万贯千缗[25]。(笑介)咳,又忘了,乞儿笑我没受用,只是撒漫罢。但一文钱嫖又嫖不来,赌又赌不着,怎么样受用他?是了,买东西吃罢。(沉吟介)虽然饥馁,难道轻易就吃这钱在肚里?不可暴殄。这些乞儿,方才在此吃酒,倘有遗失,我拾来充饥,且又作福,可不省了这钱。(寻介)途羹尘饭古来云,俯拾仰取君休哂。(笑介)真是乞儿,你看他吃得这样干净,骨头也没一些遗落。如今却也饿得慌了,怎么好?那些个残杯冷炙,打发脏神。那里有灵符妙诀,遣却饿神。钱,钱,不是我浪用你,想是你不该我上串的东西。为甚的入门便出难留顿。

只是买来吃罢,不知甚么东西好买。豆腐不堪生吃,青菜又要多油。从来蒲菔白人头,乱性须知黄韭。后圃生瓜未熟,前村浊酒新笃[26]。馋涎漉漉响饥喉[27],要去沽时不勾。(内叫卖芝麻介)(生)呀,到不曾想得芝麻,恰好且是见多。那人撞着了我,也是有造化的,作成他罢。(叫介)卖芝麻的快来。(净上)谁叫,谁叫?(看介)呀,悔气,到撞着臭卢员外,又没躲处,只得过去见他。(见介)元来是员外,员外要用几百担芝麻?(生背介)这直娘的,一文钱又是拾的,到问我要几百担,且哄他一哄。芝麻,我家一年不用,也吃百十担。只是今日,不要许多。(净)要几担?(生)再少些儿。(净)要几斗?(生)再少些。(净)难道天大样财主,买几升儿,几合儿?(生)不是,我今日吃饱了,出来闲走,偶然撞见你,要作成你些生意,身边又不曾带得钱,止有一文在此,买些儿消闲。谁要许多?(净)这也凭员外取出钱来。(生与钱介,净与芝麻,生嫌少,争介,泼介,生拾介)(净)好笑,自来不曾见这样财主。家私铜斗般,气量芝麻大。(下介)(生赶介)虽然交易微,也要饶些个。这直娘的,竟跑了去。我且取出芝麻来,逐粒儿慢慢的吃。(做取,内乌鸣介)这业畜,何等无理。我辛辛苦苦买来,你到要抢我的吃。

【前腔】你本孝乌，难同鹰隼。喜迎风哑哑，集树纷纷。借栖宜向上林春[28]，投丸浪说彭泽郡[29]。乌鸟最善攫人东西，此处不好，前边有所空房，进去坐定了吃。（进介，内做犬吠介）（生）业畜作，也要夺我的吃。看你摇头摆尾，依依向人，张牙露爪，哰哰吠人，恍疑是韩卢追逐东郭毚[30]。

我且到山顶上树木丛密的所在去。鸟又飞不下，犬又跑不上，可不是吃得自在，吃得安稳的。

春郊闲步日蹉跎，也当春风一度过。

饮食自来期满腹，试看鼹鼠饮黄河[31]。

【注释】

〔1〕此出以明崇祯间沈泰辑刻《盛明杂剧》初集所收本为底本。

〔2〕阿兰节会：佛寺庙会之一。阿兰，指寺院。

〔3〕曲房：内室。

〔4〕阿阁：四面有檐的楼阁。

〔5〕复道：即天桥。

〔6〕藻井：我国传统建筑中天花板上的一种装饰处理。一般做成圆形、方形或多边形的凹面，上有各种花纹、雕刻和彩画。

〔7〕雕甍（méng）：彩绘装饰的屋脊。甍，屋脊。

〔8〕日驭：太阳。

〔9〕壶天：典出《后汉书·费长房传》。传说东汉费长房为市掾时，曾遇一卖药老翁，有一壶，可出入其中，内有玉堂严丽，旨酒甘肴盈衍其中。后即以“壶天”谓仙境、胜境。

〔10〕通畦（qí）接畛（zhěn）：连成片的广阔田地。畦，古代土地面积单位，通常为五十亩。畛，田间分界的小路。

〔11〕稇（kǔn）载：满载。

〔12〕轸（zhěn）：车箱底部的横木。代指车。

〔13〕南箕为畚（běn），北斗作囷（qūn）：箕、斗，二星宿名。畚，用草或竹编织的盛物器具。囷，圆形谷仓。

〔14〕天厨：星名。传说美食出自天厨。

〔15〕太仓：京城的大粮仓。

〔16〕隋珠和玉：隋珠，即隋侯珠，传说中的宝珠，隋侯救一大蛇，蛇衔大珠以报，故称。和玉，即和氏璧，春秋时楚人卞和所得的宝玉。

〔17〕赤仄：汉钱币名，外为赤铜，故名，又称"赤侧"。

〔18〕原宪：孔子弟子。一生安贫乐道，曾做孔子家宰，辞俸禄不受。孔子死后，隐居卫国草泽中，茅屋瓦牖，粗茶淡饭，生活极为清苦。

〔19〕并日而食：几天才吃一天的饭，形容生活窘困。

〔20〕陈仲子：战国时齐之贤士。以兄之禄为不义之禄而不食，以兄之室为不义之室而不居，避兄离母，适楚，居於陵。楚王请以为相，不就，与妻逃去，为人灌园。

〔21〕孔夫子在陈蔡：孔子在陈国和蔡国边境，楚使人聘孔子。陈、蔡大夫认为孔子用于楚，则陈、蔡用事大夫危矣，于是派人把孔子困于野外。孔子遂不得行，绝粮，从者皆病。

〔22〕孔方：钱的别名。

〔23〕撒漫：挥霍，亦作"撒镘"。

〔24〕但：只。

〔25〕万贯千缗(mín)：形容钱多。贯，旧时制钱，用绳子穿上，每一千个叫一贯。缗，古代穿铜钱用的绳子。

〔26〕篘(chōu)：过滤(酒)。底本作"蒭"，据文意改。

〔27〕漷漷(guó)：流水貌。

〔28〕上林：古宫苑名，秦旧苑，汉初荒废，至汉武帝时重新扩建。在今陕西西安西周至一带。

〔29〕彭泽：古泽名，即今江西鄱阳湖。

〔30〕韩卢追逐东郭逡(qūn)：韩卢，战国时韩国良犬名。东郭逡，狡兔名。

〔31〕鼷(xī)鼠：小鼠。

【评析】

《一文钱》今存明崇祯间沈泰辑刻《盛明杂剧》初集所收本和山水邻刻《四大痴传奇》所收本。

《一文钱》为南曲杂剧，共6出。写富人卢至极为吝啬，家财万贯却举家忍饥挨饿。帝释使其醉酒，幻化其形，散其家财给穷人。卢至到释迦佛处告状,被释迦佛点化,修成正果。

此为第二出,是卢至悭吝性格之集中摹写。此出擅用侧写,主人公出场之前,先有本城东南西北四门的乞儿头聚会笑谈,谈及本地最富贵的以及不如乞儿的,竟然都以卢至为最,可谓未见其人,先构其形。卖芝麻的听到呼唤,一见是卢员外,直说晦气,躲避不得,这也是侧面烘托,说明卢至吝啬之名已是深入人心。此出最为精彩的是卢至的言行与心理活动:拾得一文钱,思量再三,买了数量最多的芝麻,还怕鸟、狗抢食,躲到山顶密林去安心享用。整个过程伴随心理自白,给自己的吝啬赋予充分的理由和价值。第二人称和主观视角的使用非常增彩:对钱、对鸟、对狗念念叨叨,在他眼里,抢食的狗儿竟也那般凶恶狰狞。此出曲辞本色,宾白流利鲜活,典故用在其中"化雅为俗",十分具有喜剧效果。祁彪佳《远山堂剧品》云:"世间能大富人,决非凡辈。不必假卢至散财破悭,吾已知臭员外具有佛性矣。此剧南曲较胜北曲,白更胜于曲;至构局之灵变,已至不可思议。"

张龙文

张龙文（？—1645），字掌麟，一字长霖，武进（今江苏常州）人。廪生。倜傥慷慨，轻财好施，为人义烈。崇祯二年（1629），与邑人陈组绶、恽本初入复社。明亡，隐居吴季子墓旁。清顺治二年（1645），阎应元等据守江阴，清发重兵进攻，龙文率乡民阻击，不敌就义。工文辞，立意高古，句不循人，辞句清新，多有意趣。诗似李贺。著有杂剧《旗亭宴》，存。

旗亭宴第二折[1]

（末、净俱胡帽、胡锦衣拴绦，持乐器上）（末）月支香染骕骦裘[2]，裂谱追云入《九秋》[3]。（净）曲曲天音称第一，名玑敕赐动盈筹。（末）咱家，内供奉李龟年是也。（净）咱家，贺怀智是也。我两个今日在花萼楼中，侍筵赏雪。顷已护驾还宫，拉取那女乐班行，同向旗亭贯酒[4]。酒家，咱们人马多些儿，道是那厢儿可宽坐得？（内应）临池小阁，东次广儿，可容供奉们宽坐也。（末、净）如此甚好，且待他们到来。（老旦、贴旦、小旦、旦各艳妆持乐器上）（老旦）前头丝管世间无，（贴）到处围花簇绣图。（小旦）消得真人频蚬斗[5]，（旦）轻扶银蒜近帘须[6]。（老旦）妾身潘昭是也。（贴）妾身张云容是也。（小旦）奴家永新是也。（旦）奴家李十二娘是也。蒙李供奉相邀，向旗亭望雪，不免同走一遭。（入见介）（老旦）原来先在这里了。（末）酒家说这厢可以宽坐，果然到也幽雅。（净）适才云容姐献舞，太真娘娘赠诗说"罗袖动香香不已"，"香不已"可谓尽舞之妙。（老旦）恰才这舞，不愧那诗。（净）今日圣人大驾出宫，闻有咏雪的圣制，供奉记来否？（末）记得不全，只中间警句说"北风勇士马"，这气概儿，可使才人阁笔。（旦）久闻供奉弦索班头，原来又是谈诗积祖。（末笑介）取笑了。（丑上）旧酿既为才子尽，新醅初就美人尝[7]。供奉们酒到。（丑下）（末）天色深寒，我们且立饮数巡，以玩山色。（外、生、小生上，作围炉潜听介）

【点绛唇】（末）咱的是羯鼓名流[8]，琵琶压寨。清平代，供奉回来，又和着这金钗凯。

【北混江龙】龙楼雪盖，那搭儿君王妃子锦相挜。常则是花围布障，说不尽香袅帘鬖[9]。（净）他戴的？（末）他戴的九真溪珠母贡龙胎。（净）他穿的？（末）他穿的三桑国西女朱蚕帛。（净）他吃的？（末）他吃的连云栈红尘新荔。（净）他睡的？（末）他睡的斯调海火浣霜绡。（净）他簪的？（末）他簪的通天纛玉鸡惊骇[10]。（净）他踹的？（末）他踹的火齐珠咮燕胡猜[11]。（净）到春来？（末）到春来沉香亭课名花锦拍。（净）到秋来？（末）到秋来长生殿誓私语金钗。（净）醉呵？（末）醉时节团粉腮染桃花小雨。（净）倦呵？（末）倦时节含酥乳剥紫芡新蓓。（净）他于供奉们何如？（末）他于供奉们爱得咍[12]。（净）女娘们？（末）女娘们热得乖。（净）是那里来的姻缘也？（末）他姻缘是王母前，瑶池畔，下了千生拜。（净）再呵？（末）再呵，观音座，紫竹林，请了万生该。酬得个做鹣鹣今生欢爱[13]，成连理夙世情怀。这桩桩儿完办，才博得个钿合和谐。

（生众私语介）原来是这一干人也。（丑上）花露连罂倒，名卮入座飞[14]。天暮雪狂，供奉饮酒如何用得小杯！前日张果先生，同叶师尊向店家索饮，留下曲秀才出上金尊一副，聊代典衣。那尊容可二升，气不外散，敢将来供奉们取醉。（出巨觥，众惊视介）是好器物哩！（末）我便向潘家娘子斟一下瓯，索取清歌一曲。（老旦）狂污怎了？（净）我们且坐者。（老旦受酒饮介）（外私语生、小生）这些乐府名词，多谱才人格调，我辈听他入歌多寡，以定诗品优劣，道是如何？（生、小生）此论大妙，只索伫听则个。（净）歌便歌了，怕看官们未晓好歹，先把粉本表白一番[15]。（老旦）我唱个“寒雨连江夜入吴，平明送客楚山孤。洛阳亲友如相问，一片冰心在玉壶”。烦姐妹们和来。（贴）使得。（老旦唱，众细乐合）

【南桂枝香】今宵人在，平明吴会。一天寒雨连江，一叶秋帆若芥。雒阳云处埋，雒阳云处堆，楚歌欸乃[16]。玉壶无碍，送君来。亲友如相问，冰心寄好怀。

（末、众）妙！妙！这送别词一字千回，不啻杜鹃啼也。（贴）不啻断猿泪也。我辈皆当引满，以送好音。（众饮介）（生）适间所歌，是少伯兄诗。（外）正是。待我向壁间记着。（起画介）一绝句。（复坐介）我们再听来。（末、众唱）

【北油葫芦】潘家娘，怪不得娘娘行直恁爱，镇朝昏不教伊出外。只听才连江寒雨怎安排，他诗儿分明一幅秋江绘，你歌儿偏摽两点春山黛。比如你一字儿一刻敲，百声儿百转色，试推窗觑呵，恐梅梢早有停云在。这班行中，怎不占个花魁！

（老旦）过奖了，我们拙丑，只是抛砖。云容姐，你好生技痒哩。这次且待奴家送酒。（送贴，贴接介）何事潘娘娘挑决吾短？（生）那壁厢又待歌也。（各竦听介）（贴）我歌个短些儿。"开箧泪沾臆，见君前日书。夜台何寂寞，犹是子云居。"（贴旦唱，众乐和介）

【南八声甘州】开械一慨[17]，是子云前日，雁足鱼胎。琴书清快，不信这人歌薤[18]。绸缪昔拟同生死，契阔多因离别挨。哀哉，望萧萧寂寞荒莱。

（老旦、众拍手介）妙！妙！（小旦）这伤逝词，正如月下清笳，寒垣孤啸。休说人可沾衣，就是见应头白。（贴旦）怎敢当，聊为供奉侑酒地耳[19]。（末、众）我们安可不饮？（共饮介）（外）这所歌是达夫的句。（小生）正是！待我也记着。（作画介）一绝句。（生）这番一定是王郎了。（又坐介）（末、众唱）

【北天下乐】云容姐，你是蒿里出，横门人，海上来。凄也么哀，愁他夜台。（小旦）唱韩娥，倾城啼妪孩。奏清商，听是才，盼青丝，愁早白。这歌我也置不尽的形容，只和你大着声喝个采。

（小旦）既然对酒当歌，姐妹们欢剧如此，我永新怎的了也。（众）妙！妙！我们先奉一杯，这才是永新姐。（生跳起欲阑入介[20]）（外）王郎怎来？只此拥炉，休伤雅致！（生复坐介）（小旦）我唱个"奉帚平明金殿开，且将团扇暂徘徊。

玉颜不及寒鸦色，犹带昭阳日影来”。姐妹们和者。（小旦唱，众乐和）

【南解三酲】瘦月影照人无赖，便平明也团扇空怀。羊车到处开金殿[21]，不此地暂徘徊。玉颜织素冰能火，薄命疏纨雪不皑，昭阳债！那些个寒鸦犹带，日影飞来。

（众）妙绝矣！这宫怨字字长门风景。昔日阿娇百金买赋，若听了这歌，千金怎的酬价也。（旦）此是永新姐擅场，谁可与争锋？当日广场发声，寂寂若无一人者，何况今日寥寥数辈。（贴旦）供奉饮酒，此酒千金价也。（共饮介）（生）这所歌像小弟的《秋宫怨》。（小生）只怕还是少伯的。（外）休争，小弟已记着。（画介）又一绝句。（小生）你王郎歌壁上颇少，怎的了！（外）外间只说三诗人齐名，今日看来，王郎正当奉我为师。（生）罢了！这是曲卑和众，所以巴人歌下里；我是曲高和寡，正须白雪调阳春。（指旦介）二兄，看这双鬟，众中尤绝，小弟之诗，须是伊人才解歌得。（小生）不歌怎好？（生）不消说，只这床下[22]，就拜二兄为师。若是王郎诗，这师席还是王郎坐下。（外、小生笑介）那有此话，且看他。（末、众唱）

【北那吒令】好一个永新姐！香生生嫩颏，溜圆圆料才。意闲闲俊洒，字晶晶紧篩。九天上唾咳，缑山上剪裁。（贴旦）那有个广场儿敢口开，就我这姐妹们叩首该。这境界怎的造也，才是我曲谱中少室蓬莱。

（小旦）拙恶怎好挂齿，只李十二娘闲评冷觑，吾辈如何当得！（末、众）自然逃不去了。（送酒介）（旦）逃了如何？（小旦）就十二娘也不肯。（生）那人来也！（立听介）（旦）我歌一个“黄河远上白云间，一片孤城万仞山。羌笛何须怨杨柳，春风不度玉门关”。（旦唱，众作乐合）

【南醉扶归】望迢迢不尽黄河塞，间重重万仞故城排。你笛怨何须诉荒台，我柳枝已办和愁害。博得个玉门关外报春来，敢倒白云索性和春买。

（众）妙哉，大奇调哩！（生大叫，跳笑介）如何？小弟不妄语也。难道还是小弟拜二兄？还是二兄快拜小弟？（末、众惊顾起立介，老旦独进前问介）诸郎君围坐许久，未审因何得此欢噱[23]？（众各立近前听介）（外、小生亦立介）

（小生）女郎见这壁上否？（老旦）壁上怎么？（外）适来侧聆众妙歌词，尽是三人染作。（众惊介）呀！是三诗人了！久思拜访，幸此相逢，又几作相逢相失。（外）岂敢！只是前歌所及，惟我二人，独此王郎，杳无所遇。他也注意双鬟，私念定邀玄赏，及至发声一曲，居然唱彻凉州，故此颠倒，有惊四座耳。（老旦）元来如此！姐妹们倾慕许久，今日不意班荆，郎君能俯就尘污，免留樽俎，使姐妹一觞一曲，少接玄言，进退未敢。（外、小生）怎好如此，正恐累清几耳。（外众左，末众右列坐介，众旦送酒介）（外、小生唱）

【北金盏儿】是何缘迤逗得风雪绮罗偕，饭胡麻刘阮遇天台。（生）适才闻说李十二娘，便是临颍的李十二娘？（末）便是。（生）谢了，谢了。你按凉州帮衬杀，免我延师拜。（旦）何敢当！是有惭作者。（生）再要怎么妙？出落恁清奇潇洒，安一字，魂立化，媚无涯。

（老旦）欢此良夜，又遇佳宾，筵中无以为乐，李供奉带得羯鼓来否？（生）便是今日失携，殊乖风景。（老旦）怎好？永新姐，不用丝管，只是姐妹们合调清歌，送郎君辔饮何如[24]？（小旦）甚好。歌那一套？（老旦）诸郎高士，怎用旧本！就是早间新谱的罢！（小旦）是“轻罗浴彩”？（老旦）便是。就请永新姐起调。（老旦）这们郎君请酒。（外）自当痛饮。

【南安乐神犯】（小旦唱，众旦接）轻罗浴彩，锦江涛井染入看才。裁成舞袖踏香阶，香尘不已梅魂在。滴露红渠态，丽日锦桃腮。丽日锦桃腮，找个秋烟带。

【排歌】云轻叆风[25]，小俳鸳莲，微滑蹙新苔。莺初骇，柳乍抬，清池拂破溜鹈钗。

（外、众抚掌介）妙也，真是裂石穿云！此曲只应天上有，说甚纯狐把板，彭昭按腔，如何能及卿家万一！（老旦）过奖，宫商有乖，匠石莫笑[26]。（生）再要怎么？只是所歌咏舞新词，耳所未闻，应是谁家手笔？（老旦）这诗郎君怎的知也！便是今日花萼楼开宴，这云容姐献舞，太真娘娘赠诗，姐妹行打入筝弦，用资酒佐。（外、小生）原来如此，其诗云何？（小旦）“罗袖动香香不已，红渠袅袅秋烟里。轻云岭上乍摇风,嫩柳池边轻拂水。”(外、众)好也!诗句艳入芙蕖,新歌更莹如秋水,可称两绝矣。女娘们直恁高才!

【北寄生草】直恁才无赛,(各指巾介)头中弄甚乖。说甚么班姬捣素文君白[27],说甚么明妃弹拨文姬拍,又说甚么苏娘织锦徐娘册[28],如今是机云司马尽裙钗[29],可知道磨旗逼垒高王败。

(老旦)娘娘信是高篇,妾辈何当雅誉!欢坐良久,未审门外雪深几许?妾想人生世界,无过为得与花月周旋。这雪仙家谓之天公玉戏,然而就不常了。为乐及时,无过此际。郎君对此佳景,曾拈得佳句否?愿一展诵,以豁尘心。(外)没有。(生)真个没有。(小生)我二人果然未拈,这王郎到曾有一绝句。(旦、贴旦向生介)愿闻妙制。(小生)不须问及王郎,小生代诵便了:“玉龙飞甲载江湖,绿水丹山尽画图。我待高吟酬碧落,拈髭未了客停呼[30]。”(众)妙绝!大高作!郎君为何藏宝?(贴旦)蓦此良逅,未罄欢歌,套本既不可陈,内词又未即解。何不将此新诗,点入歌谱,以代一行酬剧?(老旦)这是王郎诗,须我辈调弦,十二娘记拍。(旦)还是潘娘老手,云容、永新姐作家。(老旦)你是双鬟。(旦)是甚的双鬟也!这们郎君供奉,俱须小饮一会,待奴填板。(老旦众调弦,外、众饮,旦沉吟介)

【南皂罗袍】(旦唱,众作乐合)大海玉龙飞铠,遍江湖甲碎,匝地鳞埋。绿水丹山放歌回,青蓑碧落高吟再。惊人可未,拈髭细揩。谁行访踏,携犁打柴[31],停君半刻酬他债。

(外、小生)妙绝矣!谱曲当筵,音词清洽,是人间一绝。况兼吐纳之际,妙有余情,卧雪高怀,呼之欲出,怎不教王郎爱杀也!(生)可惜鄙词不足传,未免唐突韵事。(旦)仓卒填按,正恐有伤名句。(生)卿家仙才调也。(净)郎君只是听歌,未详本末,这是临颍李十二娘。(生)是呢,公孙大娘弟子也。剑器一舞,天下无双,还有这般绝技!(旦)便是今日相携买醉,剑器却未带来。若是郎君不嫌,请为君清舞,郎君立饮数行何如?(外、众)甚妙,甚妙,只是不敢动劳。(老旦)今宵胜会,愿结三生,说甚劳也。(撤筵介)(末、净执板,众旦以

次独舞介)(又合舞介)

【北对玉环带过清江引】天上休来,凄清怎的捱?天上休来,凄清怎的捱?衫袖自萦回,长年没个咍。天上休来,凄清怎的捱?怎比人间界,热擎奇软温存,迤逗煞[32]。

【前腔】天上休来,凄清怎的捱?天上休来,凄清怎的捱?玉杵自皑皑,天家没个裴[33]。天上休来,凄清怎的捱?怎去人间界,醉懵腾舞阑珊,疼痛煞。

(外)有劳了,谢了!仙音仙袂,色色天家。(生)幽艳凄凉,这霓裳羽衣舞,书生们何处听来也!(老旦)犹此兴长[34],可惜夜艾,姐妹们只索去了。(外、众)谢卿辈情多,惭愧缠头之锦。(旦、众)说甚话来,谢郎君赐教,不减琼玖之贻。姐妹去了也。雪深何意月裙拖,酒畔相逢少俊多。携手踏歌云里去,斟量国腹待银河。(下)(外、小生、生吊场)(生)二兄,无端佳晤,不啻游仙,咱们归去也。(行介)(生)原来又有一轮寒月。

【南尾声】二兄,这美游仙到送得人无赖。(外、小生)王郎,那双鬟今夜敢梦中来。(生叹介)我明日呵,教我怎向旗亭坐雪斋。

(外)不留人住意如何?(小生)怪逗情缘腕有魔。

(生)欲诉相思明月冷,轻声唤出又欢歌[35]。

【注释】

〔1〕此折以清顺治十八年(1661)刻《杂剧新编三十四种》本为底本,以民国诵芬室翻刻《杂剧三集》所收本为校本。

〔2〕月支:又作“月氏(zhī)”,古族名,游牧于敦煌、祁连山一带,曾于西域建月氏国,产名马。骕骦:良马名。

〔3〕九秋:九月深秋,此处是曲名。晋陆机《日出东南隅行》:“丹唇含九秋。”宋孙奕《履斋示儿编·杂记》引此句,注云:“《九秋》,曲名。”

〔4〕贳(shì)酒:通过赊欠、抵押或交换行为获得酒。常用于描述文人以物换酒的雅致行为。

〔5〕蚬(xiǎn)斗：欢喜。唐崔令钦《教坊记》："诸家散乐，呼天子为'崔公'，以欢喜为'蚬斗'。"为当时散乐艺人行话。

〔6〕银蒜：钩帘之物。

〔7〕醅(pēi)：未滤去糟的酒。亦泛指酒。

〔8〕羯鼓：古代打击乐器的一种。从西域传入，盛行于唐开元、天宝年间。

〔9〕鬛(sāi)：小须。

〔10〕通天纛(dào)：通天犀角制成的冠簪，价值万钱。典出南朝吴均《续齐谐记》。

〔11〕咮(zhòu)：禽鸟嘴状物。

〔12〕咍(hāi)：叹词。表示惊异、感叹等。

〔13〕鹣鹣(jiān)：古代传说中的比翼鸟。

〔14〕卮(zhī)：古代的盛酒器。

〔15〕粉本：原指画稿，这里指歌唱所依据的来源底本。

〔16〕欸(ǎi)乃：象声词。泛指歌声悠扬。

〔17〕椷(jiān)：用同"缄"，信函。

〔18〕薤(xiè)：薤露，乐府相和歌辞，是古代的挽歌。

〔19〕侑(yòu)酒：劝酒，为饮酒者助兴。

〔20〕阑入：无凭证而擅自进入，后泛指擅自进入不应进去的地方。

〔21〕羊车：宫中用羊牵引的小车。《晋书·后妃传》《南史·后妃传》皆记有后妃用竹叶引帝车，以求宠幸事。后常以羊车降临表示宫人得宠，不见羊车表示宫怨。

〔22〕床：这里指古代的坐具。

〔23〕噱(jué)：大笑。

〔24〕鬯(chàng)：通"畅"。

〔25〕叆(ài)：云气浓盛貌。

〔26〕匠石：古代名叫石的巧匠。《庄子·徐无鬼》云："郢人垩慢其鼻端，若蝇翼，使匠石斫之。匠石运斤成风，听而斫之，尽垩而鼻不伤，郢人立不失容。"后泛指有专长的人。这里是对对方的尊称。

〔27〕班姬捣素：班婕妤曾作《捣素赋》写宫女的悲怨。

〔28〕苏娘织锦：用前秦女苏蕙织回文锦，使其夫窦滔回心转意，二人和好如初的典故。

〔29〕机云司马：指陆机、陆云、司马相如，皆才子。

〔30〕拈髭（zī）：捻弄髭须，多形容沉思吟哦之状。髭，嘴唇上边的胡子。

〔31〕犁：底本作“黎”，据诵芬室翻刻《杂剧三集》所收本改。

〔32〕迤（yǐ）逗：挑逗，引诱。

〔33〕裴：指裴航。

〔34〕兴：底本作“典”，据诵芬室翻刻《杂剧三集》所收本改。

〔35〕歌：底本作“哥”，据诵芬室翻刻《杂剧三集》所收本改。

【评析】

《旗亭宴》今存清顺治十八年（1661）刻《杂剧新编三十四种》本、康熙元年（1662）刊《杂剧新编》所收本、民国诵芬室翻刻《杂剧三集》所收本。

该杂剧为南杂剧，共2折。本事源自唐《集异记》中“旗亭画壁”故事。写唐代诗人王之涣、王昌龄、高适诗才逸事。王之涣赴京师应举，旅居旗亭左畔，忽逢降雪，吟就“雪中迟客”诗一首。王昌龄、高适来访得闻，赞叹不已。三人至旗亭酒家，赏雪饮酒吟诗，凭古吊今。恰遇皇上设宴赏雪，梨园供奉奏《霓裳羽衣》以贺太平。又遇宫中供奉李龟年，引一班梨园女乐来至旗亭饮酒欢宴。席间，前几位艺人演唱了王昌龄与高适的诗作，唯独没有王之涣的作品。王之涣与友人赌约，最后一位最美的艺人，必唱其作。最后一位名为李十二娘的女子果然唱的是王之涣的《凉州词》，三人大笑。宫廷乐师闻笑，前来询问情况，得知原委，邀三人一起宴饮。

此剧取材文人逸事，人物为三位诗人和一众宫廷供奉、梨园女乐，这些脚色诗才、曲艺、品貌皆绝。第二折虽然情节简单，但为故事高潮部分。以“斗诗”为情节框架，内中层层铺排诗作、曲词和评点之趣。从脚色看，不同于北杂剧的“一正众外”制，而是使用南戏传奇生旦净末丑搭配的脚色体系，因不甚注重戏剧性，生旦类脚色甚多，脚色间戏剧性张力不明显。从曲体看，使用南北合套，北曲南曲相间而出，整饬雅驯，音韵和谐，众脚色皆可演唱，灵活自由。此为明代文人短剧的典型代表，着意不在情节，而在逞显才情。

黄家舒

黄家舒(1600—1669),字汉臣,无锡(今属江苏)人。明诸生。崇祯二年(1629)入复社。崇祯十年与友人结听社,为“听社十七子”之一。崇祯十一年,复社诸子联名作《留都防乱公揭》声讨阮大铖。与孙源文交善,甲申之变,孙源文殉节,黄家舒弃诸生服,栖居斗室,谢绝交游。自名其集“焉文”以见志。知府宋之普闻其名,欲招之而不得,以遗民终老。著有《焉文堂集》、《南忠纪咏》(一名《南忠记录》)及杂剧《城南寺》,皆存。

城南寺第二折[1]

(外扮僧上)空华身世两无凭,百岁风前短焰灯。只恐为僧僧不了,为僧若了总输僧。老僧,无名禅师是也。皈心西土[2],寄迹南城,则为这五浊昏昏,三涂扰扰。[3]利障易消,名根难尽。多少有智慧奇男子,埋没在应举登科。多少没结果小前程,破坏了生天成佛[4]。俺待与指示迷途,同还觉路[5]。争奈他识情流浪,缘业牵缠。热曒曒讲经说法,反添下人我幢高[6]。虚飘飘因果轮回,怎唤得繁华梦醒。算来不如依栖云水,断绝见闻。直到那眼耳鼻舌,俱归寂寞,方才信山河大地,立变虚空。且喜挂搭以来[7],地僻人稀,嚣尘罕到,捻指又是三十年了。今日却才出定,早午斋时候也。正是:僧腊阶前树[8],禅心城外山。(下)(生、童上)蓬莱阙下是仙家,上路初回白鼻騧[9]。试向城南寻古寺,云林深处日出斜。我杜牧之,朝罢回来,待往文殊寺去者。

【双调·新水令】每日价宴樱桃花柳曲江池,且偷闲春山游屐。溪桥随款段[10],风景爱招提[11]。则今日佩解龟携[12],还怕这绿衣郎有人识[13]。(下)

（外上）伏念调狂象[14]，安禅制毒龙[15]。斋过后，且去打坐者。（生、童上）迤逦行来，已到文殊寺了，进得寺门，真好清幽也。

【驻马听】宝铎音吹[16]，隔断红尘三十里。虚堂寥寂[17]，蛛丝鸟迹篆烟微。遍回廊风雨卧荒碑，满空阶苔藓埋幽砌。步斜晖，读残经，翻落松风里。且进禅堂看者。

【步步娇】花木萧疏清凉地，曲径通禅室。暮鼓间，晨钟殢[18]。原来有僧入定在此，则见他拥短褐[19]，无言独掩扉。把身心觉后持，等世界浮沤寄[20]。

且待他出定时，问些佛法呵。

【殿前欢】俺可也谩踌躇，等得个蒲团坐落雨花飞。抵多少《楞严》一卷心如洗，似这槁木寒灰。应不枉着袈裟，住翠微[21]。（僧起，相见介）（生）来稽首，忙投他，乞伊行半句曹溪偈[22]。要做今生宝筏[23]，夙世金篦[24]。

（外）原来先生要问佛法，请先生坐了者。（生）好一个禅师也！

【搅筝琶[25]】面慈悲，栴檀器[26]。容真实，龙象围[27]。请问禅师法号、家乡，一一见示。（外）既已忘名，有何法号。偶然挂搭，那记家乡，说他则甚？（生）道行藏大海水浮萍，论姓氏未生前黑漆。来此几年？曾否募斋结缘、登座说法？（外）则贫僧在此三十年，一斋一衲，并不曾出这方丈也。（生）原来如此。羡杀你护经帘，朝共夕。与军持作侣[28]，共木榻相知。拾黄叶为衣，煮柏子充饥。印双趺肯踏门前地[29]，还自愧紫陌红尘骑。

（外）先生高姓大名者？（生）小生姓杜，名牧，字牧之。世居杜曲，与寺中相去不远也。

【沉醉东风】居和止，争些咫尺。字和名，有甚依稀。便做道面庞儿不厮亲，也应知耳朵里曾闻说。但相逢不用着殷勤怀刺[30]，试看取世上诗名榜上题，怎茫然面壁。

（外）接语良久，到不曾问得先生所业何事？（童）这师父好呆，难道不晓得今年状元及第是什么人？（外）贫僧不知。（童）好奇怪。方才师父说不出方丈的，想因此还未得知。只是难道旧年省元[31]，就出在这杜曲坊中，却也忘了？（外）

贫僧也不知道。(童)怪事怪事。

【折桂枝】(生[32])呀,兀道是杏园红到处光辉,都付与人静山空,猿笑鸥疑。说甚么御苑芳菲,玉堂名位,珂里门楣[33]。自荣枯郗家仙桂[34],干涂抹汉殿蛾眉。浪平章珠玉淋漓[35],漫骄奢珊玳葳蕤。只落得走名场夺坐惊筵,对山僧垂首支颐[36]。

我杜牧之省得了也! 待吟诗一首者:家住城西杜曲坊,两枝仙桂一齐芳。禅师都未知名姓,始识空门意味长。我杜牧之省得了也!

【雁儿落】那紫耶朱[37],分明褴褛衣。那棘耶槐[38],分明儿童戏。那丝纶阁[39],分明短排场。那凤凰池[40],分明虚筵席。

【得胜令】错认个名姓列金绯[41],谁识是豪华凭傀儡。甫能勾喧阗车马队[42],又则索冷淡水云扉。休提,枉恃着进贤冠空一世。高低,只问这老头陀知未知[43]。

(童)相公问些佛法呵。(外)有甚佛法?则问恁未入寺时,晓得自己是个状元;既入寺后,还晓得自己是个状元么?若说晓得的是假,那不晓得的从何处来?若说不晓得的是真,那晓得的从何处去?则老僧道未入寺门时,原没有状元杜牧之,只有个不晓得状元的杜牧之,急须认取,便是无上菩提也[44]。(生)多承指教,言下豁然,俺就此皈依者。(拜介)

【七弟兄】一霎时天竺界普皈依,永祝我尘世劫免轮回。三生石长留清净身[45],慈悲塔不种贪嗔习。

【收江南】呀,便到那画麒麟[46],金印肘边垂[47],(对僧)愿记取破衲伴禅栖。大官厨自有肉中虀[48],好风光只暗知。这的是莲花宝座不沾泥。

(童)你看夕阳将下,啼鸟还枝,请相公归去咱。

【尾】(生)报龛前塔影西[49],似去住暗中催。报枝头春鸟啼,似衰盛景中移。从今后把莽才华、傻风流、乔甲第,齐向这空门收拾。过去的灯火寒鸡,总唤做望蜜争梅。现在的乌纱锦绨[50],总看破粪积泥堆。未来的得丧欢悲,总参到圆寂荼毗[51]。怎扯得睡乡游庄非蝶非,怎托得武陵源人迷路迷。[52]原不消五湖舟鲈归菜归[53]，也不劳神武门冠遗剑遗[54]。何待哭北邙山松累柏累[55]，何待吊云阳市波危浪危[56]。只这白云堂风移日移，紫微郎来迟去迟[57]。寻常话心灰意灰，功名事惊谁嚷谁。泥金报泡兮幻兮[58]，青衫泪悲痴恨痴[59]。行脚缘炎宜冷宜[60]，涅槃因闲持闹持。呀，早了却梦黄粱许多兴废[61]。（下）

【注释】

〔1〕此折以清顺治十八年（1661）刻《杂剧三集》所收本为底本，以民国诵芬室翻刻《杂剧新编》所收本为校本。

〔2〕西土：指佛教发源地印度。

〔3〕五浊：佛教谓五种恶浊行为，即劫浊、见浊、烦恼浊、众生浊和命浊。三涂：佛教语，也作“三途”，即火途（地狱道）、血途（畜生道）、刀途（饿鬼道）。

〔4〕生天：佛教谓行十善者死后转生天道。

〔5〕觉路：佛教语，谓成佛的道路。

〔6〕人我幢（chuáng）：幢本为刻着佛号或经咒的石柱，这里指与人争高低的想法。

〔7〕挂搭：游方僧侣投寺寄住。

〔8〕僧腊：僧尼受戒后的年岁。

〔9〕白鼻䯄（guā）：一种白鼻黑嘴的黄马。

〔10〕款段：马行迟缓貌。

〔11〕招提：梵语，指寺院。

〔12〕佩：古代系于衣带上的装饰品，常有珠玉、容刀之类。龟：古代印章多为龟形纽，这里代指印章。

〔13〕绿衣郎：指新科进士。唐制，新进士例赐绿袍，因称。

〔14〕调（tiáo）狂象：调整、消弭心中的狂妄。狂象，佛家指妄心之狂迷。

〔15〕安禅制毒龙：语出唐王维《过香积寺》诗“薄暮空潭曲，安禅制毒龙”。安禅，佛教语，指静坐入定，俗称打坐。毒龙，指妄念烦恼。《禅秘要法经》中云：“今我身内，自有四大毒龙无数毒蛇……集在我心，如此身心，极为不净，是弊恶聚，三界种子，萌芽不断。”此句意为打坐可使心绪宁静，消除妄念。

〔16〕宝铎：佛殿或宝塔檐端悬挂的大铃。

〔17〕虚堂：高堂。

〔18〕殢（tì）：滞留。

〔19〕短褐：粗布短衣。古代平民之服。

〔20〕浮沤：水面上的泡沫。因其易生易灭，常比喻变化无常的世事和短暂的生命。

〔21〕翠微：指青翠掩映的山腰幽深处。

〔22〕曹溪：禅宗南宗别号，因六祖慧能在曹溪宝林寺演法得名。偈（jì）：佛经中的唱颂词，通常以四句为一偈。

〔23〕宝筏：佛教语，比喻引导众生渡过苦海到达彼岸的佛法。

〔24〕金篦：古代治眼病的工具。形如箭头，用来刮眼膜，据说可使盲者复明。这里也指开悟。

〔25〕琶：底本和诵芬室翻刻本皆作“琵”，据《九宫大成南北词宫谱》改。

〔26〕栴（zhān）檀（tán）：檀木。檀木因其特殊的香气被视作佛教宝物。

〔27〕龙象：水行中龙力大，陆行中象力大，佛教用“龙象”比喻诸罗汉中修行勇猛有最大能力者，泛指罗汉。

〔28〕军持：僧人游方时携带的净瓶，贮水以备饮用及净手。

〔29〕双趺（fú）：双脚。

〔30〕怀刺：怀藏名片，谓准备谒见。刺，底本和诵芬室翻刻本均作“剌”，据文意改。

〔31〕省元：宋代礼部试进士第一名称“省元”。礼部属尚书省，故称。又称省魁。

〔32〕生：底本作“先”，据诵芬室翻刻本改。

〔33〕珂里：对他人故里的美称。

〔34〕郗（xī）家仙桂：古籍中“郗”与“郤”二字常相混。郗家，指郤诜。典出《晋书·郤诜传》：“武帝于东堂会送，问诜曰：‘卿自以为何如？’诜对曰：‘臣举贤良对策，为天下第一，犹桂林之一枝，昆山之片玉。’”

〔35〕平章：品评。宋辛弃疾《江神子·和人韵》：“却与平章珠玉价，看醉里，锦囊倾。”

〔36〕支颐：以手托下巴。

〔37〕紫耶朱：古代高级官员的服色或服饰，谓红色、紫色官服。耶，句中语气词。

下同。

〔38〕棘耶槐:"三槐九棘"的省称,代指公卿。

〔39〕丝纶阁:古代撰拟朝廷诏令的地方。

〔40〕凤凰池:禁苑中池沼。魏晋南北朝时设中书省于禁苑,掌管机要,接近皇帝,故称中书省为凤凰池。

〔41〕金绯:金印红袍。谓官服。

〔42〕喧阗(tián):喧哗,热闹。

〔43〕头陀:梵文音译。意为"抖擞",即去掉尘垢烦恼。因用以称僧人。

〔44〕菩提:佛教名词。梵文音译。意译"觉""智""道"等。佛教用以指豁然彻悟的境界,又指觉悟的智慧和觉悟的途径。

〔45〕三生石:唐代袁郊《甘泽谣·圆观》载,唐代李源与僧圆观友善,同游三峡,见一众妇女汲水,圆观说:"其中孕妇姓王者,是某托身之所。"圆观与李源约定十二年后中秋月夜相会于杭州天竺寺外,后圆观遂圆寂。十二年后,李源赴约,闻牧童歌《竹枝词》:"三生石上旧精魂,赏月吟风不要论。惭愧情人远相访,此身虽异性长存。"知牧童为圆观托生的后身。后世因用"三生石"指前因宿缘。

〔46〕画麒麟:西汉时,绘大将霍光等十一位功臣像于未央宫麒麟阁上,以表彰他们对国家的卓越贡献。后代指臣子建立功业,名著史册。

〔47〕金印肘边垂:用苏秦挂印六国的典故,意谓委任高官。

〔48〕齑(jī):调味品。

〔49〕龛(kān):供奉神佛的石室或小阁子。

〔50〕绨(tí):古代一种厚实光滑的丝织品。

〔51〕圆寂:佛教语。梵语的意译,音译作"般涅槃"或"涅槃"。谓诸德圆满、诸恶寂灭,以此为佛教修行理想的最终目的。故后称僧尼死为圆寂。荼毗(pí):同"茶毗",佛教语。梵语音译。意为焚烧。指僧人死后将尸体火化。

〔52〕"怎扯得睡乡游庄非蝶非"二句:用庄周梦蝶、桃花源典故。

〔53〕五湖舟:用范蠡典故。春秋时越国大夫范蠡佐越王灭吴复国,然后辞官远走,变名易姓,乘舟入五里湖,避免了被越王猜忌获罪的下场。后以此比喻功成身退或弃官归隐。鲈归菜归:用张翰典故。《晋书·张翰传》载张翰因见秋风起,思吴中菰菜、莼羹、鲈鱼脍,而弃官回乡。见《梧桐叶》第二折注释"张翰忆莼鲈"条。

〔54〕神武门冠遗剑遗:此句使用南朝陶弘景挂冠辞职典故。据《南史·陶弘景

传》，南朝梁代陶弘景曾在此门挂衣冠而上书辞禄。苏轼《再送蒋颖叔帅熙河》有“归来趁别陶弘景，看挂衣冠神武门”句。

〔55〕北邙山：在洛阳北，东汉、魏晋时期的公卿多葬于此，后被借指墓地。

〔56〕云阳市：代指行刑之地。据《史记·秦始皇本纪》、桓宽《盐铁论·毁学》载，秦灭六国时期，韩非出使秦，秦用李斯之谋，扣留韩非，最终致使韩非死于云阳；而李斯相秦后，终被车裂于云阳市。

〔57〕紫微郎：唐代中书舍人的别称。

〔58〕泥金：以水银和金粉为泥，作封印之用。

〔59〕青衫泪：用白居易《琵琶行》典故。

〔60〕行脚：谓僧人为寻师求法而游食四方。

〔61〕梦黄粱：比喻虚幻不能实现的梦想。典出唐沈既济《枕中记》。粱，底本作“梁”，据诵芬室翻刻本改。

【评析】

《城南寺》杂剧今存清顺治十八年原刊《杂剧三集》所收本、康熙元年(1662)刊《杂剧新编》所收本、民国诵芬室翻刻《杂剧新编》所收本。

该剧本事见诸唐孟棨《本事诗》。共2折。写唐代杜牧之状元及第，才名卓著，游乐京邑，流连教坊，交结权贵。为寻清静，一日至城南文殊寺，遇一无名禅师。禅师喝破繁华，指点迷津。杜牧之豁然省悟，看破红尘，就此遁入空门。

此折用南曲脚色而北曲曲牌。情节简淡中蕴含巧思。禅师并未说教，而是以一连串“何有”“不知”应对凡俗中看似常规之问，杜牧亦在此过程中消解了凡心俗念，达至了悟。此剧语言典雅，使事绵密，是典型的文人写心杂剧写法。《远山堂剧品》评云：“杜牧之状元入城南寺，遇入定僧，问其姓名，不对。杜诘之：‘汝知状元否？’僧云：‘不知。’杜故有‘禅师都未知名姓，始识空门意味长’之句。黄君发之于词，读一过，令人名利之心顿尽，其以词证禅者耶？”

王　澹

王澹，生卒年不详，明万历年间在世。字澹翁，自号澹居士，别署雪渔，会稽（今浙江绍兴）人。一生穷困，奔走南北，晚年应京郊香河知县之聘，为其修纂县志。擅于词曲创作，王骥德《曲律》称其与史槃"皆自能度曲登场，体调流丽，优人便之，一出而搬演几遍国中"。著有传奇《双合记》《金碗记》《紫袍记》《兰佩记》《孝感记》，佚；杂剧《樱桃园》，存；诗文集《墙东集》，存；散曲集《欸乃编》，佚。

樱桃园第四折[1]

【瑞云浓】（小生上）青春能几，老大看看来矣，对镜羞将二毛理[2]。命途坎坷，叹拾宝深山，做一场空喜，怎免得英雄短气。

天上碧桃和露种，日边红杏倚云栽。芙蓉生在秋江上，不向东风怨未开。小生魏闻道，蒙汪午伯厚恩，以《易义》一篇为则，内用三个"古"字，当取我卷子为第一。岂料天不从人，一病几死，不得入场，白白丢了一个状元。人生穷达，信乎有命，只是辜负了他一片高情，如何是好？今日病体稍可，不免去拜谢他一番，有何不可。

【传言玉女】（外）紫阁葳蕤[3]，长日无人深闭。且休言公门桃李，着意栽花，倒添得一番憔悴。冬烘头脑[4]，从今嘲起。

金殿当头紫阁重，仙人掌上玉芙蓉。太平天子朝元日，五色云车驾六龙。新科状元欧阳彬，久称名士，今为榜首，可谓得人。但《易义》一篇，内用三个"古"字，我想起来，这个关节，惟与故人之子魏闻道在多罗寺中一说，此外并无一人知觉。及至拆卷，又是欧阳彬名氏。后来又检废卷，并无其二。想是此子不曾入场，反把关节卖与别人了。待他来时，须问他详细。(杂报相见介)(小生白)小生命蹇[5]，有负大人厚恩，翩图衔结[6]，以报崇渊。(外恼介)老夫与尊翁有生死之交，见汝沦落，故以关节相告，漏泄他人，是何道理！(小生)老年伯息怒，容小侄跪禀。

【啄木儿】(小生)官星暗，仕路迷，恨杀天，天不做美。那时节一病将危，总千金妙药难医。似蛟龙失水深潭里，冥鸿铩羽浮云际[7]。到如今呵，做了老马长途空自悲。

(外)贤侄既是有病，不得入场，这也罢了。为何新科状元《易义》一篇，其中也有三个"古"字？那时老夫只道是你的卷子，径取为第一。及至拆卷之时，又是欧阳彬名氏。此事却从何来？

【前腔】(外)机先露，事可疑，执手临岐我共你。怕前头鹦鹉传言，恐隔墙有耳声低。晚天古寺空门闭，飞花送酒无人地，惟许清风明月知。

(杂报介)新科欧阳状元参谒老爷。(外)贤侄且请到屏后一避，老夫还有话说。(小生应下介)

【传言玉女】(生冠带上)宫锦裁衣，倩得天孙亲制。曲江池归来沉醉，仙仗云韶，都一样马头如沸。何人不羡，少年登第。

(相见介)(生)老师请坐。门生有一拜。

【狮子序】(生)逢掖士[8]，一介微，感君家，拔我污泥。看无言桃李，下自成蹊。若论我雕虫小技，止不过匀粉面，画蛾眉，倚市门效颦趋世。谁承望三条烛尽，误点朱衣。

(外)状元赋可声金，姿堪比玉。方贺圣明之有士，更喜荐取之得人。(生)门生三载倦游，方苦马卿落魄；一官登第，敢忘狗监揄扬。[9]

【太平令】(生)貂裘敝，不得衣锦归。笑我飘泊天涯无所倚，浮踪做了风中絮。那其间度日真如岁。(外)那时栖身何处？(生)琴书一榻傍禅栖，朝暮守盐虀[10]。

门生向因下第羞归，寄寓扬州多罗寺，已经三载。今得入试，幸赖老师提拔，侥幸一第。实徼灵宠，深愧疏庸。（外）状元希世之才，过人之学，允宜得骏于燕台，何待顾群于冀野。但《易义》一篇，内用三个“古”字，其间必有所闻，幸明以教我。（生）那时在多罗寺中读书呵，

【赏宫花】（生）松间掩扉，早呼灯，日已西。红妆何处至，掩袂苦悲啼。忽地下阶人不见，空留明月照庭帏。

（外）依你说来，那时见了鬼了？（生）扬州张刺史之女玉华，年方二八，尚未适人。

【降黄龙】（生）须知生长深闺，病染膏肓，便成不起。后来张刺史去任之后，把他尸棺抛弃，路迢遥无计携归。招提，相看惨凄。可怜他异乡怨鬼，门生葬他寺后小园樱桃树下，做得个脱骖留葬，把一灵安慰。

既葬之后呵，

【三春柳】（生）佳人含笑黄泉里，霎时间有梦徘徊。他说《易义》一篇，须用三个“古”字，必当大魁天下。此去功名信可期，哑谜儿须自知。今日忝登一第，果应其梦。登高第，也曾是昔年辛苦地。今日里何容易，恰便似鼓瑟湘灵，赋成钱起。[11]

（外）奇哉！有这样事。当初老夫闻命赴京，到多罗寺中，曾与故人之子魏闻道，密语此一段关节，后因临场暴病，不能入试。状元卷中也有三个“古”字，老夫心甚惊疑，岂知以阴德致之。叫左右，后堂快请魏相公。（小生上介）雪隐鹭丝飞始见，柳藏鹦鹉语方知。（相见介）方才状元所说，小侄已在屏后，尽知详细。这是古今罕闻奇事。

【三段子】（外）官居清秘，守冰霜天知地知。死生交义吐衷肠，子知我知。一个滕王风送才堪比[12]，一个雷轰荐福时不利[13]。塞马塞翁，一忧一喜。

（小生）英雄失路，已无用世之思；泉石盟心，顿起游仙之念。拜别尊前，便当长往。（外）你三年在阜，还听再鸣；千里追风，何妨一蹶。当修旧业，莫负初心。适间冒犯，切勿挂怀。（小生拜介）

【滴溜子】（小生）从今去，从今去，小山丛桂。收拾起，收拾起，英雄双泪。

知是荣名敝屣，百年瞬息间滔滔逝水。回首烟霞，与世相违。（下）

（外）魏生落第羞归，便欲离家访道。一时悔悟，就此飘然去了。（生）达人乐在退休，杰士急于进取。廊庙江湖，人各有志。

【尾声】（合）浮生枉使千般计，穷与达皆由命里。试看樱桃小传奇。

引商刻羽未须夸，填得新词是当家。

名在江湖人不识，数声欸乃雪中槎。

【注释】

〔1〕此折以明崇祯间沈泰辑刻《盛明杂剧》二集本为底本。

〔2〕二毛：斑白的头发。

〔3〕葳（wēi）蕤（ruí）：华美艳丽貌。

〔4〕冬烘：迂腐，浅陋。

〔5〕蹇（jiǎn）：坎坷不顺。

〔6〕衔结：结草衔环，喻感恩报德。

〔7〕铩（shā）羽：鸟羽伤残，比喻失意。

〔8〕掖（yè）：扶持。

〔9〕“门生三载倦游”四句：是说自己宦游三年，一朝得官，就像汉代司马相如一开始落魄，终得杨得意推荐做官那样，对举荐人心存感激。《史记·司马相如列传》：“蜀人杨得意为狗监，侍上。上读《子虚赋》而善之，曰：‘朕独不得与此人同时哉！’得意曰：‘臣邑人司马相如自言为此赋。’上惊，乃召问相如。”司马相如于是得以做官。后以“狗监揄扬”谓得人引荐推举。狗监，汉代掌皇帝猎犬的内官。

〔10〕盐齑（jī）：盐制的腌菜。比喻生活清苦。

〔11〕鼓瑟湘灵，赋成钱起：《旧唐书》记载，唐代才子钱起，寓客舍，夜月闲步独吟，闻户外有行吟声，云：“曲终人不见，江上数峰青。”开门觅之，一无所见。就试之年，诗题乃湘灵鼓瑟，钱起以客舍所闻句为落句。主考称赏，谓为绝唱，遂置高第。

〔12〕滕王风送：传说洪州都督阎伯屿重修滕王阁，于重阳佳节宴请名士，作赋称颂。王勃往交趾省亲，舟次马当山，得神仙相助，一日行七百余里，遂得预宴，作《滕王阁序》，名满天下。

〔13〕雷轰荐福：《冷斋夜话》载范仲淹镇鄱阳时，一书生献诗甚工，但生活潦倒。

时欧阳询书法流行,其荐福寺碑墨本值千钱,范仲淹欲为书生拓印碑文谋生,纸墨已具,不巧当晚此碑便被雷电击碎。后人常用此形容人时运不济。

【评析】

《樱桃园》杂剧今存明崇祯间沈泰辑刻《盛明杂剧》二集所收本。

该剧为南杂剧,共4折。写书生欧阳彬因善举得中状元事。欧阳彬屡次落第,羞于返乡,寄居扬州多罗寺。后遇张刺史之女玉华灵柩,将其埋葬于寺后樱桃园中。玉华亡魂为报恩,将其听到的主考官汪藻向书生魏闻道透露的关节托梦于欧阳彬。恰巧魏闻道因病未能参考,欧阳彬依梦中之言,果中状元。汪藻询问其中蹊跷,欧阳彬据实以告,魏闻道从旁听到,顿悟穷通天定,游仙访道而去。

此为第四折,即末折,所有头绪汇集于此并得到妥善解决:汪藻不明白为何依约答卷、得中状元的另有其人,且不见魏闻道试卷;魏闻道只道是自己因病未能入场白白丢了状元,却不知欧阳彬得中的离奇原委;欧阳彬依梦行事,果中状元,却不知汪藻与魏闻道一节事体。三人视角各有限制,三个人物关系彼此交缠,命运相互影响,构思巧妙;三人诚实不欺,坦诚交流,戏剧性更显突出。曲辞清丽生动,契合人物性格与境遇,点染生姿,富有表现力。祁彪佳《远山堂剧品》云:"张玉华萧寺孤魂,欧阳生为结缘于樱桃花下,自是寒食东风,不至抱梨花之泣,以得隽报张生,宜矣。澹居士词笔老到,不轻下一字,故字句俱恰合。"

孟称舜

孟称舜（1599—1684），字子塞，又字子若、子适，号小蓬莱卧云子、花屿仙史，会稽（今浙江绍兴）人。明崇祯间诸生，屡举不第，尝入复社、枫社。清顺治六年（1649）贡生，授松阳训导，以教化为己任。十二年辞归。学富才敏，工诗文词曲。主要创作活动在明天启、崇祯年间。著有《孟叔子史发》，佚。撰传奇5种，即《娇红记》《贞文记》《二胥记》《风云记》《绣被记》，前3种存；杂剧5种，即《桃花人面》（又名《桃源三访》）、《残唐再创》（又名《英雄成败》）、《眼儿媚》、《花前一笑》、《死里逃生》，存。辑刊《古今名剧合选》（包括《柳枝集》《酹江集》），收录元明杂剧五十六种，加以评点，存。

花前一笑第一折[1]

（主人上云）倏然杖履出尘棼[2]，半世生涯酒一樽。游衍水边随野马，啸歌林下应山君。老夫姓沈，名公佐，本贯吴兴人氏。官居八座之职，目下告病在家，专以课子为事。另有养女，名唤素香，乃我故人之女也，年长一十八岁。他父临没时，嘱付要觅一快婿，以托终身。奈眼前未得其偶，为此至今尚未许聘。今日女儿要到金阊探问母家，须多叫当值的随他去者。（下）（文、祝上云）自家姓文，名徵明，字徵仲，别号衡山，官授翰林待诏。则这兄弟姓祝，名允明，字希哲，别号枝山，官授京兆府判，与吴趋唐子畏结为兄弟。我三人素负才名，诗文翰墨，不在古人之下。今值花朝佳节，遣人约唐子畏到金阊游玩。枝山，我和你舣舟往那厢祗候者。（祝诺，同下）（生上云）小生姓唐，名寅，字子畏，别号伯虎，本贯吴县吴趋里人也。年甫弱冠[3]，曾中应天解元，不幸才高被谤，禁锢在家,与文徵仲、祝希哲两人结为异姓兄弟。日前有东约小生到金阊游玩,须索走一遭去者。暗想小生才高班马[4],倒剩得一身零落。正是:满腹有文难骂鬼,措身无地反忧天。

【双调·新水令】十年湖海浪纵横,枉自有才高名重。诗文花作骨,侠气酒成虹。若个飘蓬,打破了酸虀瓮。

【驻马听】梗迹萍踪,魂化了三生石上梦;尘劳喧哄,恰花开一霎树头红。文章何处哭秋风,时乖贫鬼相嘲弄。恶风波千万种,猛可里空把韶光送。

(文、祝引舟上云)恰好唐子畏来也,快请下船来。(见科)(文)我们开船去者。子畏,你看金阊门外,溶溶春水,淡淡春云,是好光景也呵!(生)是好一派光景也呵!

【乔牌儿】天光云影中,远浦乱山拥。渔歌一片花前咏,畅闲游春昼永。

(祝)子畏,似你这旷世逸才,虽则数载飘零,却也出没的三春花鸟,嘲笑的五湖风月,这受用亦不减也。

【得胜令】(生)洒不尽三月泪花红,叫不醒五夜漏声钟。说甚么云暝秋江上,且受用足花香草店中。樽空,把诗句闲调弄;途穷,趁风波无定踪。

(文)今日对此好景,正好开怀大醉哩。

【搅筝琶】(生)俺则是仟啼鸟相嘲讽,拼今生不放的这酒杯空。闲拥着翠舫花船,片帆儿香花暗送。停醉眼,吊西风。似这般泠落吴宫,红白花开烟雨中,禁不住愁恨重重。

今日之游,有客有酒,只少了一件。(文)少了那一件?

【沉醉东风】(生)蚤已是饮樽前歌狂笑冗,只少那撚花枝倚翠偎红[5]。俗杀了风流的唐解元,干将眼底韶华送。更几番春燕秋鸿,万斛闲愁落照中,空目断吴门旧冢。

(文笑云)子畏则饮酒罢。(生)小弟醉也。

【殿前欢】(生)醉眼儿自蒙眬,觑着那满堤上花柳带愁容。(祝)好一派香也。(生)和这筵前一派幽香送。(文)我们吃个烂醉者。(生)满饮瑶觥,纵狂歌酒气浓。博不得玉堂上锦绣君恩重，且领取五湖边风月闲人共。说甚么江州司马，泪洒秋风。[6]

（文）子畏对此胜景，可画成一幅，题诗记之，使后人知赤壁之游，五百年后尚有吾三人能继之者。（祝）这却好。

【折桂令】（生）到春来，翠色丰茸[7]。闲望荒郊，绣陌薰风[8]，香霭偏浓。见了些无情画舫，意懒心慵。最堪怜，葬西施五更风雨，换前朝六代遗宫。草树丛丛，淑景胧胧。把这些万恨千愁，都收拾在浊酒杯中。

（做画、题科）（旦引梅香同舟上云）妾身姓沈，小字素香，今到金阊探视母家，一路行来，是好风景也呵。（梅）那船上许多人簇着个少年，做甚么？（生做题画毕科）（文、祝看云）好画也。（念诗科）高台筑近姑苏城，千年不改姑苏名。画栋雕楹结罗绮，面面青山如翠屏。吴姬窈窕称绝色，谁知一笑倾人国。可怜遗址俱荒凉，空林落日寒烟织。（云）好诗也，子畏，可饮一大白者。（劝生酒科）（生觑旦科）（旦）船动湖光艳艳秋，贪看年少信船流。

【滴滴金】则见他年少姿容，三三两两，花前闲咏，调笑倚春风。畅好个才子风流，仪容雅俊，赋情千种。不觉的隔芳洲，密意兜拢[9]。

（做笑顾生下）（生）是好女子也。

【折桂令】猛见了打团儿，笑语融融，谁似他花想衣裳，月想仪容。倚袂迎风，秋波暗转，两下情通。他那里怨随流水，我这里恨泣残红，恰便似洛浦仙踪[10]，一笑相逢。则被他引人魂，蚤飞向万里巫峰[11]。

（旦舟又上云）那船儿趁着水与咱们同行，缓缓的又到百花洲也。东皇有主花非旧[12]，片片残红逐水流。

【滴滴金】随着咱拾翠寻红，风前一笑，芳心暗送，脉脉两情浓。恨隔蓝桥，红尘夹岸，香光低拥，两下里咫尺难通。

（又做顾生下）（生）那女子好生顾盼小生也。

【春闺怨】则见他笑靥生圆，眼波偷送，却便是瑶台月下许飞琼。回头一笑千金重，心暗通，杨柳桥东，咫尺楚云峰。

这女子已去了，则索赶将去者。（做辞科）小弟醉也。告退。（文）子畏，你今日怎恁扫兴？你往常痛饮狂歌，几曾肯道个退字？（生）小弟委不胜酒力了。（祝）你几曾醉哩？我和你满满的且再饮几杯。（做灌生科）（生推饮科）小弟实醉了，二兄相爱，倒先放我去罢。（文）这样，便先叫小船送你去者。（叫小船上科）（生跳下船，别科）（祝）子畏今日怪哩，一径上了小船，慌张张怎的，待我要他转来。（叫云）子畏，快转来，还有一句要紧的说话，未曾和你讲的。（生转科，云）有甚话说？（祝）昨日姑苏台上，被人拆去一根椽，姑苏城内，一个小厮不见了一条裈[13]。（生笑云）枝山，休要人哩。（别科）（祝又扯科）还有一件，适才不曾请教，我趁口做的一调，念与你听：当筵撒假，酒珠儿几个沾牙。好共歹不住的箸如雨下，随着众宾们弄月嘲花。他则独自个装聋做哑，待归家，无计可留他。便做道饿鬼吞针，馋神放假，有恁争差？（生笑云）你则放我去罢。（文）枝山也絮的勾了，放他去罢。我们自向桃花坞饮酒去也。（下）（生望科）那女郎去远哩，我须是急忙的赶将上去。

【鸳鸯煞】俺不待饮琼杯，游御苑，醉把青丝鞚[14]。只待入罗帏，谐鸳侣，笑把笙歌拥。使着些烟月机关，博得个鱼水和同。便做似薄幸相如，奏一曲求凰翠凤，暗逗琴心，玉人儿相陪从，随着咱夜走临邛，也不枉了一笑风前心自董。（下）

【注释】

〔1〕此折以明末孟称舜辑刊《古今名剧合选·柳枝集》本为底本。

〔2〕倏（shū）然：迅疾貌。

〔3〕弱冠：古时以男子二十岁为成人，初加冠，因体犹未壮，故称弱冠。

〔4〕班马：班固、司马迁。

〔5〕撚（niǎn）：执；持取。

〔6〕江州司马，泪洒秋风：唐代诗人白居易曾被贬为江州司马，其《琵琶行》诗有“就中泣下谁最多？江州司马青衫湿”句，后因以“江州司马”代称白居易，也借指失意文人。

〔7〕丰茸：繁密茂盛。

〔8〕薰风：和暖的风。指初夏时的东南风。《吕氏春秋·有始》："东南曰薰风。"

〔9〕兜拢：合拢，合到一起。

〔10〕洛浦仙踪：曹植与洛神邂逅相恋，后因人神殊途而相别。典出曹植《洛神赋》。

〔11〕巫峰：用巫山神女典故。见《红拂记·侠女私奔》注释"向阳台行云雨"条。

〔12〕东皇：这里指司春之神。

〔13〕裈（kūn）：满裆裤，特指内裤。

〔14〕青丝：这里指马缰绳。

【评析】

《花前一笑》今存明末孟称舜辑刊《古今名剧合选·柳枝集》所收本。

该剧5折1楔子，打破了北曲杂剧一本4折的惯例。剧写唐寅屈尊入沈府为佣书，追求沈八座之义女素香的爱情故事。有传说唐寅卖身到华府为奴，追求华府婢女秋香，此剧对传说中人物、情节有所改动。当时剧作家徐士俊评论道："向见子若制唐伯虎《花前一笑》杂剧，易奴为佣书，易婢为养女，十分回护，反失英雄本色。"这些改动也突显了孟称舜的文人趣味。

此折写唐寅初见素香，为全剧重要关节所在。在素香出场前，此折以近半篇幅写唐寅、文徵明、祝枝山三人游春。唐寅由生扮，作为主唱脚色，春日景观由他之眼见出，经他之口道出，也与他的心境紧密贴合，一方面表现出其俊逸才情，另一方面并非泛泛写景，而是时刻透露出其虽才高名重却孤独飘零、期待红颜知己的内心渴望。素香的出现正是他这份渴求中的惊鸿一瞥，故而曲辞情调一转而为活泼激烈，行动上也是积极热烈——辞别友人追随素香而去。友人的故意拖延更突显了唐寅之急切，富于谐趣。《远山堂剧品》列此剧入"逸品"，评云："唐子畏以佣书得沈素香，此正是才人无聊之极，故作有情痴。然非子若传之，已与吴宫花草同烟销矣。此剧结胎于《西厢》，得气于《牡丹亭》，故触目俱是俊语。"

清传奇

李　玉

李玉(约1591—1671后),字玄玉,后为避清康熙帝玄烨之讳而写作元玉,号苏门啸侣、一笠庵主人,吴县(今江苏苏州)人。其原为万历权相申时行家仆。勤于自学,富有才华,初为主人所抑,不得应科举。申时行死后,应试,连厄于有司,崇祯间举于乡。入清后绝意仕进,以度曲自乐,标帜词坛,并以之为中心形成了包括朱素臣、朱佐朝、毕魏、叶时章、盛际时、朱云从、邱园等人在内的"苏州派"作家群。所作传奇42种,总题《一笠庵传奇》,今有存本的有《一捧雪》、《人兽关》、《永团圆》、《占花魁》、《千忠戮》(又名《千钟禄》)、《太平钱》、《五高风》、《牛头山》、《两须眉》、《昊天塔》、《洛阳桥》、《眉山秀》、《风云会》、《七国记》、《一品爵》、《埋轮亭》、《清忠谱》、《意中人》、《连城璧》、《万里圆》、《麒麟阁》等22种;另有《三生果》《千里舟》《武当山》等20种,佚。李玉的戏曲创作以清朝建立为界线,分为前后两期。早期最为知名的作品是《一笠庵四种曲》即《一捧雪》《人兽关》《永团圆》《占花魁》,简称"一人永占";后期成就最高的作品是《清忠谱》。另编有北曲谱《北词广正谱》。

清忠谱·闹诏[1]

(贴青衣、小帽上)苦差合县有,惟我独充当。自家吴县青带便是[2]。北京校尉来捉周乡宦[3],该应吴县承值。校尉坐在西察院,本县老爷要拨人去听差,这些大阿哥[4],都叮嘱了书房里,不开名字进去。竟拿我新着役、苦恼子公人[5],点去承值,关在西察院内。那些校尉动不动叫差人,叫差人,要长要短,偶然迟了,轻则靴尖乱踢,重则皮鞭乱打。一个钱也没处去赚,倒受了无数的打骂!

方才攮了一肚子烧酒[6],如今在里边吆吆喝喝,又走出来了。不免躲在厢房,听他说些什么。(暗下)(付扮差官,丑、小生扮二校喝上)

【梨花儿】(付)驾上差来天也塌,推托穷官没钱刮,恼得咱家心性发,嗏!拿到京中活打杀。

李老爷呢?(小生)李老爷睡在那里。(付)快请出来。(校向内介)张老爷请李老爷。(净内应介)来了!(净扮差官上)

【前腔】(净)久惯拿人手段滑,这番差事差了瞎[7]。自家干儿不设法,嗏!一把松香便决撒。[8]

(付)李老爷,咱们奉了驾帖,差千差万,到处拿人,不知赚了多少银子。如今差到苏州,又拿一个吏部[9]。自古道:上说天堂,下说苏杭。岂不晓得苏州是个富饶的所在,况且吏部是个美官,值不得拿万把银子,送与咱们?开口说是个穷官,一个钱也没有。你道恼也不恼!难道咱们三千七百里路来到这里,白白回去了不成?(净)可笑那毛一鹭,做了咱家的官儿,咱们到来,他也该竭力设法,怎么丢咱们住在冷屋里边,自己来也不来?哥阿,若是周顺昌弄不出,咱们定要倒毛一鹭的包哩!(付)李老爷说的是!差人那里?(连叫介)(丑)差人差人!(贴走出,跪介)老爷有何分付?(付)差你在这里伺候,脸面子也不见,不知躲在那里?(净)连连叫唤,才走出来,要你这里做什么!(付)李老爷不要与他说,只是打便了。(净)拿皮鞭来!(贴磕头介)小的在这里伺候,求老爷饶打。(付)你快去与毛一鹭说:俺老爷们,奉了皇爷的圣旨、厂爷的钧旨[10],到此拿人,你做那一家的官儿,不值得在犯官身上弄万把银子送俺们!若有银子,快快抬来;若没有银子,咱们也不要周顺昌了。咱们自上去,教他自己送周顺昌到京便了。快去说,就来回复。(贴)小的是个县差,怎敢去见都老爷[11]?怎敢把许多言语去禀?(净、付大怒介)哇!你这狗头,不走么?(贴拜介)小的委实不敢说。(付)要你这狗头何用?(将皮鞭乱打介)(净乱踢介)(贴在地乱滚叫痛哀求介)(付)这样狗攮的[12],不中用。(贴爬下[13])(付向丑介)你照方才的言语,快去与毛一鹭说!俺们立等回话。(内众声喧喊介)(丑望介)呀！门外人山人海，想是来看开读的。这般挨挤，如何走得？(付又与小生说介)你把皮鞭打开了路，送他出去便了。(向净介)咱家到里边喝杯凉酒，少不得毛一鹭定然自来回复。(净)有理。(付)只等飞廉传信去[14]，(净)管教贯索就擒来[15]。(同下)(小生)咄！百姓们闪开闪开！咱家奉旨来拿犯官，什么好看，什么好看！(丑)闪开闪开！让咱走路！(将皮鞭乱打下)(旦、贴扮二皂喝上)(外黑三髯、冠带扮寇太守上[16])

【西地锦】(外)民愤雷呼辕下，泪飞血洒尘沙。(内众乱喊介)周吏部第一清廉乡宦，地方仰赖，众百姓专候太老爷做主，鼎言救援哩[17]！(大哭介)(末短胡髯、冠带扮陈知县急上[18])(向内摇手介)众百姓休得啼哭，休得啼哭！上司自有公平话。且从容，莫用喧哗。

(内众又喊介)陈老爷是周乡宦第一门生，益发坐视不得的呢！爷爷嗄[19]！(又哭介)(末见外介)老大人，众百姓执香号泣者，塞巷填街，哀声震地，这却怎么处？(外)足见周老先生平日深得人心，所以致此。贵县且去分付士民中一二老成的上前讲话。(末)是！(向内介)众百姓听着！寇太爷分付：士民中老成的，止唤一二人上前讲话。(小生、老旦扮生员上)(作仓惶状介)(小生)生……生……生员王节[20]。(老旦)生……生员刘羽仪。(小生、老旦)老……老……老公祖，老……老……老父母在上，周……周……周铨部居官侃侃[21]，居乡表表，如此品行，卓然千古。蓦罹奇冤[22]，实实万姓怨恫[23]。老公祖，老父母，在地方亲炙高风[24]，若无一言主持公道，何以安慰民心？(净急上，跪介)青天爷爷阿！周乡宦若果得罪朝廷，小的们情愿入京代死。(丑喊上)不是这样讲，不是这样讲！让我来说。青天爷爷阿！今日若是真正圣旨来拿周乡宦，就冤枉了周乡宦，小的们也不敢说了。今日是魏太监假传圣旨，杀害忠良，众百姓其实不服。就杀尽了满城百姓，再不放周乡宦去的！(大哭介)(内齐声号哭介)(外)众百姓听着！这桩事非府县所能主张。少刻都老爷到了，你百姓齐声叩求，本府与吴县自然极力周旋。(内齐声应介)太爷是真正青天了。(内敲锣、喝道声介)(净、丑)都老爷来了！列位，大家上前号哭去！

(喊介)(小生、老旦)全赖老公祖、老父母鼎力挽回。(外、末)自然,自然!(小生、老旦下[25])(外、末在场角伺候打恭迎接介)(内喊介)(付胡髯、冠带扮毛抚台,歪带纱帽,脱带撒袍;众百姓乱拥上)(众喊介)求宪天爷爷做主[26],出疏保留周乡宦呢!(外、末喝退众下介)(付作大怒,乱喘乱喘大叫介)反了反了!有这等事!皇上拿人,百姓抗拒,地方大变了,大变了!罢了罢了!做官不成了!(外、末跪介)老大人请息怒。周宦深得民心,也是平日正气所感。或者有一线可生之路,还望老大人挽回。(付大怒介)咳!逆党聚众,抗提钦犯,叛逆显然了,有什么挽回?有什么挽回?(作怒状,冷笑介)

【风入松】呼群鼓噪闹官衙,圣旨公然不怕。你府县有地方干系,可晓得官旗是那一家差来的[27]?天家缇骑魂惊唬[28],(作手势介)若抗拒,一齐搭咤[29]。(外、末拱介)是!(付低说介)且住了!逆了朝廷,还好弥缝。今日逆了厂公,(绉眉介)咦!比着抗圣旨,题目倍加。头颅上,怎好戴乌纱!

(内众又乱喊介)宪天爷爷,若不题疏力救周乡宦,众百姓情愿一个个死在宪天台下。(外、末又跪介)老大人,卑职不敢多言,民情汹汹如此,还求老大人一言抚慰才是。(付)抚慰些什么来?抚慰些什么来?拿几个进来打罢了!(外、末又跪介)老大人息怒。众百姓呵,

【前腔】(外、末)哭声震地惨嗟呀!卑职呵,不敢施威喝打。倘一言激变,难禁架[30],定弄出祸来天大。(末又跪介)老大人若无一言抚慰,就是周宦在外,卑职也不敢解进辕门。(付)为何?(末)人儿拥,纷如乱麻,就有几皂隶[31],也难拿。

(付沉思介)嗄,也罢!既如此,快去传谕百姓且散。若要保留周宦,且具一公呈进来,或者另有商量。(外、末起介)是!领命!(即下)(付)哈哈哈!好个骇官儿[32],苦苦要本院保留,这本儿怎么样写?怎么样写?且待犯官进来,再作道理。(向内叫介)张爷那里?张爷那里?(叫下)(小生扮校尉上,扯住付立定介)毛老爷,不要乱叫。我们的心事,怎么样了?到京去,还要咱们在厂爷面前讲些好话的哩!(付)知道了,知道了!自然从厚。(携手下)(生青衣

小帽，旦、贴扮皂押上）（生）平生尽忠孝，今日任风波。（净、丑、末拥上）周老爷且慢。我们众百姓已禀过都爷，出疏保留了。（生拱谢介）列位素昧平生，多蒙过爱。我周顺昌自矢无他[33]，料到京师，决不殒命。列位请回。（净、丑、末）当今魏太监弄权，有天无日，决不放周爷去的。（哭唱）

【前腔】（净、丑、末）权珰势焰把人挝[34]，到口便成肉鲊[35]。周老爷阿，死生交界应非耍，怎容向鬼门占卦[36]？（老、小生急上）周老先生，好了好了！晚生辈三学朋友[37]，已具公呈，保留台驾且回尊府。晚生辈静候抚公批允便了。（生）多谢诸兄盛情。咳！诸兄，小弟与兄俱读圣书，君命召，驾且不俟。[38]今日奉旨来提，敢不趋赴？顺昌此去，有日还苏，再与诸兄相聚，万分有幸了。（小生、老旦）老先生，说出此言，晚生辈愈觉心痛了。（大哭介）（净、丑、末各抱生哭介）（小生、老旦）老先生，你看被逮诸君，那一个保全的？还是不去的是。投坑阱都成浪花，见那个得还家。

（生）列位休得悲哀，我周顺昌呵！

【前腔】（生）打成草稿在唇牙，指佞庭前拼骂[39]。迭成满腹东林话[40]，苦挣着正人声价。诸兄日后，将我周顺昌呵，姑苏志休教谬夸[41]。我只是完臣节，死非差。

（外扮中军上）都老爷分付开读且缓，传请周爷快进商议。（净、丑、小生、老旦、末）有何商量？（外）列位既具公呈，自然要议妥出本的。（众）出本保留，是士民公事，何消周爷自议？不要听他！（生）列位，还是放学生进去的是。（众）不妨，料无后门走了。（外扶生入介）（内）分付掩门。（内、付掩门介）（众）奇怪！为何掩门起来？列位，大家守定大门，听着里边声息便了。（作互相窥听介）（内念诏介）跪听开读。（众惊介）列位，不是了！为何开读起来？（又听介）（内高声喊介）犯官上刑具。（众怒介）益发不是了！列位，拼着性命，大家打进去！（打门介）（付扮差官执械上）咄！砍头的，皇帝也不怕！敢来抢犯人么？叫手下拿几个来，一并解京去砍头！

【前腔】（付）妖民结党起波查[42]，倡乱苏城独霸。抢咱钦犯思逆驾，擒将去千刀万剐。（众）咳！你传假旨，思量吓咱！（拍胸介）我众好汉，怎饶他！

（付）嗄！你这班狗头，这等放肆，都拿来砍！都拿来砍！（作拔刀介）（净）你这狗头，不知死活！可晓得苏州第一个好汉颜佩韦么？（末）可晓得真正杨家将杨念如么？（丑、旦、贴）可晓得十三太保周老男、马杰、沈扬么？（付）真正是一班强盗！杀杀杀！（将刀砍介）（净）众兄弟，大家动手！（打倒付介）（付奔进介）（众赶入打介）天花板上还有一个。（众打进打出三次介）（二旦扛一个死尸上）打得好！快活！这样不经打的，把尸骸抛在城脚下喂狗便了。（下）（外扮寇太守扶生上）（生）老公祖，此番大闹，我周顺昌倒无生路了。怎么处？怎么处？（外）老先生休虑。且到本府衙内，再有商量。（扶生下）（末扮陈知县扶付上）（付）这等放肆！快走快走！各执事不知那里了，怎么处？（末）执事都在前面，只得步行前去。知县护送老大人。（付）走走走！（同末下）（净、丑、旦、贴内大喊，众复上）还有几个狗头，再去打，再去打！（作赶入介）（即出介）一个人也不见了，官府也去了，连周乡宦也不知那里去了！怎么处？快寻快寻！（各奔介）

【前腔】（合）凶徒打得尽成柤[43]，倒地翻天无那。逋逃没影真奇诧[44]，空察院止堪养马。周乡宦，深藏那家？细详察，觅根芽。（共奔下）

【注释】

〔1〕此出以清顺治间苏州树滋堂刻本为底本。

〔2〕青带：青色腰带是旧时衙役的用物，借指衙役。

〔3〕周乡宦：指周顺昌。

〔4〕大阿哥：吴语兄弟称大哥为大阿哥。这里指上等衙役。

〔5〕苦恼子：吴语，意为辛苦。子，语助词，无义。

〔6〕攮（nǎng）：犹言灌，意为拼命喝。

〔7〕差了瞎：意为落空。

〔8〕“自家”三句：此处是说，毛一鹭是自家干儿，如不设法的话，咱就大闹一场，

好比放一把火，让他彻底完蛋。松香，松树脂，可作燃料，舞台上燃烧松香以取得烟火效果。决撒，败露，完蛋。

〔9〕吏部：这里指周顺昌，因其原任吏部员外郎。

〔10〕厂爷：指魏忠贤，明熹宗时任司礼秉笔太监，并掌管特务组织东厂，下文称“厂公”。

〔11〕都老爷：指毛一鹭。明代巡抚皆由都察院副都御史或佥都御史外放，故称都老爷。

〔12〕攮：此处与贬义词合成骂人的话。

〔13〕贴：底本作“占”，据上文改。

〔14〕飞廉：风神，借指急使。

〔15〕贯索：星座名，喻牢狱。《晋书·天文志》：“贯索九星在其前，贱人之牢也。”这里借指犯人周顺昌。

〔16〕寇太守：即寇慎，时任苏州知府，俗称太守，为官清正。

〔17〕鼎言：恭维之词，谓寇太守说话的分量如鼎一般重。

〔18〕陈知县：即陈文瑞，时任吴县县令。

〔19〕嗄（á）：同“啊”。

〔20〕王节：与下文的刘羽仪都是当时的秀才。下文事件中出现的颜佩韦、杨念如、周老男、马杰、沈扬等五义士，也都是历史真实人物。周老男即周文元。

〔21〕周铨部居官侃侃：铨部，对吏部的尊称。侃侃，正直不阿。

〔22〕蓦罹（lí）：突然遭遇。

〔23〕怨恫（tōng）：怨恨，哀痛。

〔24〕亲炙高风：意为亲自感受到其高尚的风格。

〔25〕旦：底本脱，据上文补。

〔26〕宪天爷爷：旧时上诉案件，希望上一级官员能平反冤情，称之为“宪天”。

〔27〕官旗：官差。

〔28〕缇骑：逮治犯人的禁卫吏役。

〔29〕搭咤：杀头的声音，这里代指杀头。

〔30〕禁架：犹言招架。

〔31〕皂隶：喝道执刑杖的衙役。

〔32〕骙（ái）：傻。

〔33〕自矢：自誓。

〔34〕珰：宦官。

〔35〕肉鲊（zhǎ）：肉酱。

〔36〕鬼门占卦：在死路上占卜吉凶，意谓必死无疑。

〔37〕三学朋友：指当时苏州府学、吴县县学和长洲县学中的秀才们。

〔38〕“君命”二句：语出《论语·乡党》：“君命召，不俟驾行矣。”意为国君召唤，等不及车子驾好马就立刻动身。

〔39〕指佞：传说中能识别忠奸的草。这里周顺昌以指佞草自比，表示要与魏忠贤进行坚决的斗争。

〔40〕东林：即东林党。宋代杨时在无锡建东林书院。明代顾宪成、高攀龙等人重修东林书院，作为讲学基地，激烈抨击以魏忠贤为首的政治集团，赢得许多进步知识分子和士大夫的支持与同情，逐渐形成一个政治团体，被称为东林党。

〔41〕姑苏志：即苏州地方志。吴王夫差曾建姑苏台于苏州，故后世称苏州为姑苏。

〔42〕波查：纠纷。

〔43〕柤（zhā）：渣滓。

〔44〕逋（bū）逃：逃亡者。杜甫《遣遇》诗：“奈何黠吏徒，渔夺成逋逃。”

【评析】

《清忠谱》今存清顺治间苏州树滋堂刻本、清康熙间苏州霜英堂翻刻本和吴梅藏旧抄本（今藏南京图书馆）等。

李玉思想具有浓厚的民主精神，作剧讲求声律，注重舞台需要，其传奇作品或写历史，或写时事，都能积极地反映现实生活；形式短小精悍，语言通俗自然，文采与本色兼备。

《清忠谱》全剧25出，代表了李玉及苏州派戏曲创作的特点。该剧由李玉主笔，毕魏、叶时章、朱素臣共同参与编写。剧叙魏忠贤专权，网罗党羽，以建生祠为名，四处搜刮民财，铲除异己。致仕乡宦周顺昌不畏强暴，痛斥魏党罪行，被逮毒打。苏州人民努力救周顺昌，在颜佩韦等五人领导下破坏官府。奸党一面密斩周顺昌，一面扬言屠城。颜佩韦等五人为救全城人民，主动承担责任，结果被处极刑。魏党垮台后，苏州人民捣毁魏祠，为死难者复仇。该剧揭露了魏党祸国殃民的历史真实,歌颂了东林党人和苏州人民的正义斗争及牺牲精神。

《闹诏》为《清忠谱》第十一折,写逮捕周顺昌的诏书下达后,苏州百姓群情激愤,大闹都察院。人物形象鲜明,场面热闹宏阔,曲辞本色,宾白通俗,且具有强烈的戏剧性,使其成为全剧的优秀出目之一。从曲体文学发展的角度看,以该剧为典型,清初以李玉为代表的苏州派戏曲作家已经将曲体文学与戏剧剧本写作有机地结合起来,使用唱词与宾白、科介协同完成对人物形象的塑造及主题思想的表达,同时,舞台表演特征亦十分突出。

邱 园

邱园(1617—1690),亦作丘园,字屿雪,号坞邱山人,常熟(今属江苏苏州)人。为人方直,跌荡不羁。明亡后,隐居坞邱山,纵情诗酒,尤善绘画与度曲。山水画仿沈周,泼墨浓重,雪景画尤妙。精于音律,度曲谨严,梨园弟子畏服之。与尤侗、吴伟业友善。著有《既耕堂草》《竹溪杂兴》《梅圃诗余》,佚。所作传奇9种,即《党人碑》、《百福带》(一名《御袍恩》)、《幻缘箱》、《虎囊弹》、《岁寒松》、《闹勾栏》、《蜀鹃啼》、《一合相》、《双凫影》,前3种存,《虎囊弹》存六个单出折子戏,余佚。另与朱素臣等四人合撰《四大庆》传奇,存。

虎囊弹·山门[1]

(净上)

【点绛唇】树木槎枒,峰峦如画,堪潇洒[2]。唔!只是没有酒喝。闷杀洒家[3],烦恼倒有那天来大。

削发披缁改旧妆[4],杀人心性未全降。生平那晓经和忏,吃饭穿衣是所长。洒家鲁智深,自从拜了智真长老,剃度为僧,看看将近这么一载。俺想往常间大碗的酒,大块肉,每日不离口。如今受了什么五戒[5],弄得个身子瘪瘦,口内淡出鸟来,如何捱得过这日子! 我想就做了西天活佛,也没有什么好处。嗄!俺不免离了这可厌的山门,往山下闲走一回,有何不可?呀!你看云遮峰岭,日转山溪,那五台山好景致也!

【混江龙】只见那朱垣碧瓦,梵王宫殿绝喧哗[6]。郁苍苍虬松罨画[7]。(笑介)咦咦!哈哈哈!听,听吱喳喳古树栖鸦。你看那伏的伏,起的起,斗新青,群峰相迓[8]。那高的高,凹的凹,丛暗绿,万木交加。遥望着石楼山,雁门山,横冲霄汉[9];那青城宫[10],避暑宫,隐约云霞。这的是莲花涌定法王家,说什么袈裟披出千年话?[11]好教俺悲今吊古,止不住忿恨嗟呀!

(丑内白)卖酒吓!(净笑介)咦咦!哈哈哈!你看那山底下有个卖酒的来了。吓,看他挑往那里去卖?(下)(丑上)

【山歌】九里山前作战子个场,牧童里个拾得旧刀枪。顺风吹动乌江里个水,好似虞姬别霸子个王。[12]

卖酒吓!卖酒吓!(净上)卖酒的,你好么?(丑)好个耶。师父好?(净)你好,你好!(笑介)哈哈哈!歇歇去。(丑)挑上山来吃力得势[13],歇歇再走。(净)卖酒的,你这两桶是好酒?(丑)好个耶。(净)挑往那里去卖?(丑)挑拉山上去卖个。(净)敢是卖与那些和尚们吃的?(丑)弗是哟,卖拉个星做工个人吃个。(净)就卖些与和尚们吃了何妨?(丑)动也动弗得!师父,唔弗晓得,我渠领老和尚个本钱,住老和尚房子;若卖个酒拉和尚吃子,晓得子,立刻追本钱,赶出屋,还要顶香罚跪厾来[14]!(净)嗄!老和尚这等利害?(丑)利害!利害!(净笑介)[illegible]好笑[15]?唔厾出家人是戒酒除荤个哟。(净)哈哈哈!(丑)师父,笑傍个?(净)卖酒的。(丑)那哼?(净)

【油葫芦】俺笑着那戒酒除荤闲嗑牙[16],做尽了真话靶。(丑)傍个话靶?(净)他只道草根木叶味偏佳,全不想那济颠僧[17],他的酒肉可也全不怕。弥勒佛米汁贪非诈[18]。(丑)个个济颠僧是金身罗汉,唔啰里学得渠来?(净)偏要学他。(丑)啰里学得来介?(净)卖酒的,卖一桶与洒家吃了罢。(丑)弗卖个。(净)卖酒的,来。(丑)那哼?(净)咱囊头有衬钱[19]。(丑)唔有铜钱,也弗拉我心上。(净)现买赁的不须赊。(丑)老和尚晓得子,要打要骂个。(净)那里管西堂首座迎头骂[20]!(丑)酒没傍好没事,要吃吓?(净)卖酒的。可不道解渴胜如茶?

(丑)吓,口渴吓?山底下碧波清涧水厾,吃两口就解子渴哉。(净)卖酒的,卖一桶与洒家吃了罢。（丑）咳！弗卖！弗卖哉！有个都哈鲁苏[21]！（净）不卖，挑了走！（丑）不走，到拉个搭住夜！（净）稀你娘的罕！（丑）见子娘个鬼！（净）吓，看他挑往那里去？（丑）卖酒吓卖酒！（净瞅介）（丑）阿呀！个意思弗许我拉个答走；山上是百脚路嗻，我就拉个答走。卖酒吓卖酒！（净上，瞅介）（丑）鬼打墙哉[22]！哙！师父！咗到底要那哼了！（净）卖酒的，你且歇下来。（丑）阿哟哟！歇拉里哉那道理？（净）卖酒的，你真个不卖？（丑）真个不卖。（净）你敢说三声不卖？（丑）弗要说三声，三万三千由我说。弗卖！弗卖！真弗卖！（净）呔！（拿桶吃完，丢，丑接，净又拿）（丑）阿呀！（净）卖酒的。（丑）那哼？（净）你卖不卖？（丑）弗卖个。（净）不卖？（丑）弗卖。（净）哈哈哈！（丑）阿呀呀！（净吃介，完，丢桶，丑接）（丑）吃得干净！（净）好酒！好酒！（丑）师父，弗要去，酒钱来。（净）你方才说不卖，如今又要酒钱？（丑）咗既吃子酒，要酒钱个哉那。（净）有。（丑）有，拿得来。（净）明日到寺里来取。（丑）寺里和尚多得势，啰里来寻咗？今朝要个。（净）卖酒的，只算斋了僧，布施与洒家吃了罢。（丑）只有豆腐、面筋斋僧，啰里有傣酒肉斋僧个了？（净）你不知那酒肉斋僧，功德最大。阿弥陀佛。（丑）弗相干！直头要孨[23]！（净）若要酒钱，先吃俺一拳。（丑）对吓！酒吃完哉，到要豁拳哉！师父，酒钱弗要哉，咗张开嘴来不来我看看。（净）哈哈！（丑）阿唷！通阳沟个。（丑下）（净）打！打！打！哈哈！妙吓！洒家正在枯渴之际，这两桶酒吃得俺好不爽快！来此已是半山亭了。且住，洒家自到丛林，不曾耍拳，今日趁此酒兴，使他几路，把身子活动活动，有何不可？（打拳势，内应[24]，摊亭响[25]）呀！洒家才把脚尖略动了这么一动，那鸟亭就塌下半边来也！

【天下乐】只见那飘瓦飞砖也那似散花。恁差也不差，直恁哗，呀，却便似黄鹤楼打破随风化。守清规，浑似假，一任的醉由咱。阿呀！酒涌上来，哈哈！也罢！只索去倒禅床，瞌睡煞。（下）

（丑上）事不关心。（付上）关心者乱。师弟，山门口啰里是介一响，倒子傣个哉？

(丑)弗差个[26],我搭呧去望望看。阿呀!弗好哉!呧看鲁智深吃醉子,拿个半山亭才打摊哉!我答呧关子山门罢。(付)有理个。(关门介)(鸣钟擂鼓)(净上)呀!

【哪吒令】听钟鸣鼓挝[27]。咻!恨禅林尚遐[28]。把青山乱踏,似飞归倦鸦。醉醺醺眼花,惹傍人笑咱。才过了碧峰尖,呀!早来到山门下。哈!怎把山门多闭上了?这些鸟和尚!只好管闭户波渣!

呔!开门,开门!(丑低白)开弗得了。(净)你若不开,洒家取把火来烧,烧,烧,烧!(付)弗好哉!开子渠罢。(去栓介)(净)嗄!你不当真不开?洒家就打!(跌介)(付)跌杀个温贼秃!(净扒起抓棚头介)呔!我把你这两个鸟和尚!洒家倒在地下,不来扶一扶,反在那里骂谁?(付、丑)啰个骂呧介?拉里念佛。(净)念佛?嗬!念什么佛?(付、丑)南无阿弥陀佛。(净)南无阿弥陀佛。(丑、付)阿歪歪。(净)这两傍鸟大汉是谁?(丑)个是哼、哈二将。(净)何为哼、哈二将?(付)个哼将军专管和尚吃酒肉;若是吃子酒肉,拿起来一哼两半。(净)那呢?(丑)个哈将军是好个。哈哈哈,且由他。(净)吓!怪道他有些恼着洒家。(丑、付)恼得呧势弖。(净)和尚,将山门栓抬过来。(付、丑)吓。(下)(净)呔!我把你这鸟大汉!洒家倒在地下,扶也不来扶我,反恼着谁?反恨着谁来吓!

【鹊踏枝】觑着伊挂天衣,剪绛霞,毗罗帽,压金花。他做什么护法空门,怎与那古佛排衙?俺怪他有些妆聋做哑。俺又怪眼睁睁、笑哈哈,两眼儿无情煞。

(众和尚上)打!(净挡众下)(外上)唗!智深休得无礼!(净爬地介)阿哟哟!师父!徒弟被众和尚打坏了。(外)这里五台山千百年香火,被你搅得众僧卷单而走[29],你在此住不得了。我有一师弟,现在东京大相国寺住持,你到彼讨个职事僧做罢[30]。(净)吓!师父,你不用徒弟了?(外)不用了。(净)罢,如此,徒弟就此拜别。(外)罢了。(净)

【寄生草】漫揾英雄泪,相随处士家。且住,想俺当日打死了郑屠,若非师父相救,焉有今日?师父吓!谢恁个慈悲剃度莲台下。师父,你当真不用了?(外)当真不用了。(净)果然不用了?(外)果然不用了。(净)罢,没缘法,转眼分离乍;赤条条,来去无牵挂。那里去讨烟蓑雨笠卷单行?敢辞却芒鞋破钵随缘化?

(外)我有书一封,白银十两,你可收去。(净)多谢师父。(外)还有偈言四句[31],听者:逢夏而擒,遇腊而执;听潮而圆,见性而寂。牢牢记着。(净)弟子谨记偈言。(外)你去罢。(外下)(净)师父!师父!师父竟进去了,不免下山去也。

【尾】俺只待回避了老僧伽,收拾起浮生话。俺老和尚是好人,又与我十两银子。好向那杏花村里觅些酒水沾牙,免被那腌臜秃子多惊讶[32]。一任俺尽醉在山家。如今我不是五台山的和尚了。早难道杖头沽酒也不容咱[33]?(下)

【注释】

〔1〕此折以钱德苍编选《缀白裘》三集卷四(汪协如校本,中华书局1940年版)为底本。山门,佛寺的外门。

〔2〕潇洒:底本作“消酒”,据文意改。

〔3〕洒家:宋元时陕、甘一带人的自称口语,类似“俺”“咱”。

〔4〕缁(zī):黑衣,指袈裟。

〔5〕五戒:佛教的五种戒律,即不杀生、不偷盗、不邪淫、不妄语、不饮酒。

〔6〕梵王宫殿:本指大梵天王宫殿,后泛指佛寺。

〔7〕虬(qiú)松罨(yǎn)画:弯曲的古松排列如画。

〔8〕相迓:相迎。

〔9〕霄汉:指天空。

〔10〕青城宫:底本作“清尘宫”,据《忠文璇图》本改。青城宫在汴京南薰门外,是北宋皇帝祭天斋宫。此泛指斋宫。

〔11〕“这的是”两句:周围的景色如莲花烘托的佛座似的把庙宇装点得很威严,怎么能说穿上袈裟便离世千年呢?法王,指如来佛。

〔12〕这首山歌见于小说《水浒传》第三回，此处加“子个”“里个”等衬字。子个、里个，行腔时发出的有声无义的字，如同现代歌曲中的“咿哟”“哎嘿”等。

〔13〕吃力得势：吃力得很。这是苏州话。昆曲在苏州一带流行，净、丑二脚色照例可以用苏白。下文“拉个星”意即那些；“呒弗晓得”，意即你不知道；“呒啰里学得渠来”意即你哪里学得他来，也都是苏白。类似的例子还有一些，一般可从上下文领会，不一一注明。

〔14〕厾（dū）：语气词。苏州话。

〔15〕啥：什么。

〔16〕闲嗑牙：闲话。

〔17〕济颠僧：即南宋时手拿破葵扇、放浪形骸的济公和尚，专门济困扶危，彰善罚恶。

〔18〕弥勒佛米汁贪非诈：相传济颠和尚是弥勒佛托生，他说酒是米汁，不必避忌。

〔19〕衬钱：零花钱。

〔20〕首座：当家和尚，住持僧。

〔21〕有个都：意即有这许多。下文“到拉个搭住夜”，意即在这里过夜。都是苏州话。

〔22〕鬼打墙：指行人黑夜迷路，四处碰壁。这是迷信的说法。

〔23〕直头：确实，真的。

〔24〕内应：指幕后模拟。

〔25〕摊：使倒塌。

〔26〕弗差个：说的不错。

〔27〕挝（zhuā）：敲打。

〔28〕禅林：寺庙。

〔29〕卷单：单，指和尚的身份凭证，以此证明他的身份。卷单，即和尚收拾自己的行装离开寺院。

〔30〕职事僧：寺院中分管各项事务的和尚。

〔31〕偈（jì）言：即梵文“偈陀”，意译为“颂”，指和尚念的经词。这四句偈言是五台山智真长老送给鲁智深的（见《水浒全传》第九十回），预言了鲁智深后半生的命运。腊，表面上指腊月（即阴历十二月），实则隐喻与梁山泊农民起义同时的南方义军首领方腊。

〔32〕腌臢：肮脏。

〔33〕杖头：指买酒的钱。《晋书·阮修传》："（阮修）常步行，以百钱挂杖头，至酒店，便独酣畅。"后人因称买酒的钱为杖头钱。

【评析】

《虎囊弹》今不见全本，仅存钱德苍编选《缀白裘》所收折子戏本。

该剧取材于小说《水浒传》中鲁智深救金翠莲的故事。《古本戏曲丛刊》本《忠义璇图》和清乾隆时《缀白裘》折子戏集中共存有六出《虎囊弹》戏。《虎囊弹》剧情大致为：恶霸郑屠强占民女金翠莲为妾，鲁达得知，打抱不平，打死郑屠，隐身五台山为僧，改名鲁智深，最后投奔梁山。金翠莲改嫁赵恺，赵后为花子期告发窝藏鲁智深而入狱。翠莲便投到种师道总制府去告状。中军牛健有令：投状者要先受一百虎囊弹毒刑，不惧且不死者方准诉。翠莲自写血书告状，甘愿受弹，其夫终被释出。《山门》一出，全名《醉打山门》，又名《山亭》。剧情上接赵氏夫妇虎囊弹故事，写鲁智深大闹五台山，后面引出他转往东京，搭救林冲，投奔梁山。

此处所选《缀白裘》本《山门》，反映了该折子戏在清中叶昆曲舞台演出的真实情况。这出戏塑造了鲁智深豪侠莽撞的形象。他本性豪爽不羁，厌恶寺院清规戒律，闲游之中，夺酒豪饮，又于醉后打坏山门。为了突出鲁智深的豪爽本真而粗中有细的个性，该出选词造语以豪放为主，并努力营造喜剧气氛。而且，着意在对白上巧妙设置，鲁智深与卖酒人拉锯式的话语，将鲁智深千方百计找借口寻酒喝的急迫心理活脱脱地表现了出来。而鲁智深最后与住持的对话，又流露了其真挚和细腻的感情。

在唱曲上，开始的【点绛唇】【混红龙】写景优美，中间的【天下乐】【寄生草】抒情则给人以荡气回肠、一唱三叹之感。《山门》一直作为名段，在不同剧种的舞台上多次搬演。清宫大戏《忠义璇图》第一本第二十出《长老修书遣醉客》内容与此大同小异。这里所选为昆剧，此外还有京剧、汉剧、桂剧、秦腔、潮剧、河北梆子等。曹雪芹《红楼梦》写贾府家班曾演此戏，戏中唱词"赤条条，来去无牵挂"成为该小说主人公贾宝玉人生命运的偈语。

尤侗

尤侗(1618—1704),字同人,改字展成,号悔庵,晚号艮斋、西堂老人、鹤栖老人、梅花道人、万峰山长等,祖籍无锡,后迁长洲(今江苏苏州)。清顺治六年(1649)贡选第七名,九年授永平府(今河北卢龙)推官。吏治精敏,不畏强梁。十三年坐挞旗丁而归。康熙十八年(1679)应博学鸿词科,授翰林院检讨,纂修《明史》。二十二年告归。所作诗词古文,才思富赡而新警,体物言情,精切流丽,求诗文者无虚日。三十八年,康熙帝南巡,献《平朔颂》《万寿诗》,御书"鹤栖堂"赐之。四十二年,康熙帝再次南巡,即作侍讲。著述甚富,有《西堂全集》61卷。剧作有传奇、杂剧共6种,合称《西堂曲腋》,又名《西堂乐府》,包括杂剧《读离骚》《吊琵琶》《桃花源》《黑白卫》《清平调》和传奇《钧天乐》,存。

钧天乐·哭庙〔1〕

(净扮项王,贴扮虞姬上)(净)气盖乾坤力拔山,美人劝酒舞云鬟。长陵抔土今安在〔2〕?独跨乌骓入汉关。孤家西楚霸王项羽,勇无人敌,气尽天亡。俺因心中不忿,上诉天帝,敕我永镇江东〔3〕。遗庙在淮南之地,一方血食〔4〕,千载神游。骓马常伏阶除,虞兮仍侍帷帐。虽死之日,犹生之年。早间出门游玩,望见怨气冲天,有一秀才策蹇而行〔5〕,径投我庙中来。美人,我与你坐以待之,看他有何言语。(贴)大王之言是也。(生上)

【北黄钟·醉花阴】可叹我万里孤身长流落,恨悠悠天荒地老。重策蹇,返江皋,战西风,木叶萧条。(鸦叫介)又听得趁斜阳,乌鸦叫。过野店,渡溪桥,呀,早见一座青山藏古庙。

待我看来,额上写“西楚霸王之庙”,不免进去瞻拜一番。(拜介)大王千古英雄,神灵如在,听我沈白一言。

【喜迁莺】俺只见雕梁画桷[6],闪灵旗香火飘摇,英也么豪。到如今可许我寒儒相吊,只怕你土木形骸,虚画描,图醉饱。长则是暗呜叱咤,不听我叹息号咷[7]。

大王,你若无知,不宜享此庙食;你若有知,见我沈白才高志大,运蹇时乖[8],四海无知,一身将老,也该怜念我了。

【出队子】谁似我才高年少,抱经纶,困草茅。只堪痛饮读《离骚》,直欲悲歌舞佩刀。大王呵,这辜负诗书冤不小。

呀,问了一会,怎无一言答我?昔李药师入华山庙[9],大言道:若三问不应,即斩大王之头。今沈白之才,不减李靖大王之灵,岂让华山,为何顽钝至此?

【刮地风】呀,可笑你假痴呆没解嘲,待我打碎他白马青袍。(作打又住介)倒是我差了,那泥神怎会讲话?难道石人土偶能谈笑,反变了木客山魈[10]。况且世人梦梦[11],呼之不灵,何况于你?我沈白呵,活世界无门恳告,死傀儡何法推敲。那大王毕竟是灵的,可知你心暗焦,气正嚣,也相怜同调[12]。则教我泪轻抛,首漫搔,放着这闷葫芦独自魂销。

不要说我沈白沦落不偶,就是大王呵,当初与八千子弟,渡江而来,入秦关,破赵壁,掳齐主,走汉军,何等气概!到得垓下天亡[13],乌江自刎,反让沛上亭长[14],享四百年基业,岂不可恨?岂不可叹?

【四门子】你入秦关烧破咸阳道,救邯郸受六国朝,彭城鏖战兵非弱,谁料得走乌江没下梢[15]。楚军尽逃,汉军又挑,悔不向鸿门把玉玦了。大王大王,你一世之雄,而今安在?骓兮正骁,虞兮尚娇,怎重见江东父老!

(抱神大哭介)咳,以大王之英雄,不能取天下;以沈白之文章,不能成进士,古今不平孰甚于此!(神哭介)(生)呀,你看大王也哭起来了,虞姬也下泪了。

【古水仙子】呀呀呀,猛叫号。看看看,两目重瞳血泪浇。嘶嘶嘶,嘶断了骏马金镳。啼啼啼，啼湿了美人舞草。听听听，楚歌声气未销。恨恨恨，不酬劳苦功高。剩剩剩，三尺空祠背汉朝。叹叹叹，英雄失路愚夫笑。笑笑笑，下场头落魄似吾曹[16]。

哭了一会，不觉神思困倦，且假寐片时则个。（睡介）（净）美人，听沈生所言，为之气塞，追思往事，不觉痛哭起来。（贴）正是同病相怜，使妾闻之，亦为泪下。（净）我如今唤他嘱付一番。沈生沈生，蒙君感吊，使我心伤。但你曲高和寡，才大知希。人世科名已不可得，待我奏闻上帝，召试登庸[17]，自有显擢。汝可速归，休得留滞，我神去也。（下）（生醒介）呀，适才梦中神道，分明教我归家，以待上帝召用。虽难深信，只得拜辞而去。（拜介）

【煞尾】你看扑飕飕余泪神衣落，暂相逢聊解牢骚。大王，还借你一阵阴风，送我江上棹。

英雄有恨嗟何及，天地无情吊岂知。

丈夫漂荡今如此，一曲长歌出楚祠。（下）

【注释】

〔1〕此出以清康熙刻本为底本。

〔2〕长陵：汉高祖所葬之地。

〔3〕敕（chì）：委任。

〔4〕血食：古代祭祀杀牲取血，故名。

〔5〕策蹇（jiǎn）：骑驴。策，以鞭击。蹇，劣马或跛驴。

〔6〕桷（jué）：方形的屋椽。

〔7〕号咷（táo）：哭号。

〔8〕运蹇时乖：时运不济，处于逆境。

〔9〕李药师入华山庙：唐李靖（571—649），本名药师，精通兵法，屡立战功，封卫国公。《隋唐嘉话》载："卫公（李靖），始困于贫贱，因过华山庙，诉于神，且请告以位宦所至，辞色抗厉，观者异之。伫立良久乃去，出庙门百许步，闻后有大声曰：'李仆射好去。'顾不见人。后竟至端揆。"

〔10〕木客山魈：传说中的两种山林妖兽。

〔11〕梦梦：昏乱不明。

〔12〕同调：声调相同，这里指境遇相同。

〔13〕垓下天亡：《史记·项羽本纪》载，楚汉之争，项羽兵败垓下，喟然叹曰："此天之亡我，非战之罪也。"

〔14〕沛上亭长：指汉高祖刘邦。刘邦在秦末曾为泗上亭长。

〔15〕没下梢：没结果。

〔16〕吾曹：我辈，我们。

〔17〕登庸：应考中选。

【评析】

《钧天乐》传奇今存清康熙刻本和民国《尤西堂全集》石印本。

该剧作于康熙十四年（1675）。全剧共32出。剧写吴兴书生沈白、杨云上京应试，因未贿赂试官，才高见黜。沈白未婚妻魏寒簧闻讯，抑郁而卒。杨云夫妇亦在兵乱中辞世。沈白上书皇帝，痛陈国之危机，却遭乱棍打出，悲愤而终。沈白、杨云荣登天榜，巡按地府、四海及九州岛，功名、姻缘皆得圆满。剧中沈白乃尤侗自况，杨云则以其挚友汤传楹为原型。此剧对明末清初科场乱相揭露颇深，以致"登场一唱，座上贵人未有不变色者"（《钧天乐自记》）。

此出"哭庙"乃全剧情感高潮所在，沈白经历了接二连三的挫折打击：科考落榜，未婚妻病逝，自己被贼兵掳去九死一生，好友杨云夫妻离世，以妹丈身份求助魏无知却被驱逐出城，愤而作《万言书》指斥朝政弊端却被打出宫门。至此，沈白走投无路，悲愤交加，他途经项羽庙，对项羽神像哭诉心中愤懑。此番哭诉并非一味宣泄，而是有层次、有情味。先是相信英雄有灵，对之诉说自身境遇与不甘；见泥塑没有反应，怨其顽钝，几欲打碎之；转念又深感末路英雄项羽之境遇与自身如此相似，引为同调知己，神像竟流出血泪，趁沈白哭倦睡去，对其作出回应与承诺。情节简单，情感却极其丰沛，抒怀、写景、叙史皆与人物境遇心态契合无间。文笔纯熟，文情相生，如陈栋《北泾草堂曲论》所评："其运笔之奥而劲也，使事之典而巧也，下语之艳媚而油油动人也，置之案头，竟可作一部异书读。"

朱素臣

朱素臣，约生于明天启年间(1621—1627)，卒于清康熙四十年(1701)之后。原名㿥，字素臣，号苼庵，以字行，吴县(今江苏苏州)人。出身寒素，未曾做官，喜度曲，会吹笙。与朱佐朝为兄弟。曾和毕魏、叶时章共同校定李玉《清忠谱》传奇，和朱佐朝等四人合作《四奇观》传奇，和邱园、叶时章、盛际时四人合作《四大庆》传奇，皆存。和过孟起、盛国琦合作《定蟾宫》传奇，已佚。协助李玉修订《北词广正谱》，与扬州李书云合编《音韵须知》，皆存。单独创作的传奇有《十五贯》《翡翠园》《未央天》《秦楼月》《聚宝盆》《龙凤钱》《朝阳凤》《锦衣归》《万年觞》《文星现》《振三纲》《一着先》《狻猊璧》《忠孝闾》《四圣手》《瑶池宴》《全五福》《通天台》《大吉庆》共19种。前10种存。另撰有杂剧《杜少陵献三大礼赋》《琴操问禅》《杨升庵妓女游春》3种，佚。

十五贯·廉访[1]

【步步入园林】(末上[2])浪逐蝇头江湖上，挣不破英雄网。[3]老夫陶复朱，自从在枫江买货下船，指望到河南脱卸，不想遇着熊友兰之事，老夫怜恤奇冤，助钱十五贯，教他回家。谁想同舟客伴，尽道出门吉日，遇此蹭蹬之事[4]，改舟南往，老夫只得随众到了闽南。一路且喜货物俱有利息，又买了些南货，依旧到苏发卖。讨完账目，赶回家中，不觉又是仲冬了。叹劳生空自忙，喜得故国云山，归来无恙。今日乃是望日，特来城隍庙去进香。办炷心香瞻仰，愿客况履嘉祥，祈晚景获安康。(下)

(外扮术士，臂悬招牌，上写：天目山人观枚拆字神数泄天机[5]；小旦门子扮

道童[6]，背包裹随上）

【园林过江儿】海中针寻来渺茫，糊突事没些主张。下官淮安事竣，返棹南回[7]。打发各役先回浒墅关伺候，自己换过微服，假扮一个拆字先生，唤个小船，到这里无锡地方，停泊上崖，探访游二致死根由。一路行走，只听得那些人纷纷传说，本府即日按临本地[8]，搜缉凶身。只是我想这宗公案，不比前边的事体，有些墙壁可据踏勘得；如今无影无踪，怎生是了？前面是城隍庙，不免到彼闲坐片时，再作道理。（向小旦）过来。我在庙中闲坐，你可远远伺候，不必前来。（小旦应下）（外）岂大案终无影响[9]，那镜影犀光，照不出山魈伎俩。[10]（下）

（丑上）日间不作亏心事，半夜敲门不吃惊。我娄阿鼠，一生好赌，半世贪财。只因一时动了贪心，杀了游葫芦，把他十五贯铜钱偷回。凑巧得极，正撞着倒运的强遭瘟[11]，恰好也背了十五贯铜钱，同了丫头走路，竟被地方追着，捉到当官，替我打，替我夹，替我坐监铺，替我问斩罪，真正是十足替死鬼！这一掷倒盆[12]，十分得意。咳，只道打发过了铁[13]，再无人来发觉了。不道前日监斩官，竟委着了苏州府太爷况青天，竟要正一掷起来。你道可是顽得的？万一献了底，怎么处？因此这两日心惶胆碎，肉跳心惊。躲在家里，坐不安，睡不稳，竟像掉了魂的一般，心上狐疑不定。今日是月半，到城隍庙里求一条签，看吉凶如何。莫若远去高飞，免得呕气[14]。一路行来，呀，来的是陶大公！（末上）慈悲胜念千声佛，造恶徒烧万炷香。原来娄鼠哥！（丑）陶大公，久违，久违！几时归来的？（末）昨日打从姑苏回来。鼠哥，近日赌钱得采么？（丑）不要说起，竟到了六部衙门了——尚书[15]。（末）你每赌场上朋友，输赢常事，为何慌慌张张？（丑）你不晓得，我那敝邻，有这场官司。（低声）恐防带累乡邻，所以有点着急。特来求一条签，看看吉凶如何。（末）你地方上有何事体？老夫一些也不晓得，就请你讲讲。（丑）说起话长，就是我隔壁游二家的事。

【江儿犯】奸杀奇闻事，乡闾到处扬，（末）甚么奸杀事？（丑）就是那游葫芦死入糊涂帐。（末）那游二被人杀死了？（丑）是。（末）为甚事？（丑）游二有个拖油瓶女儿。那日游二替他姐姐借了些钱回来做生意，为了这两个牢钱，到送了性命。(末)多少钱钞就送了性命?(丑)十五贯青蚨将身丧,(末)是那个杀的?(丑)[16]女孩儿认罪谁称枉。(末)不信是他的女儿杀死的!(丑)当夜杀了人,明朝地方晓得,追上去,正在高桥地方。只见女儿呵,和着孤男相傍,俨做出私情勾当。(末)私约汉子同走,有何证见?(丑)囊中十五贯是真赃,招成奸杀罪双双。

(外一面暗上)欲求明鸟语,不惮听狐冰。[17]看门首有人讲话,隐隐听得"十五贯"三字,且走去听他。(上前拱手介)二位要起数[18]?作成作成[19]。(末)用不着。(丑)起数?住了,替我起一数。(末)既如此,你且站一站,我每讲完了话,就总成你。(外)当得奉候。(末)你且说那汉子甚么样人?是何名姓?(丑)那人不是本地方人,叫做甚么熊友兰。(末)熊友兰?(背介)呀!前日那船上当稍那人,叫做熊友兰。(外暗听介[20])(末[21])他是那里人氏?(丑)听得说是淮安人。(末)淮安人?这是几时的事体?(丑)个是旧年秋里个事体。(末)呀呸,这是那里说起!(丑)奇,奇,为甚么跳将起来?(末)这熊友兰,乃是淮安胯下桥人。这十五贯钱,是老夫助他回去救兄弟熊友蕙的,怎么是游二家的起来?(顿足)哎,世上有这等样屈事!(丑惊背介)不信有这样!(转介)你且将助钱一事,说与我知道。(末)我旧年在苏州呵!

【五供养交枝】片帆北上,客伴闲谈,话出端详。(丑)也就说这件事了。(末)我每同舟朋友,偶然晓得淮安熊友蕙被屈遭刑,不想舟尾有个当稍之人,就是这个熊友兰了。他偶倾窗外耳,此际好惊惶。(丑)听得兄弟有事,着急了?(末)便是。听兄弟问成大辟[22],在狱追比十五贯宝钞[23],痛哭几亡。彼时老夫心怀恻隐,一力赠钱十五贯,教他回去代纳宝钞,以免追比。临岐遣归慰雁行[24],早难道救冤反把奇冤酿!(外暗点头介)(丑)就是你的钱,也无证据。(末)怎么没有证据?现有客伴船家看见的。也罢,老夫竟到苏州府况太爷处,与他辩明这宗冤狱去。(拜介)神明在上:弟子今日进香,为因急往苏州辩人冤枉,不能从容瞻礼,改日再来了愿罢。为辩人冤,不辞路忙。(丑)你要到那里去?(末)向黄堂申冤理枉[25]。

（丑作急状，拦末介）呀呸！

【玉交海棠】伊休莽撞，怎出头撩锋拨铓[26]？（末）我为人暴白明冤[27]，也不算什么撩拨。（丑）你还不晓得，我每地方上为出这件事来，见上司，解六院，拖上拖下，不知吃了多少辛苦。况且，况太爷有些兜搭[28]，笑你负薪救火招无妄[29]，岂不虑林木贻殃[30]？（末怒）咳，此言差矣！当日指望救他的兄弟，不想反害了哥哥，我陶复朱的罪过也不小。若将他穷骨冤埋，枉却我侠肠雄壮！（欲下，丑扯住介）住了住了。熊友兰又不是你的亲故，甚么要紧，无事讨事做。常言道：是非只为多开口，烦恼皆因强出头。倘然况太爷到来你个身上要起凶身，怎么处？依我说，不要去！（末）咳，我怎肯良心丧？拼做救人从井，同溺何妨！[31]（下）

（丑）不好了，不好了！这件事竟要做出来了。（急乱走介）（外）有这等事？

【海棠姐姐】我自忖量，（看丑介）看他情词窘迫难堪状。为何那人欲去出首，他却如此着忙？其中情弊，却有跷蹊。看他心虚胆怯，露出乖张。（向丑介）老兄！你方才说要起数，就请说来。（丑）我是来求签的。也罢，就起数罢。怎么样起法？（外指招牌介）请看：观枚拆字，声名播四方。（丑）怎么叫观枚拆字？（外）要问甚么心事，随手写一字来，就可判吉凶了。（丑）区区不识字的，写不出来。（外）随口说一个也罢。（丑）就是学生贱名罢，老鼠的"鼠"字。（外）尊名叫"鼠"字么？（丑）不敢。贱名叫娄阿鼠，赌钱场上有名的。（外背介）呀，且住。"野人衔鼠"，已应其一；他名唤阿鼠，莫非正是此人么？我私追想，葫芦已有前番样，哑谜须教此际详。

（丑背介）他自言自语，想是拆不来。（外）你这个"鼠"字，是那里用的么？（丑）官司。（外作手写介）一十四画，数遇成双，乃属阴爻。况鼠又属阴，阴中之阴，乃幽晦之象，若占官司，急切不能明白哩！（丑）明白是不曾明白，看可有缠扰累及？（外）自己用，还是代占？（丑支吾介）代占。（外）依数看起来，只怕不是代占。这桩事体，是为祸之首。（丑）何以见得？（外）"鼠"为十二生肖之首[32]，岂非你是造祸之端！（丑惊呆介）（外）况且竟像在里头窃取了东西,构起这桩事的。(丑)有些古怪。偷东西你那里看得出来?(外)鼠性善于偷窃,所以如此断。(丑呆介)(外)还有一说:这个人家可是姓"游"么?(丑)你是哪里晓得?(外)老鼠最喜偷油,故尔晓得。(丑背介)这不是拆字的先生,竟是仙人了!(外点头介,丑向外介[33])已先不要管他[34],只看目下,可有是非口舌连累得着?(外)怎么连累不着?如今正是败露之时了。(丑)怎见得?(外)你是"鼠"字,目下正交子月[35],当令之时,自然要明白了。(丑)先生,意欲躲避,外面度度,可避得过?(外)你只要实对我说,果然是代占,还是自家占?说得明白,我好指引你。(丑)实不相瞒,其实是自家用的。(外)这个好,避得脱的。(丑)避得脱!何以见得?(外)你若自占,本身不落空了。"空"字头,着一个"鼠"字,岂不是个"竄"字?就是"逃竄"之"竄"。(又思介)咦,逃窜是逃窜得的,只是那老鼠多畏多疑,怕做了"首鼠两端"[36],不能出去。(丑)先生妙数,效验非常。其实我疑惑不定,所以起数。今承指点,竟依了先生,外面躲避躲避何如?(外)若能走避,万无一失的。只是今日就走好,若到明日,就走不脱了。(丑)今日天色渐晚,有些不便。(外)又来了。鼠乃昼伏夜动之物,连夜逃最妙的。(丑)有理。还要请教:走到那一方去便好?(外)鼠属巽,巽属东南[37],东南方去好!(丑)还是水路走,旱路走?(外)鼠属子,子属水,是水路去好。(丑)水路东南方去,只是一时那有便船?(外)你若要去,老夫到有便船在此,正要今晚下船,到苏杭一路去赶趁新年。若不弃嫌,同舟如何?(丑)如此极妙。若能逃脱,先生是小子大恩人了。请上,容小子一拜!

【姐姐拨棹】仗伊姑容漏网,那怕他泼天风浪。(外)管前途稳步康庄,管前途稳步康庄,向天涯高飞远翔。(丑)你的船在那里?(外)就在河下。(丑)如此说,待我去拿了行李来。些些薄意相送。(外)这也罢了。快去快来。(丑)我欲归家,胆又慌;待离家,意转忙。(急下)

(外)门子快来!(小旦)老爷怎么说?(外)少停那人下船,只可称我师父,不可泄露风声。(丑背包裹上)

【尾】逃灾陌路权依傍。(外)来了么?(丑)这是甚么人?(外)是小徒。(丑)好个标致小官,江湖上人,专会受用此道。(外)就此下船去罢。匆匆行色送斜阳,(合)远望吴山路正长。

【注释】

〔1〕此出以中国艺术研究院艺术与文献馆藏清抄本为底本,以古吴莲勺庐钞本为校本。古吴莲勺庐钞本此处作"第十九折",题名《测字》。

〔2〕末上:底本脱,据古吴莲勺庐钞本补。

〔3〕浪逐蝇头江湖上,挣不破英雄网:为追逐蝇头小利而奔波劳碌。英雄网,指名利。

〔4〕蹭(cèng)蹬(dèng):困顿,倒霉。此处指客商们认为熊友兰闻弟噩耗大哭昏死一事很不吉利。

〔5〕枚:底本作"梅",据古吴莲勺庐钞本改。下同,不另出校记。观枚拆字,旧时占卜之法。观枚,通过猜测手中之物名色、数量判断吉凶。猜字,问者举字,卜者拆解,判所问之事的吉凶。

〔6〕小旦门子扮道童:扮门子的小旦脚色改为扮道童。

〔7〕返棹:乘船返回。

〔8〕按临:上司到地方上巡视。

〔9〕影响:影子和声响。这里指蛛丝马迹。

〔10〕那镜影犀光,照不出山魈(xiāo)伎俩:镜影,典出《西京杂记》卷三,载秦始皇有面镜子,能照人五脏六腑,知人心善恶。犀光,燃烧犀角所发的光,能照明幽暗。山魈,借指凶手。此句意指凶手若没留下线索,即使有异能宝物,也难查明案情。

〔11〕强遭瘟:倒霉的人。

〔12〕一掷倒盆:赌博术语,指骰子掷毕,此处指案子完结。

〔13〕打发过了铁:指案件已经结定,不会再生变故。

〔14〕啕气:招惹闲气。

〔15〕六部衙门——尚书:歇后语,以"书"与"输"谐音,指赌博常输。

〔16〕"(末)是那个杀的?(丑)":这几字底本无,据古吴莲勺庐钞本补。

〔17〕欲求明鸟语,不惮听狐冰:为弄清案情,不怕像狐狸走冰时一样,仔细探查。明鸟语,传说春秋时鲁国公冶长能听懂鸟语。听狐冰,据说狐狸走冰时一定要

听冰下无流水声，才会从冰上走过。

〔18〕起数：算卦，测字。

〔19〕作成：成全，照顾。下文“总成”意同。

〔20〕介：底本无，据古吴莲勺庐钞本补。

〔21〕末：底本无，据古吴莲勺庐钞本补。

〔22〕大辟：死刑。

〔23〕追比：旧时地方官严逼限期交税、交差或交代问题，过期则以杖责、监禁等方式继续追逼，叫“追比”。

〔24〕临岐：底本作“临期”，据古吴莲勺庐钞本改。

〔25〕黄堂：古代太守衙中的正堂。借指太守，这里指况钟。

〔26〕撩锋拨铓（máng）：自惹灾祸。

〔27〕暴（pù）：底本作“抱”，据古吴莲勺庐钞本改。暴白，讲明、说明。

〔28〕兜搭：难对付，多心眼。

〔29〕负薪救火：喻引火烧身。

〔30〕林木贻殃：喻无故受牵累。

〔31〕拚做救人从井，同溺何妨：甘愿跳入井里救人，即便一起淹死也无妨。

〔32〕生肖：底本作“生宿”，据古吴莲勺庐钞本改。

〔33〕丑向外介：底本无，据古吴莲勺庐钞本补。

〔34〕已先：以前，从前。

〔35〕子月：农历十一月。

〔36〕首鼠两端：形容瞻前顾后，犹豫不决。语出《史记·魏其武安侯列传》。

〔37〕东南：底本无“东”字，据古吴莲勺庐钞本补。

【评析】

《十五贯》传奇今存中国艺术研究院艺术与文献馆藏清抄本、饮流斋抄本和古吴莲勺庐钞本等。

该剧共26出。写淮阴人熊友蕙、熊友兰兄弟俩相继蒙冤下狱，苏州太守况钟微服到山阴、无锡两处走访查案，扮作测字先生诱捕凶手娄阿鼠归案事。

此出即写况钟测字诱供，是全剧重要关节所在。不同于以生、旦演唱为主的戏,此出以外、丑、末三个脚色应场,唱词精炼,科白备细,其看点在于以机智的对白和动作构建精彩的戏剧性。况钟作为新任太守,受梦境启示,决定重查冤案;娄阿鼠听闻了结的案件又生波折,十分惊惶;陶复朱得知自己好心办坏事,急切想报官诉冤。三位当事人在城隍庙碰头,况钟善于察言观色,第一时间察觉娄阿鼠言行反常,采用心理战术与娄阿鼠周旋,巧妙利用“鼠”字的各种涵义属性,一步步诱导娄阿鼠说出实情并上了自己的船。情节层层推进,矛盾步步升级又机智化解,人物形象鲜活,曲辞念白逻辑严密,富于机趣,喜剧性情境营造得非常成功,成为全剧的亮点。现今京、昆舞台上,此出也作为折子戏常演不衰。

张彝宣

张彝宣,生卒年不详,约清顺治前后在世。又名大复,字心期,或作心其、星其、星期,吴县(今江苏苏州)人。家贫,居苏州阊门外寒山寺,自号寒山子,名其室曰寒山堂。粗知书,好填词,不事生产。性淳朴,又颇知释典。与戏曲家李玉、朱素臣、朱佐朝、钮少雅等友善,得李玉、钮少雅等人协助,著有《寒山堂新定九宫十三摄南曲谱》(简称《寒山堂曲谱》),存;《元词备考》《南词便览》《词格备考》,皆存残抄本。所作传奇29种,《如是观》《醉菩提》《海潮音》《快活三》《金刚凤》《双福寿》《钓鱼船》《读书声》《吉祥兆》《紫琼瑶》等10种存,《天下乐》《獭镜缘》《芭蕉井》《井中天》等4种存散出或佚曲,《天有眼》《龙华会》《双节孝》《娘子军》《小春秋》《发琅钏》《龙飞报》《痴情谱》《智串旗》《三祝杯》《大节烈》《罗江怨》《新亭泪》《金凤钗》《喜重重》等15种佚。杂剧有《万寿大庆承应杂剧六种》,即《万国梯航》《万家生佛》《万笏朝天》《万流同归》《万善合一》《万德祥源》等,佚。

如是观·刺字〔1〕

(旦上)

【引】侍姑余力守桑蚕,夫志忠良,妾志贞良。

(白)既受蘋蘩托〔2〕,须承菽水欢〔3〕。妻贤夫祸少,子孝父心宽。妾身张氏,乃岳状元之妻。我丈夫少孤贫窘,亏我婆婆三迁之教〔4〕,稍有头角。我父张世远,为本郡太守,见我丈夫武文才能,将奴侍奉巾栉。不幸父母物故,喜得儿夫得中武状元。虽则用武之秋,争奈他时乖运蹇,初在张招讨麾下有罪当刑,亏得宗留守救援,致至幕府,因出镇荆湘。我丈夫亦尝得告假省亲,今连月不回,想有戎事也。正是:公而忘私事,为国感辞劳。

(前四将引生上)

【引】萱亲年迈景斜阳,欲效忠良,难尽忠良。

(众)老爷回府。(外院子上,接印)回避。(齐下)(生[5])夫人。(旦)相公回来了。(生)母亲康泰否? (旦[6])且喜平安。(生)如今在那里? (旦)在佛楼拜佛。(生)同上楼去。(旦)是。(老上)阿弥陀佛。(生)呀,母亲出来了。(旦)呀,婆婆出来了。(老)

【引】和丸教子喜飞黄[7],惟愿流芳,不望门墙。

(生)母亲请上,待孩儿拜见。(老)罢了。(生)只为邦家多是非,久违膝下戏斑衣[8]。(老)做娘的,不图鼎食三牲富[9],惟愿芳名千古知。吓,你又回来,怎么? (生)孩儿在军中,因放母亲不下,为此匹马省候。喜得母亲安泰,孩儿始得放心。(老)你此言差矣。做娘的呵,

【粉蝶儿】茕茕的守孤灯[10],惟望你报君恩,立志扬名于世。(旦唱)岂因小节失大机,论君亲要识高低。(老唱)古人云:为国忘家,那曾有公后先私。

(生)母亲,孩儿只为这呀,

【福马郎】我几度欲言仍又止,怕说着又添亲怨忆。我偷把泪滴。(旦)相公,为甚沉吟无语,几多叹息。(老)岳飞你心戚戚为何的,把衷肠事说与吾知。

(生)告母亲知道。(老)起来讲。(生)孩儿非为别事,只因近日边报到来,道金人入寇,攻破汴京,二圣陷入虏廷[11],朝臣尽被腥膻。因此孩儿悲乞。(老)你待要怎么? (生)孩儿欲奋志勤王,恐违孝道。故尔回家禀知。(老)咳,罢了罢了。我家门不幸,养这不肖之子。(生)阿呀母亲,请息怒。(老)阿呀,自古君亲本是一体,父母有疾,为人子者,不亲视汤药,可为孝乎?今君父有难,为人臣者,不鞠躬尽瘁[12],可为忠乎?汝身早出晚归,则我倚门而望。今君父有难,陷入虏廷,当此国破家亡,正是你立节扬名,以显父母。你怎么反把我来

借口，你事君不能尽忠，事亲焉能尽孝么？不忠不孝，非吾子也。还来见我怎么！（生）阿呀母亲，非是孩儿不能为国报仇雪耻，正要禀明母亲。今早宗留守一闻二圣陷虏，呼痛不已，即将印信兵符交付与孩儿，要孩儿为国报仇。孩儿再三以亲老为辞，不想宗留守连呼“渡河杀贼”，呕血而亡了。（老）吓，那宗留守忧国而亡了？（生）是。（老）好，这才是个忠臣。（生）孩儿今欲养亲行孝，尤恐有负于朝廷；欲尽忠报国，又恐贻忧于母亲。因此孩儿进退两难，望母亲教训。（老）好胡说。你不曾出仕，乃父母之身；今既受职，乃朝廷之身也。嗄，自你父亲亡后，我做娘的孤苦伶仃，教养成人，指望你立节扬名，以显我平日训子之功。你今反以我衰朽之年，累你为不忠之士。咳，我何以生为！（生）阿呀母亲，还有一节，自古壮士临阵，不死即伤，孩儿此去存亡未卜，媳妇又是女流，孙儿岳云尚在怀抱，教孩儿如何放心得下。（旦）相公，妾闻公而忘私，国而忘家。婆婆以节义自持，相公当忠良为重。婆婆在堂，奴家自能奉养，孩儿岳云是我养育，你可放心前去，不必挂怀。（生）若得夫人如此，愚夫也感激不浅。

【红芍药】蒙意美侍奉亲帏[13]，须替我问寝晨鸡。（老唱）男子汉不流离别泪，你速行吾心方喜。（旦唱）君知，家庭事且休提，但前去莫辞回退。你亲老我自扶持，你子幼我当训诲。

（生）下官此去呵，

【要孩儿】拚取此身全忠义，马革尸还裹[14]。夫人吓，也再休想望我生回。（老）嗄，多言。大丈夫一死何足惧，对妻儿絮聒成何意！嗄，你甘犯着逆亲罪。

（生）孩儿此去，侍奉无期。母亲可有什么言语，早晚以为忆记？（老）吓，你要我忆记么？（生）是。（老）你且跪着。（生）吓。（老）朝上跪。（生）是。（老）解下衣服来。（生）晓得。（老）媳妇，取金针、笔、砚过来。（旦）是。婆婆金针、笔、砚有了。（老）阿呀儿吓，

【会河阳】我二十载谆谆胡言，教你食人之禄怎无为。我将“报国精忠”

刺入血皮。(白)起来,我将“精忠报国”四字刺入你的皮肤了。(唱)你当日夜牢牢记。念君,奋力把胡酋退;念亲,及早把捷书寄。

(丑、小生、末、付上)

【缕缕金】齐队伍,列旌旗,辕门宣将令,马频嘶。(白)有人么?(外上)什么人?(众)各营兵将请爷议事。(外)住着。启爷,各营兵将请爷议事。(生)外厢伺候。(外)吓,外厢伺候。(众)吓。(生)夫人,下官此去呵,(唱)亲老垂星鬓,孤儿年稚,寡亲弱子好扶持,全仗你干系。(旦唱)都在我干系。

(老)岳飞过来,我闻王陵之母[15],成子之功;陶侃之母[16],成子之孝。你今留恋不舍,皆因为我也,罢,我先当刎死以绝汝念。(走)(旦[17])阿呀婆婆吓。(生)阿呀,母亲,不必发怒,孩儿就此拜别,只得

【越恁好】阶前顿首,阶前顿首,百拜别慈帏。阿呀亲娘吓,你休将儿念,加餐饭,乐桑榆。(白)夫人请上,下官有一拜。(合唱)鸾凤从此两分离,叮咛记语。(老)过来。(生跪)有。(老)你此去雪不得国家之耻,迎不得二圣还朝,你再休想来见我。(唱)君君父仇不共天,须牢记慈亲语,不可忘须当佩。

(生)带马。(众应,合唱)

【红绣鞋】扬鞭一拥如飞,扬鞭一拥如飞,轰天炮响如雷,轰天炮响如雷。安社稷、立纲纪、迎二圣、雪臣耻,敲金镫凯歌回。(下)

(老)阿呀儿嗄,

【尾】我明知此去无归里,(旦)背地偷将珠泪垂。(老)嗄,媳妇。(旦)婆婆。(老)我教你丈夫一心为国休念家乡,你可怨我么?(旦)正该如此,怎敢怨婆婆。(老)嗄,你不怨我?(旦)怎敢。(老)好,这才是我岳门的媳妇。嗄,媳妇。(旦)婆婆。(老唱)我岂不愿骨肉团圆,也只怕臣道亏。

(老)真个不怪我?(旦)怎敢怪婆婆。(老)难得贤哉媳妇,随我进来。(旦)是。(下)

【注释】

〔1〕此出以清康熙五十三年(1714)江宁马子元抄本为底本。

〔2〕蘋蘩:两种水生植物名,可食用。《诗经·召南》有《采蘋》《采蘩》篇,《毛诗序》云:"《采蘩》,夫人不失职也。夫人可以奉祭祀,则不失职矣。"后遂以"蘋蘩"指妇职。

〔3〕菽水欢:菽,底本作"淑",据文意改。《礼记·檀弓》:"孔子曰:'啜菽饮水,尽其欢,斯之谓孝。'"菽,豆。菽水,豆与水,指简单的饮食。形容奉养和孝敬父母,生活虽清苦但快乐。

〔4〕三迁:指孟母三迁,孟轲的母亲为选择良好的环境教育孩子,三次迁居。典出汉刘向《列女传·邹孟轲母》。

〔5〕生:底本脱,据体例补。

〔6〕旦:底本作"正",据上下文改,下同。

〔7〕和(huò)丸教子喜飞黄:和丸,指母亲教育儿子勤奋学习。典出《新唐书·柳仲郢传》:"母韩,即皋女也,善训子,故仲郢幼嗜学,尝和熊胆丸,使夜咀以助勤。"飞黄,传说中的神马名。飞黄即飞黄腾达、飞黄腾踏的省语,比喻升官很快。

〔8〕戏斑衣:用老莱子典故,指孝亲。《艺文类聚》引《列女传》:"老莱子孝养二亲,行年七十,婴儿自娱,着五色采衣。尝取浆上堂,跌仆,因卧地为小儿啼,或弄乌鸟于亲侧。"

〔9〕鼎食三牲:鼎食,列鼎而食。指世家大族的豪奢生活。

〔10〕茕茕(qióng):孤零貌。

〔11〕二圣:指宋徽宗、宋钦宗父子。

〔12〕鞠:底本作"掬",据文意改。

〔13〕帏:底本作"围",据文意及下文改。

〔14〕马革尸还裹:马革裹尸,指为国捐躯。典出《后汉书·马援传》,马援曾道:"男儿要当死于边野,以马革裹尸还葬耳,何能卧床上在儿女子手中邪?"

〔15〕王陵之母:王陵,汉代名臣,追随刘邦,项羽以其母为人质欲以招陵,陵母为使陵不受牵制,乃伏剑而死。见《汉书·王陵传》。

〔16〕陶侃之母:晋陶侃早孤贫,为县吏。鄱阳孝廉范逵拜访侃,陶侃仓猝无以待宾,其母乃截发易酒肴,乐饮极欢。此即剪发待宾,事见《晋书·陶侃传》。后世常以喻贤母。

〔17〕旦：底本“旦”前衍“生”，据文意删。

【评析】

《如是观》传奇今有清康熙五十三年江宁马子元抄本（中国艺术研究院艺术与文献馆藏）和清内府残抄本（日本东北大学藏）等。

该剧共30出。写岳飞抗金事。剧叙秦桧、岳飞分别为文、武状元，金兵破汴京，秦桧随徽、钦二帝同往金营，变节投敌。后秦桧南归任平章，与金兀术多方勾结。岳飞受宗泽遗命率师北伐，岳母刺字训子“精忠报国”。岳飞率军抗击金兵，收复失地。秦桧假诏，发金牌十二面召岳飞班师，欲谋害之。阴谋败露，秦桧又逼岳母召回岳飞，未果，遂派人行刺岳飞。岳飞将计就计诈死，诱兀术来犯，围歼金兵。岳飞亲往五国城迎二帝南返。高宗大犒功臣，将秦桧夫妇枭首示众。

此出《刺字》是全剧最有名的段落，也是京昆舞台上常演的剧目。此出最大的看点是为就大义而不惜违人情。从岳飞之妻的上场白可知，岳飞已因戎事连月不回，如今突然回府，直拜母亲膝下，岳母没有任何惊喜之色，而是惊疑询问：“你又回来，怎么？”岳飞倾诉对母亲的惦念，岳母责备其不应为家忘国。再三逼问之下，岳飞道出金军已攻破汴京，徽、钦二帝被俘的惨况，并表达其在勤王与孝道之间的纠结难舍。岳母盛怒，说出“家门不幸，养这不肖之子”的重话，训诫其君亲一体，在国破家亡之际当立节扬名，不应以老母妻眷幼子为念；岳妻也主动承担照顾婆婆和孩子的任务。此番大义为岳飞解了后顾之忧。岳飞临行之前想着侍奉无期，向母亲要一点忆记，岳母便让岳飞跪下，用金针在其后背刺下“精忠报国”四字。这是全出内容及情感高潮之所在，令人荡气回肠。岳飞拜别之后，气氛瞬间一转，端庄威严的岳母露出了为人母的温情一面，岳妻也忍不住背身垂泪。她们不是无情，而是在大义面前选择忍小情，人物形象由此鲜明而丰满。

万 树

万树(1630—1689),字红友,一字花农,号山翁,别署三野,宜兴(今属江苏无锡)人。戏曲家吴炳外甥。学识明达,以国子生游都下。才名籍甚,然不轻与人交。清康熙初年举人,未出仕。生活贫困,游于陕西、山西、湖北等地。后回乡,购当地吴氏鹦鹉园故址,葺而居之,取名"堆絮园",在此读书,并以"萝隐"名其轩。康熙十七年(1678)夏,赴福建巡抚吴兴祚幕府任书记。二十年十二月,吴兴祚升任两广总督,万树追随至粤,吴兴祚奏议皆出其手。万树于吴兴祚闽、粤幕府间,暇则制曲为新声,往往甫脱稿即由吴兴祚家戏班搬演于舞台。二十八年,吴兴祚离任,万树扶病离粤返乡,途中殁于西江舟次。著有《堆絮园集》《花农集》,佚。精于词律,著有《词律》《璇玑碎锦》《香胆词》,存。《宜兴县志》称万树有戏曲20余种,今可知有17种。其中传奇包括《风流棒》《念八翻》《空青石》3种,合称《拥双艳三种曲》,存;《锦尘帆》《十串珠》《万金瓮》《金神凤》《资齐鉴》《玉双飞》6种,佚。杂剧《珊瑚珠》《舞霓裳》《藐姑仙》《青钱赚》《焚书闹》《骂东风》《三茅宴》《玉山庵》8种,佚。

风流棒·打喜[1]

【南吕引子·满园春】(生冠带花红上)一首新诗几赓和[2],今才得两边成果。堪憎野蔓牵缠,无计将他逃躲。

下官为着林风小姐,受尽风波,今日方得成亲,不胜欣幸。只为赖家,苦苦将女儿捱送上门,好不惹厌。似这般一个人物,我便鳏居一世,也不敢领教;何况要来与谢小姐珠玉相形,甚么要紧!今日已约谢家先送亲来,吉时已至,你看好一轮明月也。(众人鼓吹,副净同丑扮老妪,送正旦冠帔盖头上)(杂扮傧相喝拜介)(杂众下)(旦坐介)(生)我荆茶郎,今夜真好侥幸!

【过曲·梁州新郎】初辞琴枕,新离书卧,乍向温柔乡过。那小姐的姿色,自然好似旧日所见的,但不知怎样一个庞儿,可及得倪菊人否?(剔灯介)把金灯花剪,(揭方巾介)轻挑云髻红罗。呀,好一个绝色佳人也!真是花能解语,玉可生香,怪道珠为唾。(副净)荆爷,似俺这一位小姐,也配得你来么?(生)似蕊珠宫殿里[3],彩云窝,羞杀我薄福人来窥月娥。小姐,下官为你寺壁一诗,害了两年的相思病儿。宵废寝,朝念饿,看啼痕滴得青衫破。今始得斟凤斝,手持贺。

(旦)当初家父呵,

【前腔】桓温清鉴[4],延明高座,谓得雎鸠声和[5],谁知薄幸[6],飘然飞絮随波。(生)下官归去的缘故,去年蹇舅翁已曾说明。近日下官又在岳父前表过,此乃认差,非关薄幸。(旦)还说不薄幸么?你为何方婿寒门,又图赖女?既要重攀豆蔻,别采芙蓉,何必到此处葳蕤锁[7]。(生)此事下官原是深恨痛绝的,被那老赖歪缠不过,苦苦要送上门来,岂是下官情愿。(旦)胡说!我闻得你前在他家,赋诗求配,今日还敢抵赖!那里是泰山能压卵,强丝萝,你亲把催妆新句哦。(生)赋诗求配,是去年的话。后来访实,他那女儿貌丑,所以逃去的。(旦)既是貌丑,你如今为何就他的亲,岂非哄我!(生)阿呀,夫人,这个人是你在浔州亲眼认得的,我肯娶他么?如今也不消辩得,等那边送亲来后,请夫人自去一看,便明白了。料想不会换得一副好面孔。(旦)你的瞒天谎那里听得!丫鬟们,把他重打一顿,推出房去!(副净、丑应介)(各持棒槌扯生介)(生)这……这……这使不得。少停请看,若不是那个丑女儿,便是下官欺心,任凭打一千一万,杀我剐我,也不敢辞。(跪介)(旦)且先打个样棒儿。(副净、丑欲打,生扯旦,旦不理介)(副净、丑)荆爷,这棒儿叫做风流棒,请尝一尝滋味。(打介)(生叫痛介)怎么认真打起来!(副净)从来做新郎有打喜的旧例,要挨两下儿的。(打介)我且问你,我家如此阀阅名门[8],你怎么骗结成婚,临时逃走?(丑)如今不过打儿下哩,去年老爷曾分付飞飞儿要来杀你。(生)也几乎领教了。(副净、丑)可又来,今索认风流过,试娘行下马威风大,原是你自招祸。

(推生出介)(旦、副净、丑下)(生)那里说起!不曾做亲,先打这一场。(外上)门迎百两虽重喜,碗放双匙却可忧。老爷,快些请出去,赖家送亲来了。(乐人鼓吹,丑扮梅香,净扮老妪,送小旦冠帔盖头上)(扮傧相喝拜介)(杂众下)(小旦坐介)(生)好无谓得紧,多此一事,真个可厌!

【前腔换头】苦埋冤贾客腾那,不揣量自家行货,上门来掗卖[9],主顾强拖。我如今出去了罢。(欲下)(净、丑拦介)荆爷到那里去?还不新娘子揭了方巾。(生冷笑介)这方巾不揭倒也罢了,只合添来遮面,留取笼头,怎揭处当灯火。(揭介)呀,这女子十分美貌,不是在谢家花园所见的。哦!这个正是梁溪月下所遇之人。好奇怪,怎么连婆对我说小姐无貌的话,竟不相干了?还有一说,若说是倪小姐,他已嫁童同绰,怎么在此?难道看差了不成?把眯睽双色眼,再摩挲。(看介)果然是他,比前越发标致了。比旧日愁颜风韵多。(问丑)这位小姐是那一个?(丑)问得奇怪,这便是我家能文小姐了,还有谁?(生)敢是天念我,愁无那,遣篱花变作芳兰朵。这疑怪事,怎猜破?

(小旦)相公,你怎么作此光景?婚姻一事,当初原是你来相求,不是强捱与你的。

【前腔】霍先生特为持柯[10],梁溪上亲曾掷果。前番临期逃去,如今又见面猜疑,是何主意?想为我家父,是军员三品,不及文科?就是奴家待你之情,也可谓不薄。不记寒添红袖,医倩青囊[11],还把资斧归途佐[12]。(生)小姐这些恩德,下官时刻在心。只为那一晚,连婆与下官说:本家小姐才貌欠佳,向来诗稿,都是表妹倪菊人代作,月夜相遇的,乃是倪小姐。下官闻之,惊慌而去。那知此言,却是哄我!(小旦)胡说!奴家自幼粗学篇章,虽不为佳,何至央人代作?香奁常费却墨千螺,岂有代捉刀人入幕么!你难道不知倪家舍表妹久已出阁,怎说月夜相遇的是他?若果倪小姐赠衣赠金,为何不说出自己名姓?这都是你造出来的话。丫鬟们,把他重打一顿,推出房去!(丑、净应介)(生)怎么,又是一家要打?这等看来,我不是做亲,竟是解到衙门审录了。(丑、净持棒打介)

（生）住手！打喜一说，原是取笑，怎生认起真来？（丑、净）荆爷，你不要怪小姐发怒。若依你那日逃去不来，叫我家小姐替你守活寡不成？那日多少文武官员都来道喜，却弄了一个空。你这般羞辱我家，自己说该打不该打？（生跪介）夫人不要动气，下官认罪。打是该打得紧的，但求宽恕。（丑、净打介）（生叫痛介）（合）花烛礼，都停妥，把诸侯相戏燃烽火，今日也，受折挫。

（生起介）这样葫芦提事，真正冤屈无伸。（老旦暗上，立生后介）（生）都是连妈妈传语差讹，以致如此。（指内）我好恨，你那嚼舌根的老婆子！（老旦扯生袖介）荆爷好骂。（生见介）呀，你来得好，我正要问你。（指小旦）这是谁？（老旦）你会也会过多时了，怎么问我？这便是能文小姐了。（生）既如此，你怎哄我，说小姐并无才貌？（老旦）不差，能文小姐委实才貌欠佳些。（生）好糊涂话，教我如何分解？我为你这一哄，打得我好不疼痛，还不快快说明。（老旦笑介）

【节节高】良缘百岁和，你自差讹，如何蓦地埋冤我？（生）打得这般光景，不恨你恨谁？（老旦）罢罢罢，你也被他们作弄的勾了，我与你说明了罢！（指小旦）这个，乃是倪菊人小姐，当初赠衣赠金的，都是他。只因小姐不肯说出真名，弄得差错到底。（生）如此说，那配与姓童的又是那个？（老旦）这倒是我家老爷的亲瓜葛，真俊娥，赔钱货。（生）呀，呸！原来你们把我瞒在鼓里边，如何知道。（老旦）如今不骂老身了么？（生）虽然说明，想起从前到今，受累不少，也还要骂。（老旦）荆爷且不要骂，今日两处成亲，请问你如何安顿？此间纵得团圞卧[13]，那厢怎遣凄凉坐？（生）便是，这节事，还须做个调停。若谢小姐来，见不是个丑女，教我如何分辩？妈妈，烦你到谢小姐处，说个明白才好。（老旦）荆爷这等要骂，老身还管这闲事？（生）妈妈，适才取笑，我受你大恩，正思图报，怎敢骂你？如今还要求你哩。（揖介）（老旦笑介）下气甘心把咱求，前何倨傲今何懦。

也罢。待我去把谢小姐也请来，三面对证。（下）（生）夫人，那谢小姐来时，求你和气些相待。（小旦）这个未必。（老旦同旦上）（老旦）

【前腔】谁知背地和，偏要打砂锅，把脏诬言语将他涴。（见介）（旦、小旦福介）（旦）呀，这位女娘是那里来的？（生躬身介）这……这……这便是赖……赖小姐。（旦怒介）你说赖小姐容貌欠佳，为何如此绝色？（生）我又说差了，是赖家来的，却实是倪小姐。（旦）这等说，越发可恶了。若是赖家，还说曾有旧约，也罢了。怎么你另生寻了一人，却哄我，说是赖家苦苦捱送上门的，又道原是我见过的丑女，如今却没得辩了。分明设下鬼计来奚落我，怎肯干休！准准要打三百风流棒。（生跪介）这个那里当得起！（旦）叫丫鬟，拿家法过来！曾言过，不是他，凭杀剁。（生）且请息怒。（招老旦介）连妈妈，你快来一说。（老旦）我不晓得甚么。（生）真正刁难杀人了。大风掀倒江中舸，你舟师还不把艄头舵！（老旦）小姐，看老身薄面，饶过荆爷罢。（三旦、丑、净俱笑介）（老旦扯生起介）任你书呆弄聪明，将他闺阁奸谋堕。

荆爷，听我与你实说。他两个前日相会，把旧事细细说明，彼此都十分贤慧，私下已打了和局。只为你颠狂了两年，特地备下两对风流棒儿，替你把风病医治一医治。（生）啐，这一班恶人，这般可恶。下官使出新理刑的势来，都要重处！（老旦）你才得轻松，又想放肆了。我对你说，这风流棒，是家常茶饭哩。（众笑介）（合）

【尾声】人生福气那有这书生大，喜孜孜晓夜边双描翠蛾。便把那风流棒，每日价暮打朝捶情愿呵。

天南旅舍叹羁栖，欲写风情笔懒提。
慧舌未能莲出土，禅心已作絮沾泥。
秋波一转闻公案，春色三分觅旧题。
花底迷藏原韵事，方山曾是受青藜[14]。（同下）

【注释】

〔1〕此出以清康熙二十五年（1686）粲花别墅刻《拥双艳三种》所收本为底本。

〔2〕赓（gēng）和：续用他人原韵或题意唱和。

〔3〕蕊珠宫殿：道教经典中所说的仙宫。

〔4〕桓温清鉴：桓温，东晋大司马。清鉴，善于鉴别。这里是谢小姐借此典故赞其父慧眼识才。

〔5〕雎（jū）鸠声和：意谓情感和谐，婚姻美满。《诗经·周南·关雎》有“关关雎鸠，在河之洲。窈窕淑女，君子好逑”句。

〔6〕薄幸：薄情，负心。

〔7〕葳（wēi）蕤（ruí）锁：以链相连可以屈伸的锁。据《太平广记》卷三一六引《录异传·刘照》载：建安中河间太守刘照妇亡，埋棺于府园，照委郡走。太守梦见一妇人往就之，又遗一双锁，太守不能名，妇曰：“此萎蕤锁也，以金缕相连，屈申在人，实珍物。”后因以“萎蕤”借指锁。萎蕤，同“葳蕤”。

〔8〕阀阅名门：有功勋的世家。

〔9〕揠（yà）：硬把东西送给对方或卖给对方。

〔10〕持柯：做媒。柯，斧柄。典出《诗经·豳风·伐柯》：“伐柯如何？匪斧不克。取妻如何？匪媒不得。”

〔11〕青囊：古代医家存放医书的布袋。借指医术、医生。

〔12〕资斧：盘缠，旅费。

〔13〕团圞（luán）：团聚。

〔14〕青藜：《三辅黄图》载：“刘向于成帝之末，校书天禄阁，专精覃思。夜有老人着黄衣，植青藜杖，叩阁而进。见向暗中独坐诵书，老父乃吹杖端，烟然，因以见向，授五行《洪范》之文。”这里作者自谓得神助。

【评析】

《风流棒》今存清康熙二十五年粲花别墅刻《拥双艳三种》所收本。

该剧共26出。写才子荆瑞草与谢林风、倪菊人二位佳人的情感婚姻故事，究其主旨，大抵言情，以才子佳人之遇合寄托文人的人生理想。其胜处在于擅用“错认”“误会”之法，使情节曲折变幻。

《打喜》一出，是全剧的大收煞所在，先前各种错认、误会聚集此时此地，即荆生娶亲：谢小姐责怪荆生“方婿寒门，又图赖女”，将荆生推出给了一次“风流棒”；等所谓赖女上门，结果却是倪小姐，倪小姐责怪荆生负心逃婚，二打“风流棒”；三方对面，谢小姐发现不是丑女赖小姐，差点三打“风流棒”。荆生步步真情却步步差错,谢小姐、倪小姐与连婆早知真相却有意戏弄,剧情波澜迭起,紧张有趣。多变的情境又激发了人物积极的动作与充沛的情感,于是乎人物形象随之鲜活。人物处于不断诘问与辩解之中,文辞风流蕴藉、音韵谐和的同时充满机趣。吴秉钧《拥双艳三种序》云:“游思运腕,出奇无穷,径愈折而愈幽,蕊愈吐而愈艳。茶郎之颠,林风之韵,菊人之挚,以及连、霍之周圆,童、赖之丑报,刻画毕肖。本言情之书,而不落冷淡生活,引人入胜,雅俗共赏,可称观止矣。”

仲振奎

仲振奎(1749—1811),字春龙,号云涧,别署红豆村樵,泰州(今属江苏)人。监生,以游幕为生。工诗,为文精深浩瀚,出入"三苏"。平生著作无体不有,而稿多散佚。著有《绿云红雨山房诗钞》《辟尘轩文钞外集》,存;《红豆村樵词》《春柳吟》《楚南日记》,佚。陈韬《汤贻汾年谱》称:"云涧工填词,著传奇至十六种之多。"今知其传奇作品有《红楼梦传奇》《怜春阁》《诗囊梦》《看花缘》《雪香楼》《香囊恨》《画三青》《牟尼恨》《懊情浓》《霏香梦》《卍字阑》《红襦温酒》《后桃花扇》《水底鸳鸯》《风月断肠吟》《嫽环》等16种,前2种存。

红楼梦传奇·葬花[1]

【商调过曲·山坡五更】(生携书上)忒匆匆韶春已莫[2],乱纷纷落花如雨,急煎煎子规唤人,闷恹恹一腔心事和谁语。小生与林妹妹,两小无猜,同心已久,自谓今生得一知己,可以无憾。不料他搬进园来,性格忽然一变,若远若近,若喜若嗔,倒教小生无从揣度。偏遇这暮春时候,一片风花,好难消遣也。心缘在,信誓虚,情怀误。只为神光离合,离合无凭据。长恨绵绵,那和春去。

因此携着这《会真记》,出得怡红院来,不免依花藉草,披阅一番,以解闷怀则个。(坐地看书介)

【前腔】破苍苔斜依花树,对香词细参宫羽。问东风吾生奈何,逐游丝,芳踪多怅纱窗阻。(风起举袖介)呀,早落的满身花片也。我想美女名花,皆天地至灵之气。那美人全在温存,这花片岂宜践踏?待我送入沁芳桥下,做个水葬湘妃,也不枉怜香惜玉一场。(兜衣起介)(放书介)(行介)只是这地上的,还得扫起才好。（抛花介）花鲜润，水洁清，无尘污。你看明霞千点，千点随波去。流出仙源，知他何处。

（复坐看书介）（旦珠笠云肩，荷花锄，锄上悬纱囊，手持帚上）

【北越调·斗鹌鹑】则俺是瑶岛司花[3]，常惦记珠宫艳友。眼看着搓粉揉香，还说甚红肥绿瘦。这些时拾翠精神，变做了伤春症候。因此上丢不下惜花的心，放不落拈花的手。准备着护胭脂药圃云锄，拨动俺扫天门零陵风帚。

【紫花儿序】早贮过绛纱囊丹砂几斗，回避了催花雨过眼缤纷，又遇着妒花风拂面飕飗[4]。不分明芳春竟去，无倒断花梦谁留。飘流。这是薄命红颜榜样不，怎怪的烟荒月瘦，燕懒莺痴，蝶怨蜂愁。

宝哥哥看什么书呢？（生起介）妹妹来得正好。我和你将这落花扫起者。（旦）且慢。将书来看。（生藏介）没有什么书吓。（旦）你又来了，一本书儿也这样藏头露尾。若不拿来，我就恼了。（生笑介）哦，恼了，妹妹如何恼得？（送旦介）请看。（旦看介）是好文字也呵！

【天净沙】这的是艳盈盈金荃集上词头[5]，俊翩翩玉台咏里风流[6]，著超超红豆场中圣手。原来词曲之中也有天仙化人手段，好一似锦翻翻飞琼回袖，韵悠悠霓裳在月殿龙楼。

（生）妹妹看得好快。（旦笑介）你道俺女孩儿家，便无一目十行的本事么？（看完介）（生）妹妹，你道好不好？（旦笑介）果然有趣。（生笑介）我是个“多愁多病身”，你便是“倾国倾城貌”了。（旦怒掷书介）呀！

【调笑令】你怎生信口便胡诌，道倾国倾城病与愁。（哭介）甚心肠爱把奴欺负。好端端少年的心友，定要到参辰路儿相背走[7]，问哥哥作甚来由！

我去告诉舅舅，看你如何！（生急介，扯旦介）妹妹饶过这次罢，以后再不敢了。（旦）

【小桃红】白没事恁将人轻薄，肯干休，到高堂你亲口回尊舅。（生连揖介）妹妹饶了罢。（旦冷笑介）你仗着礼体斯文把罪名救，百妆出假温柔。我问你，怎没遮拦，还认取年华幼。（生）小生怎敢欺负妹妹，只不过一时间语言昏愦。倘属有心，便堕落沁芳桥下。（旦掩生口介）禁声。做甚便盟神立咒，敢则你失心中酒。（笑介）呸，兀的不是个银样蜡枪头[8]。

（生痴介）（旦）我们扫花去来。（生应，拾书藏介，荷锄携囊介）（旦持帚扫介）（生装花入囊介）

【秃厮儿】扫不尽锦阑前蜂衔雀耨，只免了锦鞋边玉躏香蹂，恨则恨东风倖薄不耐久。（生）妹妹，我想这花瓣儿和美人一般，岂宜践踏？你未来之先，我已兜了一衣襟，送入沁芳桥下去了。如今也送到桥下去罢。（旦）此间水气虽清，但是流出园门，便有许多秽浊，岂不污了此花？（生）是吓。这便怎样呢？（旦）我在那湖山背后，立了一个花冢，尽使碎绿残红，皈依净土。你道何如？（生笑介）我宝玉也算惜花，怎及妹妹这般精细。（旦笑介）免劳谬奖。但教归净土，较胜付东流沉浮。

来此已是，大家葬花则个。（葬花介）（旦泪介）（生惊介）妹妹为何掉下泪来？（旦）偶有所感耳。（背介）

【圣药王】则这花一丘，土一丘，知他能共我合山丘。便道情不休，意不休，不休休到底也休休。那不为花愁。

（转介）（生）妹妹珍重玉体，切莫常常愁闷。（为旦拭泪介，亦自掩泪介）（贴上）风回裙蝶舞，花绕鬓云香。我晴雯，为寻二爷来到园中。怎奈百寻不着，不知往那里去了。呀，原来和林姑娘在此葬花。二爷，太太请你呢。（生）如此我去了。妹妹也回去罢。（旦）知道。哥哥请。（生）香词归绣口，花梦隔琴心。（带贴下）（旦）宝玉去了。不免回转潇湘馆去者。（荷锄持帚介，叹介）侬今葬花人笑痴，他年葬侬知是谁。一朝春尽红颜老，花落人亡两不知。（泪介）

【麻郎儿】我好似雨中花，香蔫玉愁；水中萍，蒂小枝浮。百忙里芳心厮耨[9]，又何曾性格钩辀[10]。

【幺篇】只为的面羞，事丑，众口，做不的雾非花夜度明休。待博个水和鱼天长地久，不堤防喜成嗔薰香犹臭。

【络丝娘】他其实克性儿言投意投，他料不至将无作有。只是我呵，话到了咽喉却难剖，闪的他一场消瘦。

（内唱“如花美眷”一曲介）（旦痴听出神介，锄帚堕地介，软瘫坐介，泪介）（杂旦上）水流云不定，花落鸟空啼。我紫鹃，为寻姑娘到此。呀，怎生痴痴流泪，是谁得罪了也？（旦）非也。我触景伤情，你那里知道。扶我回去罢。（杂旦取锄帚，扶旦介，旦嗽介，杂旦惊介）姑娘，嗽病又起了？（旦叹介）

【煞尾】柔肠断尽由他嗽，甚年光商量健否。（杂旦）姑娘，到底为着何来？（旦）你待要叩根原，下一个解愁方，只问取惹烦冤那三尺扫花帚。

饯春何早得春迟，独许芳心燕子知。

闲扫落花流水外，百愁如雨病慵时。（扶旦下）

【注释】

〔1〕此出以清嘉庆四年（1799）绿云红雨山房初刻本为底本。

〔2〕莫（mù）：同“暮”。

〔3〕瑶岛：传说中的仙岛。《群音类选·蟠桃记·王母玩桃》：“须知道天台路窅通瑶岛。”

〔4〕飕（sōu）飗（liú）：象声词。风雨声。

〔5〕金荃集：晚唐词人温庭筠的别集，词风华丽秾艳。

〔6〕玉台咏：南朝徐陵编选的诗歌总集《玉台新咏》，文词纤巧绮艳。

〔7〕参辰：参星和辰星，分别在西方和东方，出没各不相见。因用以比喻彼此隔绝。

〔8〕银样蜡枪头：外表像银子实际上是用焊锡做的枪头。比喻徒有其表，中看不中用的人。语出王实甫《西厢记》第四本第二折：“你原来‘苗而不秀’，呸，你是个银样镴枪头。”

〔9〕厮耨（nòu）：方言，状男女狎昵之态。

〔10〕钩辀（gōu zhōu）：鹧鸪鸣声，这里比喻难以沟通。

【评析】

《红楼梦传奇》今存清嘉庆四年绿云红雨山房初刻本、道光十七年(1837)中元堂刻本、同治十二年(1873)友于堂刻本、光绪三年(1877)上海印书屋排印本、光绪八年常熟抱芳阁刻本等。

该剧共两卷56出,是第一部由《红楼梦》小说改编而成的戏曲作品。上卷演绎《红楼梦》,下卷演绎《后红楼梦》,删繁就简,成团圆结局。如其《凡例》所云:"《红楼梦》篇帙浩繁,事多人众。登场演戏,既不能悉载其事,亦不能遍及其人。故事如'赏花''联吟',人如宝琴、岫烟、香菱、平儿、鸳鸯等,亦不得不概行删去。要之,此书不过传宝玉、黛玉、晴雯之情而已。"又云:"《前红楼梦》读竟,令人悒怏于心,十日不快。仅以前书度曲,则歌筵将阑,四座无色,非酒以合欢之义。故合后书为之,庶几拍案叫快、引觞必满也。"

此出《葬花》,取自小说中宝玉、黛玉共读《西厢》及共同葬花一段情节,小说多为叙述,长于勾勒人、事;传奇则是代言,擅于展示内心。宝玉因黛玉心情阴晴不定而烦恼,又值暮春时候,风吹花落,更添愁情;他爱读《西厢》,深味其中柔情;他怜惜花如美人,于是起意葬花。这些都与黛玉内心深度共振:她寄人篱下,与宝玉心有灵犀却前路飘摇;她叹自身红颜薄命,故不忍花陷污浊;她被《西厢记》《牡丹亭》中的戏语警醒芳心。宝玉与黛玉对唱之心曲,表现的是灵魂的契合,然而性格与处境的差异又使二人的外在言行多显抵牾,一内一外构成了相反相成的双声部,可谓体现了原小说的细腻情致。春舟居士《后红楼传奇序》有云:"吾友仲子云涧以玉茗才华,游戏笔墨,取是书前后梦删繁就简,谱以宫商,合成新乐五十六剧。关目备,情韵流,可使寻其梦者一炊黍顷而无不了然。"

刘清韵

刘清韵（1842—1915），女，又名淑曾，号古香，小字观音，别署东海女史，东海中正（今属江苏灌云）人。父为中正商人，家境殷实，钟爱清韵。清韵6岁时，父即为其延师教读。12岁时已博览经史，能写诗作赋，酷爱丹青。嫁沭阳钱德奎，夫妻诗词唱和，将沭阳马厂旧居辟为书屋，题名“小蓬莱仙馆”。宣统元年（1909）夫逝，家道日渐衰微，终日以诗酒解愁。著有《小蓬莱仙馆诗词钞》《瓣香阁词》《小蓬莱仙馆曲稿》等，存。撰有传奇24种，光绪二十三年（1897）随夫赴杭州时，随身带去10种，即《黄碧签》《丹青副》《炎凉券》《鸳鸯梦》《氤氲钏》《英雄配》《天风引》《飞虹啸》《镜中圆》《千秋泪》，得俞樾等人资助得以刊行，合称《小蓬莱仙馆传奇》。其余14种及部分诗稿留于马厂旧居，是年秋，沭阳大水，这部分手稿尽皆漂失，其中《望洋叹》《拈花悟》两种传奇有抄本传世。

鸳鸯梦·殉玉[1]

（旦淡妆带老旦、贴上）

【步步娇】刚把那一点惊心才宁帖，蒙恩旨放归金阙，谁料奇灾先降也。痛杀严亲[2]，身藏墓穴。可怜奴家，离恨一襟赊，只落得杜鹃晓夜啼红血[3]。

奴家崔莹，得放还家，严亲已殁，本是痛不欲生。只因养娘苦苦相劝，院子又述爹爹遗命，因此拜辞坟墓，买舟前来。可巧仍泊在春间那个地方，已打发院子到唐六如那里去了[4]。（叹介）咳，春间尚有爹爹同行，今日只身来此。（哭介）我那爹爹哟，

【江儿水】方幸天伦聚，何期成永诀，剩这茕茕弱女谁提挈[5]？只身儿小舟趁一叶，寸心儿柔丝萦万结。这已断姻缘能联接，双亲何故不得再教生活。

（老旦）小姐，不要思前想后，保重玉体要紧。将来夫妻和美，老爷太太在阴间也是欢喜的。（旦）养娘，你教我怎不思想哟！爹妈如在，今日岂要奴家自主？只是院子也该回来了。（末上见介）小姐，老奴回来了。（旦）你听唐相公说甚么来？（末）没甚么说的。唐相公因今儿晚了，明日相见，还教老奴劝劝小姐，不要烦恼。（旦惊介）此话我不明白，你可细细说来。（末）没甚么说的。明儿唐相公来就晓得了。（旦怒介）大胆奴才，你敢搪塞我么！（末叩介）老奴不敢。（旦）你可细细说来，不许含糊一字。（末）老奴就便说，千祈小姐不要烦恼。那张相公已于前月初旬死了。唐相公说，虽是气数使然，还是张相公没造化。（旦呆介）（末）养娘，好生小心陪伴小姐。（末下）（老旦）小姐且自宽怀，可记得那日老爷说的，并未传红下定[6]，不必认真。有小姐这般才貌，怕没个王孙公子？多是那人无福消受，所以死了。咱们明日回去罢。（旦不语，忽正色介）呀，崔莹，崔莹，你好痴也！

【清江引】今生为底多磨折，分明总是前生孽。倒要拿定主见，作事勿稽迟[7]，为人毋懦怯，拼得个腻粉弱脂铸成铁。

养娘，传语院子，明早安排香烛酒果，随我到张相公坟上致祭。叫侍儿同去，你在船上照看行李。唐相公来，我还有些言语，不好当面说得，妆盒里面有封字，你拿给他看，他就明白了。（老旦）小姐放心，老身知道。只是明日小姐设祭过，早些回来，好一同回去哟。（旦微笑介）明日正是我回去的时候了。（同下）（末捧香烛，引旦孝服，带贴上）

【香柳娘】看秋容惨冽，看秋容惨冽，似为人添悲助咽。只是奴家此时呵，不特中怀少凄切，倒转觉心神爽澈。转觉心神爽澈，堪叹人生幻影空花易消灭。纵上寿百年，也无非一瞥，也无非一瞥。少缓须臾，便与古人同列。

（末指介）前面那块新碑，不是张相公的坟么？（旦）

【前腔】正肝肠迸裂，正肝肠迸裂。分明在那，又断肠碑碣。咳，崔莹，更有何话说，更有何话说。想彼祝英台，千古擅芳烈。况没甚牵缠扯掣，况没甚牵缠扯掣，一意孤行，自甘澌灭。

（末）到了。等老奴排列停当，小姐再拜奠。（旦）排列好了，不必在此伺候。去请唐相公上船，再来接我。（末）是。（作排列介）（向贴介）收拾齐备了。你好生伺候小姐，我请唐相公去来。（下）（旦上香介）

【前腔】把清香敬爇，把清香敬爇。（跪介）低鬟拜者，愿英灵鉴此微忱竭。奴与郎君，虽丝萝未结，虽丝萝未结，才子光仪，画里每相接。（哭介）况严亲曾择，况严亲曾择，地下寻盟，庶几无慝[8]。

（贴劝介）（旦起拭泪介）侍儿，那远远开的是甚么花？倒也可爱。（贴）想是野菊。（旦）你去采些带回船，我在这里等你。（贴）小姐就在这石上坐坐罢。（旦）不要多管，快采花去。（贴应下）（旦化纸介）

【忆多娇】灰飏处，飞乱蝶。（浇酒介）一盏椒浆浇马鬣[9]。浇奠已毕，早些寻个归着罢！（徘徊四望介）四顾茫茫何处歇？呀，那边好一带枫林。看赤似丹霞，看赤似丹霞，不如就到那里去罢。（行介）林呵，林呵！借重你成就我从夫大节。

（作到，解帕，向鬼门结扣介[10]）

【斗黑麻】款解冰绡，向枝头牢将扣结，为判阴阳，故此关特设。（回望介）只怕养娘要来，急忙的催返棹。想此时唐六如不知已到船来？我身后诸般，要伊打叠[11]。崔莹，崔莹，你俄延怎的？就此去罢。（理扣介）不由人将身一撇，须臾魂销气又灭，含笑从容向泉台去也。

（缢下）（末上）在下崔家院子崔恩的便是。奉小姐之命，将唐相公请到，随即赶来接小姐回船。呀，小姐、梅香一齐往那里去了？（望介）（贴执花上）（末）姐姐，采那野花做甚么？小姐呢？（贴）小姐说此花开得别致，教我采些带回去。小姐在石上坐着等你呢。（末惊介）不好了！快快寻去。（同行四望介）（贴）不是小姐么？原来在那里玩野景儿呢。（末）在那里？（贴指介）那树边立的不是么？（末急行向鬼门看）呵呀！唬杀我也！原来小姐自缢死了。好个才智兼全的烈女！（向贴介）你在此守着小姐，我去报与唐相公知道。（急下）（贴哭介）我那小姐人儿也！我那有仁有义的小姐人儿也！（哭下）

【注释】

〔1〕此出以清光绪二十六年（1900）上海藻文石印社石印《小蓬莱仙馆传奇》所收本为底本。

〔2〕严亲：父亲。

〔3〕啼红血：用子规啼血典故。见《荆钗记·时祀》注释“血泪染，杜鹃啼”条。

〔4〕唐六如：即明代才子唐寅。

〔5〕提挈（chè）：提携，扶持。

〔6〕传红下定：旧时订婚男女两家互送约书和信物。女家用泥金红柬书年庚八字交媒人送予男方，故称。

〔7〕稽迟：拖延。

〔8〕慝（tè）：灾祸。

〔9〕一盏椒浆浇马鬣（liè）：椒浆，用椒浸制的酒，古时常用于祭奠。马鬣，即马鬣封，坟墓封土的一种形状，泛指坟墓。

〔10〕鬼门：即鬼门道，戏台上场、下场之门。元柯九思《论曲》：“构肆中戏房出入之所，谓之‘鬼门道’。言其所扮者皆已往昔人，出入于此，故云‘鬼门’。”

〔11〕打叠：打点，安排。

【评析】

《鸳鸯梦》今存清光绪二十六年上海藻文石印社石印《小蓬莱仙馆传奇》所收本。

该剧共12出。写明代佳人崔莹与才子张灵的曲折爱情故事。第十出《殉玉》是全剧情节高潮之所在，也是最富悲剧性的一出。宁王为谋反，搜罗美女进献皇帝，女主人公崔莹被逼入宫。后宁王起兵，崔莹侥幸被放归，却得知父亲已离世，恋人张灵便成为崔莹唯一的希望，不想张灵因得知崔莹入宫已一恸而亡。剧作塑造了一位忠于感情、果敢决断的女性形象。张灵对崔莹一见倾心,崔莹心仪于唐寅为张灵所作画像之“神采矫矫”。二人未及相伴变乱已生,虽有唐寅作伐却并未“传红下定”,按礼法,崔莹不必相殉,然而她看重这份感情和婚约,绝不苟活。整个过程,她表现得十分坚忍,噩耗袭来,她没有歇斯底里,动作是“呆介”“不语,忽正色介”“微笑介”,语言是“明日正是我回去的时候了”,内心是“转觉心神爽澈,堪叹人生幻影空花易消灭”;翌日安排好身后之事,支开众人,“含笑从容向泉台去”。确实是“好个才智兼全的烈女”!这一形象在戏曲中并不多见。此出曲牌选择也颇具匠心,【香柳娘】【忆多娇】等曲牌押入声韵且多回环反复句式,契合女主人公深婉决绝的心境,可谓情辞兼美。

吴 梅

吴梅(1884—1939),字瞿安,又字灵鳷,晚号霜厓,别署逋飞、厓叟、梅道人、孤屿学人等,长洲(今江苏苏州)人。清光绪二十七年(1901)补县学生员,三十一年任东吴大学堂教习。宣统元年(1909)入南社。辛亥革命期间,鼓吹革命。先后在北京大学、东南大学、上海光华大学、广州中山大学、中央大学、金陵大学等高校任教。抗战爆发后,举家前往大西南,病逝于云南大姚县。工古文诗词,尤深于曲,著、度、演、藏俱全,为一代词曲学宗师。著有《瞿安日记》《南北词简谱》《词学通论》《曲学通论》《顾曲麈谈》《中国戏曲概论》《元剧研究ABC》等,校刊《奢摩他室曲丛》一、二两集,存。撰有传奇《风洞山》、《伏虎韬》、《针师记》、《绿窗怨》、《镜因记》、《东海记》、《义士记》(又名《西台恸哭记》)、《苌弘血》(又名《血花霏》)等8种,前6种存;杂剧《轩亭秋》《暖香楼》《湘真阁》《袁大化杀贼》《落茵记》《双泪碑》《无价宝》《惆怅爨》《枯井泪》《湖州守》《才人福》等11种,存。

风洞山·拒诱[1]

(副净时服引众上[2])

【引】打破南朝,定危乱功臣元老。

咱定南王便是。桂林已破,瞿阁部早晚将到,且在此等着者。(南面高坐介)(众骑押外、小生上)(小生)

【步步娇】万古纲常留忠孝,一死应该早。雄心守护牢,两颗头颅,怎算奇宝!寻个好收梢[3],(指外介)领了先生教。

(见副净背立介)(副净起立介)那一位是瞿阁部先生?(外)我留守阁臣瞿式

耜也。中国人不惯席地坐，城既陷矣，惟求速死耳！（副净）先生不必过虑，事到如今，降了就好。（外）这是那里说起！留守者，留守封疆也。封疆已失，我便是个罪臣，那有偷生之理？

【沉醉东风】送江山骂名怎逃，问天地罪名非小。却要我辞故国，拜新朝。那知我守志坚牢，劝伊行，不烦开导。壮心已消，苦心暗焦，坚贞自守，不许君家再动摇。

如今别无他求，惟求速死耳。（副净）我在湖南，已知有留守在城中。我至此地，即知有两公不怕死的。我断不杀忠臣，何必求死？甲申闯贼之变[4]，大清为先帝发丧，祭葬成礼，固人人所当感谢者。今人事如此，天意可知，阁部毋自苦。今而后我掌钱粮，阁部掌兵马，无殊在明可耳[5]。（外大怒介）我为永历帝供职，岂为犬羊供职耶！（副净）我居王位，于阁部亦非轻。（外）禄山、朱泚[6]，皆自以为王，何王之多也！

【金娥神】你本是鸡鸣狗盗，还说甚胙土分茅[7]。（副净）阁部怎同我顽起来，我封侯拜爵，汗马功绩高。因此圣眷重，你谅也知道。

况且我先圣之裔，势会所迫，已至今日，阁部何太执耶！（小生冷笑介）你要算先圣后裔么？我劝你不认的为妙。（副净）什么道理？（小生）你呵，

【月上海棠】门第高，毛家父子堪依靠[8]。为甚的要算先圣的苗裔起来？况尼山风雨[9]，久已萧条。你想孔圣人的清苦，怎及那毛文龙的富贵呢！便是你考宗支，把谱牒推敲，怎比得依声势，将身家荣耀？定计应须早，两处徘徊，那就差了！

（副净大怒介）竖儒怎敢揭吾短处[10]！左右，将他绑下！（众绑小生介）（小生挣脱介）（众执小生臂，小生挣不脱介）（臂断介）（众向小生乱敲介）（小生左目受伤介）（外向副净介）此宫詹司马张同敞也。与我同来，当与我同死，尔等焉可无礼！（副净佯惊介）原来就是张先生。（喝众住手介）（向小生施礼介）适才冒犯，尚祈恕罪。（小生）何前倨而后恭也。（副净）二公皆聪明人，还是降了罢。（小生长叹介）咳！

【五供养】半生潦倒，故国河山，满地枪刀。天心无定局，人事也徒劳。果然给我一死，就感恩不浅了。孤忠自矢，我钝司马也黄泉含笑。做一个他乡鬼，也只为大明朝，把纲常名教一肩挑。

（副净皱眉介）（同外介）阁部究竟如何？（外）你何苦如此，我是至死不变的。

【玉抱肚】坚持贞操，莽男儿忠心自宝。（副净）依阁部之言，只是要死，岂不可惜。（外）生死关不妨参透，戏文场就此收梢。可怜我流离困苦太无聊，不妨的为着朝廷吃一刀！

（副净）二公苦心，咱已知道，再不敢相强了。左右，取酒饭来，咱同二位爷，要欢叙一番哩。（向外介）（又向小生介）

【水红花】你枯肠聊借酒杯浇，醉醇醪何妨谈笑〔11〕。你欢场休把泪珠抛，荐嘉肴，何须烦恼。可知悲欢无定，消长似春潮。二位呵，及时行乐莫心焦也啰。

（外）犬豕之食〔12〕，如何污我！（副净）阁部太使性了！

【侥侥令】心思多执拗，意气太粗豪。况且是酒食追陪无妨碍，可怪你书生忒絮叨。

既然如此，且将酒席撤去。（众撤席介）（副净）左右，把二位押将进去，须要小心管待。（众押外、小生下）（副净）咳！两个人可敬也。

【尾声】虽则是擎天铜柱从今倒，他万年自然声名好，试看这桂林城外将星高。

千古忠臣不肯降，孤怀苦节世无双。

岁寒松柏谁人识，岂是惺惺妆假腔。

【注释】

〔1〕此出以风雨书屋1938年铅印本为底本。

〔2〕时服：当时通行的服装，此处指满人服饰。

〔3〕收梢：下场，终局。

〔4〕甲申闯贼之变：指崇祯十七年（1644）李自成攻入明朝都城北京，明朝作为全国统一政权灭亡，随后清军入关的历史事件。史称“甲申之变”。

〔5〕无殊：没有区别。

〔6〕朱泚（cǐ）：唐朝中期将领、叛臣。

〔7〕胙（zuò）土分茅：指分封爵位和土地。《春芜记》中有“分茅胙土，赖周天子宠绥；右拂左萦，凭项庄王余烈”句。

〔8〕毛家父子：毛文龙及养子孔有德，明朝叛臣。

〔9〕尼山：孔子诞生地。位于山东省济宁市曲阜市东南与泗水县、邹城市交界处，大部属曲阜市尼山镇。

〔10〕竖儒：对儒生的鄙称。

〔11〕醪（láo）：未过滤的酒，即浊酒。泛指酒。

〔12〕豕（shǐ）：即猪。

【评析】

《风洞山》传奇，今存《广益丛报》1904年刊载本，《中国白话报》1904年第4、6期，文盛堂书局1936年铅印本及风雨书屋1938年铅印本等。

该剧共24出，以明末爱国将领瞿式耜英勇抗清故事为主线，以王开宇、于绀珠的爱情故事为副线，谱写的一出历史悲剧。据瞿式耜之子瞿纯所撰《庚寅始安事略》编成，旨在歌颂瞿式耜“竭忠尽智，碎骨捐躯”的英雄气节（《风洞山》自序）。

《拒诱》为第十四出，写桂林城陷落，瞿式耜和学生张同敞被孔有德抓捕后的情景。人物形象极其鲜明，瞿式耜宁断不弯，面对孔有德的利诱威逼，不但毫不动摇，还申大义、诘贼寇，句句诛心，不惜激怒对方，以求速死。孔有德则心机深沉，为招降忠正勇武的瞿式耜，恩威并施。所谓恩，指对方屡屡挑衅，他处处以礼相待；所谓威，则是有意拿张同敞开刀，打断其臂，待瞿式耜道明其身份，又“佯惊”作“前倨而后恭”状；最终发现其油盐不进，一怒之下将二位押下以待处决。背后一句“两个人可敬也”，也道出即便是孔有德这种叛臣反派，其内心对铮铮铁骨的民族英雄，也是怀有敬畏的。此剧文辞风格直白爽利，气势贯通，读来荡气回肠、酣畅淋漓。

王 鑨

王鑨(1607—1671),字子陶,号大愚,别署海棠峪长、嵩华啸隐子,孟津(今属河南洛阳)人。明崇祯十二年(1639)以《礼经》拟魁,旋以词赋见黜。清顺治元年(1644),豫王考授贡生,为鹿城令。二年七月迁昆山知县,后擢刑部主事。康熙三年(1664)出为山东学政。工诗文,著有《大愚集》《红药坛集》,存。撰传奇5种,即《双蝶梦》《秋虎丘》《华山缘》《司马衫》《大孝子》,前2种存。另改《牡丹亭》之《寻梦》一出为《拟寻梦曲》,存。

秋虎丘·脱禁[1]

【霜焦叶】(旦)晴风瘦月,照破寒冬夜。(小旦)小姐,我两个苦被兵戈痛诀,这样寒天呵,闷愁肠不知冷热。

【浣溪沙[2]】衣上朝朝见泪痕,满天风浪易黄昏,苦情无限与谁论?(小旦)记得分离湖水上,红旗遮断远山村。(合)日斜天暗没投奔。小鸾,我与你被海贼抢来,将及一月有余,老夫人却又不知往那里去了,好不痛杀我也。(哭介)(小旦)小姐,你且宽心,老夫人那日一同赶散,想是和那院公往太湖姨娘家里去了。(旦)得是如此也好,只愁他是老年的人,受不得这样伤心,那样惊□哩[3]。我与你连日在这里,也亏煞那都督分付,没有人敢来这里搅扰。(小旦)说得正是。(旦)也还是我们造化哩。你看夜深人静,月寒火冷,静悄悄好不伤感人也。正是:一夜风吹愁里树,三更月吊异乡人。

【小桃红】(旦)那日呵,兵戈倏忽两分别[4]。(哭介)我那亲娘嗄,恸得俺小肠肚生生裂也。那贼呵,他偏要肉里刀剜,疼处下锹撅。(小旦)小姐那时呵,要说也是不容说哩。(旦)小鸾,就是要死也不由你,就是死去也死不迭,软怯怯怎分说,痛煞煞死决绝,魂消灭也。(小旦)小姐,你且放下些罢。(旦)待将放下些些,不由得冷心窝忽然热,整盘肠乱刀切。

(小旦)小姐,那贼来得好不凶势哩,都是你这个标标致致俊脸儿惹上祸来。那日还有许些妇女,如何偏要抢你?(旦)这也难说。

【下山虎】(小旦)百忙里恁招风惹邪,弄的个那行撒决[5]。(旦)小鸾,你也不要胡厮里埋怨,也还亏咱两人同在一处,早晚可以消遣;若是彼此分张,这时候却不苦杀人也。(旦)怎禁这零露残星,夜半窗破月。(内更响,作听介)又听那漏点频滴,竹梢乱撇。(小旦指介)这个时候呵,那老树枝头风堕叶,脚儿下冷如铁。(旦哭介)一阵心酸眼上热,猛拼个生和死,倒也决绝,难道寒玉冷却还再热?

小鸾,我如今有个主意在这里了。(小旦急问介)小姐,是什么主意?(旦)依我看来,倒不如一死干休。(小旦)小姐,说那里话。我家老夫人终日持斋念佛,倘然佛菩萨暗中搭救,有一条生路,也未可知。何必寻此短见?(旦)想我在家时,那里受这些磨障[6]?(小旦)事到如此,这也说不得了。(旦想哭介)正是,那日有许多妇女,如何偏要来抢我哩?

【本宫赚】有话难说。他放着偷香俏鬼偏不惹,凶凶势头赶得俺十五女儿脚跟趄[7]。胡拉拽,便做了浪蹙凌波乱卷雪,把锦花凤翎毛生扯。(小旦)小姐,把我们封锁在这里呵,狠毒爷,我和你冷院深锁梧桐月,死生不决。

(贴扮王翘儿上,潜立听惊科)呀,是什么人在那里哭哭啼啼,闹了半夜?待我听他说些什么。(旦)小鸾,事到如今,我两个活也活不得,死也死不成,逃又逃不去,怎生是好?(小旦)小姐,

【五般宜】你终日里瘦罗裙半拖半拽,终日里嫩心肝半惊半怯。小姐,哭得你声哑口儿斜,哭得你衣染啼痕气儿不接。(旦)小鸾,痛伤心生别死别,恰又是别来一个月。偶然间但想起娘亲,猛回身脚乱跌。

(贴见科)你这两个女子,过来我问你。(旦、小旦作惊欲前又止科)(贴)你是

什么人？不要惊怕，向前来说话。（小旦近前科）请问姑娘，还是中国人，还是倭国人？（贴）我乃苏州人氏，不是甚么倭国人。（旦、小旦拜科）如此见礼了。（贴）不消行礼罢。你两个还是一家人，还是两家人哩？（小旦）我两个是一家人。（贴点头想介）呵，

【江头送别】三更后心伤泪十分痛切，三更后人还哭一夜不歇。你二人的心事我也都听见了，想是为着海兵抢来，思想家下亲人，故此啼哭。（旦哭介）姑娘说得正是。（贴）只是你两个呵，只一样娇娘，你两个谁为姐，娘们儿几日分别？

（旦）我们是九月间往太湖逃躲，不想中途就抢来了。（哭介）好苦也。（小旦指介）我是梅香，那位是我家小姐。（贴）你曾有丈夫没有？（旦不语介）（小旦）小姐有了丈夫了。

【五韵美】（小旦）可也曾受人家锦字红鸾帖，配鸾皇拣就不差些。到如今正青春，恰好是婚时节。（贴）小姐还是闺中女子哩。（小旦）不想钗分镜缺，（旦）到今日呵，苦捱着冷长夜疏钟敲月。猛听见营火兵声多教人怕些，终日里似夜鸟哭风，子规叫月。

【罗帐里坐】（贴）听伊诉说，有些儿连枝带叶，酸酸楚楚，不由我心儿痛绝。小姐，你家中还有什么人？（旦）我只有一个亲娘，倒亡了两世爹爹。（小旦）姑娘，小鸾倒也罢了，梅香自幼少疼热，可惜俺娇生姐姐。

（贴）小姐，我问你，既是有了丈夫，姓甚名谁，家乡那里？（小旦）既是姑娘问你，你就对姑娘说罢。（旦）他姓汪名璞，湖广人士，昔为翰林，已曾纳采[8]，尚未过门。（贴低头思惊介）呀，我在虎丘八月十五曾会着这位官人来，他说已定妻房，尚未过门，想就是这位小姐了。（小旦急应介）正是，正是。在虎丘居住，姑娘曾与汪老爷会过面了么？（贴）正是。（旦）姑娘既与汪郎识面，就是故人了。（跪介）望姑娘救奴家性命。（贴跪，扯起科）小姐不要高声，我自有法儿救你。（旦、小旦）若是姑娘有此美意，就是我的恩人了，如重生父母一般，请受奴家一拜。（旦、小旦拜科）恩同亲父母。（贴拜，扶起科）情结义姑娘。小姐，我与你同是苏州人，我也才到这里，不久就要回去。外边现有我坐来一只小船儿，也是

你二人造化，凑得恰好，我送你回去便了。你快快收拾，就此起身，恐天明了不便行走。我还与你一枝令箭，途中自然没有人敢拦挡了。（旦、小旦）如此却好。

【山麻秸[9]】（旦、小旦）再相逢何年月，图报深恩甚么时节？空说你为俺死残生把蝎子𫣚儿惹[10]，这冤孽梦囚魂锁，拼生逃死一味咋嗻[11]。

（贴）小姐，我今日救了你出去，有一桩机密事儿还要托你，万万不可泄露。我有情书一封寄与我相知故人，倘有疏失，也枉了我救你一场。（旦）姑娘，你是我的恩人，这些小事儿自然留心，不用叮咛。（贴）这样说，我去取来付你。（虚下）（旦）我们今日有了性命，死生不可忘了这姑娘深恩。（小旦）正该如此。（贴旦拿令箭并书上）（旦急问介）姑娘来了么？（贴旦付科）这是令箭一枝，拿去，海兵见了，自然没人敢拦阻你。若有拦阻，就说你是前日苏州来的王姑娘，今日回去，他就不敢了。这是我的情书一封，寄与我相知故人。此人现在元帅齐老爷府中住着，只将此书送到元帅府中，自有好处，小心在意。（付科）（贴）我亲送你出门下船，方是稳便。（同行科）风冷水吹水，夜深人送人。（杂扮巡夜梆铃上，见贴跪科）（贴）那巡夜兵丁，快与我唤昨日苏州来的梢公撑船上来。（杂应，唤梢公上科[12]）往来生意，又误数日。（问介）姑娘有何分付？（贴）你将这两位小娘子，送到苏州去，到那里自有重赏。快走，快走。（杂应科）晓得晓得。

【余音】（旦、小旦）说不尽感恩，图报三生赊，今生恐不能了，只愿向来生衔结。（旦、小旦下船科）姑娘，姑娘，我们去了也。这响飕飕的野火兵声便去不迭。（下）

（贴旦吊场）那些巡夜兵丁都过来，听我分付。（众应跪介）（贴）你们须要小心在意，各处巡风，堤防奸细，倘有疏失，你们就是该死的了。（众应下科）（贴）

得行好处须行好，得救人时且救人。

【注释】

〔1〕此出以清康熙十五年（1676）序刻本为底本。

〔2〕浣溪沙：底本作“浣纱溪”，据《康熙词谱》改。

〔3〕惊□：底本原字脱。

〔4〕倏（shū）忽：顷刻。指极短的时间。

〔5〕撒决：决裂。

〔6〕磨障：阻碍，折磨。

〔7〕趄（qiè）：倾侧，歪斜。

〔8〕纳采：古时婚礼六礼之一。男方向女方送聘礼。

〔9〕秸：底本作“楷”，据《九宫大成南北词宫谱》改。

〔10〕启：底本夹批“音都”，即此字读 dū，义同“尻”，指蝎子用来蜇人的屁股。

〔11〕哶（chē）嗻（zhē）：厉害，凶狠。

〔12〕梢：底本作“捖”，据文意改。

【评析】

《秋虎丘》今存清康熙十五年序刻本。

该剧共50出。写汪璞秋游苏州虎丘，遇绝色佳人于桂娘，一见倾心；于虎丘寺再遇，彼此确认心意，汪璞倩媒求婚获允。此时徐海引倭寇进犯，离乱中于桂娘被俘。徐海的相知苏妓王翘儿救出于桂娘，并劝徐海归降。倭乱得平，徐海仍因通倭被杀，王翘儿投水相殉。汪璞与于桂娘成婚，中秋夜于虎丘设坛追荐恩人。

此出《脱禁》即写王翘儿搭救于桂娘一节。于桂娘与母亲失散又身陷贼营，料前途无望，已心生死念；王翘儿在危急关头主动现身，一句“请问姑娘，还是中国人，还是倭国人”，使得这位女子的境界超越了人性之善、同乡之谊的个体层面，直接树立了一位有民族气节的女子形象。其后一连串问话更是直截了当，搭救行动的安排也是雷厉风行，托她们带信也表现出心怀磊落、用人不疑的侠义之气。联系前后情节，王翘儿于国之忠，为人之善，对情之坚，令人动容。在民族斗争背景下书写情人或夫妻间的悲欢离合，使得此剧有了不同于一般才子佳人故事的硬朗与厚重。曲辞不事雕琢，朴实如话，有一种简约的力度美。咸丰辛酉严秋槎评云：“不事雕饰，不尚词藻，专以白描擅长，此是得元人三昧者，可与《牡丹亭》《长生殿》诸院本分坛树帜。”

李 渔

李渔(1611—1680),原名仙侣,字谪凡,改名渔,字笠鸿,中年以后号笠翁,别署湖上笠翁、笠道人、随庵主人、新亭樵客、觉世稗官等,兰溪(今属浙江)人。生于雉皋(今江苏如皋),家道富饶,后回原籍。明崇祯十年(1637)入金华府学,后屡应乡试不中。入清后,不复应试,家道中落。顺治五年(1648)自兰溪移家杭州,以卖赋为生。十四年移家金陵,居芥子园,刊刻书籍,并组家庭戏班广泛演出,逢迎公卿,以此谋生。康熙十六年(1677)再迁杭州。著述颇丰,有诗文集《笠翁一家言全集》,存。有长篇小说《合锦回文传》(简称《回文传》),短篇小说集《无声戏》、《十二楼》(又名《连城璧》);编选《芥子园画谱》《古今尺牍大全》《笠翁诗韵》《笠翁词韵》《资治新书》等,存。所撰传奇据郭传芳《慎鸾交序》称,有"前后八种""内外八种"。今知剧名者有《怜香伴》《风筝误》《意中缘》《玉搔头》《蜃中楼》《奈何天》《比目鱼》《凰求凤》《慎鸾交》《巧团圆》,合为《笠翁传奇十种》,存。另有《闲情偶寄》中《词曲部》《演习部》《声容部》专论戏曲创作与表演,存。

怜香伴·闺和[1]

【画堂春】(生上)金风到处冷飕飕[2],洞房偏喜春留。去春此日正悲秋,独倚书楼。欲托云中青鸟[3],传言天上仙俦:温柔乡里近封侯,不羡瀛洲[4]。

小生自从娶了笺云小姐,并头联句,交颈论文,虽是夫妻,却同社友。风流之愿已饱,陇蜀之望不奢[5]。就是功名也听其有无,年寿也任其修短[6],一切置之度外。他今日清早到庵里去烧香,如今薄暮还不见回来,好生寂寞不过。

【仙吕过曲·醉扶归】莫不是为麒麟絮絮将神祷？莫不是诈鸳鸯故故把人熬？莫不是玉人何处教吹箫？莫不是嫦娥应悔偷灵药？莫不是鹿车怪我不同镳[7]？因此上香车不肯归来早。

我且隐几打睡片时则个。（睡介）（旦带丑上）琴遇知音喜复嗟，才终一曲便天涯。高山不解留钟子，流水空能咽伯牙。奴家今日雨花庵这番唱和，真是词场韵事，香阁奇缘。本待说与范郎知道，与他共赏清音，但我既约他庵中再会，范郎知道，未免要随去偷觑。倘露出轻狂举止，他父亲知道，可不断了以后机缘。我如今只将诗与他看，不说小姐名姓，等他暗中赏鉴一番，且待我见了回来，才与他说明就里。花图耐久须防蝶，蜜待甜来始德蜂[8]。（进介）（丑）呀，相公睡在这里。（旦）他睡得正浓，不可惊醒他诗梦。

【前腔】休使他碧沉沉梦断池边草，怕有风，替他把窗儿掩上，须防那冷飕飕风碎鹿边蕉。可怜他硬帮帮书枕把头抛，只有些瘦棱棱花影将身靠。我且趁他睡时，将诗放在桌上。试问你笔花可似语花娇？我且把笺云当作巫云绕。

（生醒介）（旦）相公，想是等得心烦了？（生）不要说起。

【皂罗袍】撇得我独坐闲房凄悄，向阳台觅汝[9]，才得相遭。（见诗介）呀，我倦时不记枕诗瓢，为甚的醒来兀自余残稿？（看诗沉吟介）好古怪，这字又不像做诗人写的，诗又不像写字人做的。（旦）怎见得？（生）诗多仙意，风姿欲飘。字多禅意，风姿尽销。为甚的氤氲有气浮蹄表？

娘子，这诗从何处来的？（旦）奴家不知道甚么诗？（取看介）原来是《美人香》。这是我一向夹在书里的，是谁人遗在桌上？（生）何人所作？（旦）是别处闺秀的诗，被人抄写流传，偶为奴家所得。

【前腔】这是双秀闺中新稿，为书邮争递，偶杂吟瓢。（生）可晓得他姓字么？（旦）作者姓名不传，但知此诗因曹美人而赋。色丝少女为题曹[10]，无名有氏闻多貌。相公，你看这两人的诗，还是那一个的好？（生）前作轻清，后篇俊逸，当并驱词坛，难分优劣。（旦）便道是皇英姊妹[11]，珠胎锦胞。机云兄弟[12]，潘江陆潮[13]。白眉毕竟夸谁效[14]？

假如试官见了这两卷文字，毕竟要定个元魁，难道都取第一不成？（生）若要定元魁，须把他两个唤来，分坐两傍，待我出题面试，方才定得高下。如今只好出个团圞榜。（旦）这等，你且依韵和两首来。（生笑介）不曾考举子，倒先考试官。也罢，就做。（把笔沉吟介）待我心上悬想那个美人，把鼻子向空中嗅他的香气，做来的诗才肖神。（嗅介）（旦看笑介）

【前腔】（生）嗅取奇香缥缈，似篆烟一缕，袅入霜毫。呸！怎么舍了现在美人，去嗅那空中美人？只把娘子身上一闻，不要说两首，十首也有了。好山对面不相邀，空青何处寻诗料？（向旦身上嗅介）这是口脂香，这是乌云香，这是玉笋香，这是金莲香。脂香甜净，云香秀韶；笋香尖嫩，莲香瘦娇。还有一种香要借闻。方才那诗上说，"绦环宽处带围中"，毕竟求松一松衣带，这香才得出来。（生做欲解带介）（旦）诗又不做，只管在此歪缠。（推开介）（生）你这娇嗔一撒，我诗成了。

（写完，旦读介）"芬芳原不藉熏笼，百和能教拜下风。莫怪怜香人醉杀，温柔乡在万花中。""纷纷凡蝶莫相猜，别是花中解语才。荀令若陪三日坐，香投遮莫有情来。"诗便和得好，只是末后两句欠老成。

【前腔】比白雪阳春更好，但风流太过，也费推敲。若教荀令伴妖娆[15]，只愁韩寿施奸狡。（生）做诗取笑，娘子怎么吃起醋来！娘子，我和你商议，诗既和了，怎么寄得与那美人看一看？也不负我一番拈髭之苦。（旦）寄去到也容易，只怕他见了呵，嗔翻娇脸，裂为纸条；忙投秦火，灾贻雪涛。把你一天痴兴如风扫！

（旦）闺阁谈诗夜已央，爱郎情谑故嗔郎。

（生）近花不觉花芬馥，题破方知有异香。

【注释】

〔1〕此出以清世德堂刻《笠翁传奇十种》所收本为底本，以清翼圣堂刻《笠翁传奇十种》所收本为校本。

〔2〕金风：指秋风。

〔3〕青鸟：三足神鸟，传说中西王母的使者。文学作品中常用青鸟指传递信息的使者。

〔4〕瀛洲：传说中的仙山。

〔5〕陇蜀之望：即得陇望蜀。已经取得陇右，还想攻取西蜀，用来讥讽人不知满足。

〔6〕修短：长短。

〔7〕鹿车怪我不同镳：鹿车共挽，旧时称赞夫妻同心，安贫乐道。出自《后汉书·鲍宣妻传》："妻乃悉归侍御服饰，更着短布裳，与宣共挽鹿车归乡里。"

〔8〕蜜：底本作"密"，据清翼圣堂刻《笠翁传奇十种》所收本改。

〔9〕阳台：指梦境。用巫山神女典故。见《红拂记·侠女私奔》注释"向阳台行云雨"条。

〔10〕色丝少女为题曹：南朝宋刘义庆《世说新语·捷悟》："魏武尝过曹娥碑下，杨修从。碑背上见题作'黄绢幼妇外孙齑臼'八字。魏武谓修曰：'解不？'……修曰：'黄绢，色丝也，于字为绝；幼妇，少女也，于字为妙；外孙，女子也，于字为好；齑臼，受辛也，于字为辞：所谓绝妙好辞也。'"后因以"色丝"指绝妙好辞，犹言妙文。

〔11〕皇英姊妹：尧的女儿娥皇、女英，一同嫁为舜的妃子。

〔12〕机云兄弟：西晋诗人陆机、陆云。

〔13〕潘江陆潮：西晋诗人潘岳、陆机。钟嵘《诗品》说"陆才如海，潘才如江"。与上条均指才华难分高下。

〔14〕白眉毕竟夸谁效：典出《三国志·蜀书·马良传》。马良兄弟五人，皆有才名，且皆以常为字。乡谚说："马氏五常，白眉最良。"意谓马良眉中有白毛，是兄弟五人中最优秀的。后世以"白眉"代指兄弟之中优秀者。

〔15〕荀令伴妖娆：典出《三国志·魏书·荀彧传》，裴松之注所引《晋阳秋》中记三国荀彧之子荀粲冬日解衣将身体冻凉后拥抱其妻曹氏为其去热治病事。

【评析】

《怜香伴》传奇今存清康熙年间世德堂刻本、翼圣堂刻本、经术堂刻袖珍本、步月楼刻《笠翁传奇十种》及藻文堂《李笠翁十种曲》所收本等。

该剧共36出。写两位绝色才女崔笺云、曹语花互相爱慕，为能终身相伴而同嫁崔笺云之夫范石的故事。李渔虽为此故事添加了一层神佛因果——范石之舅父行善好施,佛祖有意庇佑其继子范石,令其兼得二美,但作者真正感兴趣的显然是两位女子间惺惺相惜、勇敢追求幸福的新奇立意,这也是李渔对脱窠臼理念的践行。

《闺和》一出是崔笺云在佛殿与曹语花相遇一见倾心之后,为引曹语花进入自己的生活而给丈夫范石设下的巧妙一局。为免亲见唐突,耽误长久之计,崔笺云决定先"诗诱"范石。曹语花之诗清秀俊逸,读之如晤,加上崔笺云在一旁煽风点火,范石果然心意大动。二人实在皆为情场高手。"闻香"和诗一节,格调虽不高,但甚有风流情致。李渔之曲辞活泼流丽,俏皮有趣,契合人物情境,情节推进流畅;典故化用无痕,雅俗共赏。

孔尚任

孔尚任(1648—1718),字聘之,又字季重,号东塘,别署岸堂、云亭山人,曲阜(今属山东)人。孔子第六十四代孙。屡举不第,隐居曲阜石门山中。清康熙二十年(1681),捐纳国子监生。二十三年,康熙南巡返程经曲阜祭孔,充御前讲书官,得赏识,特授国子监博士。二十五年,随工部侍郎孙在丰赴淮、扬二府治水,治水三年间结交名士,访问南明遗老。二十八年夏,游金陵,拜谒明孝陵。三十四年,迁户部主事,奉命宝泉局监铸。三十八年,所撰《桃花扇》三易其稿而成。三十九年,升员外郎,旋即以事罢官。著有《石门山集》《湖海集》《岸堂稿》《长留集》《续古宫词》,存。工乐府,撰传奇《桃花扇》,存;又与顾彩合写传奇《小忽雷》,存。

桃花扇·却奁[1]

癸未三月[2]

【夜行船】(末)人宿平康深柳巷[3],惊好梦门外花郎。绣户未开,帘钩才响,春阻十层纱帐。

下官杨文骢[4],早来与侯兄道喜。你看院门深闭,侍婢无声,想是高眠未起。(唤介)保儿,你到新人窗外,说我早来道喜。(杂[5])昨夜睡迟了,今日未必起来哩。老爷请回,明日再来罢。(末笑介)胡说!快快去问。(小旦内问介[6])保儿!来的是那一个?(杂)是杨老爷道喜来了。(小旦忙上)倚枕春宵短,敲门好事多。(见介)多谢老爷,成了孩儿一世姻缘。(末)好说。(问介)新人起来不曾?(小旦)昨晚睡迟,都还未起哩。(让坐介)老爷请坐,待我去催他。(末)不必,

不必。(小旦下)

【步步娇】(末)儿女浓情如花酿,美满无他想,黑甜共一乡[7]。可也亏了俺帮衬,珠翠辉煌,罗绮飘荡。件件助新妆,悬出风流榜。

(小旦上)好笑,好笑!两个在那里交扣丁香[8],并照菱花[9],梳洗才完,穿戴未毕。请老爷同到洞房,唤他出来,好饮扶头卯酒[10]。(末)惊却好梦,得罪不浅。(同下)(生、旦艳妆上[11])

【沉醉东风】(生、旦)这云情接着雨况,刚搔了心窝奇痒,谁搅起睡鸳鸯。被翻红浪,喜匆匆满怀欢畅。枕上余香,帕上余香,消魂滋味,才从梦里尝。

(末、小旦上)(末)果然起来了。恭喜,恭喜!(一揖,坐介)(末)昨晚催妆拙句[12],可还说的入情么?(生揖介)多谢!(笑介)妙是妙极了,只有一件。(末)那一件?(生)香君虽小,还该藏之金屋[13]。(看袖介)小生衫袖,如何着得下?(俱笑介)(末)夜来定情,必有佳作。(生)草草塞责,不敢请教。(末)诗在那里?(旦)诗在扇头。(向袖中取出扇介[14])(末接看介)是一柄白纱宫扇[15]。(嗅介)香的有趣。(吟诗介)妙,妙!只有香君不愧此诗。(付旦介)还收好了。(旦收扇介)

【园林好】(末)正芬芳桃香李香,都题在宫纱扇上;怕遇着狂风吹荡,须紧紧袖中藏,须紧紧袖中藏。

(末看旦介)你看香君上头之后,更觉艳丽了。(向生介)世兄有福,消此尤物。(生)香君天姿国色,今日插了几朵珠翠,穿了一套绮罗,十分花貌,又添二分,果然可爱。(小旦)这都亏了杨老爷帮衬哩。

【江儿水】送到缠头锦,百宝箱,珠围翠绕流苏帐[16],银烛笼纱通宵亮,金杯劝酒合席唱。今日又早早来看,恰似亲生自养,赔了妆奁,又早敲门来望。

(旦)俺看杨老爷,虽是马督抚至亲[17],却也拮据作客,为何轻掷金钱,来填烟花之窟[18]?在奴家受之有愧,在老爷施之无名;今日问个明白,以便图报。(生)香君问得有理,小弟与杨兄萍水相交,昨日承情太厚,也觉不安。(末)既蒙问及,小弟只得实告了。这些妆奁酒席,约费二百余金,皆出怀宁之手。(生)

那个怀宁？（末）曾做过光禄的阮圆海。（生）是那皖人阮大铖么[19]？（末）正是。（生）他为何这样周旋？（末）不过欲纳交足下之意。

【五供养】（末）羡你风流雅望，东洛才名，西汉文章。[20]逢迎随处有，争看坐车郎[21]。秦淮妙处，暂寻个佳人相傍，也要些鸳鸯被、芙蓉妆；你道是谁的，是那南邻大阮[22]，嫁衣全忙[23]。

（生）阮圆老原是敝年伯[24]，小弟鄙其为人，绝之已久。他今日无故用情，令人不解。（末）圆老有一段苦衷，欲见白于足下。（生）请教。（末）圆老当日曾游赵梦白之门，原是吾辈。后来结交魏党，只为救护东林，不料魏党一败，东林反与之水火。[25]近日复社诸生[26]，倡论攻击，大肆殴辱，岂非操同室之戈乎？圆老故交虽多，因其形迹可疑，亦无人代为分辩。每日向天大哭，说道："同类相残，伤心惨目，非河南侯君，不能救我。"所以今日谆谆纳交。（生）原来如此，俺看圆海情辞迫切，亦觉可怜。就便真是魏党，悔过来归，亦不可绝之太甚，况罪有可原乎。定生、次尾，[27]皆我至交，明日相见，即为分解。（末）果然如此，吾党之幸也。（旦怒介）官人是何说话，阮大铖趋附权奸，廉耻丧尽；妇人女子，无不唾骂。他人攻之，官人救之，官人自处于何等也？

【川拨棹】不思想，把话儿轻易讲。要与他消释灾殃，要与他消释灾殃，也堤防傍人短长。官人之意，不过因他助俺妆奁，便要徇私废公；那知道这几件钗钏衣裙，原放不到我香君眼里。（拔簪脱衣介）脱裙衫，穷不妨；布荆人[28]，名自香。

（末）阿呀！香君气性，忒也刚烈。（小旦）把好好东西，都丢一地，可惜，可惜！（拾介）（生）好，好，好！这等见识，我倒不如，真乃侯生畏友也[29]。（向末介）老兄休怪，弟非不领教，但恐为女子所笑耳。

【前腔】（生）平康巷，他能将名节讲；偏是咱学校朝堂，偏是咱学校朝堂，混贤奸不问青黄。那些社友平日重俺侯生者，也只为这点义气；我若依附奸邪，那时群起来攻，自救不暇，焉能救人乎？节和名，非泛常；重和轻，须审详。

（末）圆老一段好意，也还不可激烈。（生）我虽至愚，亦不肯从井救人[30]。（末）既然如此，小弟告辞了。（生）这些箱笼，原是阮家之物，香君不用，留之无益，还求取去罢。(末)正是:多情反被无情恼,乘兴而来兴尽还。[31](下)(旦恼介)(生看旦介)俺看香君天姿国色,摘了几朵珠翠,脱去一套绮罗,十分容貌,又添十分,更觉可爱。(小旦)虽如此说,舍了许多东西,倒底可惜。

【尾声】金珠到手轻轻放,惯成了娇痴模样,辜负俺辛勤做老娘。

(生)些须东西,何足挂念,小生照样赔来。(小旦)这等才好。

(小旦)花钱粉钞费商量[32],(旦)裙布钗荆也不妨。

(生)只有湘君能解佩[33],(旦)风标不学世时妆[34]。

【注释】

〔1〕此出以清康熙四十七年(1708)刻本为底本。却奁(lián),拒绝妆奁。

〔2〕癸未:即明崇祯十六年(1643)。

〔3〕平康深柳巷:平康、柳巷均指妓馆。平康,唐代长安里名,妓女聚居的地方,后因称平康为妓家。柳巷,俗称妓馆聚集的地方为花街柳巷。

〔4〕杨文骢:《明史》载,杨文骢字龙友,贵阳人,崇祯时任江宁知县,被劾贪污,罢官候审。福王时,历任兵部主事、员外郎、郎中、兵备副使,分巡常、镇二府。清兵南下,驻守京口,后败走苏州、处州,从明宗室唐王起兵援衢州,兵败被杀。他善书画,有文藻,好交游,为人豪侠自喜,颇推奖名士。剧中以末脚扮演,在侯、李与马、阮两派之间起调和作用。

〔5〕杂:脚色名,以丑行装扮,这里扮演保儿,即佣人。

〔6〕小旦:扮李香君假母李贞丽。缪荃孙《秦淮广纪》:"李贞丽,字淡如,桃叶妓。有侠气,一夜博输千金略尽。所交接皆当世豪杰,尤与阳羡陈贞慧善。李香君之假母也。"

〔7〕黑甜共一乡:一齐熟睡。苏轼《发广州》诗:"三杯软饱后,一枕黑甜余。"自注:"俗谓睡为黑甜。"

〔8〕丁香:即丁香结,这里指衣服的纽扣。

〔9〕菱花:即菱花镜,对妆镜的代称。

〔10〕扶头卯酒:卯酒,早晨卯时前后饮的酒。扶头,振奋头脑,指酒好。姚合《答友人招游》诗:"赌棋招敌手,沽酒自扶头。"

〔11〕生、旦艳妆上:生扮侯方域。侯方域(1618—1654),字朝宗,河南商丘人,

明末清初诗文作家，与方以智、冒襄、陈贞慧合称“四公子”。二十二岁游金陵，阮大铖愿与交，不肯往。后阮大铖得志时，兴党人狱，欲杀侯方域，侯往依江北名将高杰而得免。入清后，应河南乡试，中副榜。剧中其结局与史不同。著有《壮悔堂文集》《四忆堂诗集》。旦扮李香君。李香君，秦淮名妓，李贞丽之养女。事迹见侯朝宗《壮海堂文集·李姬传》。《桃花扇》对香君形象的塑造，特别是《传歌》《却奁》《守楼》等出的创作，都是以《李姬传》作素材加工而成的。这里强调香君、侯生出场时“艳妆上”，既符合新婚时的装束，也为下文“却奁”作伏笔。

〔12〕催妆拙句：上出《眠香》写杨文骢送给侯、李二人催妆诗，其中有“怀中婀娜袖中藏”句，因此下文有“小生衫袖，如何着得下”的说白。

〔13〕藏之金屋：用汉武帝“金屋藏娇”典故。汉武帝少时曾向姑母长公主表示：“若得阿娇作妇，当作金屋贮之也。”（班固《汉武故事》）阿娇，汉武帝表妹。

〔14〕向袖中取出扇介：底本此句前衍“旦”字，据上下文删。

〔15〕宫扇：团扇，圆形扇子。

〔16〕流苏：和丝绦类似的一种装饰品。流苏帐，用流苏装饰四边的帐子。

〔17〕马督抚：即马士英，字瑶草，贵州贵阳人。《明史》载，马士英于崇祯十五年（1642）任凤阳督抚。南明时，马士英因拥戴福王有功，累升为建极阁大学士兼兵部尚书，权倾内外。他贪鄙无远略，引用阮大铖等奸佞，朝政日非。清兵大举下江南时，从前线调回黄得功、刘良佐等主力，对付左良玉，加速了南明的覆灭。顺治三年（1646），马士英被清兵俘虏后杀死。民间传说杨文骢为马士英妹婿，《明史·杨文骢传》亦称“福王立于南京，文骢戚马士英当国”。故此处李贞丽称杨文骢是“马督抚至亲”。

〔18〕烟花之窟：指妓院。

〔19〕阮大铖：字圆海，安徽怀宁人。《明史》称其“机敏滑贼，有才藻”，初依附同乡东林名士左光斗得官，不久投靠魏忠贤。魏党败露，他被废斥。南明时，任兵部尚书，督兵江上。清兵南下时投降，从清兵攻仙霞关，“僵仆石上死”。

〔20〕“东洛才名”二句：比喻侯方域的才名大，文章写得好。东洛才名，晋左思花了十年时间写成《三都赋》，大受欢迎，传抄的人很多，使洛阳纸贵。西汉文章，指西汉司马迁、司马相如等人的作品。

〔21〕争看坐车郎：比喻侯方域的风流美貌。见《明珠记·煎茶》注释“檀郎”条。

〔22〕南邻大阮：晋代有南北阮。《晋书·阮咸传》载：“咸与籍居道南，诸阮居道

北,北阮富而南阮贫。”南阮指阮籍、阮咸叔侄等。大阮即阮籍,这里借指有才华的阮大铖,有赞赏之意。

〔23〕嫁衣全忙:暗用秦韬玉《贫女》“为他人作嫁衣裳”诗意。

〔24〕阮圆老:《桃花扇》雪兰堂本评:“改称圆老,已有左袒之意。”

〔25〕“圆老当日曾游赵梦白之门”六句:阮大铖最初依附左光斗,后因不满赵南星等不让他担任吏科给事中,转而投靠魏忠贤,反对东林党人。杨龙友这一番话,明显是为阮大铖说项,歪曲事实真相。赵南星,字梦白,明末高邑人。天启初拜吏部尚书,公忠强直,扶正抑邪,尽黜当路之私人,因得罪魏忠贤,遣戍大同,卒于戍所。魏党,明末宦官魏忠贤及其爪牙一党。东林,即东林党,明末以东南文人为主体的政治团体,主张改革朝政,与魏党斗争。水火,即水火不相容。

〔26〕复社:明末文人政治团体,属于东林党的后余力量。

〔27〕定生、次尾:定生,陈贞慧字;次尾,吴应箕字。二人与侯方域、冒襄(辟疆)为复社“四公子”。

〔28〕布荆人:穿布衣戴荆钗的女人,指穷家妇。

〔29〕畏友:严守正义、正直相交的人,常使朋友又怕又尊敬。

〔30〕从井救人:跳下井去救人,白白害了自己。

〔31〕“多情反被无情恼”二句:上句是苏轼《蝶恋花·花褪残红》的词句;下句是东晋王子猷访问戴安道时说的话,原文是“乘兴而来,兴尽而返”。

〔32〕花钱粉钞:指用在花粉、装饰等上面的钱钞。

〔33〕湘君解佩:《楚辞·九歌·湘君》:“捐余玦兮江中,遗余佩兮澧浦。”这里借来形容香君的却奁。湘君,谐音“香君”。解佩,解去衣带上的玉饰物。

〔34〕风标:风度,品格。

【评析】

孔尚任在淮扬治水期间,曾访问多名明末遗老,凭吊南明遗迹,对南明弘光王朝的覆亡有翔实的考察与研究。他用十余年时间撰写传奇《桃花扇》,其间三易其稿,最终于康熙三十八年(1699)写竣。

《桃花扇》今存清康熙四十七年初刻本、康熙间西园刻本、海陵沈氏刻本、清听雨楼刻本、光绪二十一年(1895)兰雪堂重校刻本、光绪间石印本、民国刘世珩《暖红室汇刻传剧》所收本等。

《桃花扇》全剧分为上下两本。上本正文20出,前有"试一出",后有"闰二十出";下本正文20出,前有"加二十一出",后有"续四十出"。共计44出。剧写明末复社"四公子"之一侯方域在南京与秦淮名妓李香君相爱。曾投靠魏党的文人阮大铖,为摆脱复社文人的进攻,竭力结纳侯方域,托杨文骢示意,愿出钱为侯、李结合筹办妆奁。侯方域初有允意,但李香君不为利诱,因此作罢。不久,阮大铖、马士英等拥福王为南明弘光帝,武昌总兵左良玉闻讯,扬言要领兵来南京"借粮",进行威逼,朝野震动。侯方域和左良玉为世交,便写信劝其不要东下。在左良玉罢兵后,阮大铖却借此构陷侯方域,侯方域只好投靠江北督师史可法。马、阮等继续迫害复社文人,并欲强迫李香君做马、阮死党田仰之妾。香君誓死不从,昏倒伤额,血流在侯方域所赠定情物宫扇之上。杨文骢将其点染成桃花图,是为桃花扇。香君之假母李贞丽代为出嫁。清兵南下,史可法扬州兵败,沉江自尽,福王与马士英、阮大铖出走,南京陷落。后侯方域与李香君都到栖霞山避难,相会于白云庵。经道士张瑶星点拨,双双出家。《桃花扇》"借离合之情,写兴亡之事",以侯方域、李香君的爱情故事为线索,反映了明末腐朽、动荡的社会现实及南明王朝的内部矛盾和斗争。结构上双线交错推进:一为侯、李爱情发展,一为政治斗争进展。戏剧中爱情与政治的结合叙写,非始自孔尚任,白朴的《梧桐雨》、马致远的《汉宫秋》、洪昇的《长生殿》都作了有益的尝试,但皆不如孔尚任的《桃花扇》那样将二者有机而完美地结合起来。剧中主要人物大多在真人真事的基础上经艺术加工而成,做到了生活真实基础上的艺术真实,为历史剧创作树立了极好的榜样。剧情关目富有悬念,波澜起伏,前后呼应,曲辞优美。

《却奁》一出,是根据侯朝宗《李姬传》的有关情节点染而成,突出地表现了李香君的卓识远见和不因利废义的高贵品德。在艺术手法上,主要采用比较映衬的方法。如【江儿水】曲及之后的对白,就是描写李贞丽、李香君、侯方域等人对阮大铖所助妆奁的不同看法,不但刻画了各个人物的鲜明性格,而且表现了李香君的慧眼卓识。李香君强烈的爱憎和大义凛然的气概,在"(旦怒介)"以下一段说白和【川拨棹】曲中得到了集中的表现。与香君相比,侯方域在妆奁问题上,缺乏政治敏锐力,立场不坚定。作者驾驭语言的功力在本出中也有突出的反映。如【川拨棹】曲之后的一段宾白,将杨文骢的尴尬、李贞丽的心痛和侯方域的转变,活脱脱地表现出来。

《却奁》一出戏对《桃花扇》全剧情节、主题与人物塑造起到绾结的作用。正如康熙刻本该出末批语所说:“秀才之打也,公子之骂也,皆于此折结穴。侯郎之去也,香君之守也,皆于此折生隙。五官咸凑,百节不松,文章关捩也。”

需要特别指出的是,孔尚任用“信史”的创作原则在《桃花扇》中叙述侯、李爱情和南明史实,为此,剧作特于每一出出目之下标注该出故事发生的具体时间。“朝政得失,文人聚散,皆确考时地,全无假借。至于儿女钟情,宾客解嘲,虽稍有点染,亦非乌有子虚之比。”(《桃花扇凡例》)使得该剧成为中国古代历史剧中最能体现“曲史观”的重要代表。

方成培

方成培(1731—1789),字仰松,号岫云、岫云词逸,徽州歙县(今属安徽)人。幼多病,闭门习医,不能以举业自奋,遂博览群书,大力肆于声乐。客游汉皋,卒于他乡。尝汇诸家词曲,考订格律。著有《香研居词麈》《方仰松词槩》《香研居谈咫》《听奕轩小稿》《岫云诗草》等,前4种存。撰传奇《双泉记》,佚;改编《雷峰塔》,存。

雷峰塔·水斗[1]

【黄钟·北醉花阴】(旦上,贴摇船随上)(旦)恩爱夫妻难撇掉,因此上慌忙来到。只怕他听萋菲把奴抛[2],枉耽着一向勤劳。奴家只为许郎要往金山寺中拈香,不能劝止。虽经嘱付,莫至讲堂听那法海之言,他虽允从而去,奴家到底不能放心。为此同着青儿,乘风鼓棹而来,接他回去。(贴)娘娘,官人的磨折,不是一次了,为何今番这般着急?(旦)你不知,这金山寺中有个法海禅师,法力无边,不比凡僧。许郎倘被他点悟,我终身就无结局了。(贴)娘娘,倘官人听信法海言语,竟不回来,怎么处?我每想个计策,好歹弄他回来才好。(旦)我早已安排计较[3],且到彼再处。(贴)待我将船儿掉过去。(旦)咳,许郎!俺和您非关小,当面的嘱付伊多遭,我只怕猛回头归佛教。

(贴)娘娘,已到金山了。(旦)把船儿挽住山前,你放喊叫官人出来便了。(贴)是。官人,快些出来!娘娘在此迎接你回去,快些出来!(丑上)谁人山门前喊叫?原来是两位娘娘。你阿是烧香个?(贴)不是。(丑)还愿个?(贴)也不是。(丑)介也差异哉,弗是烧香,又弗是还愿,娘娘家到和尚寺做傣?(贴)啐!我家官人在里面拈香,烦你快唤他出来。(丑)人多得极,晓得那个是你官人？（贴）叫许宣。（丑）嗄，有个。我禅师弗肯叫渠下山哉。（旦、贴急介）却是为何？（丑）禅师说渠有甚妖怪。（旦、贴）阿？（丑）勿是。有甚白蛇青蛇缠扰渠。你官人一心要出家，勿肯归来哉，你每归去罢。（旦）哇，胡说！人家夫妇，怎生擅自拆散？你快去报与法海知道，若不放出官人，叫你每一寺的和尚——（丑）敢是有傛布施？（旦）俱是个死！（丑）哎哟，凶得紧！我去报与禅师知道。禅师有请！

【南画眉序】（外引生上）（外）忽听语声嘈，想是此妖前来到。（丑）禅师，山门前有两个堂客[4]，要寻许官人的，口中好生利害。（生）此妖来了，怎么处？（外）不妨，你且躲在里面，待我去会他。（生）是。（下）（外）慧澄，取我随身的法宝来！（丑应介，持钵盂、禅杖随上）（外）他便有毒龙般伎俩，俺只做蝘蜓相瞧[5]。（贴）秃驴！快唤俺官人出来！（外）唔？（旦）老禅师，快叫我官人出来回去。（外）孽畜阿，孽畜！你爱河里欲浪滔滔，早回头免生悲悼。（旦）你若不放我官人，决不与你干休！（外）劝伊休得胡厮闹，现形时被人惊笑。

【北喜迁莺】（旦）您休把虚脾来掉[6]，您休把虚脾来掉。（外）你丈夫已皈依三宝了[7]。（旦）口咄咄装甚么的幺[8]，（转对贴介）怎不心焦！（贴）老师父，还俺官人罢。（外）此处是庄严佛地，休得在此胡缠！（旦）哎哟，急得我满胸中气恼，怎把俺恩爱儿夫来蔽着！秃驴，你快还我丈夫便罢！（外）不放便怎么？（旦）你若不放我丈夫，教你性命霎时休矣！（外）你有甚道术，辄敢大言！（旦）阿呀，心懊恼，你明欺俺道术细小。您如今自把灾招，您如今自把灾招。

【南画眉序】（外）伊慢肆咆哮，一味逞能施强暴。（贴）老师父，还俺官人罢！（外）他被你妖氛缠惹，怎不想开交？叹孽缘数尽难逃，他似梦南柯被咱推觉。（旦）快还俺官人的好。（外）自今休想仙郎面，不回头取祸非小。

（旦）秃驴这等无理，俺来擒你也。（外将拂一指介）哇！（丑暗下）护法神何在？（内应介）来也。（旦、贴作圆望，上船，疾摇下）（杂扮众神将上）禅师有何法旨？（外）今有妖魔，在此作耗，与我速速擒来！（众）领法旨。（旦、贴杀上，败下）（二神上）启禅师，妖魔遁去也。（内作水声介）（龟、蟹上舞，下）

（旦、贴上）秃驴，快快还我官人来！（外）孽畜，凭你有甚妖法，何怯于汝！我已将他皈依三宝，再不回来了。（旦）真个？（外）真个。（旦）果然？（外）果然。

【北出队子】（旦）咦，休得把胡言乱诿[9]，为了俺意中人将你命轻抛。（贴）娘娘，还是好好去求他，或者肯放官人，亦未可知。（旦）也说得是。嗄，老禅师，你是佛门弟子，岂无菩提之心？望您个发慈悲方便放渠曹。（拜介）俺这里，俺这里礼拜焚香折柳腰。（外）我已将你妖变的根由，一一点明。他害怕，不肯与你为夫妇，你只管苦苦缠他怎的？（旦、贴起介）（旦）呵唷，我这般哀求，只是不肯放还。你拆散人家夫妻，天理何在？（外）你这妖孽，既知天理，为何在人间害人？（旦）我敬夫如天，何曾害他？你明明煽惑人心，使我夫妻离散。你既不仁，罢罢，我和你誓不两立矣！（贴）娘娘，与这秃驴见个高下。（旦）只看俺女罗刹[10]，把您万剐凌迟将皮来剥。（外）妖孽，你这等猖狂，好生交架俺青龙禅杖者！（丢杖介，旦接，旋下）

【南滴溜子】（外、众合）一任你，任你妖氛混绕，俺自有佛力至妙，何必向吾作耗[11]！威风只么休，踊跃何堪诮。宝杖降魔，怎肯轻饶了。

（旦、贴上）秃驴，你将青龙禅杖来降俺，俺岂惧汝！（外）俺佛力无边。

【北刮地风】（旦）呀，您道佛力无边任逍遥，俺也能飞度冲霄。休言大觉无穷妙[12]，只看俺怯身躯也不怕分毫。您是个出家人，为甚么铁心肠，生擦擦拆散了俺凤友鸾交。把活泼泼好男儿坚牢闭着，把那佛道儿絮絮叨叨。我不耐吁喳喳这般烦挠。你若放我夫妇团圆，万事全休。（外）我不放便怎么？（旦）咳，秃驴嗄！你若执意如此，管教恁一寺尽嚎啕！（外）他如今似梦断方醒，（旦）只怕你要夜迢迢梦断魂消。

【南滴滴金】（外）劝伊行不必心焦躁，似春蚕空吐情丝自缠扰。夫妻恩爱虽非小，你丈夫呵，悟邪魔在山中藏躲着。你便是钟情年少，何须恁殷勤来细讨。掘树寻根，枉想在这遭。

（旦）你不还我丈夫，咦，我恨不得食汝之肉！（外）只管胡缠，护法神与我将风火蒲团祭起空中者！（众）领法旨。（风火神上，战介，败下）（旦、贴上）秃驴，你的法宝安在？（贴）老禅师，放还俺官人罢！（外）胡说！（旦）你这无知的秃驴阿！

【北四门子】快送出共衾同枕人来到，快送出共衾同枕人来到。（外）你早早回头，免生后悔。（旦）哎唷唷，我恨恨恨，恨恁个不动摇，怪他个遮遮躲躲装圈套，怎怎怎，怎不容俺共入鲛绡[13]。（外）你何苦执迷，快回峨眉修炼去罢[14]！（旦）您教俺回峨眉别岫飘，把恩爱抛，便作您活弥陀也动不的俺心儿似漆胶。望您个放儿夫相会早。细思量，这牵情心肠怎掉。

【南鲍老催】（外）直恁泪浇，翻波欲海孽浪高，泥犁堪悲苦怎熬[15]？渺茫茫多罪业难消缴，腾腾烈焰如焚燎。我把他迷途救出缘非眇，庶不负大悲心，如来教。

（旦）秃驴，你执意如此？罢，说不得了。水族每！（内应，蟹、虾、龟、螃上）湖主有何吩咐？（旦）与我把水势大作，漫过金山，救俺官人便了。（众）得令。

【北水仙子】（合）恨恨恨、恨佛力高，怎怎怎、怎教俺负此良宵好？悔悔悔、悔今朝放了他前来到，只只只、只为怀六甲把愿香还祷。他他他、他点破了欲海潮，俺俺俺、俺恨妖僧谗口调刁。这这这、这痴心好意枉徒劳，是是是、是他负心自把恩情剿。苦苦苦、苦的咱两眼泪珠抛。（下）

（丑上）阿呀，禅师，不好了！江中水势大作，一直漫上山来了。（外）不妨。此乃妖魔法术，把我这袈裟，罩住山头，水势自然退去矣。（丑应下）（外）护法神，速将水族驱除者！（二神将）领法旨。（追杀蟹、虾、龟、螃下）（外）护法神，与我将此钵盂罩住此妖！（众）领法旨。（旦、贴杀上，贴暗下，杂祭钵，净魁星上[16]，旦遁下，净随下）（众）启禅师，才祭起宝钵，忽被文曲星托住，不能罩住此妖。（外）嗄，原来如此。与我收回宝钵者。速退。（众应下）（丑上）如今是好了，几乎做子汤团。（外）请许宣出来。（丑）许官人有请。（生上）禅师，可曾收那妖孽？（外）这孽畜，腹中怀孕，不能收取。（生）他如今往那里去了？（外）他此去，必往临安，到你姐丈家中安身。待我送你到彼，了此孽缘。（生）阿呀，禅师，他此去必然怀恨于我，想此番见面，必然害我残生。弟子宁死江心，决不与他相聚的嘘！（外）不妨。你与他宿缘未满，决无相害之意。倘有甚言语，总推在老僧身上便了。待他到家分娩之后，可于净慈寺寻我，那时我自有处。（生）多谢禅师。

【双声子】（外）缘未了，缘未了，同六甲文星照。休急暴，休急暴，且速往佯欢笑。待分娩满月到，付伊钵将他收罩，罩此妖娆。

【尾声】急忙离了金山道，赴临安途路非遥。（生）幸遇禅师将妖梦觉。

（外）妖精鬼魅斗神通，（许碏）
　　云水升沉一会中。（李商隐）
（生）他日愿师容一榻，（李洞）
　　满帆还有济川功。（韩宗）

【注释】

〔1〕此出以清乾隆三十六年（1771）水竹居刻本为底本。

〔2〕萋菲：亦作"萋斐"，花纹错杂的样子，后用以比喻谗言。《诗经·小雅·巷伯》："萋兮斐兮，成是贝锦。彼谮人者，亦已大甚！"

〔3〕计较：设计，打算。

〔4〕堂客：女客。

〔5〕蝘蜓：即蝘蜓，亦称"守宫"，俗称"壁虎"，捕食昆虫。

〔6〕虚脾：虚情假意。

〔7〕皈依三宝：信仰佛教。三宝，即佛、法、僧。

〔8〕口咄咄装甚么的幺：咄咄，感叹声，表示责备或惊诧。装幺，即装模作样，装腔作势。

〔9〕譊（náo）：争辩，喧嚣。

〔10〕罗刹：指食人肉之恶鬼。传说男极丑，女则姝美。

〔11〕作耗：胡闹，捣乱。

〔12〕大觉：佛教语，指正觉。

〔13〕鲛绡：传说中鲛人所织的丝绢、薄纱。这里指鲛绡帐。

〔14〕峨：底本作“蛾”。据《集成曲谱》改。

〔15〕泥犁：佛教语，梵语的音译，意为地狱。在此界中，一切皆无，为十界中最恶劣的境界。

〔16〕魁星：中国古代神话中二十八宿之一的主文运、文章的奎星。汉代纬书《孝经援神契》中有“奎主文章”之说，后世附会为神，建奎星阁并塑神像以崇祀之，视为主文章兴衰之神，科举考试则奉为主中式之神，并改“奎星”为“魁星”。

【评析】

《雷峰塔》今存清乾隆三十六年水竹居序刻本，王季烈、刘富梁考订《集成曲谱》收有《水斗》《断桥》等出。

该剧共34出，叙《白蛇传》故事。《白蛇传》故事最早见于中唐《博异志》中《李黄》篇，至冯梦龙《白娘子永镇雷峰塔》基本定型。其后有黄图珌《雷峰塔》传奇，新增加的情节如白娘子收伏青鱼怪、西湖水族，成为西湖主及“回湖”“彰报”等，刻意渲染了白娘子的妖性和残忍，青鱼怪化成的青儿性格也不甚鲜明，因此在演出过程中并不能满足观众的要求。民间艺人不断对黄本进行增删润饰，流传最广的是陈嘉言父女的演出本。方成培本《雷峰塔》传奇正是以此为蓝本，同样删去了体现白蛇妖性的很多情节，把蛇妖缠人的故事变成了一个女人追求爱情的故事，细致刻画了白娘子对许宣的真挚情感。

尤其是此出《水斗》，许宣在情与惧之间摇摆斗争，对白娘子的感情最终还是败给了对白娘子的恐惧。白娘子则具有不屈不挠的抗争精神，在冯氏话本及黄本传奇中，白娘子去金山寺寻找许宣，看到法海都是吓得惊慌失措，不战而逃；方本则写白娘子为了夺回许宣，与法海展开了激烈的搏斗，甚至水淹金山寺。青蛇化成的青儿也忠勇直率、侠肝义胆，她与白娘子情同姐妹，患难与共，成为白蛇传中举足轻重的角色，很难再与白娘子剥离。伴随着立意和故事情节的改变，法海也由正义收妖的得道高僧变成了蓄意破坏恩爱夫妻的虚伪冷酷恶魔。总体来说，方本《雷峰塔》传奇虽在此前基础上“重为更定，遣词命意，颇极经营，务使有裨世道，以归于雅正。较原本曲改其十之九，宾白改十之七”（《雷峰塔传奇自叙》），然基本还是民众愿望和趣味的体现。后世活跃于舞台上的《白蛇传》剧目基本由此本而来。

清 杂 剧

吴伟业

吴伟业（1609—1672），字骏公，号梅村，别署鹿樵、灌隐主人、大云道人，太仓（今属江苏苏州）人。明崇祯四年（1631）进士，殿试一甲第二名。历任翰林院编修、东宫侍读、南京国子监司业。南明弘光王朝时授少詹事，因与马士英、阮大铖不合而乞假归乡。入清家居，杜门不出近十年。清顺治十年（1653），被迫应诏至京，先后任秘书院侍讲、国子监祭酒。十四年（1657）以母病请辞归，自此不再出仕。学识渊博，通经史，擅诗文，明末于复社中名重一时。清初，与钱谦益、龚鼎孳并称诗坛"江左三大家"。常于作品中表达亡国与仕清之恨，晚年更以庾信之萧瑟自况。著有《梅村家藏稿》《绥寇纪略》《鹿樵纪闻》《梅村集》等，存。撰有传奇《秣陵春》、杂剧《通天台》《临春阁》等，存。

通天台第一出〔1〕

（生扮沈左丞上）【忆秦娥】愁脉脉，江山满目伤心客。伤心客，长干梦断〔2〕，灞桥闻笛〔3〕。天涯梦断看衰白，秦川对酒青衫湿。青衫湿，冷猿悲雁，暮云萧瑟。小生沈炯，表字初明，吴兴武康人也。少不逢时，长而遇乱。王太尉拔为从事〔4〕，元皇帝授以左丞。不意国覆荆湘，身羁关陇。〔5〕虽其未殒，岂曰生年；老母在东，何时归养？只有庾子山、王子渊二人，是吾好友。每到邸中，时相劝勉。他也说得好："孔北海之痛孝章，恐忧能伤人；〔6〕李都尉之劝子卿，何自苦乃尔。〔7〕似这等凄凄默默，扯着闷弓儿〔8〕，怎挨得过？不如寻芳选胜，放下心头，或者还有归去日子。"我口里虽然应他，却不道大丈夫万斛愁肠〔9〕，可是消遣得来的？不如步到长安城外，荒凉地面，痛哭几场罢了。奚童那里〔10〕？（丑上)老爹有何分付?(生)我要寻一处散心的所在。(丑)老爹,你镇日在屋里,扢皱眉儿住着[11],今日也带挈奚童走一遭,我们到大街上山棚里,看寻橦跳丸、浑脱舞、婆罗门舞,耍子去!(生)咳!那里王孙公子,毂击肩摩[12]。我这等破帽青衫,跟着你蓬头历齿[13],非鞭挥车下,则马堕沟中。看他怎的!(丑)还去瓦子里寻几个雏儿[14],我晓得老爹出外久了。(生)咄,胡说!(丑)大街上新开个南食店,做得好百味羹、三脆羹,爷去走走,奚童也落个水角儿[15]。(生)我要长安城外去。(丑)远丢丢的,驴鞴子也走断了[16]。(生)你不要管我。出得门来,已是几里。你看偃师南望,半属芜城;[17]新丰回首,空余槐市。[18]恰遇着黄叶丹枫,乱蝉疏柳。好一个清秋天气也!那一边直城北转[19],织道西遍[20],远远望见的甚么所在?奚童,你去问来。(丑)卖山亭的老官,借问一声,那里高高的,我们上去的得么?(内)是一座荒台。(生)咳!我想起来,凌歊戏马[21],阻隔淮徐[22];铜雀章华[23],凄凉荆许[24]。这是那一代改造的?看去约有三十丈来高,想望得见长安城里,待我登眺一回。奚童,你沽一壶酒来。(丑)老爹,沽得酒在这里。

【点绛唇】(生)万里思家,青袍布袜,西风乍。落木寒鸦,一道哀湍下。

【混江龙】则看那终南如画[25],荒台百尺揽烟霞。(丑)老爹,那边有金字牌额哩!猛抬头几行金字,一弄儿明纱。原来是汉武帝通天台。咳!武帝甘泉万骑[26],那里去了?今日冷清清坐地,只落得沈初明一个陪侍他。赤紧的汉室官家闲退院[27],不比个长安县令放晨衙[28]。黄门乐承值的樵歌社鼓[29],上林苑开遍了野草闲花[30]。大将军掉脱了腰间羽箭,病椒房瘦损却脸上铅华[31]。山门外剩几个泪眼的金人[32],废廊边立一匹脱缰的天马。早知道通天台斜风细雨,省多少柏梁宴浪酒闲茶[33]。

(丑)原来是个武帝,我们家里有个武帝来。(生)咳!这是汉家的武帝,我们是梁家的武帝。那两个皇帝,汉家的好仙,梁家的好佛。好仙的,黄山宫、五柞宫,[34]吹笙弄笛,仿佛遇鹤驾鸾骖。好佛的,智度寺、同泰寺,[35]说偈翻经,苦守着马鸣龙树[36]。那两个都是肉身菩萨,陆地神仙。今日价两代铜驼[37],都化做一抔黄土。你看那疏剌剌一带寒林，好似茂陵光景[38]。（丑）是是。我放鹞子[39]，走到这林子里，那树木果然盛茂，人人说道是个茂林。（生）咳！煞可怜人也。

【油葫芦】石马嘶风灞水洼，那北邙山直下[40]。茂陵池馆锁蒹葭，珠帘零落珊瑚架，玉鱼沉没蛟龙匣。说的是松楸埋宝剑[41]，那里有鸡犬护丹砂[42]。尽生前万岁虚脾话，赚杀人王母碧桃花。

咳！大丈夫仙释无成，古今同尽，这也还是常事。只是兴亡大事，理数昭然。那寻常人主，呆邓邓享些厚福，到不消说起了。便是两个武帝，聪明才智，那一件不是同的。毕竟我萧公是苦行修持，那汉武还雄心潇洒。这一个落得个收场结果，那一个为甚的破国亡家？如今到通天台上，天在何处？待我问他一番。奚童，酒再筛几杯来！（丑送酒，生持杯仰叹介）

【天下乐】好教我把酒掀髯仰面嗟，你差也不差，怎的呀，做天公这等装聋哑。文书房停签押[43]，帝王科没勘查，难道是尽意儿糊涂罢。

别样也不讲了，只是汉武一生享用，把我梁武比将起来，那壁厢千秋节[44]，美甘甘排列的凤脯麟膏；这壁厢八关斋[45]，瘦岩岩受用些葵羹蒲馔。那壁厢尹夫人、李夫人，三十宫长陪游幸；这壁厢阮修容、丁贵嫔，四十载不近房帷[46]。原来是，甘泉殿里，金童姹女，簇拥着一个大罗仙[47]；为甚的，朱雀桁边[48]，饿鬼修罗，捏弄杀我那穷居士？咳！我那武帝，好不伤感人也！（生泪唱）

【那吒令】你看他用的粗粝，没上尊琼斝[49]。看他住的低亚，没长杨广厦[50]。看他摆的头踏，没龙媒泛驾[51]。那里有黄门倡[52]，拊掌投壶暇[53]。那里有平阳侯[54]，蹂损终南稼。苦苦的一世官家。

【鹊踏枝】他每日里诵楞伽[55]，谁识起祸根芽。干折了几尺腰围，修不了一衲袈裟。起首儿玄圃园斋时钟鼓[56]，收场时永福省酒后琵琶[57]。

咳！我武帝到饥死台城的时节[58]，佛也该应来救了。（生哭介）

【寄生草】日气寒宫瓦，江声怨野沙。则为俺春秋高迈遭欺诈，害了他青年儿女担惊怕，还靠着西天活佛慈悲化。可怜俺病维摩谁点赵州茶[59]，眼看他啄皇孙砍做了浔阳鲊[60]。

我武帝还做官里四十年,简文帝可有一日来[61]?

【前腔】枉坐中朝驾,虚生帝子家。女山阴[62],生扭做阏氏嫁[63];小宣城,折倒了公孙架。[64]到不如老昭明早受了江充诈[65],参不透恶那吒前果沐猴冤[66],免了他苦头陀来世人王罢[67]。

咳!我想汉武帝娶皇后,还落个小舅子做得大将军[68]。祖公公托梦撞着个妄男儿,恰好是头厅相。[69]天下事,那一样不是侥幸来的?我武皇以天下兵马,委邵陵诸王[70]自家儿子,见父亲饿得这样田地,还不肯出力,好不可恨!

【醉中天】你卖弄煞长梢靶[71],被他人脚底踏[72]。只得向前度刘郎诉着他,气那萧娘不下。[73]偏不肯把兵来救搭,各自己称孤道寡,一家儿眼望巴巴。

这口气若不是我七官家[74],怎吐得出来?奚童,你有酒再筛一碗我吃。(丑)老爹,你哭了半日,我不奈心烦,睡着了。你还要酒吃哩。(生笑)你拿一碗来,我想那一日在太尉军中[75],见一探子,肩上挑一面忽剌剌泥金“报”字旗,报道侯景拿住了[76]。好不快活也!

【金盏儿】俺这里鼓儿挝,逢着他影儿拿。荆州将士全披挂。马前缚到颈先叉,叫声声将头拉,忽地里委泥沙[77]。拍手儿童投砾瓦,唱道是卖侯疤。

今朝汉社稷,重数中兴年。我那时自谓得所事矣[78],谁想我元帝呵!

【一半儿】你只要江东士庶省喧哗,却不道抱怨申仇谁夺咱。[79]为甚的姓萧骨肉没缘法?这丢儿有些亏心大,锦片样江山做一会儿耍。

咳!我武皇帝,止靠这个儿子,一发不济事了。便是我沈初明,半生沦落,只有这场遭际。王太尉教我草平贼表章,七官家虽号忌才,毕竟篇篇嗟赏。若遇汉武好文之主,不在邹枚庄马下矣[80]。今者,天涯衰白,故国苍茫,才士轗轲[81],一朝至此。正是:往时文彩动人主,此日饥寒趋路傍。岂不可叹!

【后庭花】俺也曾学《春秋》赞五家[82],俺也曾诵《齐诗》通三雅[83]。脚踹着夜月扶风马[84],眼迷暖春风鄠杜花[85]。醉时节口波查,鞭指定平津来骂[86]。松泛泛逞机锋倾陆贾[87]，实丕丕运权谋获吕嘉[88]。大剌剌弃关繻车骑夸[89]，赤资资买黄金词赋佳[90]。娇滴滴走临邛拥丽娃[91]，响搜搜射南山追鹿麚[92]。到如今你道变做甚么光景？骨琭琭呆不腾花木瓜，怯生生战都速井底蛙。便是有数几个人，也不见得了。气昂昂汲大夫把手叉[93]，口便便老东方紧闭牙[94]。我呵，那里渺茫茫盼黄河博望槎，只得急煎煎问成都那个君平卦。[95]

我一腔心事，也告诉不得许多。奚童，有随身纸笔？待我做起一道表文，奏过武帝。（丑）你看我老爹，真是个人穷智短。你有奏文，不去大大衙门里投，到向泥菩萨说鬼话哩！（生）表已草完，待我拜祷一番。（丑）难道没一个接本的？如今，左右都是做戏，待我也充一充。我乃汉朝黄门官是也。（生）咄！你回避去。（丑下）

【青歌儿】拜告了君王，君王鉴察。休嫌我书生，书生兜答[96]。羁旅孤臣憔悴杀。汉武皇呵，俺也不用大纛高牙[97]，紫绶青緺[98]。只愿还咱草舍桑麻，浊酒鱼虾，冷淡生涯。武皇，我如今在三条九陌[99]，骑着一匹青驴，眼见他们田窦豪华[100]，卫霍矜夸[101]，僮仆槎枒[102]，歌笑淫哇[103]。俺这一个不尴不尬的沈初明，站在那里，好像个坎井虾蟆[104]，霜后壶瓜。咳！武皇，你当日臣子，如严助东归、长卿西返，[105]遭时富贵，还要衣锦故乡。我沈初明憔悴至此，求一纸路引儿，还不能够哩。你看那一带呵，山谷谽谺[106]，乌鹊啼哑。好教我骏马鞭加，便算是万里非遐。早及得春草萌芽，莫辜负满院梨花，则愿你老君王，放一个吾丘假[107]。

呀！汉武是异代帝皇，难道自家主人翁[108]，到不去告诉他？你看云山万叠，我的台城宫阙，不知在那里，只得望南一拜。（生拜介）

【赚煞尾】则想那山绕故宫寒，潮向空城打，杜鹃血拣南枝直下[109]。偏是俺立尽西风搔白发，只落得哭向天涯。伤心地，付与啼鸦，谁向江头问荻花。难道我的眼呵，盼不到石头车驾[110]。我的泪呵，洒不上修陵松槚[111]，只是年年秋月听悲笳[112]？（生醉睡介）

【注释】

〔1〕此出以清顺治十八年(1661)刻《杂剧新编》所收本为底本,以《暖红室汇刻传剧》所收本为参校本。通天台,汉武帝所筑台名。在今陕西省淳化县西北甘泉山故甘泉宫中。汉武帝时祭太乙,上通天台,以招仙人。

〔2〕长干:地名,即长干里,在今江苏省南京市城南地区内秦淮河至雨花台之间。

〔3〕灞桥:桥名,在长安东北灞水之上。亦为地名,今陕西省西安市灞桥区。

〔4〕拔:底本作"扳",据《暖红室汇刻传剧》所收本改。

〔5〕国覆荆湘,身羁关陇:国覆荆湘,荆州刺史、湘东王萧绎平定侯景之乱后即位,即梁元帝,定都荆州。554年西魏攻破荆州,沈炯被俘。关陇,指西魏都城长安一带。

〔6〕孔北海之痛孝章,恐忧能伤人:孔融《与曹公论盛孝章书》云:"岁月不居,时节如流。五十之年,忽焉已至。公为始满,融又过二。海内知识,零落殆尽,惟会稽盛孝章尚存。其人困于孙氏,妻孥湮没,单孑独立,孤危愁苦。若使忧能伤人,此子不得复永年矣!"孔融,字文举,汉献帝时曾任北海国相,时称孔北海。

〔7〕李都尉之劝子卿,何自苦乃尔:《汉书·苏武传》写李陵劝苏武投降匈奴,有"人生如朝露,何久自苦如此"句。

〔8〕闷弓儿:难以打开的弓,比喻难以舒展的情怀或抱负。

〔9〕万斛(hú):极言容量之多。斛,旧量器,方形,口小,底大,容量本为十斗,南宋末年后改为五斗。

〔10〕奚童:童仆。

〔11〕扢(gē)皱眉儿:因发愁而紧皱眉头。扢,疙。

〔12〕毂(gǔ)击肩摩:车轮和车轮相撞,肩膀和肩膀相摩。形容行人、车辆拥挤不堪。毂,车轮中心的圆木,借指车或车轮。

〔13〕历齿:稀疏不齐的牙齿。

〔14〕瓦子:又称瓦肆、瓦市、瓦舍,宋元时期的娱乐场所。雏儿:指少女,含有轻薄的语气。

〔15〕落个水角儿:意为顺带着吃上水饺。水角儿,水饺。

〔16〕驴鞲(gōu)子:不详所指,或为保护驴脚的东西。鞲,臂套,射箭时束袖所用。

〔17〕偃师南望,半属芜城:偃师,古县名,今为河南省洛阳市区名。芜城,荒芜

之城。

〔18〕新丰回首，空余槐市：新丰，古县名，故城在今陕西临潼东北。汉高祖定都关中，其父居长安宫中，因思乡而郁郁不乐。高祖乃依故乡丰邑街里房舍的格局改筑骊邑，并迁来丰民，改称新丰。太上皇居新丰，日与故人饮酒高会，心情愉快。后乃用作与故人聚饮叙旧之典。这里指沈炯在西魏都城长安的新居。槐市，汉代长安读书人聚会、贸易之市，因其地多槐而得名。

〔19〕直城：长安城门名，在城西侧。

〔20〕轵（zhǐ）道：地名，在长安城外。《史记·秦始皇本纪》："子婴即系颈以组，白马素车，奉天子玺符，降轵道旁。"

〔21〕凌歊（xiāo）：台名。据《方舆胜览》记载，凌歊台，在太平州姑孰县（今安徽当涂）。宋武帝南游，尝登此台，乃建离宫于此。李白曾作《姑孰十咏》，其中一首是《凌歊台》。歊，气上升的样子。

〔22〕淮徐：指淮水和徐水。

〔23〕铜雀章华：汉末曹操所建铜雀台（故址在今河北临漳县西南）和春秋时齐、楚分别所建的章华台（故址今有湖北潜江说、武汉说、荆州说及湖南华容说等，未定）。

〔24〕荆许：荆州和许州。

〔25〕终南：山名，又名太乙山、地肺山、中南山、周南山，简称南山，位于陕西省境内秦岭山脉中段，西魏都城长安（西安）之南。

〔26〕甘泉：即甘泉山，在今陕西淳化县西北，即通天台故地。

〔27〕闲退院：废弃无用的庭院。

〔28〕放晨衙：免去属吏晨衙参见。

〔29〕黄门：秦汉时，宫门多油漆成黄色，故称黄门。这里指宫殿。承值：值班处理公务。

〔30〕上林苑：皇家园林名。汉武帝于建元三年（前138）在秦代旧苑址上扩建而成的宫苑，规模宏伟，宫室众多，有多种功能和游乐内容，在此有皇帝的亲兵羽林军。司马相如曾作《上林赋》。

〔31〕椒房：汉代皇后、妃子所住宫殿，因用花椒和泥涂壁而得名，取温暖芬芳之义，作后妃代称。

〔32〕泪眼的金人：汉武帝于宫前铸造以手掌举盘承露的仙人塑像，魏明帝青龙

元年（233）八月诏宫官牵车西取捧露盘仙人像，欲立置于前殿。宫官将仙人像底盘拆除，发现仙人临上车时潸然泪下。唐李贺感慨于此，曾作《金铜仙人辞汉歌》诗。

〔33〕柏梁：即柏梁台，故址在长安故城内，汉武帝时建造，因以香柏为梁而得名。武帝常置酒其上，诏宴群臣和诗。

〔34〕黄山宫、五柞宫：黄山宫，位于今咸阳兴平，为西汉早期之道教圣地。汉唐时期，黄山宫为皇家道观。明正德年间康海所立碑石记载："汉惠帝建黄山宫；汉武帝曾微服私幸，改老子祠；唐太宗以裔出，老子祠更加修缮，玄宗幸蜀乞灵于此，手植槐焉。"五柞宫，汉宫名，为汉武帝时所建宫殿，因宫内有五柞树，其树荫盖数亩之大，故称五柞宫。故址在今陕西周至东南。相传，汉武帝春日闲暇，常往五柞宫，后病死于此。

〔35〕智度寺、同泰寺：智度寺，因佛书《智度论》而得名。原址不详。今浙江省绍兴市诸暨中学内有宋代智度寺遗址，恐非本剧所指。同泰寺，寺名。为南朝梁所建，梁武帝曾数度舍身于此。遗址在今江苏省南京市鸡鸣山东麓。

〔36〕马鸣龙树：马鸣，为约公元1世纪时的印度佛教诗人、哲学家，博学又善辩。龙树，著名的大乘佛教传人，在印度佛教史上被誉为"第二代释迦"，约活跃于公元150年至250年之间。

〔37〕铜驼：铜铸骆驼。汉铸铜驼二枚在宫之南四会道，夹路相对。《太平寰宇记》引陆机《洛阳记》："汉铸铜驼二枚，在宫南四会道头，夹路相对。俗语云'金马门外聚群贤，铜驼陌上集少年'，言人物之盛也。"

〔38〕茂陵：汉武帝陵寝，是汉代规模最大、修造时间最长的帝王陵墓。

〔39〕鹞（yào）子：风筝的别称。

〔40〕北邙（máng）山：在河南省洛阳市北。自东汉以来，北邙山是王侯公卿葬身之地，故以坟山著称。唐代沈佺期《北邙山》诗云"北邙山上列坟茔，万古千秋对洛城"。此处即化用此意。

〔41〕松楸（qiū）：松树与楸树。墓地多植，因以代称坟墓。

〔42〕鸡犬护丹砂：东汉王充《论衡·道虚篇》称"淮南王刘安坐反而死，天下并闻，当时并见，儒书尚有言其得道仙去、鸡犬升天者"。"一人成仙，鸡犬升天"遂为修炼成仙之典。明释守仁《蓬莱山人为邹得中作》诗有"养成鸡犬服丹砂"句，即用此典。宋代古成之《五仙观》诗云"丹砂虽久炼，鸡犬自长生"，则反其意而用之。这里亦反用此典，谓汉武帝好仙却终未成仙。

〔43〕签押：古代官员在文书上签名画押，以示审批公文。

〔44〕千秋节：古代对帝王、后妃、太子的生日的雅称。

〔45〕八关斋：佛教称信徒在家修行，一天应遵守的八条戒律。

〔46〕房帷：帷帐，代指宫闱、宫中，泛指内室、闺房。这里指妃嫔。

〔47〕大罗仙：居住在大罗天的神仙。大罗，意为无量、包容。

〔48〕朱雀桁：六朝都城建康（今江苏南京）南城门朱雀门外的浮桥，横跨秦淮河上。三国吴时称南津桥，晋时改名朱雀桁，又作朱雀航。

〔49〕上尊琼斝：上尊，古代祭祀或燕饮时放在上位的酒杯。琼斝，玉制的酒杯。

〔50〕长杨：秦汉宫名，旧址在今陕西周至东南。《三辅黄图·秦宫》："长杨宫，在今盩厔县东南三十里，本秦旧宫，至汉修饰之以备行幸。宫中有垂杨数亩，因为宫名。"

〔51〕龙媒：《汉书·礼乐志》："天马徕，龙之媒。"后因称骏马为"龙媒"。泛驾：《汉书·武帝纪》："夫泛驾之马，跅弛之士，亦在御之而已。"颜师古注："泛，覆也，……复驾者，言马有逸气而不循轨辙也。"指驾车之马不循规蹈矩。

〔52〕黄门倡：宫内乐人。

〔53〕拊（fǔ）掌投壶：拊掌，激动地拍手。投壶，古代一种游戏，将筹投入壶内，中者为胜。

〔54〕平阳侯：西汉功臣曹参得封平阳侯。此爵世袭，延续到东汉，影响较大。

〔55〕楞伽：即佛教《楞伽经》，全称《楞伽阿跋多罗宝经》。

〔56〕玄圃园：园名，在六朝宫中。相传梁武帝萧衍尝于园内讲述《五经讲疏》。

〔57〕永福省：梁官署名，又称西省，设于梁宫禁内，临近朝宫之西，省观较大，为皇子受学之所。侯景之乱，禁锢百官于此，后专门幽囚太宗简文帝萧纲一家，简文帝及多位眷属于此遇害。

〔58〕武帝到饥死台城：侯景之乱时，梁武帝被侯景禁在台城，最终被饿死。台城是东晋和南朝的朝廷禁省和皇宫所在地，位于南朝都城建康城内，遗址在今江苏省南京市玄武区。

〔59〕病维摩谁点赵州茶：病维摩，《维摩经》载：佛在毗耶离城说法，居士维摩诘称病不往。佛遣文殊师利等问疾。文殊问："居士是疾何所因起？"维摩诘答曰："以一切众生病，是故我病；若一切众生得不病者，则我病灭。"后用"维摩病"谓佛教徒生病。赵州，唐代高僧从谂的代称。赵州茶，《五灯会元》载，赵州曾问新到的

和尚："曾到此间么？"和尚说："曾到。"赵州说："吃茶去。"又问另一个和尚，和尚说："不曾到。"赵州说："吃茶去。"院主听到后问："为甚么曾到也云吃茶去，不曾到也云吃茶去？"赵州呼院主，院主应诺。赵州说："吃茶去。"赵州均以"吃茶去"一句来引导弟子领悟禅的奥义。后遂以"赵州茶"指寺院招待的茶水。

〔60〕啄皇孙砍做了浔阳鲊（zhǎ）：班固《汉书·孝成赵皇后传》引汉成帝时童谣"燕燕，尾涎涎，张公子，时相见。木门仓琅根，燕飞来，啄皇孙。皇孙死，燕啄矢"，指汉成帝宠爱的皇后赵飞燕谋害皇帝子孙的事。浔阳，长江在江西九江市北的一段。鲊，腌制的鱼。

〔61〕简文帝：南朝梁第二位皇帝萧纲。初封晋安王，累迁骠骑将军、扬州刺史。中大通三年（531），昭明太子去世，被立为太子。侯景之乱导致梁武帝萧衍受囚并饿死后，太清三年（549），萧纲即位称帝。大宝二年（551），萧纲被侯景废黜为晋安王，后被侯景杀害。葬于庄陵，庙号太宗，谥号简文皇帝。由于简文帝做皇帝时间很短，且无一日安宁，故剧中比较梁武帝做了四十年的太平皇帝，"简文帝可有一日来"？

〔62〕女山阴：刘宋孝武帝女山阴公主刘楚玉。

〔63〕阏（yān）氏（zhī）：汉代匈奴单于、诸王妻的统称。

〔64〕小宣城，折倒了公孙架：小宣城，即南齐谢朓。谢朓，陈郡阳夏县（今河南太康）人，因与"大谢"谢灵运同族，世称"小谢"。又因曾出为宣城太守，世又称"谢宣城""小宣城"。谢朓曾为豫章王萧嶷太尉行参军，后从竟陵王萧子良西邸之游，任其功曹、文学，为"竟陵八友"之一。再随随王萧子隆至荆州。永泰初，因告岳父王敬则谋反，迁尚书吏部郎。东昏侯永元元年（499），因泄露江祏兄弟欲立始安王萧遥光事，遭构陷而死于狱中。

〔65〕老昭明早受了江充诈：这里讲的是昭明太子萧统的"蜡鹅厌祷"事件。萧统生母丁贵嫔死后，有道士言所选墓地不利于长子，宜用物镇压驱邪。萧统便将蜡鹅及其他物品埋在了丁贵嫔墓旁的长子之位。宫监鲍邈之、魏雅当初均受萧统宠幸，后鲍邈之渐被疏远，遂暗中向梁武帝奏道："雅为太子厌祷（以巫术祈祷鬼神）。"萧衍派人去墓地挖掘，果然挖到蜡鹅等物品。于是萧衍杀了道士。从此梁武帝与太子父子之间有了嫌隙。萧统自此亦感到羞愤。老昭明，萧统死时31岁，谥号"昭明"，世称"昭明太子"，作为太子，殁时年纪不小，故称"老昭明"。江充，汉武帝晚年患病，江充指使巫师欺骗武帝说皇宫中大有蛊气，宜早禳除。武帝信以为真，派

江充严加查察。江充与太子刘据素有仇隙，陷害太子，在太子宫掘蛊，掘出桐木做的人偶。刘据无以自明，乃捕杀江充，又发宾客士卒与丞相刘屈氂等战长安市内。兵败亡匿，为吏发觉围捕，被迫自杀，即“巫蛊事件”。这里将汉武帝时的“巫蛊事件”与梁武帝时的“蜡鹅厌祷”事件相联系，将萧统比作受冤的刘据，魏雅比作江充。

〔66〕沐猴：猕猴。

〔67〕苦头陀：即苦行僧。

〔68〕汉武帝娶皇后，还落个小舅子做得大将军：汉武帝皇后卫子夫弟卫青受到汉武帝青睐，先被提为建章监、侍中；常随武帝外出围猎，迁太中大夫、车骑将军，后因与匈奴战有功，进封关内侯、长平侯、大将军。

〔69〕祖公公托梦撞着个妄男儿，恰好是头厅相：祖公公，指梁武帝之父萧顺之。头厅相，佛家所谓根器非凡之相，梁武帝好佛，故言。

〔70〕邵陵诸王：梁武帝诸子中，长子萧统为太子，次子萧综为豫章王，三子萧纲为晋安王，四子萧绩为南康王，五子萧续为庐陵王，六子萧纶为邵陵王，七子萧绎为湘东王，八子萧纪为武陵王。侯景之乱发生时，萧统、萧综、萧绩、萧续已去世，萧纲为继任太子，在宫中。这里所谓的“邵陵诸王”是指以邵陵王萧纶为代表，包括湘东王萧绎、武陵王萧纪在内的外镇三王。侯景之乱时，三王未能合力围剿侯景，反而相互猜忌、挞伐。萧纶虽曾一度率众征讨侯景，但在失利之后割据郢州、投奔北齐；萧绎拥众逡巡，杀信州刺史、桂阳王萧慥于江陵，又与湘州刺史、河东王萧誉相互攻击，直至侯景举兵西进，才命王僧辩讨伐侯景。大宝三年(552)，侯景之乱平息，萧绎在江陵即位，即梁元帝；萧纪没有带兵勤王，梁武帝和梁简文帝相继驾崩后，先于萧绎，称帝于成都，年号天正，在侯景被灭后，讨伐萧绎，受到西魏大将韦孝宽和萧绎联手征伐，天正二年(553)被部下樊猛所杀。剧作下文对萧绎有一定的肯定，所以这里的“邵陵诸王”应主要指萧纶、萧纪。

〔71〕长梢靶：梢，底本作“稍”，据董康诵芬室重刻《杂剧三集》所收本改。长梢靶，膀臂的代称。元李文蔚《燕青博鱼》杂剧第一折：“调动我这莽拳头，拓动我这长梢靶，我向那前街后巷便去爪寻他。”

〔72〕蹅(chǎ)：在泥水中踩踏。

〔73〕前度刘郎诉着他，气那萧娘不下：据《南史》载，梁武帝之弟萧宏被封临川王，曾奉命与北魏军队作战，临阵怯战，北魏军送女人头巾给他，以示羞辱，并编歌云“不畏萧娘与吕姥，但畏合肥有韦武”，谓萧宏胆小得像个女人。吕姥，指萧宏手

下建议退兵的将领吕僧珍。韦武,指的是梁朝名将韦睿。侯景之乱时,萧宏已病逝。这里是以"萧娘"萧宏代指那些不能奋力勤王的梁朝宗族。前度刘郎,指去了又回来的人。这两句是说,出去打仗的人回来向梁武帝诉说那些拥兵自重的宗室诸王的不得力,对这些人痛恨得不得了。

〔74〕七官家:指梁武帝萧衍的第七子萧绎。萧绎在梁武帝之后做了皇帝,即梁元帝,故称"七官家"。在侯景叛乱后,萧绎虽曾一度逡巡不进,但在侯景大举西进,威胁到以江陵为根据地的自己的势力范围时,萧绎便派大将王僧辩前往镇压,并最终平叛。故这里说"这口气若不是我七官家,怎吐得出来"。官家,皇帝的别称。

〔75〕太尉:指王僧辩。侯景之乱爆发后,湘东王萧绎任命王僧辩为大都督,故谓之太尉。

〔76〕侯景:本为北朝东魏将领,后叛投南朝梁。梁太清二年(548)发动叛乱。次年攻占梁都城建康(今江苏南京),将梁武帝饿死,掌控梁军政大权。天正元年(551)废豫章王萧栋,自立为帝,国号汉,改元太始。次年三月,为梁将陈霸先、王僧辩等击败。

〔77〕委泥沙:指被杀。

〔78〕得所事:得到应该(值得)做的事。指为国家复兴应该做的事。

〔79〕只要江东士庶省喧哗,却不道抱怨申仇谁夺咱:是说梁元帝萧绎极力剿灭梁朝各种力量,致使梁朝被真正的仇敌西魏所削弱。如在武陵王萧纪在成都称帝时,萧绎请求西魏袭击萧纪,于是成都被西魏吞并;后来他又猜忌岳阳王萧詧,迫使萧詧向西魏借兵以抗衡,梁朝因此又失掉襄阳。不久,萧绎治所江陵也陷落。萧绎在讨伐侯景过程中,因为猜忌,先后杀掉弟弟桂阳王萧慥、侄子萧誉、孙子辈萧栋,袭击兄长萧纶;武陵王萧纪派儿子萧圆照援助萧绎,萧绎将其阻挡在白帝城;另一侄子萧圆正率领部下接受萧绎部署,萧绎将其囚禁在岳阳。士庶,指门阀势力士族和新兴势力庶族,是支撑南朝政权的主要社会力量。

〔80〕邹枚庄马:指邹阳、枚乘、庄忌、司马相如。《史记·司马相如列传》:"司马相如者,蜀郡成都人也,字长卿。少时好读书,……慕蔺相如之为人,更名相如。以赀为郎,事孝景帝,为武骑常侍,非其好也。会景帝不好辞赋,是时梁孝王来朝,从游说之士齐人邹阳、淮阴枚乘、吴庄忌夫子之徒,相如见而说之,因病免,客游梁。梁孝王令与诸生同舍,相如得与诸生游士居数岁。"后世将此四人并称,用以借指能文善辩之人或侍从文臣。

〔81〕轗(kǎn)轲(kē):形容车行颠簸不顺的样子,比喻人不得志。

〔82〕五家:即《春秋五传》,指《春秋左氏传》《春秋公羊传》《春秋穀梁传》《春秋邹氏传》《春秋夹氏传》。

〔83〕诵《齐诗》通三雅:《齐诗》,《诗经》今文学派之一,为西汉初年齐人辕固生所传。三雅,世传《诗经》305篇是否经过删节后所留篇什,是古代经学中存有疑点的诉案。王安石认为豳诗原有雅、颂,今皆亡佚。清人陈启源《毛诗稽古编》质疑此说:"夫豳,侯国耳,方自奋戎狄间,安得有雅、颂? 假令有之,则诗有三雅、四颂矣。"《诗经》305篇中有"二雅"即小雅、大雅两部分。剧中"诵《齐诗》通三雅"一句,是强调沈炯对《诗经》研读得很深入。

〔84〕扶风马:指奔驰如风的骏马。扶风,疾风。

〔85〕眼迷睽(xì)春风鄠(hù)杜花:睽,《广韵》释为"目动"。鄠杜,鄠县与杜陵,均为游览胜地。鄠县,在长安附近。杜陵,汉宣帝陵墓,靠近长安。唐许浑《别刘秀才》诗:"孤帆夜别潇湘雨,广陌春期鄠杜花。"

〔86〕平津:古地名,汉时为平津邑(在今河北盐山南),武帝封丞相公孙弘为平津侯,后多泛指丞相等高级官僚。

〔87〕陆贾:西汉著名辩士。早年追随刘邦,因能言善辩常出使诸侯。两次出使南越,说服赵佗臣服汉朝,后又说服陈平、周勃等勠力诛灭吕后势力。

〔88〕吕嘉:赵佗建立南越国,任命吕嘉为丞相。吕嘉任三代南越王辅臣,权倾一时,后杀掉主张归汉的南越王赵兴,与汉朝中央政府抗衡,最终被镇压、擒拿。

〔89〕弃关繻(rú):《汉书·终军传》载:终军年十八,"从济南当诣博士,步入关,关吏予军繻。军问:'以此何为?'吏曰:'为复传,还当以合符。'军曰:'大丈夫西游,终不复传还。'弃繻而去。军为谒者,使行郡国,建节东出关,关吏识之,曰:'此使者乃前弃繻生也。'"繻,古代出入关津的凭证,帛上写字,裂为两半,过关验合。《汉书》本传说,终军前往都城长安,表示决不再拿这个作凭证回来,遂将繻帛投弃了。这里用"弃关繻"谓自己年少有志求取功名,就像终军一样。

〔90〕买黄金词赋佳:汉武帝陈皇后被贬到长门宫后,忧愁不已,派人献上黄金百斤给司马相如,借此向司马相如求得能解悲愁的文赋。司马相如遂撰《长门赋》给汉武帝,武帝看后非常感动,陈皇后因此重新得到宠幸。辛弃疾《摸鱼儿·更能消几番风雨》因有"千金纵买相如赋"句。这里是说自己也有司马相如那样的文学才华。

〔91〕走临邛(qióng)拥丽娃:用司马相如、卓文君典故。见《双雄记·村店奇逢》注释“文君夜走相如韵”条。

〔92〕麚(jiā):公鹿。

〔93〕汲(jí)大夫:指汲黯,字长孺,西汉名臣。汉景帝时任太子洗马。汉武帝时,任东海太守,有政绩。被召为主爵都尉,列于九卿。为人耿直,好直谏廷诤,主张与匈奴和亲,被汉武帝称为“社稷之臣”。

〔94〕老东方:指东方朔。西汉时期著名文学家、辞赋家。博学广识,能言善辩,善于以诙谐的语言和方式陈说国政大事,甚得汉武帝赏识。

〔95〕“那里渺茫茫”二句:张华《博物志》载,汉武帝令张骞穷溯河源,张骞乘木筏而去,经月,至一处,见城郭如官府,室内有一女织,又见一丈夫牵牛饮河,实即天河。张骞问:“此是何处?”答曰:“可问严君平。”此处指张骞乘槎至天宫事。博望,汉置县名,在今河南南阳市东北,张骞曾封博望侯。槎(chá),木筏。君平卦,指西汉时蜀郡郫县人(一说临邛人)严君平,博学多才,在成都卖卜,得百钱后,即闭门讲《老子》一事。

〔96〕兜答:曲折,坎坷,也指啰嗦。

〔97〕大纛(dào):古代军队中或重要典礼上的大旗。高牙:旗竿上饰有象牙的大旗,多为主帅营中的军旗或典礼上所用的仪仗旗。

〔98〕紫绶青娲(guā):汉代印绶有四个等级,其中相国、丞相、太尉为金印紫绶,御史大夫为银印青绶。青娲,青色绶带。西汉刘胜《文木赋》有“青娲紫绶,环璧圭璋”句。

〔99〕三条九陌:指帝都纵横交错的大道。陌,原指田间东西方向的小路,泛指道路。

〔100〕田窦:西汉武安侯田蚡与魏其侯窦婴的并称,二人皆为皇戚,不可一世,每相争雄。事见《史记·魏其武安侯列传》。

〔101〕卫霍:汉武帝时期名将卫青与其外甥霍去病的并称,二人先后皆以武功著称。

〔102〕槎枒:本指枝条错落不齐的样子,引申为参差错杂的情形。这里是说僮仆很多。

〔103〕淫哇:淫邪之声。

〔104〕坎井虾(há)蟆:犹言井底之蛙。虾蟆,即蛤蟆,青蛙和蟾蜍的统称。

〔105〕严助东归、长卿西返：西汉名臣严助，会稽吴人，本姓庄，庄忌之子，有才学，深得汉武帝欣赏。据《汉书·严助传》载，汉武帝问严助居乡里时的情景，助对曰："家贫，为友婿富人所辱。"武帝问其所欲，严助对以愿为会稽太守。于是武帝即拜严助为会稽太守，使其衣锦东归。长卿西返：司马相如，字长卿。相如曾担任郎官数年，正逢唐蒙受命打通往西南地区的道路不得而引起民怨沸腾之时，汉武帝派相如安抚巴蜀百姓。相如撰写并发布《喻巴蜀檄》，深受百姓爱戴。司马相如本为蜀人，故而称这次行动为西返。《南史·沈炯传》转引沈炯为通天台撰写表文有"昔承明见厌，严助东归；驷马可乘，长卿西反"句，这里即引用沈炯表文文句，表示衣锦还乡之意。

〔106〕谽（hān）谺（xiā）：山谷大而空，地势险峻。

〔107〕吾丘：复姓。这里似指汉武帝时吾丘寿王。《汉书》载，吾丘寿王，字子赣，高才通明。曾因反对公孙弘禁民挟弓弩以及发周鼎汉鼎之辩而深得汉武帝赏识。

〔108〕自家主人翁：指梁武帝。

〔109〕杜鹃血拣南枝直下：此句化用杜鹃啼血和乌鹊择枝的典故。传说，古蜀帝杜宇亡国后，化为杜鹃鸟啼血哀鸣。曹操《短歌行》"月明星稀，乌鹊南飞。绕树三匝，何枝可依"句，将贤才比作乌鹊，将其所投奔的对象比作可以栖息的树枝。这里将二典糅合在一起，用杜鹃啼血选择向南的枝条滴沥而下，来寓指沈炯对南朝梁武帝的尽忠之怀和亡国之痛。

〔110〕石头：即石头城，梁朝都城建康（今江苏南京）。

〔111〕修陵松槚（jiǎ）：修陵，梁武帝萧衍的陵墓。松槚，松树与槚树，常被栽植在墓前。

〔112〕笳（jiā）：中国古代北方民族的一种吹奏乐器，似笛。

【评析】

《通天台》今存清顺治间刻《杂剧新编》所收本、清振古斋刻本、《暖红室汇刻传剧》所收本等。

该剧共 2 出。剧写南朝梁尚书左丞沈炯，在西魏攻陷荆州时被掳至西魏都城长安。虽被西魏授官，但沈炯一心南归，内心极度痛苦。春日到长安郊外闲游遣闷，至西汉武帝时所建通天台前，因汉武帝与梁武帝庙号同为武帝，所以由汉武帝的辉煌政绩联想到梁武帝的颓败国运。于是，沈炯洒酒凭吊,感慨于梁武帝没有像汉武帝那样建立丰功伟业并享受声色之乐,而是崇信佛教,不仅自己苦行,而且终招内乱,饿死台城。感念于此,沈炯情不自禁地撰写表文一篇,焚奏于通天台前。后沈炯醉卧酒肆,梦见自己得到汉武帝的召见、赏识和授官,而以老母在堂需要其回去奉养为由婉拒。汉武帝不忍强留,为他饯行,送他出函谷关东归。既而梦醒,沈炯回想梦中情景,感慨万千。

《通天台》作于作者入清之后。入清后,吴伟业被征召入京,这使有着浓重明遗民情结的吴伟业极不情愿而又十分无奈。自始至终,他对自己迫不得已的仕清耿耿于怀,最终以母病为由终得解脱。虽然自己不愿意仕清,但毕竟还是出仕了。即便自己不久成功乞归,但曾经的仕清经历已成不争的事实。所以,吴伟业在自己的诗文中经常有忏悔式的表白。吴伟业对自己做官深为忏悔:"误尽平生是一官,弃家容易变名难。"(吴伟业《自叹》诗)在强召赴京途中的纪行诗中写道:"浮生所欠止一死,尘世无由识九还。我本淮王旧鸡犬,不随仙去落人间。"(吴伟业《过淮阴有感》)临终自写墓志铭,要求子孙不许改动一字,在墓碑上不写官职,只题"诗人吴梅村之墓"。同样,他也将这样的情绪带进了《通天台》的创作中。由于有着与沈炯的相似经历,作者创作该剧时所投入的情感就特别真切、强烈,剧中所流露出来的对故国黍离的悲伤与怀念也更为感人。

这里选的是第一出,详写沈炯在通天台前追忆往昔,对汉武帝和梁武帝两段历史的感想,明显有作者自己的当下带入感。

《通天台》表达了作者入清之后的被征之痛。该剧创作之时,正是作者被征而又不愿应征的不尴不尬之际。沈炯在剧作第一出所念唱【青歌儿】"俺这一个不尴不尬的沈初明,站在那里,好像个坎井虾蟆,霜后壶瓜",也就是作者吴伟业自己处境的真实折射。对此,郑振铎更明确地指出:"炯即作者自况,故炯之痛哭,即为作者之痛哭。盖伟业身经亡国之痛,无所泄其幽愤,不得已乃借古人之酒杯,浇自己之块垒,其心苦矣。"(郑振铎《梅村乐府二种跋》)

与悲痛的主题相映衬,《通天台》特意营造了悲凉的意境氛围。郑振铎指出:"《通天台》第一折炯之独唱,悲壮愤懑,字字若杜鹃之啼血。其感人盖有过于《桃花扇·余韵》之【哀江南】一曲也。"(郑振铎《梅村乐府二种跋》)第一出末尾在【后庭花】【青哥儿】二曲基础上,用【赚煞尾】极力书写凄凉氛围,以作为该出的小收煞:"则想那山绕故宫寒,潮向空城打,杜鹃血拣南枝直下。偏是俺立尽西风搔白发,只落得哭向天涯。伤心地,付与啼鸦,谁向江头问荻花。难道我的眼呵,盼不到石头车驾。我的泪呵,洒不上修陵松槚,只是年年秋月听悲笳?"真是"苦雨、凄风、灯昏,酒醒时读之,涔涔者不觉湿透青衫"(杨恩寿《词馀丛话》)。日本学者青木正儿《中国近世戏曲史》认为:"作者所欲表出之中心幽愤,已尽吐露之,一无余蕴。如第一折通天台下痛哭之独唱独白,字字鸣杜鹃血之声,洵可比拟归庄《万古愁》道情一曲之悲壮文字也。"近人吴梅《顾曲麈谈》也说:"其词幽怨悲慷,令人不堪卒读。"

在历史剧创作方法上,吴伟业坚持据史写作的曲史观。对于历史剧创作中的虚实问题,中国古代主要有两种观念——曲史观和寓言观。前者主张按照史实编写,后者则主张作家将史实作为表达自己思想的工具。吴伟业属于前者。他曾高度评价李玉的历史剧《清忠谱》:"逆案既布,以公事填词传奇者凡数家,李子玄玉所作《清忠谱》最晚出,独以文肃与公相映发,而事俱按实,其言亦雅驯。虽云填词,目之信史可也。……不知此后填词者,亦能按实谱义,使百千岁后,观者泣、闻者叹,如读李子之词否也。"他指出,《清忠谱》"虽云填词,目之信史可也",强调《清忠谱》"事俱按实"的以曲为史的写作原则。这一原则,也同样被他用在《通天台》的创作中。

《通天台》的本事出于《南史》和《陈书》中的《沈炯传》。据史载,沈炯为武康(今浙江德清)人,多才而有勇有谋。初仕梁朝为尚书左户侍郎。侯景之难发生,吴郡太守袁君正入援京师,请炯监郡。京城陷,侯景之将宋子仙据吴兴,遣使召炯,委以书记之任。炯以疾坚辞,子仙大怒,命斩之。炯解衣就戮而不惧。子仙爱其才而不忍杀炯,终逼之令掌书记。后子仙为王僧辩所败,僧辩素闻沈炯名,便于军中得之。从此,王僧辩军中羽檄军书及所进表章,皆出于炯之手。侯景东奔至吴郡,杀炯妻与子,炯弟携其母逃而获免。侯景之乱平定后,梁元帝愍其妻子遇害,特封炯为原乡县侯。僧辩为司徒后,以炯为从事中郎。后梁元帝征炯为给事黄门侍郎,领尚书左丞。荆州陷落,炯被俘至西魏都城长安,被授仪同三司,但因其母在江东而思谋归国。迫居长安时,炯曾经过汉武帝通天台,感触良多,撰写表文焚祭,表达思归之切。后终于被放归。剧作据史实而撰,略有增饰。

作为国子监祭酒且有如此高文化地位的文学家,吴伟业的戏曲创作爱使事用典。这是具有文人情结的剧作家的共同追求,因此赢得文人剧作家的广泛接受和赞赏。《通天台》中的历史掌故特别多,以至于本书给予该剧所做的注释是全书所有剧作中数量最多者。作为历史剧,典故的大量使用也是因剧作所写的复杂的历史事件使然。剧作内容关涉那么多的历史事件,加上文人剧作家有缘事类比的习惯,所以剧中大量用典。这对吴伟业的历史剧来说,不足为奇。就文学成就而言,使事用典则可造就作品文辞的典雅美,从而提升剧作的文学成就。

事物总有两面性。过多的典故使用也会带来理解上的困难。如果一定要将剧作划分为案头剧和舞台剧两大类的话,那么,毫无疑问,《通天台》为更适合阅读的案头剧。

该剧的舞台演出难度较大,主要有三个原因。其中,除了语言尤其是唱词文句过于深奥、普通观众难以看懂外,还因为剧中的人物太少,除了奚童外,舞台上只剩下沈炯一人,全出戏的唱词可谓沈炯一人的独白。与人物过少相关,装扮人物的脚色也就只有生、丑两个行当。中国戏曲的舞台演出机制在根本上取决于场上行当的相互协调与制约。在没有人物之间的对立冲突、脚色行当单一的情况下,舞台表演必然单调乏味。日本青木正儿《中国近世戏曲史》就指出该剧若“上之舞台”,则“不知若何景象”。当然,从戏曲接受的角度讲,总有读者对优秀的案头剧作情有独钟,这也正是本书选择该剧加以赏析的原因之一。

邹兑金

邹兑金(1599—1646),字叔介,一字子介,无锡(今属江苏)人。《杂剧新编》辑刊者邹式金之弟。明崇祯三年(1630)举人。明亡后杜门不出。生平以济人利物为事,捐款设长江救生船二十余艘,号“红船”。以子贵获赠内弘文院中书舍人。善诗文,能填曲。著有《先儒格言集》,佚。所作杂剧《空堂话》,存;儒学著作《先儒格言集》,佚。

空堂话[1]

(锸奴上)一泉一石伴清尊,博奥当今未有伦。公道世间惟岁月,春风次第到柴门。自家锸奴,与弟铁奴同在张相公书房服役。俺相公半世磨成傲骨,前生种下痴肠。说起古今书,部部皆窥,偏空下眼前八股;随他知名士,人人愿友,只拗了场中主司。生长在纨袴丛中,具眼的却道他作人无长物,兴至把胡荽撒去[2],有识者却道是终日无鄙言。只因不得意,整日只是醉酒。目今元旦新正,尚自宿酲未醒[3]。虽是门无杂宾,怕有相知到书房闲话,我已焚香洗砚,整理瓶梅,未知铁奴烹茶未曾。(铁奴上,见介)(问介)(铁)茶已烹就。只是一件,今早相公传话分付整治酒肴,又着我去请唐子畏、祝希哲两位相公。哥,你是晓得的,那唐相公已物故多时,就是祝相公也在京师会试,这是那里说起?莫非昨晚过醉,今日还在那里说醉话哩。(锸)这也奇怪。(作寻思介)我晓得了,俺相公醒的时节也,说得是醉的;醉的时节也,说得是醒的。常说道:齐得醉醒,便可一得生死,又何论天涯海角?这两人与他第一相知,想是真个要请来一坐,你我须索小心祗应。(铁)正是。这样事在他人为奇,在俺家又极平常了。只是请又没处请,又不好回他不在,只索看相公出来行径,相机而行。

呀，说犹未了，相公早上。（正末扮张敉上）情随年少暗惊疑，卖与何人剩有痴。残梦不须愁未竟，留将一半待醒时。自家张敉，字幼于。日来颠倒醉梦，不觉已是新正。今日邀子畏、希哲两人闲话，未知已来否？（铗）还没有来。（末）哇，想是你去请迟了，不在家？（铗）面请的，说随后便到。（末）既如此，锸奴设酒伺候，铗奴随我去，并拉张相公来。（锸奴应设席下）（末作行介）出得门来，眼前光景，好生寥落也呵。

【新水令】一天愁思乱莺啼，借红颜去年残醉。古今横短径，来往问疏篱。布帽斜欹[4]，芳草断魂地。

（铗）相公，前面高轩采盖，远远的来了，恐是相公认得的，暂且回避。（末笑介）这个那里认得。

【驻马听】暗里须眉，自许曹刘识者希。铗奴，为何街坊上静悄悄，绝无一人？（铗）相公说得好笑，这些乔妆打扮、往来作揖的，不是人是什么？（末）这也难道。眼前蜍志，任他蝇蚁漫相随。（铗指介）那边像是张相公家。（末）诗人恰住浣花溪，茅檐远映修篁内[5]。（铗）原来门闭在此。（叩门介）（末）门未启，红尘远向阶前避。

（小生扮张孝资上）（见介）（张）幼于请。（末）不消坐了，恰才约子畏、希哲两人在舍，兄可同过一谈。（张作迟疑介）（末）呀，孝资疑两兄不来么？（张笑介）幼于相邀，二兄必赴。（末）如此，就请同行。（行介）（张）转眼间又觉春风吹鬓也。

【沉醉东风】（末）虽则是迎青帝椒花欲蕊，俺可有傲东皇柏酝新醅。吾辈当以天地为室，日与四海诸公共处，岂以形骸为隔？漫说道人琴此日亡，还则是臭味当年未。（张）子畏此时，敢已在斋头了？莽招魂研北楼西。（张）希哲来路较近些。（末）图得个万里关山手共携，冷淡煞云鸿片鲤。

（到介）（锸上迎介）唐相公、祝相公已先在书房饮酒了。（末、张）如此甚妙。（作进见介）（作同坐介）（张）我与两兄许久不会也。（末）呀，两兄何日不会来。

【风将雏】虽然是面时稀，却不道醒狂意气紧相依。当此新正，正当拍浮大白[6]，以开笑口。（共饮介）（末）醇交醋友吾侪味。（张）子畏素不妄交，近日得无寥落？（末）你不知，子畏与那杨、马、李、杜、欧、苏诸公，日久过从也。大古里傲骨难灰[7]，恰正好敛吟魂，送落晖。索强如长安道思鲈脍，洛阳街寻燕垒。满饮一杯，为希哲解嘲。（共饮介）（张）今日可称良晤也。（末）情之所钟，岂以吾辈反不如儿女乎？不见那桃花面映[8]，倩女魂离[9]。

（末）前日那段姬馨宜，铺奴可速召来，为诸公侑酒[10]。（铺应下）（张）子畏，子畏，世间只有那乌纱是硬帮帮的，黄金是热突突的，未审子畏生天以后，还是何如？（作听介）（末）原来子畏一归天上，是相都无。得此快论，为下酒物，十斗不足多也。（共饮介）

【挂玉钩】（末）我只道那朝市红尘没马蹄，到处人如沸。却原来北郭青山碧水湄，别有个清凉地。（作听介）两兄若问起小弟近况呵，则这懒性儿，赶不上那白驹忙；瘦腰儿，支不过这人情碎。（张）富贵如眼中石火，耳边爆竹，岂落豪杰胸中？只怕七尺易灰[11]，寸心难死，不朽担儿歇不下也。（作听介）（末）原来如此，快哉，快哉！满饮大杯，以浇垒块。（痛饮介）（末）尽仗着醉乡余论，猛可里抹去玉楼题。

（张）文人呕尽心血，不遇知己，若非冥冥中把聪明懵懂一概勾消，便十世百世，还要化作杜鹃啼血哩。

【雁儿落】（末）只为那笔尖花未吐奇，还恐怕腕中鬼终成祟。像子畏还尽了笔墨债，比我三人好不逍遥自在也。那里有碎钟琴流水悲[12]，那里有泣和玉荒山泪[13]。如今世上痴人，占尽了痴福，幸得四大空时[14]，同此一番受用。（共饮介）

【得胜令】到不如长闭白云扉，高捧住紫霞杯。有一日揭起了翠微乡里浮名障，椎碎了宛委山前慧业碑。休疑，忽撒手骑鲸尾；羞提，任空梁落燕泥。

（小旦扮段姬同铺上）点点春愁落翠峰，当筵解语压吴侬。偏怜巫雨连天暗，朝暮销魂向此中。妾身馨宜，蒙张相公呼唤，不免进见咱。（铺）适才所言，段姑娘牢记着。(段)理会得。(作进见介)(末)鬟卿何以来得恁迟[15]? (段)朝来懒得出门,说张相公有远客,强应来命耳。(张)这妮子煞是可人也。

【沽美酒[16]】(末)则见他溜秋波一点痴,擎花朵千分媚,可正是才下眉稍心又泥。诸兄共举一觞,醉此春色。(共饮介)(张)子畏,还记得少年豪侠否? (作听介)(末)正是,正是。风流未坠,色相何存。再休题月痕花蒂,春去也,燕莺期。

(段)闻说燕赵多佳人,敢问祝相公,那燕京春色,还与吴门一样否? (作听介)(末)原来如此。

【太平令】若问起燕台佳丽,抵多少虚名下过眼空迷。(段)妾有两个知心姊妹,一在会稽古驿中,一在孤山桃花影下,浼唐相公替妾稍个信儿[17]。则看他寄春风柔肠互倚,酬夜月香魂逐队。(张)鬟卿奉两兄一觞。(奉酒介)(末)休说那地非事非影非,尽唤做天涯同殢[18]。

(段)看那日影初斜,春光欲语,与诸君庭前闲步一回何如? (末)这也使得。(作举杯携手行介)(张)幼于高情,鬟卿逸致,此会非同等闲也。

【卖花声】(末)今日里风尘满眼寻知己,非是那月粉萦心傍玉肌。看斜阳有恨映寒梅。不论须眉巾帼,只那风尘落拓中,大有人在。恨煞那红颜无主,青衫欲湿。(张)今日把酒临风,不可不尽醉也。浪乾坤一杯相酹[19]。

(作劝酒介)(段)夕阳那搭,敢是祝相公旅寓?

【落梅风】(末)休问那燕吴路日几回,恨苍茫乱山凝翠。(举杯介)则俺这设醴交情长似水,读罢《离骚》,赢得梦魂连袂。

(张)古人云:人生不得行胸臆,虽活百岁犹为夭。则今日与子畏也差不远也。

【甜水令】(末)猛提起骨化魂销,鬓枯肠断,形憔神悴,到不如携手夜台归。据小弟看起来,人生不得行胸臆,虽活一日犹为寿也。则今日抉破离愁,消磨残梦,支持新岁。吾辈宜如子畏多时矣,可不共庆一觞? (笑饮介)(末)喜的是一笑玉山颓[20]。(作醉介)

【双鸳鸯煞尾】(末)走天涯何处把骚魂瘗[21],觅仙方无计把痴肠替,一任他繁华梦莺声唤起。黑漆漆梦中朝,密排排皇家历,急促促愁人晷[22]。收拾梦花盟,猜破雕虫谜。(舞介)对东风舞一回,则他那桃花坞土一堆[23]。(指段介)蒲东寺难问崔[24],(指空介)鹦鹉洲谁姓祢[25]? 提破了生天后世因,忏过了绮语今生罪。(张)幼于已醉。(末)醉次第朝来第一。(段)我们亦从此告别。(末)呀,诸君正未可别也。还待梦儿中剪烛话清宵,只要你向影好窗西唤张敉。

(作醉倒,铗扶下)(张问锸介)你相公此番醉得不善也。天色已晚,可觅车儿送段姑娘回去。(锸)车儿已在门首。还有一句儿要问,恰才饮酒还是几人?(张)你道是几人?(锸)是三人。(张)不是。(锸)是五人?(张)也不是。(段)只好说是一人。(张笑点头介)论起来古今才子,那一个不在座?只是古今才子原没有两副肚肠哩。(锸)张相公说得最妙。

(张)潘鬓今春应有丝[26],(锸)拟将一哭代新诗。

(段)伤心别有奇怀抱,(合)欲向东风问柳枝。(下)

【注释】

〔1〕此折以清顺治十八年(1661)刻《杂剧新编》所收本为底本,以民国三十年(1941)诵芬室《杂剧三集》翻刻本为校本。

〔2〕胡荽(suī):即芫荽,俗称"香菜"。

〔3〕宿酲(chéng):犹宿醉。

〔4〕攲(qī):歪斜,倾斜。

〔5〕篁(huáng):竹子,竹林。

〔6〕浮大白:即浮一大白。出自汉刘向《说苑·善说》。浮,违反酒令被罚饮酒。白,罚酒用的酒杯。原指罚饮一大杯酒,后指满饮一大杯酒。

〔7〕大古里:亦作"大古来"。大概,大约。

〔8〕桃花面映:即"人面桃花"之典。相传唐崔护清明郊游,至村居求饮。有女持水至,含情倚桃伫立。明年清明再访,则门墙如故,人去室空。因题诗曰:"去年今日此门中,人面桃花相映红。人面不知何处去,桃花依旧笑春风。"事见唐孟棨《本事诗·情感》。后用以形容男女邂逅钟情,随即分离,男子追念旧事的情形。

〔9〕倩女魂离:用张倩女离魂追随恋人王文举之典,出自元郑光祖杂剧《倩女

离魂》；前有唐陈玄祐《离魂记》，情节相似，男女主人公姓名为王宙与张倩娘。

〔10〕侑(yòu)酒：劝酒，为饮酒者助兴。

〔11〕七尺：指身躯。人身长约当古尺七尺，故称。

〔12〕碎钟琴流水悲：用“伯牙碎琴”之典，最早记载于《列子》。钟子期死，伯牙破琴绝弦，终身不复鼓琴，以为世无足复为鼓琴者。比喻知音难觅。

〔13〕泣和玉荒山泪：用“白璧三献”之典，出自《韩非子·和氏》。楚人和氏得玉璞，两献楚王，两遭刖足，抱玉石至荆山下大哭三天三夜。第三次，王使治璞，得白玉，琢以为璧，世称“和氏璧”。比喻怀才不遇。

〔14〕四大空：即四大皆空，佛教用语，出自《四十二章经》二十：“佛言当念身中四大，各自有名，都无我者。”佛教以地、水、火、风为构成物质的四大元素。四大皆空意为万物皆非实有，都是空虚的。

〔15〕卿：底本作“鄉”，据诵芬室翻刻本改。以下两处同。

〔16〕沽美酒：底本此曲牌前衍“末”字，删。

〔17〕浼(měi)：请托。

〔18〕殢(tì)：滞留。

〔19〕酹(lèi)：以酒浇地，表示祭奠。

〔20〕玉山颓：典出《世说新语·容止》：“嵇叔夜之为人也，岩岩若孤松之独立；其醉也，傀俄若玉山之将崩。”后常用此喻醉酒。

〔21〕瘗(yì)：埋葬。

〔22〕晷(guǐ)：日影，借指光阴、时间。

〔23〕桃花坞：唐寅在桃花坞建屋，名为桃花庵。

〔24〕蒲东寺：指张生与崔莺莺相会的普救寺，因在山西永济蒲津之东，故又称蒲东寺。

〔25〕鹦鹉洲：唐代开始，文人多以鹦鹉洲作为东汉名士祢衡的埋骨之地。

〔26〕潘鬓：用潘岳三十二岁白头之典。潘岳即潘安，曾作《秋兴赋》自述才高位卑，际遇不顺，三十二岁已头发花白。

【评析】

《空堂话》杂剧现存清顺治十八年刻《杂剧新编》所收本、民国三十年诵芬室《杂剧三集》翻刻本等。

该剧共1折，末本戏。正末扮张敉。剧写吴中名士张敉，于元旦新正，着侍儿邀已故多时的唐子畏和远在京师的祝希哲二友一聚共饮，张敉把酒畅谈，唏嘘喟叹；同座还有友人张孝资及小姬段鞶宜，二人皆看破不说破，因心领神会，故也信友如友在。此剧几无情节，却十分奇幻，场景单一又不为时空所限；空堂自觞，自言自语，极度孤寂，却有知己在侧，且古往今来、咫尺天涯，文人一心，又何其丰沛！曲辞兼具清雅蕴藉与洒脱意气，典故化用契合语境，儒释道出世入世态度融会其中；人物对白温婉融洽，尽显知己间惺惺相惜的默契。邹式金有评云："叔弟深入禅那，此文从妙悟中流出，笔墨俱佳，逸气高清，藻思雅韵特余技耳。"祁彪佳《远山堂剧品》列此剧为"逸品"，评曰："张幼于为吴中第一狂士，记其空堂自觞，却与唐子畏、祝希哲千里对面，醉语、梦语，无不是醒语、化语。"

黄周星

黄周星(1611—1680),字景明,一作景虞,号九烟,别署圃庵、而庵、笑苍子、笑苍道人,上元(今江苏南京)人。庶出,被嫡母弃于道上,湘潭周翁拾而养之,取名周星。7岁工书法,12岁入南监。明崇祯十三年(1640)中进士,官户部主事,复姓黄氏。明亡后,弃官去,改名黄人,隐居于浙江乌程县南浔镇。后往来于吴越江淮间,以授徒为生。清顺治十年(1653)改名人,字略似,号半非道人。交游必遗民。康熙十九年(1680)五月初五,效屈原,投水自尽,被救后绝食而亡。性情耿介,曾刻"性刚骨傲肠热心慈"印,作自身写照。工诗文,通音律,擅作戏曲。著有诗文集《夏为堂别集》《九烟先生遗集》,存。戏曲作品有传奇《人天乐》、杂剧《惜花报》《试官述怀》,存。另有论曲著作《制曲枝语》,存。

试官述怀[1]

【水底鱼】(净扮试官上)文运天开,科场点秀才。三年大比[2],个个赶将来。哈哈哈。放屁文章总一般,大家容易大家难。之乎者也成何用,只要金钱中试官。自家非别,乃今科钦点一员新鲜考试官是也。区区一心钻刺,两眼糊涂。昔年也淡饭黄齑[3],久已付之度外;今朝便朱衣绛蜡,浑然只似梦中。看文字那知道皂白青红,信着手只乱涂乱抹。卖关节紧记定赵钱孙李,合着窍便连点连圈。那中式的休感激我座主恩深,只为他钱能使鬼。那落第的休怨恨我试官眼瞎,总因你命里无财。这正是:文章自古无凭据,惟愿家兄暗点头[4]。且住,三年一科,事关大典,恐怕左右祗候人役们[5],不知道上科规矩[6],临期致有违错,不免唤将来分咐一番。左右的那里?(杂应上)有。

【点绛唇】(净)明远楼高,至公堂闹。龙门晓,济济英豪,一一听吾号。

左右的,你们可知道科场规矩么?(杂)小的们答应生疏,敢求老爷分咐。(净)你听我道来。今岁秀才们科场文字,都要文七篇、论一篇、表一篇、判五篇、策五篇。文、论、表、判、策,通共十九篇,篇篇都中式[7],取他做解元。(杂)是。这秀才们文字,还是老爷一位自看,还要请几位老爷相帮?(净)我老爷一位,如何看得来?你与我去请那易经房、书经房、诗经房、春秋房、礼记房。易、书、诗、春、礼,通共二十房,房房都请到。团坐至公堂,大家看卷子,打哄到天光[8]。(杂)到那里去请?(净)你与我或浙江,或江西,或湖广,或陕西,或河南,或山西,或福建,或广西,四川的、云南的、两京十三省,个个都请齐。请到内帘,卖关节,大家打伙分东西。(杂)这是内帘事体了,还有外帘事体。可要请几位老爷相帮?(净)你再听我道来。还有那提调官、监试官、搜简官、弥封官、誊录官,第一更要紧是那供给官。各位外帘都请到,照常执事一般般。(杂)请问老爷,怎么供给官更要紧?(净)你不知道么?那供给官是专管场中饮食的。那些秀才们吃的大馒头、小馒头,粉汤烧饼一涝收,半碗黄粱一碗粥,两片薄肉酱瓜头。俺老爷吃的河清酒、三白酒、玉兰酒、红梅酒、珍珠酒、琥珀酒,尽量吃得醉醺醺;上床还有药烧酒,搂着门子睡一头,这个快活那里有?(杂)老爷休得快活过了,还有正事未完。(净)正事么,也差不多了。只有那门内门外执事人员等项,未曾分咐。(杂)是那几项?(净)是那管门的、掌号的、巡绰的、瞭高的、提铃敲梆的,一一要严紧,休得耍子嬉。阴沟洞里防传递,交头接耳不容私。(杂)那些秀才们坐在号房里,却如何堤防他?(净)你看那东文场天字号、仫字号直到那率字号、归字号,西文场地字号、黄字号直到那宾字号、王字号,天地仫黄、率宾归王一百二十号,号号都要堤防到。谨防代笔并抄誊,夹带文章藏谷道。那些秀才们大半是荒字号:生员平日里文也荒、学也荒,到这时节心也慌、手也慌,点过了一枝烛、两枝烛,听过了一通梆[9]、两通梆。画角儿吹得哈喇哈喇哈哈喇[10],更鼓儿打得噇当噇当噇噇当。写去写来难满格,哼来哼去不成腔。直弄得一个个头晕眼花喉舌燥，腰酸背痛指头僵。肚皮饿得哇哇叫，呵欠喷嚏泪汪汪。这正是：窗下工夫全不做，场中苦恼怎生当。（杂）禀爷，这样苦恼，那秀才们进来做甚？（净）他进来要望中哩！（杂）要中他做甚？（净）中了好做官。（杂）要做官作甚？（净）做了官，好抓银子。（杂）原来只是为银子。敢问老爷做官多年，也有多少银子么？（净）我若有银子，我又谋这试官差做甚？（杂）原来老爷为没银子，才谋这试官差。敢问老爷，这一差，可得多少银子？（净）这却定不得。我虽定价三千两一名，那秀才们贫富不等，也有现的，也有赊的，也有重叠交关的，也有牵前搭后的，大约此一差所得，不过数十万而已。（杂）够了够了。这样钱财，拿回家去，敢怕天理难容么？（净笑介）痴孩子，痴孩子。

【黄莺儿】那怕犯天条，那青天高又高，从来善恶都无报。屈倒英豪，便宜草包，那管他麒麟哭杀村牛笑。且风骚，女娼男盗，一任后人嘲。

（杂）有理，有理。看来秀才们望中也只为银子，老爷做试官也只为银子。银子原来是这样好的。（净）从来如此了。你岂不闻：千里求名只为嘴，万里求官只为财。但看满朝朱紫贵〔11〕，皆因元宝换将来。

【清江引】干功名只用真元宝，文字何须道。地哑并天聋，大锭的魁星跳。算世上无如银子好。（杂）笑寒儒枉自夸，才料怎及松纹钞〔12〕。任你好文章，试官全不要。算世上无如银子好。（合）孔方兄弄得人颠颠倒，恶业何时了？主考为他昏，举子为他恼，算世上无如银子好。

罢了罢了。科场中一团怨气，秀才们昏天黑地。何时得公道昭彰？除非是弥勒出世。（合掌念）南无没天理银子佛，南无丧良心铜钱菩萨。

【注释】

〔1〕此折以清康熙二十七年（1688）刻《夏为堂别集》所收本为底本。

〔2〕三年大比：明清时，每三年举行一轮科举考试，于子、卯、午、酉年举行乡试，次年即丑、辰、未、戌年举行会试及殿试。三年大比特指乡试。

〔3〕黄虀（jī）：咸腌菜。常借指艰苦的生活。

〔4〕家兄：这里指孔方兄，即钱。

〔5〕祗(zhī)候：职官名。宋代祗候分置于东、西上阁门，与阁门宣赞舍人并称阁职，祗候分佐舍人。元代各省、路、州、县分别设祗候若干名，为供奔走驱使的衙役。元明亦指官府衙役，势家仆从头目。

〔6〕上科：甲第，甲榜。

〔7〕中式：科举考试合格。

〔8〕打哄：胡闹，开玩笑。

〔9〕梆：巡更或旧时衙门用以集散人众所敲的响器，用竹子或挖空的木头制成。

〔10〕画角：古代乐器。竹木或皮革制成，外面绘彩，口细尾大，声音高亢激厉，古代军中常用。

〔11〕朱紫：古代高级官员的服色或服饰。谓朱衣紫绶，即红色官服，紫色绶带。

〔12〕松纹钞：纹银的别称。明代后期，由于成色优良的银子在铸造中会出现细密的纹路，人们常把足色的银锭称为“纹银”。

【评析】

《试官述怀》今存清康熙二十七年刻《夏为堂别集》所收本。

该剧共1折。全剧以某考官对办事小吏训话、教他们上科规矩的形式，揭露科举考试的弊病：秀才们为做官发财而来应试，试官为捞钱而来主考，阅卷人卖关节以渔利；供给官向考生供应粗劣食物，却让老爷们享用美酒佳肴。此剧以净为主脚，不务大段抒情性曲唱，曲辞短小，直白爽利，念白铺陈渲染，各角色、各环节唯利是图之行为状貌呼之欲出。“那怕犯天条，那青天高又高，从来善恶都无报”，“主考为他昏，举子为他恼，算世上无如银子好”，“南无没天理银子佛，南无丧良心铜钱菩萨”，诸如此类点睛之语，讽刺之辛辣，毫无顾忌。作者曾经历科考，亦曾涉足仕途，又四处漂泊，饱受不公，看透世情，于是嬉笑怒骂，借以抒怀泄愤。

嵇永仁

嵇永仁(1637—1676),初字匡侯,后字留山,号抱犊山农,江宁(今江苏南京)人,寄寓无锡(今属江苏)。屡试不中,以教馆和行医为生。清康熙十二年(1673)入闽浙总督范承谟幕。耿精忠反,拘范承谟、嵇永仁,囚禁三年,始终不屈。十五年,范承谟被害,嵇永仁自缢而死。四十七年追赠国子监助教。工诗文,善音律。著有《抱犊山房集》,存;《东田医补》《桑政备考》,佚。撰有传奇《扬州梦》《双报应》2种,存;杂剧集《续离骚》,包括《刘国师教习扯淡歌》《杜秀才痛哭泥神庙》《痴和尚街头笑布袋》《愤司马梦里骂阎罗》4种,存。

刘国师教习扯淡歌[1]

【点绛唇】(生扮刘伯温道服上)拂袖山家[2],濯缨林下,机缘罢。春社秋瓜,娱老乾坤大。

闷向窗前观《通鉴》,古今世事皆参遍。兴亡成败多少人,治国功勋经百战。安邦名士计千条,北邙山下无打算。争名夺利一场空,原来都是精扯淡。老夫青田刘基是也。自从请致归来,黄冠野服[3],到处逍遥;竹杖芒鞋,随时洒落。好不省了多少是非,避了若干荣辱,谁似咱这等清闲呵。(末扮张颠仙上云)问余何事栖碧山,猿猱欲度愁攀援。乘兴杳然迷出处,世上浮名好是闲。自家张三丰的便是。久别了国师,乘他致仕在家,不免探访一遭。(相见介)国师请了。(生云)原来颠仙到此,有失迎迓了[4]。(末云)敢问国师,家居作何生活?(生云)老夫的行藏,颠仙自然尽知。眼前境界,不过是两袖清风、一轮明月。(末云)国师忒煞看破了。(生云)颠仙,你道老夫看破么?

还有一篇《扯淡歌》,却把古古今今都看破在内。且取酒来,与颠仙一面闲酌,待老夫说其大概,一面教子弟唱与颠仙听者。(末)当得洗耳。(杂取酒上,对饮介)(生云)子弟们何在?(众扮童子六名上)升沉应已定,日月不相饶。滥窃商歌听[5],人生何太劳。(见介)(生)我与颠仙在此饮酒,你等将闲时学习的《扯淡歌》逐段唱来。(众童应介)(末)国师,那第一段怎生起头?(生)你听我道:

【混江龙】从混沌传留天下,三皇五帝大排衙。他只为敦崇了揖让[6],回避了征伐。没奈何赤舄元公诛管蔡[7],全倚藉钓璜渭叟佐周家[8]。

(众童一面照数落腔唱,一面拍手作打板介)老汉闲时无事干,胡诌几句将人劝。作了一篇《扯淡歌》,遗下留与后人看。自从三皇五帝起,算来都是精扯淡。尧舜禹汤并桀纣,文王武王周公旦。渭水河边请太公,垂钓只用七尺线。扶立周朝八百年,算来也是精扯淡。(唱此一句作一旋磨介)(末拍手大笑云)其实好扯淡也。那第二段哩?(生唱)

【倘秀才】有圣母祷尼山,素书麟挂[9]。杏坛上讲六艺,丘也东家。要行道,遍经过七十二主厄,陈蔡绝资粮,弦诵里嗟呀。只要得祀千秋文章俎豆[10],不枉了苦栖皇辙迹天涯。忆吹箫,潜吴市,英雄呵乞食,泄父恨,钢鞭起,神鬼没遮架。赐髑髅金闻敌至,沉鸱夷胥水涛发,长恨付蒹葭。

(众童照前唱介)圣人三千徒弟子,陈国绝粮遭饥险。临潼会上说子胥,举鼎千斤救主难。鞭伏展雄来皮豹,一十八国都走遍。厥后鞭尸楚平王,吴门曾把头来献。看了春秋这伙人,算来都是精扯淡。(照前旋磨介,后段照此)(末笑云)其实扯淡也!那第三段哩?(生唱)

【滚绣球】十三篇隐机妙略,漏泄了鬼神一点英华。齐丑女却安邦,多智老将军善饭无加。镇匈奴匡扶赵国,求拜将忍杀浑家。为天书摧残朋友,偿刖足万弩交加。刺锥时图谋纵约,留舌在要想生发。领秦师雄吞气概,做客卿也受辱遭踏。谁为王,谁为帝,谁为霸!祖龙把诸侯来席卷,奸臣们又把那二世搅如麻。

（众照前介）吴国孙子作兵书，十二国出钟无盐。李牧廉颇共白起，每日南征与北战。孙膑庞涓拜弟兄，刖足为仇结成怨。苏秦张仪并王翦，三人拨得天关转。范雎远交近攻谋，天下六国都侵遍。至此一统属始皇，天下人民才不乱。李斯赵高起奸心，又把秦朝纲纪乱。南修五岭北长城，东填大海人人怨。嬴政死在沙丘城，鲍鱼混尸精扯淡。（照前旋磨介）（末大笑云）其实好扯淡也！那第四段哩？（生唱）

【幺】早又见子弟江东将河北打，拔山力执矛丈八，纽天机有亚父帮他〔11〕。为楚的要鸿门宴上行奸诈，为汉的要乌江撒手才干休罢。美男子定六出计谋，老相国造就律法，还有那遭菹醢吃刀剑都智出留侯下〔12〕。更好笑椒房戚，原是旧屠家。

（众照前介）霸王会上起雄兵，范增早把计来献。先到咸阳为皇帝，鸿门会上排筵宴。子房席间共陈平，二人定计扶刘汉。项庄项伯舞剑锋，樊哙军中救主难。汉王贬上褒州城，张良烧了连云栈。萧何苦将韩信保，筑坛拜将定民乱。明修栈道度陈仓，席卷三秦真好汉。九里山前只一阵，霸王自刎乌江岸。英雄彭越也遭诛，萧何又将韩信赚〔13〕。十大功劳化为尘，未央宫里吃一剑。看了西汉这伙人，算来也是精扯淡。（照前旋磨介）（末云）其实好扯淡也！那第五段哩？（生唱）

【天下乐】说甚么安汉公，他弄寡妇孤儿也只当是要，毒天子冤也么家。汉兵起白水洼，齐臻臻上云台，战勋汗马。关陇破，邯郸下，击巴蜀，江淮怕。那镇年价盼封侯，怎抵得桐江钓竿一把。

（众照前介）王莽酒鸩平帝死，二十八宿昆阳乱。光武七岁走南阳，后赶贼臣是苏现。暗走河北王郎子，赤眉铜马都杀遍。子陵垂钩钓锦鳞，李广开弓能射雁。看了东汉这伙人，算来也是精扯淡。（照前旋磨介）（末云）其实好扯淡也！那第六段哩？（生唱）

【哪吒令】不争的召外兵，引奸雄驻札。结识个义儿关上守，把各路里败下。一队伍掩杀,显桃园奋发。生掇出后汉的儿郎上马,接应着会喊的响雷聒。

【前腔】拜服了《出师表》,这南阳足下,就道是凤雏也侥幸并驾。笑曹瞒狡滑,被周郎智压,一把火险些儿挣扎。白衣的摇橹去,暗袭了荆州那答。恨则恨天水客,计不就枉疼热。

(众照前介)再说三国许多般,董卓专权天下乱。虎牢关上吕布能,又有三人能惯战。先主孙权共曹操,诸葛周瑜有神算。赵云军中抱太子,翼德一声喊桥断。赤壁鏖兵用火攻,破了曹兵一百万。吕蒙定计取荆州,庞统川中曾射箭。六出祁山吊伐勤,七擒孟获真罕见。姜维九次伐中原,算来也是精扯淡。(照前旋磨介)(末云)其实好扯淡也!第七段哩?(生唱)

【鹊踏枝】一个个扫电堪夸,一个个缘木偷下。挣就了蜀川建业,晋朝天下。前五代齐梁宋一答,并陈隋空费了争杀。

【幺】这壁厢隋苑繁华,那壁厢太原起马,收拾了洛阳渤海武牢江夏,后五代梁唐晋闹煞,汉和周干折了兵甲。

(众照前介)钟会邓艾取西川,司马又将天下占。东晋西晋与齐梁,立破苻坚兵百万。隋朝杨素韩擒虎,一阵又把江南陷。再说神尧唐太宗,世民立政龙虎殿。李密绝粮金墉城,世充洛阳城池献。茂公敬请秦叔宝,美良川上曾跳涧。仁贵征东他道能,黄巢杀人八百万。存孝力大能打虎,朱温三弑椒兰殿。敬塘彦威刘智远,五代残唐又反乱。看了晋唐前后代,算来也是精扯淡。(照前旋磨介)(末云)其实好扯淡也!第八段哩?(生唱)

【寄生草】夹马营产得香孩诧,华岳山磕睡翁算的不差。兀谁听杜鹃声感叹天津下,半部书《论语》安邦大。更难得焚香誓众把江南跨。澶渊西夏靖边笳,可惜元丰小人用事,以致贼盗横行,酿就了靖康之祸。撼不动岳家军,却葬送在东窗话。

(众照前介)世宗坐在汴梁城,希夷康节能会算。一汴二杭三闽广,宋朝太祖真命现。先有赵普共曹彬,扶持太祖平江汉。真宗神主作帝王,寇准韩琦定主难。

外有宋江与方腊，内有蔡京与童贯。徽宗遭贬五国城，大金又把东京献。岳飞父子统雄兵，只为黎民遭涂炭。秦桧朝中定计谋，三边害了忠良汉。看了南北两宋人，算来也是精扯淡。（照前旋磨介）（末云）其实好扯淡也！第九段哩？（生唱）

【幺】唾金朝辱没了中原驾，驻斡离受用些玉帛女娃。直杀到吐人言甪兽才班师罢[14]，生迫得弃乘舆夜走双沟汊。最堪怜崖山波浪青城坝，畅好是浩歌正气忠魂化。一般的居庸匹马咽秋笳，这时节际风云虎踞龙蟠下。

（众照前介）大元太祖领雄兵，世宗兴兵也不善。一赶大金至北塞，世祖崖州君臣散。止有忠臣文天祥，生不屈膝死不怨。后来大明取大元，大下丰登兵不乱。我见世间扯淡歌，我也跟着去扯淡。早辰扯淡直到晚，天明起来又扯淡。扯的钱财过北斗，临死拿的那一件？冷了问我要衣穿，饥了问我要吃饭。有人识破扯淡歌，每日拍手笑呵呵。遇着作乐且作乐，得高歌处且高歌。古今兴废及奔波，一总编成扯淡歌。（末拍手大笑云）好一个扯淡的世界也！且待俺浮一大白，快活则个。（醉介）贫道醉也，贫道去也。（生）颠仙，老夫不知与汝后会又在何时？（末大笑介）国师却不道又来扯淡了。人生聚散不常，光阴有限，你东我西，如萍逐浪，那能学麋鹿之群居野处哉？（生亦大笑介）倒是老夫饶舌了。

（末）脱却衣冠换布袍，儒风争似道风高。
石鼎漫煎茶味饮，泥炉烂熟煮根肴。
（生）宁随海上寻丹药，不向名园种碧桃。
勘破浮生真大梦，一枕黄粱睡始觉。

【注释】

〔1〕此折以清雍正间刻《续离骚》所收本为底本。

〔2〕山家：泛指僧道者流。

〔3〕黄冠：道士之冠。

〔4〕迎迓(yà)：犹迎接。

〔5〕商歌：悲凉的歌。商声凄凉悲切，故称。

〔6〕敦崇：崇尚。

〔7〕赤舄(xì)：古代天子、诸侯所穿鞋子。舄，古代以木为复底的鞋。元公：即周公。管蔡：周武王弟管叔鲜与蔡叔度的并称。二人挟纣子武庚叛，成王命周公讨伐，诛杀武庚与管叔鲜，流放蔡叔度。事见《尚书·金縢》及《史记·管蔡世家》。

〔8〕钓璜渭叟：指姜太公。

〔9〕素书：宋代徐天麟《东汉会要》卷五"祠孔子"引《钟离意传》云："钟离意为鲁相，出私钱付户曹孔䜣修夫子车。身入庙，拭几席剑履。男子张伯除堂下草，土中得玉璧七枚，伯怀其一，以六枚白意。意令主簿安置几前。孔子教授堂下床首有悬瓮。孔䜣曰：'夫子瓮也。'背有丹书，人不敢发。意曰：'夫子圣人，所以遗瓮，欲以垂示后贤。'因发之。中得素书，文曰：'后世修吾书，董仲舒。护吾车，拭吾履，发吾笥，会稽钟离意。璧有七，张伯藏其一。'意即召伯问，果服焉。"

〔10〕俎豆：俎和豆。古代祭祀、宴飨时盛食物用的两种礼器。亦泛指各种礼器。引申指崇奉。

〔11〕纽：扭转。

〔12〕菹(zū)醢(hǎi)：古代酷刑，把人剁成肉酱。

〔13〕赚：骗取。

〔14〕甪(lù)兽：传说中的神兽名。

【评析】

《续离骚》今存清康熙间抱犊山房原刻《嵇留山殉难遗稿》本、雍正间刻本及抄本等，其中雍正间刻本已收入《清人杂剧初集》。

《续离骚》为组剧。《刘国师教习扯淡歌》为《续离骚》之一种剧，1 折。写刘伯温告老还乡与张三丰对酌，教子弟们演唱自编的《扯淡歌》以佐酒。古往今来帝王将相、兴衰成败之种种，在刘伯温眼中皆是"争名夺利"的"精扯淡"，愤世嘲世之旨意异常鲜明。此剧乃嵇永仁身陷囹圄时所作，其《续离骚引》有云："仆辈遘此陆沉，天昏地惨，性命既轻，真情于是乎发，真文于是乎生，虽填词不可抗《骚》，而续其牢骚之遗意。"

此剧情节极为简淡，排场却很热闹，刘伯温唱一曲，众童子“一面照数落腔唱，一面拍手作打板”，念诵完一段“作一旋磨”。刘伯温之曲凝练机巧、典故密集，众童子之跟白则直白泼辣、直抒其意，形成铿锵有力的唱和，韵律感十足，情绪层次鲜明。郑振铎编《清人杂剧初集》所题《后记》云：“永仁遘难囚居，不知命在何时。情绪由愤郁之极而变为平淡，思想由沉郁之极而变为高超，而语调则由骂世而变为嘲世，由积极之痛哭而变为消极之浩歌。”

杨潮观

杨潮观（1710—1788），字宏度，号笠湖，金匮（今江苏无锡）人。十四岁有诗名。清乾隆元年（1736）中恩科举人。初入京供职，后外放三十多年，担任州县地方官十六任，先后任林县、固始知县，邛州、简州、泸州知州，署雅州知府等。为政廉明有声，任职固始知县时，人称“杨固始”。性和易，少以诗笔著名，兼工书法，善画竹。中年雅好丝竹，寄情声律，尤工度曲。乾隆三十四年任四川邛州知州时，在传说中的卓文君妆楼遗址筑吟风阁，延揽文士吟咏，并创作杂剧，召集艺人演唱。回乡后复自建吟风阁，指点艺人演出。著有《左鉴》《古今治平汇要》《笠湖诗稿》《周礼指掌》等，前 2 种存。撰杂剧 32 种，合称《吟风阁杂剧》，存。

寇莱公思亲罢宴[1]

【北中吕·粉蝶儿】（老旦扮刘婆扶杖上）白发青裙，画堂前尚蒙恩养。想当初独伴孤孀，今日个受黄封、膺紫诰，[2]惹大风光！怎知道孟母先亡[3]，倒是咱贱残生，趁着他暮年安享。

梅花雪压深难见，谁道春来香已遍？绕树还依画栋飞，旧时王谢堂前燕[4]。自家寇丞相府中一个老婢子刘婆便是。我家相爷，官居一品，禄享千钟，才辞了军国平章[5]，又拜了相州节度[6]，出将入相，荫子封妻。你们只见他富贵当前，岂知他幼年孤露[7]？当日太夫人青年守节，零丁孤苦，把他教养成名，不想今日荣华，太夫人早已辞世。如今府中，只有老婢子还是当初服侍太夫人的，因此上，相爷、夫人念其旧日，留养府中，多蒙另眼相看，倒也十分自在。只是咱酒星照命，最是贪杯，虽则相府存身，实乃醉乡度日，终日醺醺，不省人事，因此府中上下，都叫我是个女刘伶[8]，这也不在话下。明日是相爷的千秋大庆，文武官僚，齐来上寿。听得今番的酒筵歌舞，比前异样丰华。你看笙歌醉饱僮奴队，罗绮光华婢妾身。眼见得咱又有一番侥幸了也！

【上小楼】清闲一向，幸衰鬓依然无恙。看到他贵子贤孙，兰桂齐芳[9]，春满华堂。只笑我靠糟床[10]，闻酒响，便喉咙搔痒。这是俺女刘伶，半边也那风样[11]。

（副净扮院子跑上）宰相家人七品官。官不算，还要短一段。宰相肚里好撑船。船不软，还要转一转。（老旦）院子，为何这样慌张？（副净）老妈妈，你还不知道我的慌张，其实郎当。只因相爷庆寿，比前异样铺张。色色翻新换旧，差我前往苏、扬。广征水陆千品，妙选伎乐成行。舞女珠围翠绕，歌童玉琢金装。不是贵人夸耀，怎得奴辈猖狂？领了雪花一万[12]，嫖赌去了半方[13]。谁知干事停当，小伙恨未分赃。撺掇相爷火发，带怒下了教场。回来就要发放，险些性命存亡。妈妈，烦你通个内信，夫人解劝从旁。但肯周旋则个，谢你手帕一方。（老旦）你是说些甚么？我已醉的糊涂，听不明白，等我醒过来，你再说罢。（副净）好话！你的酒也难醒，我的事也难等。（下）（老旦）你看那院子，仓皇而去。我想起来，相爷福禄齐天，如此豪华，怎生还不知足？虽则贵人性大，也不该十分忘怀了。不免从回廊走将过去，看是如何？你看潭潭府第[14]，画栋珠帘，列幕张灯，如同白昼。别院笙歌乍起，满阶珠翠齐迎，想是相爷教场回来了。（作跌介）阿呀！是甚么将吾滑倒？一连跌了几交。

【么篇】稳不住齐眉拄杖，猛将咱玉山颓放[15]。原来是歌舞连宵，蜡泪千行，堆遍回廊。滑溜溜扒的忙，跌的慌，几乎把老身停当。咱正要借因由，去把那旧情来讲。

听得相爷、夫人同在后堂，正好上前厮见[16]。只怕的酒逢知己千钟少，话不投机半句多。（下）（外扮寇莱公戎装拥众上）赤手擎天一着高，生平从此显英豪。澶州事业相州节[17]，不觉蝉冠已二毛[18]。下官莱国公寇准，现在节度相州。今日,教场合营大操,事毕回来,不觉已是上灯时候。退下!(众下)(更衣介)不如意事,十常八九。只因下官初度[19],文武官僚,合当加礼酬答,欢宴军门。筵宴所需,都令翻新换旧,不料为采办家奴所误,以致不能成礼,因此心中十分不快,已曾吩咐将那厮绑出辕门,定当一顿处死。请夫人出堂!(旦扮寇夫人上)夫君镇大藩,象服称河山[20]。治国难而易,齐家易却难。相公,当此千秋大庆,百福俱全,正该燕喜开怀[21],缘何却生烦恼?就是家奴无礼,处治何难?今当家庆之辰,且请停刑造福。(外)夫人有所不知,下官入参朝政,出总兵权,无令不行,无人不服,今乃家奴贱才,玩纵如此,家之不齐,岂能治国乎?(内老旦哭介)(外)你听是何人啼哭?唤他过来。(老旦上)(旦)原来是这风婆子。你是风了?醉了?怎到此啼哭起来?(老旦)老迈龙钟,在回廊走过,被几堆蜡烛油滑倒,一连跌上两交。只为老婢子,是从不曾经过跌踣的,大意了些。(旦)想是跌痛了?(老旦)痛是不曾狠痛。因此一跌,想起太夫人,不觉掉下泪来,失声一哭,刚被相爷、夫人听见,合该万死。(外)你是怎地想起太夫人来也?(老旦)相爷,你自然忘了。老婢子还记得你幼年时节,自从先太爷亡后,并无遗下田园,太夫人百般哀苦,把你教养成名。那时节灯火寒窗,停针课读[22],就是你读书的灯油,都是太夫人十指上做出来供应你的。你如今功成名遂,富贵荣华,每夜府中辉煌灿烂,四壁厢高烧绛烛,遍地里蜡泪成堆,真那彼一时此一时,可怜当日太夫人的苦楚,竟不曾受享你一日!

【满庭芳】想当初辛勤教养,他挑灯伴读,落叶寒窗,那有余辉东壁分光亮[23]。单仗着十指缝裳,继膏油叫你读书朗朗[24],拈针线见他珠泪双双。真恓怆,到如今,怎金莲银炬,照不见你憔悴老萱堂?

想到其间,老婢子不觉的老泪交流,不能自止了。你休怪我!

【快活三】不由人遇繁华更惨伤,不由人提往事独凄凉。也只为小来看觑感恩长,剩今生头白还相傍。

(外背立挥泪介)(旦)既是你为太夫人吊泪,也不怪你。只是今朝欢庆,你休说得相公伤感起来。你且到后厢自在去罢!(外)夫人且住。下官闻言悲感,烦恼顿消，倒要他把旧时甘苦，细细说一番也。左右，可将绑出那厮，暂且押回，听候另行发放者！（内应介）（外）老婆子你且说来，下官不嫌絮烦也。（老旦）当日太夫人守着孤孀，千辛万苦，如今已日久年深，连老婢子也渐渐相忘了。

【朝天子】则记得太夫人呵，抚孤儿暗伤，代先人义方[25]，为延师尽把钗梳当。只要你成名不负十年窗，倚定门闾望。怎知他独自支当，背地糟糠。要你男儿志四方，又怕你在那厢，我在这厢，眼巴巴，巴到你学成一举登金榜。

（旦）那年太夫人泥金报信[26]，可也欢喜？（老旦）他就此开颜一笑。争奈他筋力已枯，淹淹一病，空费了无限勤劬[27]，你后来的富贵，都不及见了。

【四边静】今日呵，他身先黄壤，博得你富贵夫妻同受享。你如今纵玉碗瑶觞，热腾腾亲捧着三牲养[28]，恁羹香酒香[29]，也滴不到泉台上。

老婢子语言颠倒，冲撞贵人，望乞恕罪。（外）呀，你说那里话！（老旦）老婢子还想起一事来，当日太夫人曾有一个遗念，留在老婢子处。（外）快去取来！（老旦下）（末、生扮院子上）（末）禀相爷，朝内王侯卿相，各路节将监司[30]，抬送寿山福海等物，礼单一一呈上。（生）禀相爷，合属文武官员，率领将吏耆民[31]，称觞制锦[32]，预祝千秋，明早都在辕门伺候。（外）正要吩咐中军，明日罢宴。一应贺仪贺客，俱免传宣。寿乐寿筵，概停伺候。（末、生应下）（老旦取画上）（旦）这画如何说？（老旦）挂起来看。你看这画中，母子二人，孤灯一盏，是那个来？可不太夫人音容如在！当初你在京新科及第，太夫人已得病在家，不起的了。记得他临危之际，特叫老婢子到跟前。（外挥泪介）那时有何说话来？（老旦）那时他也没多说话，就把这轴画儿交付于我，也不知甚么意思，他只说道：你的小官人，将来前程自然远大，只是没爹的孩儿，从小任性，我又失教，怕他一朝得志起来，就这一件，我做娘的放心不下。话犹未了，只见他几声呜咽，两泪分流，竟是回首了[33]。我的太夫人呵！你好苦也！

【耍孩儿】你眼穿但把孩儿望，怎知道临去也莫话衷肠。只这一幅旧形相，费他无限思量。则为你小来心性无拘检，反着我秃尾乌鸦教凤凰[34]。（指画介）你开图像，看这仪容萧瑟，怎禁仔细端详！

（外哭倒，众救介）感念亡亲慈训，画中之意，何敢刻忘！（旦）可将此像悬挂中堂，我夫妇好朝夕展拜。（外）正该如此。可奈下官忘亲纵欲，刘婆，怎生把我尽情数说一番，只当我自家怨艾也！（老旦）老婢子怎敢？

【五煞】则是你受君恩，恩可酬；受亲恩，亲已亡，故园攀柏真堪怆[35]。早知道鼎钟不逮团圞日[36]，反不如菽水亲供田舍郎[37]。你休回想，今日个朱门酒肉，（指画介）当日个白发糟糠。

（旦）先姑如此恩勤，怎生这般命苦？（外）树欲静而风不宁，子欲养而亲不逮。真是古今同此一恨也！（老旦）相爷，你富贵当身，原该享用，因此罢宴，足见你夫妇的孝思。

【四煞】一霎时喜宴开，一霎时怒气张，欢娱烦恼都劳攘[38]。他那里亡亲骨冷荒郊草，你这里贵子笙歌昼锦堂[39]。怎不成悲怆！亲在日，莱衣没采[40]，亲亡后，介酒千觞[41]。

（外）听你说来，令人不堪回首。下官真乃忠孝两亏也。（老旦）话到其间，教你如何不要痛苦。但似你的显亲扬名也就够了。

【三煞】他做慈亲愿已酬，他抚孤儿名已扬，一重重紫泥封诰来天上。虽则你含悲捧土情难塞，早知他含笑归泉恨已忘。人长往，毕竟是显扬为大，更何如忠孝成双。

（外）生前缺养，死后邀荣，瞻仰丰碑，令人徒增悲痛耳！（旦）每念先姑早亡，今得刘婆话旧，相公既不胜哀感，贱妾亦无限伤情。只是欲报无从，空悲何益？依妾愚见，既是明日寿辰，停筵罢宴，何不广延僧众，设醮修斋[42]，且慰孝思，庶资冥福。相公意下何如？（外）言之有理，就请过遗容，供在明日斋坛之上。（收画介）（旦）明日太夫人灵位前，换水添香，须得刘婆去者。（老旦）这个当得。

【二煞】净瓶儿佛座前，绣幡儿慈位傍，看源头一滴杨枝上。早知他尘根净处无磨劫，只怕你钟磬声中带惨伤。空悲仰，千钟粟盛来斋钵，一品衣披在灵床。

夫人，明日修斋设醮，自然合府中断酒除荤，但老婢子是一天断不得酒的，合先禀告。（旦）风婆子，你不比别人，不来管你。（外）能有几个旧人！诸凡由他适意便了。（老旦）感谢不尽。

【一煞】你则为念微劳注意深[43]，感慈亲遗爱长，恩波似酒俱无量。不嫌我趋承不入时人队，不嫌我老朽无知醉后狂。还只是含悲向，他抛我，似遗簪弃舄，你怜我，知物在人亡。

（外、旦同哭介）（老旦）相爷、夫人，请且宽怀，凭仗佛筵，太夫人自当早生天界。老婢子唠叨了一会，口渴难熬，要到厨房下，讨三杯去也。

【煞尾】看家鸡，还绕廊。看飞雏，便远飏。问人生谁没有娘亲想，怎到头来，偏是有禄的人儿不逮养？

（老旦下）（外挥泪不止介）（旦）刘婆这番说话，听者都要伤心，只是子孝无穷，亲年有尽，相公若哀感伤和，反不是仰体先人的意儿了。（外）咳！教我心中如何过得也！夫人，我孤苦娘亲骨已寒，如今总荣华富贵也徒然。（旦）相公，我在家不敢常提起，也只怕你孺慕终朝泪不干[44]。

【注释】

〔1〕此剧以清乾隆三十四年（1769）恰好处重刻《吟风阁》所收本为底本。

〔2〕受黄封、膺紫诰：黄封，宋代皇帝的封诰多用黄麻纸，故称黄封。膺，受。紫诰，谓诏书，以紫泥封之。这里指寇准接受皇帝的任命，做了大官。

〔3〕孟母：孟子母亲，这里指寇准母亲。

〔4〕旧时王谢堂前燕：王谢两族，从晋以后，世代簪缨，至南朝而不衰。刘禹锡《乌衣巷》诗："旧时王谢堂前燕，飞入寻常百姓家。"

〔5〕平章：官名。宋承唐制，以"同中书门下平章事"为宰相的官称。

〔6〕相州节度：相州，地名，今河南安阳。节度，唐时地方最高长官，宋时收回兵权，后成荣誉衔。据元脱脱等撰《宋史·寇准传》，宋真宗天禧三年（1019），寇准因劝真宗禅位给太子一事，被贬为太常卿，知相州。这里的"相州节度"之说与史不尽符。

〔7〕孤露：孤，指幼年丧父或母；露，指穷困无人庇护。

〔8〕刘伶：据《晋书·刘伶传》，刘伶字伯伦，西晋人，为竹林七贤之一，性放荡，嗜酒，尝携酒乘车，使人荷锸随之，曰："死便埋我。"后世即以代称酒徒。

〔9〕兰桂：比喻优秀的子弟。

〔10〕糟床：古代榨酒的器具。杜甫《羌村》诗："赖知禾黍收，已觉糟床注。"

〔11〕风样：风度。这两句是说，我刘婆嗜酒的程度抵得上半个刘伶了。

〔12〕雪花：白银的代称。

〔13〕半方：犹言半万。"方""万"形近，俗以"方"为"万"字的隐语。

〔14〕潭潭：深广貌。

〔15〕玉山：指人的身体。

〔16〕厮见：相见。

〔17〕澶州事业相州节：澶州事业，指辽兵南侵，寇准请真宗亲征，北进至澶州（今河南濮阳），杀辽大将挞览事。相州节，即指上文相州节度。

〔18〕蝉冠已二毛：蝉冠，即貂蝉冠，古时贵显者所戴。二毛，鬓发半黑半百，就是指半老的人。潘岳《秋兴赋》："晋十有四年，余春秋三十有二，始见二毛。"

〔19〕初度：生日。

〔20〕象服：即袆衣，是一种华贵的、绘着各种图形的礼服，为古时王后、诸侯夫人的礼服。《诗·墉风·君子偕老》："象服是宜。"

〔21〕燕喜：宴饮欢庆。

〔22〕停针课读：放下针线活，教导（寇准）读书。

〔23〕东壁分光亮：化用李白《陈情赠友人》"愿假东壁辉，余光照贫女"诗句。

〔24〕继膏油：增添灯油。

〔25〕先人义方：先人，指寇准早逝的父亲。义方，行事应该遵守的规范和道理。《逸周书·官人》："省其居处，观其义方。"《左传·隐公三年》："石碏谏曰：'臣闻爱子，教之以义方，弗纳于邪。'"后多指教子的正道。

〔26〕泥金：金箔和胶水制成的金色颜料，用来书写登科的喜报。

〔27〕勤劬（qú）：勤劳辛苦。

〔28〕三牲养：指用猪、牛、羊的供养，极言供养的恭敬态度。

〔29〕恁（rèn）：任凭。

〔30〕监司：宋代诸路转运使和提点刑狱、提举常平等有监察一路官吏的责任，

故为监司,是州郡官的直属上司。

〔31〕耆民:父老。

〔32〕称觞:举杯。

〔33〕回首:指去世。

〔34〕秃尾乌鸦:刘婆自谓。

〔35〕攀柏:据《晋书·王裒传》,王裒痛父之死,筑庐墓侧,旦夕至墓拜哭,攀柏悲号,涕泪着树,树为之枯。

〔36〕鼎钟:谓丰富的祭祀。

〔37〕反不如菽(shū)水亲供田舍郎:菽水,啜豆饮水,贫家的生活。菽,豆类的总称。《礼记·檀弓下》:"子路曰:'伤哉贫也,生无以为养,死无以为礼也。'孔子曰:'啜菽饮水尽其欢,斯谓之孝。'"此两句犹欧阳修《泷冈阡表》所言"祭而丰,不如养之薄也"。

〔38〕劳攘:请排除。

〔39〕昼锦堂:是宋韩琦住宅中的堂名,在河南安阳县东南。琦以宰相出任镇安武胜军节度使、司徒兼侍中,并执管家乡相州,建此堂,反用项羽"富贵不归故乡,如衣锦夜行"语名其堂曰"昼锦"。

〔40〕莱衣没采:用老莱子孝亲典故。见《如是观·刺字》注释"戏斑衣"条。

〔41〕介酒:祝寿的酒。《诗经·豳风·七月》:"为此春酒,以介眉寿。"

〔42〕设醮(jiào)修斋:请僧道做道场,为死者祷告神灵,以禳除灾祟。

〔43〕注意深:想得周到。

〔44〕孺慕:《礼记·檀弓下》:"有子与子游立,见孺子慕者,有子谓子游曰:'予壹不知夫丧之踊也,予欲去之久矣。情在于斯,其是也夫。'"郑玄注:"丧之踊,犹孺子之号慕。"后谓对父母的哀悼、悼念为"孺慕"。

【评析】

《吟风阁杂剧》今存清乾隆二十九年(1764)刻本、乾隆三十四年恰好处重刻本和嘉庆二十五年(1820)重刻本等。

《吟风阁杂剧》包括32种短剧,每剧一折,各演独立故事,内容多写文人遭遇、前人政绩、传说故事,远譬近指,反映百姓疾苦,针砭官吏贪暴,赞美廉洁勤俭,讽刺世态恶习,具有积极的现实意义。作者仿照《诗经》及白居易《新乐府》,于卷首为各剧分别作一小序,说明创作宗旨。艺术上,曲文充满诗意,清新优美;宾白平易流畅,风趣机警。

《宋史・寇准传》载,寇准,太宗朝举进士,累擢枢密院直学士。尝奏事殿中,语不合,帝怒起,准引帝衣使复坐,事决乃退。太宗嘉之,以比魏徵。天禧时封莱国公,故《寇莱公思亲罢宴》剧中称寇莱公。剧写寇准在相州节度任上,准备为庆寿大摆筵宴。女佣刘婆为了劝阻,通过回忆寇准幼时所接受的母教和生活上的艰苦,巧妙地使寇准幡然悔悟,取消了寿宴。寇准思亲怀旧的事,史有记载。邵伯温《邵氏闻见录》:"寇莱公既贵,因得月俸,置堂上。有老媪泣曰:'太夫人捐馆时,家贫,欲绢一匹作衣衾不可得,恨不及公之今日也。'公闻之大恸。"司马光《涑水纪闻》:"寇莱公少时不修小节,颇爱飞鹰走狗。太夫人性严,尝不胜怒,举秤锤投之,中足流血,由是折节从学。及贵,母已亡,每扪其痕,辄哭。"杨潮观据此敷演,重点写寇准追忆早年生活的贫苦和寇母抚孤的艰辛。作者撰小序云:"《罢宴》,思罔极也。长言不足而嗟叹之,不自知其泪痕渍纸,哀丝急管,风木增声,恐听者与《蓼莪》俱废尔。"剧作表现了寇准在富贵之后不忘父母劬劳,能够及时戒奢克俭的良好品德。

剧作情节安排细腻,结构紧凑,排场合理,曲文和宾白皆能体现人物性格特征,具有很强的感染力。正如清焦循《剧说》所评:"《寇莱公罢宴》一折,淋漓慷慨,音能感人。"